阿瑟·克拉克

科幻短篇全集3 The Collected Stories of Arthur C. Clarke III

爱这个宇宙

[英] 阿瑟·克拉克 著

秦鹏 老光 邹运旗 张芸慎 丁将 译

Love that Universe

文汇出版社

探索更多阿瑟·克拉克为人类留下的精神遗产，请访问：
http://www.clarkefoundation.org

目 录（1958年—1999年）

飞出太阳

1958年2月首次发表于《假如》（*If*）
收录于《天空的另一面》

如果你生活在地球上，你肯定从未真正见过太阳。当然了，我们无法用肉眼直视它，只能通过把亮度调到我们可接受范围内的重重滤镜看它。它永远都悬挂在天文台西边低矮、起伏不平的山脉上方，既不升起也不落下，在我们这个小世界的一年八十八天里，它只在天空上绕小圈运转。由于水星并不是真的永远只有一面朝着太阳，它会绕着自转轴微微晃动，所以水星表面存在一个狭窄的暮光带，在这里你可以看到地球上司空见惯的黎明和黄昏。

我们就在暮光地带的边缘，这样我们既能享受到阴影带来的清凉，也能持续观察盘桓在山上方的太阳。这是一份需要由五十名天文学家和各个学科的科学家全职进行的工作，等我们观察一百年左右，我们可能就会对这颗给地球带来生机的恒星有一些发现了。

对于太阳辐射的各个频段，天文台中都有人做了一辈子研究，而且还在像鹰一样密切地观察着。从波长极短的X射线到最长的无线电波，我们都安排了监视设备，只要太阳出现了什么新变化，我们马上就能知道。反正我们是这样想的……

太阳那熊熊燃烧的心脏跳动的节奏非常缓慢，十一年为一个周期，而我们正在接近周期的顶点。我们记录到最大的两个太阳黑子——每一个都大得足以吞噬一百个地球——慢慢从太阳圆盘上穿过，像巨大的黑色漏斗深深地扎进太阳汹涌的外层结构。你可以说它们是黑色的，但也只是跟周围明亮的环境相比才显得黑，即便是它们黑暗冰凉的内核也比电弧更烫更亮。我们刚刚观察到第二个黑子消失在太阳表面的边缘，好奇它是否能够在两周后赤道出现爆炸时再出现。

起初它看起来并不怎么壮观，部分原因在于我们几乎看不到它——它刚好位于太阳圆盘的正中央，因此会跟周围的太阳活动混在一起。如果它更靠近太阳的边缘，在宇宙背景的衬托下凸显出来，就会非常引人瞩目。

想象一下一百万颗氢弹同时爆炸的场景。你想象不到？其实所有人都无法想象，但是我们一直都在看着这种场面，从太阳不断旋转的赤道出发，以每秒几百英里的速度涌到眼前。刚开始，它形成一个细长的喷射流，但是很快，在磁力和重力的作用下，边缘开始破裂。中央的核心仍然向前冲，很快它就完全摆脱了太阳的束缚，冲向宇宙，而我们就是它的第一站。

尽管这种现象之前已经发生了六七次，它仍旧会让人感到兴奋。这意味着我们能在太阳物质以一团带点气体的形式快速经过时捕获其中的一些。这并不危险，当它抵达我们这里时已经非常稀薄，不可能造成任何伤害，事实上要检测到它还需要一些灵敏的工具。

其中一种工具就是天文台的雷达，我们频繁用它来绘制太阳周围几百万英里的肉眼不可见的离子层。我的部门就负责这项任务，只要有任何希望接收到太阳背景辐射之外的即将来到的物质团，我就会把巨大的无线电反射器朝向它。

它无比清晰地呈现在远程屏幕上：一团巨大的发光岛形物，以每秒钟几百英里的速度冲向太阳外。我们离得太远，无法看清楚更小的细节，因为我们的雷达波需要几分钟时间才能将信息传回、投射到屏幕上。即便它的速度不低于每小时一百万英里，也需要将近两天的时间逃离太阳的日珥，才能抵达水星轨道，掠过我们朝更远的行星进发。但无论是经过金星还是地球时，它都无法被记录，因为二者都离它的飞行路径很远。

太阳向太空中喷发出了几百万吨再也无法回收的物质，时间慢慢过去，经历了巨大震动的太阳逐渐回到平静。喷发之后仍有一团比地球大一百倍的物质在慢慢扭动翻滚，很快就会离我们足够近，短程雷达就能够展示出它精细的结构了。

尽管我做这种事情已经很多年了，但看到那条光线随着发射机发出的窄窄的无线电波同步旋转，在屏幕上画下雷达图，我还是感到非常激动。有时候我会把自己想象成一个盲人，用一根长达几百万英里的盲杖探索周围的空间。就我研究的对象而言，人类确确实实是瞎子，这些从太阳中喷发出来的巨大离子气团肉眼完全不可见，甚至最灵敏的摄影底片也照不出来。它们只会存在几个小时，短暂地像鬼魂一样影响着太阳系。如果它们不会反射我们的雷达波，或者对磁力仪产生干扰，我们就永远不会知道它们的存在。

显示屏上的图像看上去像螺旋状星云的照片，因为气团的旋转非常缓慢，从气团中伸出参差不齐的旋臂，绵延一万英里。或者也像是地球上的飓风，而我正在从它的上方看它旋转着穿过地球大气。它的内部结构非常复杂，在我们还没有完全理解的力的作用下，每分钟都在发生变化。火焰流沿着奇怪的路径流淌，肯定是因为受到了电场的影响，但是为什么它们好像凭空出现又凭空消失，仿佛物质能够被创造和毁灭？而且，那些比月球还大、像洪水中的巨石一样漂荡的发光小结又是什么？

现在它离我们只有不到一百万英里了，只要一个多小时它就会抵达这里。自动相机正在记录雷达扫描生成的每一张完整图像，把它们保存下来作为证据，好让我们争论几年。领先于气团的磁场干扰已经抵达我们这里了，的确，天文台里几乎没有什么工具设备不会以某种方式对这个汹涌而来的幽灵做出反应。

我切换到短程雷达，气团的图像急剧扩大，显示屏上只能容纳它中央的部分。与此同时，我开始改变频率，在频谱上选择不同的频率，从而区分显示出不同的层次。雷达波的波长越短，就能够探测到离子气体越深处的情况，我希望通过这种方法获得气团内部类似于X射线照片的图像。

我逐渐剥离掉它拖着旋臂的稀薄的外侧结构，慢慢靠近浓密的核心，它就在我眼前一点点发生变化。当然，“浓密”只是一个相对的概念，从地球的标准来看，它密度最大的区域仍然非常近似真空。我几乎快要调到频谱的极限了，再也不能降低波长了，这时候我注意到显示屏中央不远处有一个奇奇怪怪的、小而紧密的回声。

这个回声呈椭圆形，比我们在气团中汹涌的气流中飘荡的小结边缘更加清晰。即便第一眼看过去，我也知道这东西非常奇怪，和以往记录中的所有太阳现象都不一样。我观察了十几个雷达射束的扫描片，然后把我的助手从射电频谱仪旁边叫来，气团朝我们飘来时，他正在设备旁边分析旋转气体的速度。

“快看，唐，”我问他，“你以前见过类似的东西吗？”

“没有。”他仔细打量过后回答我，“是什么力量让它保持这么紧密的？过去两分钟它的形状一变不变。”

“这就是让我感到困惑的地方。不管它是什么，周围的干扰那么强，到现在都应该解体了。但是它似乎能一直这么稳定。”

“你说它有多大呢？”

我打开测量网格快速看了一眼读数。

“差不多长五百英里，宽二百五十英里。”

“这是你能拍到的最大图片吗？”

“恐怕是的。我们得等它更靠近一些才能看明白它是怎么运转的。”

唐发出一声紧张的笑声。

“这太疯狂了，”他说，“不过你知道吗？我感觉自己仿佛在用显微镜看阿米巴虫。”

我没有回答，因为我感到一种只能形容为知识眩晕的感觉，我也产生了一模一样的想法。

我们把气团其他部分忘得一干二净，不过幸运的是，自动相机仍然进行着自己的工作，没有遗漏掉任何重要的观测。从这时开始，我们的眼睛就只盯着屏幕上那团边缘清晰的气体，它朝着我们迅速飞来，每一分钟看上去都更大。当它离我们的距离跟地月距离差不多时，我们开始能初步看到其内部结构，里面呈现出一种古怪的斑驳样貌，雷达每隔两张扫描图上的图像都不太一样。

这时候，半个天文台的工作人员都已经来到了我们的雷达室，但是逐渐接近的谜团在显示屏上快速变大时，房间里面鸦雀无声。它直冲冲朝我们而来，几分钟之后，就会撞击水星昼半球中间的某个位置，然后一切就结束了，无论它是什么都不重要。从我们第一次看到细节画面到显示屏又黑了下来，中间不超过五分钟，对我们每个人来说，那五分钟将一辈子萦绕在我们心间。

我们盯着那个似乎是透明的椭圆形，它的内部有肉眼几乎看不到的线构成的网络。这些线交叉的地方是能够发出脉冲光的微小节点，但是我们永远都无法确信它们的存在，因为雷达需要将近一分钟的时间才能在显示屏上呈现出完整的画面，而两次扫描之间这个物体能移动几千英里。但是毫无疑问，网络本身的的确确是存在的，相机拍下的画面能够打消任何对此的质疑。

我们都深深地认为，自己看到的应该是一个实物，所以我花了一点工夫离开雷达显示屏，匆匆忙忙地用光学望远镜朝天上看。当然，我什么都看不到，在太阳坑坑洼洼的圆盘的映衬下，我看不到任何物体的轮廓。这种情况下肉眼视觉完全帮不上忙，只有雷达的点感应能够派上用场。从太阳向我们飞来的这个物体如空气一样透明，但是却稀薄得多。

最后时刻渐渐流逝的过程中，我敢说所有人都已经得出了相同结论，而且都在等着别人先说出口。我们看到的东西几乎是不可能存在的，但是证据又真实地摆在眼前。我们看到的是生命，是生命不可能存在之地的生命……

喷发让那个东西冲出了它位于太阳炽热的大气深处的正常生活环境。它经历了这段太空旅行还能存活实属奇迹，不过那时候也已经奄奄一息了，控制着它巨大、透明身体的力量已经无法包裹住它仅有的物质——离子气体。

到今天，我已经反复浏览那些照片有一百次了，这个想法对我来说也不再奇怪。生命不就是有组织的能量吗？无论是地球上的化学物质形式，还是我们遇到的这种纯粹电形式。能量的形式重要吗？只有规律才最重要，物质本身并无意义。但当时我并不这样认为，看着太阳上的这种生物度过生命中的最后时光时，我只能感觉到巨大的、难以承受的惊奇。

它有智慧吗？它能够理解自己奇特的厄运吗？有一千个像这样永远没有答案的问题。我们很难知道，出生在太阳火焰中的生物自己如何理解外面的宇宙，或者甚至感知刚性、非气态物质这些冰冷到难以言喻的东西。这个从太空中落向我们的岛状物虽然可能具有智慧，但也从没想到过自己快速靠近的这个世界。

现在它占据了我们整片天空，可能在那最后的几秒钟里，它意识到了自己即将遇到一些奇怪的事情。它可能感觉到了水星遥远的磁场，或者感受到了我们这个小世界的引力作用。这时它开始发生变化，那些应该相当于神经系统的发光线条，正在凝集成新的图案，为了知道这背后的意思，我甘愿付出一切。也许我在凝视一只没有思想的野兽的大脑，它正因恐惧而进行着最后的抽搐，或者是某种具有神性的生命，正在与宇宙和解。

然后，雷达显示屏空无一物，射线束扫描后仍然干干净净。那个生物已经落在了我们的地平线以下，由于行星表面的弧度，我们看不到它了。水星远处的区域地狱般炽热，只有十几个人去过那里，而活着返回的就更少了。这个生物就无声无息地在无形之中坠落在熔化金属的海洋和缓缓移动的岩浆堆成的小山上。坠落的冲击对它来说毫无意义，让它无法承受的是第一次接触冰冷到难以想象的固体。

是的，冰冷。它来到了太阳系中温度最高的地方，这里的温度从未低于七百华氏度[①]，有时候还会接近一千度。而这对它来说比全身赤裸的人跑到南极还冷。

我们没有看到它死在冰冷的火焰中，现在我们利用设备也探测不到它，任何一台仪器都没有记录下它的死亡。但是我们每个人都知道那个时刻的到来，所以，那些仅仅看了照片和录像带的人对我们说，我们看到的只是纯粹的自然现象时，我们毫无兴趣。

在那最后的时刻里，那个巨大、非物质构成的大脑伸出来的触手也即将消失，我们这个小世界的一半都被那些触手所笼罩，我们该怎

---

① 温度单位，100华氏度约等于37.8摄氏度。——编者注（本书注释如无特殊说明，均为编者注。）

么解释那时候自己的感受？我只能说我们感到了一种无声而痛苦的哭泣，一种越过了感官而直逼心灵的死亡剧痛。那时我们当中没有任何人怀疑，此后也毫不怀疑，自己见证了一个巨大生命的离世。

我们可能是第一批也是唯一一批见过这样壮观的死亡的人类。无论它们可能是什么，作为生活在太阳那个无法想象的世界的生物，它们和我们可能再无相遇的可能。很难理解我们怎么会有机会接触到它们，即便它们的智慧水平与我们相当，也非常不可思议。

它们真有这么高的智力吗？也许我们永远都不知道答案更好。也许从宇宙诞生之日，它们就一直生活在太阳内部，已经达到了我们永远无法企及的智慧高度。可能未来属于它们，而不是人类；它们也许已经可以和生活在其他恒星上的兄弟姐妹隔着无数光年的距离交流了。

可能有朝一日，当我们绕着它们壮观、古老的家园飞行，为自己的知识而骄傲，自视为造物主时，它们会通过自己奇特的感官发现人类。他们可能会不喜欢这个发现，因为对他们来说我们可能不过就是蛆虫，在一个无比寒冷的世界表面爬行，冷到无法让它们在有机生命的腐败中净化自我。

然后，如果它们有能力，还会做自己认为必要的事。太阳会释放出自己的力量，用火舌舔舐自己孩子的脸庞，这样行星们又能再次回到原初状态了——干净、明亮的不毛之地。

（译者：丁将）

宇宙浪子

1958年5月首次发表于《冒险旅行》（*Venture*）
收录于《天空的另一面》

这一次，我离开基地星五周之后，症状才变得严重了。上一次旅途中，才一个月就不行了。我不确定到底是因为年纪渐长，还是因为营养学家在我的食物胶囊里面放了些什么东西。或者可能只是因为我这次更忙了，我在侦察的这条银河系旋臂中天体非常密集，恒星与恒星之间只相隔几光年，所以我根本就没什么时间去回想我抛弃的那些姑娘。只要把恒星归类，完成自动行星搜索，我马上就要前往下一个恒星。十次中有一次的确会出现行星，这时候我就会有好几天的时间都在忙忙碌碌地浏览这艘飞船的电子计算机记录下来的所有信息。

不过现在我已经完成了太空中这片密集区域的侦察，有时候从一个恒星到另一个恒星要花三天时间。这段时间足够让欲望悄悄爬上心头，上次假期的美好回忆就会让接下来的这几个月显得无比空虚。

可能在戴安妮德五号星时，我玩得有些过头了，那时候我的飞船正在进行补给，我本应该在任务中间进行休息。但是侦察员百分之八十的时间都独自在太空，人类的本性无法改变，他肯定指望着弥补失去的时光。我不仅仅把失去的时光补回来了，还积累了相当的储备以备后用，不过似乎仍不足以让我撑过这趟旅途。

首先认识的是海伦，我欲求不满地回忆着。她长着一头金发，惹人喜爱，性格温顺，不过相当缺乏想象力。我们一起度过了一段美好时光，后来她的丈夫结束任务回到家里。关于这段风流韵事他处理得十分得体，但是也非常合理地指出，接下来海伦没空跟其他人相处了。幸好，我已经在跟艾里斯接触了，所以我几乎没有空窗期。

艾里斯是个不一般的姑娘。即便现在想起她来，我都会浑身一紧。我们分手的原因很简单，就是男人有时候也得睡会儿觉，分手之后我发誓一周都不碰女人。然后我偶然间读到了出自古老的地球作家约翰·邓恩的一首诗，提醒我时光一去不复回。如果你能看懂原始英语，他的作品还是值得一读的。

真是至理名言啊，于是我穿起宇航员的制服，溜达到戴安妮德五号星唯一一片海滩上。才走了几百米，我就已经看到了十几个感兴趣的姑娘，拒绝了其中几个主动投怀送抱的，最后选定了娜塔莉。

一开始我们相处得非常融洽，后来她不让我见露丝（还是叫凯来着？）。我受不了那种要独占一个男人的姑娘，所以经过一番相当难堪的大吵大闹，摔了一些昂贵的餐具后，我就气冲冲地走了。这之后好几天我都没跟姑娘在一起，然后辛西娅像救世主一样地出现了。现在你一定对我有了大概了解，所以我就不再给你讲这些鸡毛蒜皮的事儿了。

这些都是一颗恒星逐渐在我身后消失，另一个恒星又逐渐在我眼前亮起的过程中，我的温柔回忆。这次旅途中我故意没有带那些挂像，因为我觉得它们只会让事情变得更糟。这是个错误。作为一个在特殊领域有专长的优秀画家，我开始自己画这种挂像，很快我就拥有了一系列在任何体面的星球都很难找到对手的作品。

我并不希望给你造成错误的印象，以为我只会一心想着这档子事儿，影响到自己作为侦察员的效率。在恒星之间穿行的这段漫长又无聊的时光中，除了电脑之外，我没有办法跟任何人说话，只有这时候荷尔蒙才会战胜我的理智。在一般情况下，我的电子同事麦克斯算是个不错的伴侣，但是有些事机器是不可能理解的。我心情烦躁、毫无理由地大发脾气时，往往会让他伤心。“怎么了，乔？”他哀怨地说，“你应该不是因为输了棋而发火吧？记得吧，我提醒过你我要赢了。”

“哦，见你的鬼吧！”我会冲他咆哮，然后焦虑地度过五分钟，同时跟极度缺乏想象力的导航机器人一起整理思路。

离开基地星两个月之后，我已经登记了三十颗恒星和四个恒星系，然后发生了一件事情，让我忘掉了所有个人问题。远程监视器响了起来，前方这片区域的某处传来微弱的信号。我尽可能准确地确定了方位，无线电信号是没有调谐的窄频带信号，显然是某种信号标发出来的。但是据我所知，我们还没有哪艘船来过这片宇宙的边缘之地，我的任务就是侦察完全陌生的领域。

我对自己说，就是它了，我的高光时刻来了，这么多年我在太空里的孤独时光终于有了回报。前方未知距离处存在另一个文明，一个高等到掌握了超无线电技术的种族。

我完完全全清楚自己应该做什么。麦克斯一旦确认了我的方位数据，进行分析，我就向基地星发射一艘信使船。如果我有任何不测，侦察局就能知道我在哪里，也能猜测出发生了什么。一想到如果自己没有按时返回，我的朋友们就会成群来到这里收拾残局，我心里还是有些安慰的。

很快，我们就确定了信号究竟来自哪里，我改变航向，前往和信号标位置相符的那颗黄色小恒星。我对自己说，除非掌握空间旅行技术，不然任何文明都不可能发出这么强的无线电波。言外之意就是，我正在朝一个可能和我们同样先进的文明狂奔。

我开始用自己船上的无线电不带任何希望地发出呼叫信号时，距离目的地还有很长一段距离。令我意外的是，我的呼叫立刻就有了回应。持续不断的无线电波马上就变成了一系列脉冲信号，一遍又一遍地重复。就连麦克斯也无法从这段信号中猜出什么，它的意思可能是“你们究竟是谁？”——信息量并不大，但就连最智能的翻译机器也无从下手进行破译。

一个又一个小时过去，信号越来越强，我偶尔会朝无线电波传来的方向发送同样的信息，以便让他们知道我仍在附近，并清楚地收到了他们的信号。然后他们给了我第二个大惊喜。

我想到当我距离够近，可以接收良好信号的时候，他们——不管他们是谁或者是什么东西——会打开语音传输设备。他们真的这样做了，让我没想到的是，他们的声音跟人类一样，他们说的语言毫无疑问是英语，但对我来说是无法理解的一种英语。我只能听懂其中十分之一，其余部分要么是我完全不了解，或者就是失真太严重以至于我无法听清楚。

当扬声器中发出第一段话的时候，我就猜到了真相。这并不是陌生的、跟人类毫不相关的种族，而是孤独的侦察员能想到的最令人激动、恐怕也最安全的文明。我联系到的是第一帝国失落的殖民地之一,五千年前，第一帝国的开拓者们从地球出发开始了最初的星际探索。帝国覆灭时，大多数散落在宇宙各个角落的族群都消亡了，或者重新陷入荒蛮。这里似乎是幸存下来的文明。

我用自己能想到的最慢、最简单的英语跟他们交流，但是对任何语言来说，五千年都太长了，所以我们之间无法真正交流。他们显然对这次接触非常兴奋，我能感觉到他们的愉悦之情。文明之间的接触并不总是这样愉快，有些第一帝国留下的与世隔绝的文明十分抵触外星人，对于得知自己并非宇宙中的唯一文明，他们的反应近乎歇斯底里。

我们进行沟通的尝试没有多少进展，然后出现了新的信息，这迅速改变了我的期望。扬声器开始传出一个女性的声音。

它几乎是我听过的最美的声音，即便我没有独自一人在宇宙里待几个星期，我也绝对会马上爱上它。声音非常低沉，但肯定是女性的声音，它带着一种温暖的、像抚摸一样的感觉，让我所有的感官都无比着迷。事实上我非常震惊，以至于过了几分钟后我才能意识到我能听懂这位未曾谋面的魔女在说什么。她说的英语我能听懂几乎一半。

长话短说，我很快就知道她的名字叫莉亚拉，是这个星球上唯一一位专门研究原始英语的语言学家。我的飞船一跟他们联系，她就被叫来进行翻译。幸运女神似乎是站在我这边的，因为翻译官往往是那种上了年纪的白胡子老顽固。

时光流逝，在我前方的天空中，她的恒星越来越大，我和莉亚拉成了好朋友。时间有限，我不得不以有史以来最快的速度推进。由于其他人无法准确理解我俩在说什么，所以我们的交流比较私密。事实上，莉亚拉的英语知识盲区刚刚好，以至于我那些粗俗的话也无伤大雅，如果一个姑娘认为你的话不可能是她所想的那种意思，就会疑罪从无，那你再怎么过分也没事儿……

毫无疑问我觉得非常非常高兴，似乎我的工作职责和个人兴趣完美契合了，但我还是有一丝丝隐忧。到目前为止，我还没有亲眼见过莉亚拉。要是她长得无比可怕，我该怎么办呢？

在降落前六个小时，我第一次有机会解决内心这个重大疑问。现在，我离星球的距离已经很近了，可以接收视频信号，麦克斯只花了几秒钟就分析好了发来的信号，对飞船的接收器进行了相应的调整。终于，我第一次看到了即将登陆的星球和莉亚拉的样貌。

她的容貌和声音一样美丽。我盯着屏幕一言不发地看了好久。她突然打破了沉默。“怎么了？”她问，“你以前没有见过女孩吗？”

我不得不承认自己以前见过两三个姑娘，但是没有一个是像她这样的。她对我的回应非常积极，我大舒一口气，所以应该没有什么能阻碍我们未来的幸福了——只要我们能够摆脱我一登陆就会围上来的科学家和政客。我们能单独相处的希望渺茫，正因如此，事实上我非常迫切地想要打破自己最坚定的原则之一。我甚至想过如果结婚是唯一让我们在一起的方式，那我就要娶莉亚拉。（是的，在太空里的那两个月确实让我神经紧绷……）

五千年的历史——如果算上我这边的话就是一万年的历史——不可能简简单单地用几个小时就被理解。不过只要辅导者令人心情愉悦，我就能很快地学习，遗漏掉的内容麦克斯会记在他从不出错的记忆回路中。

他们的星球名字十分有魅力，叫作阿卡狄[1]，位于星际殖民活动最遥远的边疆，帝国国力衰退后，它便孤立无援了。在苦苦挣扎生存下来的同时，阿卡狄人原本大部分的科技知识都失传了，其中就包括星际旅行的秘密。他们无法离开自己的太阳系，但是他们也没有这么做的动力。阿卡狄是一个富饶的世界，重力也比较小，只有地球的四分之一，所以殖民者的体力足够创造出与这个星球名字相符的世外桃源。即便考虑到莉亚拉描述中的主观因素，阿卡狄听起来也是非常诱人的地方。

当我能看到阿卡狄那颗小小的黄色太阳的圆盘时，想到了那个绝妙的主意。接待团让我非常烦恼，但我突然意识到如何避免跟他们接触。这个计划需要莉亚拉的合作，但是这时候我已经确定这不成问题了。虽然这可能听起来有些自大，不过对付女人我总是有一套的，这

① 古希腊的一个山区，当地居民与周围环境和谐相处，就像世外桃源。——译者注

并不是我第一次隔着屏幕求爱了。

所以，在我着陆前的两个小时，阿卡狄人得知侦察员是害羞又多疑的人。由于此前和不友善的文明接触留下了伤心的经历，我不想自己像苍蝇一样走进他们的会客厅。由于我这一方只有一个人，我希望只见他们当中的一人，双方共同选择一个隔绝的地点见面。如果这次会面顺利，我将会飞往他们的首都；如果不顺利，我就会立刻原路返回。我希望他们不会认为这种行为失礼，不过我是一个远离家乡的孤独旅客，作为通情达理的人，我敢肯定他们能理解我的想法……

他们确实理解。使者的选择再清楚不过，莉亚拉自告奋勇和来自太空的怪物会面，马上就成了整个世界的女英雄。登上我的飞船不到一小时，她就要发无线电给自己紧张的朋友们报平安。我尝试把这个时间再延长一小时，但她说那样就有点过分了，思想龌龊的人可能就要开始风言风语了。

飞船向下降落穿过阿卡狄的大气层，这时候我突然想起来我那些有失体面的挂像，不得不迅速做了个大扫除。（即便这样，有一张相当露骨的杰作还是掉在了一个图架后面，几个月后维护人员发现它的时候让我非常尴尬。）当我返回控制室时，视野屏幕上是空无一物的、开阔的平原，中央站着正在等待我的莉亚拉。不到两分钟，我就能抱住她，呼吸她头发当中的芬芳，体会到她身体每一处的触感……

我根本就没去在意着陆过程，因为我可以依靠麦克斯一贯完美的工作。相反，我匆匆前往气闸，竭尽所有耐心等待着隔开我和莉亚拉的闸门打开。

麦克斯完成空气检测例行操作，最终下达“外侧门打开”的信号似乎花了一辈子的时间。金属圆盘的运动停止之前，我就已经通过了气闸，终于站在了阿卡狄肥沃的土地上。我想起来自己在这里只有四十磅重，所以尽管心里很着急，但仍然小心地移动。但是我完全沉浸在自己想象的乐土中，完全忘了在两百多代人的漫长时间里，微小的重力会对人体产生怎样的影响。在这样小的行星上，五千年的时间中人会进化不少。

莉亚拉等待着我，她像图像一样可爱。但是，有一个小细节电子屏幕并没有透露给我。

我从来都不喜欢大块头的姑娘，现在更不喜欢了。如果我仍然愿意的话，我想我应该可以拥抱一下莉亚拉。但是这会让我看上去像个大傻瓜，我得踮起脚，才能用双臂围住她的膝盖。

（译者：丁将）

遥远的地球之歌

1958年6月首次发表于《假如》（*If*）
收录于《天空的另一面》

许多年后，这成了我最喜欢的小说的基础，也成了迈克·“管状钟”·奥尔德菲尔德的一首美丽的套曲。

罗拉在棕榈树下等待着，看着大海。克莱德的船在远处的地平线上已经可以看到一个小小的缺口——这是海天一线中的唯一缺口。它一分一秒地变大，直到它已经脱离了包裹世界的毫无特色的蓝色球体。现在，她可以看到克莱德站在船头，一只手缠绕在索具上，雕像般静止，他的眼睛在阴影中寻找她。

“你在哪里，罗拉？”他的声音从他们订婚时给她的无线电手镯里朴实地问道，“快来帮我——我们有一大批鱼要带回家。”

原来如此！罗拉告诉自己，这就是你让我赶紧到海边去的原因。她对他的呼唤置之不理，直到他重复了六七次，她这样做只是为了惩罚克莱德，让他退回到合适的焦虑状态。即使这样，她也没有按下镶嵌在“传送”按钮上的那颗美丽的金色珍珠，而是慢慢地从大树的树荫下出来，沿着海滩往下走。

克莱德责备地看着她，但当他束手上岸，固定好船后，就给了她一个满意的吻。然后他们开始一起卸下渔获，从双体船的两个船体里舀出大大小小的鱼。罗拉皱起了鼻子，但还是坚决地当着帮手，直到等在一旁的沙橇上堆满了克莱德捕鱼技巧的受害者。

这次捕鱼收获不错；当她嫁给克莱德时，罗拉自豪地告诉自己，她永远不会挨饿。这颗年轻星球的海里有笨拙的、有铠甲的生物，它们并不是真正的鱼，要过一亿年自然中才能出现鳞片。但它们已经够吃了，第一批殖民者给它们起了地球上的名字，他们从未被遗忘的地球还带来了许多其他传统。

“可真是不少！”克莱德哼了一声，把一条很像鲑鱼的动物扔到闪闪发光的鱼堆上，“我待会儿再修网——我们走吧！”

罗拉好不容易找到一个立足点，跳上了他身后的沙橇。灵活的滚轮在沙地上空转了一会儿，然后就抓住了地面。克莱德、罗拉和一百磅重的各种鱼开始在浪花飞溅的海滩上奔跑。当他们年轻时所熟知的简单、无忧无虑的世界突然走到了尽头时，他们走了一半的路程。

它逝去的预兆就写在那里的天空上，仿佛一只巨手在蓝色的天穹上画了一道粉笔印。即使在克莱德和罗拉的注视下，那条闪闪发光的蒸汽痕迹边缘也开始磨损，碎裂成丝丝缕缕的云雾。

现在他们能听到一种从他们头顶上的几英里处落下的声音，他们的世界已经有好几代人没听过这种声音了。他们本能地抓住了对方的手，盯着天空中那条雪白的沟壑，听着来自空间边界的细微尖叫。下降的飞船已经消失在地平线之外，他们才转过身来，几乎是带着崇敬的心情，呼吸之间吐出同一个神奇的字眼“地球”！

在沉寂了三百年之后，母世界再一次伸出了手，触摸到了塔拉萨……

为什么会这样？当漫长的启示时刻过去，天空中不再回荡着撕裂空气的尖叫声时，罗拉这样问自己。这么多年来，到底发生了什么事，让一艘飞船从强大的地球来到这个宁静而满足的世界？这个多水的星球上的唯一岛屿已经容不下更多的殖民者了，地球很清楚这一点。五个世纪前，在星际探索的早期，地球机器人测量船就已经从太空中绘制并探测过塔拉萨。早在人类亲自冒险进入群星之间的海湾前，他的电子仆人就已经走在了他的前面，环绕着陌生的恒星系，带着他们的知识储备返航，就像蜜蜂把蜂蜜带回母巢一样。

其中一位这样的侦察员发现了塔拉萨，它是世界中的怪胎，无边无际的海面上只有一个大岛。总有一天，这里会诞生大陆，但这是一个新的星球，它的历史还在等待书写。

机器人花了一百年才完成返航，而它所获得的知识则在储存地球智慧的伟大计算机的电子记忆中又沉睡了一百多年。殖民的第一波浪潮并没有触及塔拉萨，还有更有利可图的世界——那些不是九成水的世界——有待开发。然而开拓者终于来了；距离她现在所站的地方只有十几英里处，罗拉的祖先们第一次踏上了这颗星球，宣称它被人类占有。

他们平整了山丘，种植了庄稼，改变了河流的流向，建造了城镇和工厂，繁衍生息，直到达到这片土地的自然极限。这里土壤肥沃、海洋物产丰富、天气温和且完全可以预测，对于塔拉萨的养子们来说，塔拉萨并不是一个条件严苛的世界。开拓精神或许延续了两代人；此后，殖民者们满足于完成一切所需的工作（但不能再多了），怀旧地做着地球梦，今朝有酒今朝醉。

当克莱德和罗拉回到村子时，人们的猜测已经沸沸扬扬。岛的北端已经传来消息，飞船已经停止了快速飞行，正在低空返航，显然是在寻找落脚点。“他们还会用旧地图，”有人说，“十有八九他们会在第一次探险队降落的地方，在山上降落。”

这是一个精明的猜测，几分钟之内，所有可用的交通工具都离开了村子，沿着很少使用的道路向西进发。作为棕榈湾（人口：572人；职业：捕鱼、水耕；工业：无）这样一个重要的文化中心的市长，罗拉的父亲开着他的公务车带路。事实上，这辆车马上要进行一年一度的重新油漆，这也许有点遗憾；人们只能希望游客们能忽略偶尔出现的裸露金属的斑点。毕竟，这辆车本身是相当新的；罗拉清楚地记得它的到来所引起的兴奋，不过那是十三年前发生的事。

由各种汽车、卡车，甚至是几辆吃力的沙橇组成的小车队翻过山峰，在那块已经褪色的牌子旁停了下来，牌子上写着简单但令人印象深刻的字：

第一次塔拉萨探险着陆点

元年1月1日

（公元2626年5月28日）

第一次探险，罗拉默默地重复着。从来没有过第二次——但现在它来了……

这艘船落得如此之低，如此之悄无声息，以至于在他们意识到之前，它几乎已经到他们身边了。没有发动机的声音——只有因扰动的空气在树间搅动而产生的短暂的树叶沙沙声。然后，一切又恢复了平静，但在罗拉看来，停在草皮上的那个闪闪发光的卵形物体像一颗巨大的银色蛋，正等待着孵化，给塔拉萨这个和平的世界带来一些新奇的东西。

“它太小了，”有人在她身后低声说，“他们不可能开着那东西从地球来！”

“当然不可能，”那位在所难免自封为专家的人立刻回答，

“那只是一艘救生艇——真正的飞船还在太空中。你不记得第一次探险——”

“嘘！”又有人提醒道，“他们要出来了！”

这一切都发生在一瞬间。前一秒，无缝的船体是如此的光滑无损，以至用眼睛寻找任何开口的迹象都是徒劳。然后，一瞬间它就出现了一个椭圆形的门洞，从里面伸出一个通往地面的短坡道。一切都纹丝不动，但却发生了一些事情。罗拉无法想象它是如何做到的，但她毫不惊讶地接受了这个奇迹。只有来自地球的飞船才会发生这种事。

被阴影笼罩的入口内有一些人影在移动；当来访者慢慢出现，站在陌生的太阳的强光下眨眼时，等待的人群中没有一点声音。他们一共有七个人——都是男人，他们看起来一点也不像她预想中的那种超级生物。的确，他们的身高都比一般人高一些，五官瘦削清晰，但他们的脸色苍白，皮肤几乎是白色的。而且，他们看起来忧心忡忡，神情不定，这让罗拉非常不解。她第一次想到，这次降落到塔拉萨可能是无意的，访客们和迎接他们的岛民们一样惊讶。

棕榈湾的市长面对自己职业生涯中最崇高的时刻，站出来发表了他从汽车离开村子后就一直在疯狂准备的演讲。在他开口的前一秒，他突然产生了一个疑惑，让他把讲话忘了个一干二净。大家都自动认为这艘飞船来自地球，但这纯属猜测。它也很可能只是其他殖民地派来的，至少有十几个殖民地离这里都比母世界近得多。罗拉的父亲对于迎接礼节过于慌乱，只能说出一句：“我们欢迎你来到塔拉萨。你们来自地球——我想是吧？”这句“我想是吧”让福代斯市长成为永垂不朽的伟人，过了一个世纪才会有人发现这句话不完全是原创的。

在所有等待的人群中，罗拉是唯一一个从来没有听到以英语说出的确认答案的人，相互分离的漫长岁月让英语的速度变快了一些。因为在那一刻，她第一次看到了莱昂。

他从船上走出来，尽量不显眼地走到坡道底部与同伴们会合。也许他最后一个走出来是因为要对控制装置进行一些调整；也许——这似乎更有可能——他一直在向巨大的母舰报告会面的进展情况，而母舰一定悬在大气层最边缘外面的太空中。不管是什么原因，从那时起，罗拉的眼睛就再也看不到其他人了。

即使在那一个瞬间，她也知道自己的生活再也不可能和以前一样了。这是一种全新的、超越她以往经历的东西，同时让她充满了好奇和恐惧。她的恐惧是出于她对克莱德的爱，她的惊奇是因为她生命中出现了未知的新事物。

莱昂没有他的同伴们那么高大，但身材却要健壮得多，给人一种充满力量和能力的印象。他的眼睛颜色很深，充满了活力，深陷在粗糙的五官中，没有人会觉得这种长相英俊，但罗拉从中发现了令人不安的吸引力。这是一个见过她无法想象的景象的人——一个也许走过地球的大街小巷、看过传说中的城市的人。他在这孤独的塔拉萨做什么呢，为什么他不断寻找的目光中会有紧张和担心呢？

他已经看了她一眼，但他的目光却毫不犹豫地扫了过去。现在它又回来了，仿佛是由记忆促使的，他第一次意识到了罗拉的存在，而一直以来她都能意识到他的存在。他们四目相对，跨越了时间、空间和经历的鸿沟。莱昂眉头上焦急的皱纹渐渐消失，紧绷的线条慢慢放松，突然微笑起来。

当演讲、宴会、酒会、采访结束时，已是黄昏。莱昂非常疲惫，但他的头脑太活跃了，让他睡不着。过去几周他一直精神紧张，他被刺耳的警报声吵醒后，一直和同事们一起奋力抢救受损的飞船，很难意识到他们终于到达了安全地带。这颗有人居住的星球竟然离他们这么近，运气好得真是不可思议。即使他们无法修复飞船，无法进行他们需要继续完成的长达两个世纪的飞行，但至少他们可以留在这里，和朋友们在一起。无论是海上还是太空，遇难的船员都无法奢望更多。

夜晚凉爽而平静，陌生的群星闪烁着光芒。然而，它们当中还是有一些老面孔，尽管古老的星座图案已经无可挽回地消失了。那里有明亮的参宿七，它发出的光要经过更多时间才能传到他的眼睛里，这并没有让它变得更暗淡。那颗一定是巨大的老人星，几乎与他们的目的地是同一个方向，但遥远得多，即使他们到达新家，它也不会比在地球的天空中更明亮。

莱昂摇了摇头，仿佛是为了清除脑海中那令人发昏、陷入催眠状态的巨大形象。忘掉星星吧，他告诉自己，你很快就会再次面对它们。当你在这个小世界上的时候，要紧紧抓住它，即使它可能只是那个你永远不会再看到的地球和两百年后的旅程终点之间路上的一粒灰尘。

他的朋友们已经睡着了，带着应有的疲惫和满足。很快他就会加入他们的行列——当他躁动的精神允许的时候。但首先他要看看这个偶然间遇到的世界，这个在太空沙漠中自己的远亲居住的绿洲。

他离开了那间明显为他们匆忙准备的、长条形的单层宾馆，走到了棕榈湾的单行道上。虽然有几间房子里传来了让人睡意蒙眬的音乐，但周围一个人也没有。看来，村民们都信奉早睡——或者他们也因为一天的兴奋和好客而疲惫不堪。这对莱昂来说刚好，他只想一个人静静地待着，直到他那飞速运转的思绪缓过神来。

在周围宁静的夜色中，他听到了淙淙的海声，这声音把他的脚步从空荡荡的街道上引开。棕榈树间一片漆黑，村庄的灯光消失在他的身后，塔拉萨的两颗月亮中较小的一颗高悬在南边，它那奇异的黄色光芒给了他所需的一切指引。此刻，他已经穿过了狭窄的树木带，到达了陡峭的搁浅海滩的尽头，眼前是一片几乎覆盖了整个世界的海洋。

水边停泊着一排渔船，莱昂慢慢地朝它们走去，他很想看看塔拉萨的工匠们是如何解决人类最古老的问题之一的。他赞许地看着修长的塑料船体、狭窄的悬臂浮梁、用于拉起渔网的电动绞盘、袖珍小马达、带方向探测环的无线电。这种近乎原始但又完全够用的简洁感对他有很强的吸引力；很难想象有什么会比悬在头顶的、如迷宫般复杂的巨大飞船反差感更强。有那么一瞬间，他沉浸在幻想当中：抛弃多年的训练和学习，用星舰推进工程师的生活来换取渔民的安宁、不求回报的生活，是多么惬意的事情啊！他们一定需要有人把船打理得井井有条，也许他能想到一些改进的办法……

他耸耸肩，把美梦抛在一边，没有费心揪出其中所有明显的谬误。海浪用尽最后的力气拍击陆地形成了一道泡沫组成的、来回移动的线，他开始沿着这条线散步。脚下是这片年轻的海洋新生的残骸——可能在十亿年前就已经遍布地球海岸的空壳和躯壳。比如说，这里有一个紧密缠绕的石灰石螺旋，他肯定在某个博物馆里见过。很有可能大自然会不断地在一个又一个世界中重复任何曾经达到它目的的设计。

一道微弱的黄色光芒正迅速地在东边的天空中蔓延，甚至在莱昂注视着它的时候，更靠近这颗星球的月亮塞勒涅，在地平线上渐渐露出来。整个月盘以惊人的速度爬出海面，突如其来的光芒洒满了海滩。

而在那阵阵的光亮中，莱昂发现自己并不是孤身一人。

那个女孩正坐在其中一艘船上，就在海滩前面大约五十码。她背对着他，望着大海，显然没有意识到他的存在。莱昂犹豫了一下，他不想打扰她独处，也不确定当地关于这种事的风俗。这样的时间和地点，她极有可能在等人。最安全也可能最老练的做法是悄悄地转身回村子。

他决定得太晚了。姑娘仿佛被海滩上刚刚涌出的月光吓了一跳，抬起头来，一下子就看到了他。她从容优雅地站起来，没有表现出任何惊慌或恼怒的迹象。事实上，如果莱昂能在月光下清楚地看到她的脸，他一定会惊讶于那宁静满足的表情。

就在十二个小时前，如果有人说当整个世界都在沉睡时，她将在这片孤独的海滩上遇到一个完全陌生的人，罗拉会感到气愤。即使是现在，她也可能会试图为自己的行为找借口，辩解说自己感到不安，睡不着，所以决定出去走走。但她心里清楚，事实并非如此；一整天她都因为那个年轻工程师的形象而心神不宁，她设法在不引起朋友们太多好奇的前提下，了解他的名字和职位。

她看到他离开宾馆，甚至都不是运气的功劳，她晚上大部分时间都在街道另一侧她父亲住所的门廊里观察。当她确定莱昂去往的方向后，她便走到了海滩的这个位置，靠的当然也不是运气，而是经过深思熟虑的精心策划。

他停在离她十几英尺远的地方。（他认出她来了吗？他猜到这不是意外吗？有那么一瞬间，她的勇气几乎都不见了，但现在打退堂鼓已经太迟了。）然后他露出了一个奇怪的、扭曲的笑容，似乎照亮了他的整张脸，使他看起来年轻了许多。

“你好，”他说，“我没想到会在晚上这个时候见到任何人。希望我没有打扰到你。”

“当然没有。”罗拉回答说，尽量让自己的声音保持稳定，不流露出任何感情。

“我是船上的人，你知道的。我想趁着我在这里的时候，我应该在塔拉萨四处看看。”

他在说这最后一句话时，罗拉脸上的表情突然发生了变化；他从她脸上读出的悲伤让莱昂感到困惑，因为它来得毫无原因。然后，他吃惊地认出她了，他知道自己以前见过这个女孩，也明白她在这里做什么。这就是那个在他出船时对他笑的女孩——不，不对，笑的那个人是他……

他们二人沉默不语。他们隔着起皱的沙滩凝视着对方，每个人都在想，是什么奇迹让他们在浩瀚的时空中走到了一起。然后，仿佛有一种无意识的默契，他们面对面坐在船的桅杆上，仍然一言不发。

这太荒唐了，莱昂告诉自己。我在这里做什么？我，一个路过这个世界的流浪者，有什么权利去干扰生活在这里的人的生活？我应该向她道歉，把海滩和大海留给这个女孩，生来就享有这里的是她，而不是我。

然而他并没有离开。塞勒涅已经升到海面以上一掌宽了，他终于开口了：“你叫什么名字？”

“我叫罗拉。”她用岛民们柔和、悠扬的口音回答道，这种口音是那么吸引人，但并不总是容易听懂。

“我是莱昂·卡雷尔，星舰‘麦哲伦号’的助理推进工程师。”

在他自我介绍的时候，她露出了一点笑容，那一刻莱昂确定她已经知道他的名字了。同时，他突然萌生了一个完全不相干的奇思妙想，直到几分钟前，他还筋疲力尽，正准备转身回去补觉。然而现在他已经完全清醒和警觉——差不多就像即将迎接新的、不可预知的冒险。

但罗拉的下一句话很容易猜到：“你喜欢塔拉萨吗？”

“我需要时间，”莱昂回答说，“我只见过棕榈湾，而且了解也不多。”

“你会在这里——待很久吗？”

中间的停顿几乎察觉不到，但他的耳朵听到了。这才是真正重要的问题。

“我不确定，”他如实回答，“这要看修理需要多长时间。”

“出了什么问题？”

“哦，我们遇到了一个太大的流星，我们的流星挡板处理不了。然后——砰！——那挡板就碎了。所以我们得做一个新的。”

“你觉得你们能在这里做吗？”

“我们希望如此。主要的问题是得把大约一百万吨的水提到麦哲伦号上。幸运的是，我想塔拉萨上有这么多水。”

“水？我不明白。”

“嗯，你知道星舰几乎是以光速行驶的，即使这样，也需要数年时间才能到达目的地，所以我们必须进入休眠状态，让自动控制装置来驾驶飞船。”

罗拉点了点头。“当然——我们的祖先就是这样来到这里的。”

“嗯，如果太空里真的什么都没有，速度就不成问题——但事实并非如此。一艘星舰在飞行中每一秒都会扫过成千上万的氢原子、尘埃粒子，有时还有更大的碎片。在接近光速的情况下，这些宇宙垃圾的碎片能量巨大，可能很快就会烧毁飞船。所以我们在前方一英里处装了一个护盾，让它代替飞船吸收热量。你们这个世界上有雨伞吗？”

“为什么这么问——有。”罗拉回答说，显然被这个不搭边的问题弄得一头雾水。

“那么你可以把一艘星舰看成是一个在雨伞的掩护下、在暴雨中低头移动的人。雨是星际间的宇宙尘埃，而我们的飞船很不幸地失去了雨伞。

“你能用水做一个新的？”

“对，它是宇宙中最便宜的建筑材料。我们把它冻成一座冰山，冰山在我们前面行驶。还有什么比这更简单的呢？”

罗拉没有回答，她的思路似乎已经转向了另一边。不一会儿，她开始说话，她的声音是如此低沉和怀念，以至于莱昂不得不向前弯腰，才能在海浪的滚动中听到：“而你是在一百年前离开地球的。”

“一百零四年。当然，感觉只有几个星期，因为我们一直在沉睡，直到自动驾驶装置把我们唤醒。所有的殖民者都还处于休眠状态，他们不知道发生了什么事。”

“而不久以后你就会再次加入他们的行列，然后在去往星际的路上沉睡。”

莱昂点了点头，避开她的眼睛。“是这样。星星降落会晚几个月，但对于耗时三百年的旅行来说，这又有什么关系呢？”

罗拉指了指他们身后的岛屿，又指了指他们所站的边缘的无岸海。

“想到你在上面睡觉的朋友们永远不会知道这一切，真是奇怪。我为他们感到遗憾。”

“是的，只有我们五十多个工程师会记得塔拉萨。对飞船上的其他人来说，我们在这里的停留将不过是航海日志上的一条一百年前的记录。”

他看了看罗拉的脸，又看到她眼中的那种悲伤。

“为什么这会让你不高兴呢？”

她摇摇头，无法回答。怎样才能表达莱昂的话带给她的孤独感呢？人的生命，以及他们所有的希望和恐惧，在他们敢于挑战的难以想象的无垠宇宙面前，是那么渺小。一想到那三百多年的旅程还没有完成一半，她的心中就惊恐万分。然而——她自己的血管里却流淌着几百年前那些早期的开拓者的血液，他们沿着同样的道路前往塔拉萨。

夜色不再宜人，她突然感到对家和家人的渴望，对那间小小的房间的渴望，那间房间里有她拥有的一切，那是她所知道或想要的全部世界。太空带来的寒冷冻住了她的心，她现在希望自己从来没有过这次疯狂的冒险。是时候——也是机会——离开了。

当她站起来的时候，注意到他们一直坐在克莱德的船上，不知道是怎样的下意识，让她在海滩上一字排开的所有小舰队中，选择来到了这艘船上。一想到克莱德，就有一种不安的感觉，甚至一种罪恶感向她袭来。在她的一生中，除了最短暂的时刻，她从来没有想过除了他以外的其他男人。现在她再也不能假装这是真的了。

“怎么了？”莱昂问道，“你冷吗？”他向她伸出手，她下意识地回应他，他们的手指第一次接触到彼此。但在接触的那一瞬间，她像受惊的动物一样，猛地躲开了。

“我没事，”她几乎是愤怒地回答，“很晚了——我必须回家了。再见。”

她的反应如此突然，让莱昂出乎意料。他想知道，他是不是说了什么冒犯的话。他在她身后叫她时，她已经快步离开了。“我还能再见到你吗？”

即便她回答，海浪声也会把她的声音盖住。他看着她走了，疑惑又有点伤感，同时他又一次开始思考要明白一个女人的心思是多么困难。

有那么一瞬间，他想跟在她身后，把问题重复一遍，但他深知没有必要。就像明天的太阳一定会升起一样，他们会再次相遇。

* * *

而现在，岛上的生活被太空中千里之外的跛脚巨人所主宰。在黎明前和日落后，当世界处于黑暗之中，但太阳的光辉仍在头顶上流淌时，麦哲伦号就像一颗明亮的星星，除了两颗卫星之外，它是整个天空中最明亮的物体。但即使在看不到它的时候——当它消失在白昼的阳光中或被塔拉萨的阴影所淹没时，它也从未消失在人们的脑海中。

很难相信，星舰上只有五十名船员被唤醒，而且任何时候都不会有超过一半的人同时待在塔拉萨上。他们似乎无处不在，通常是两三人的小团体，迅速地走着去办神秘的差事，或者骑着飘浮在离地面几英尺地方的小型反重力摩托车，它们跑起来无声无息，给村子里的生活带来了一点刺激。尽管村民发出了最恳切的邀请，但这些外来者仍然没有参加岛上的文化和社会活动。他们礼貌而坚定地解释说，在他们飞船的安全得到保障之前，他们将没有时间参与任何其他活动。他们以后肯定会参加，但不是现在……

所以塔拉萨人不得不耐心等待，而地球人则安装仪器，进行勘测，在岛上的岩石上钻洞，并进行了大量的跟他们的问题毫不相关的实验。有时，他们会与塔拉萨本土的科学家进行简短的咨询，但总体上他们还是保持独来独往。这并不是说他们不友好或冷漠，而是他们的工作强度非常大，非常专注，几乎没有意识到周围的任何人。

在他们第一次见面后，罗拉过了两天才再次和莱昂说话。当他在村子里匆匆忙忙地走动时，她不时会看到他，通常他带着一个鼓鼓囊囊的公文包，一副心不在焉的表情，但他们只是短暂地对彼此笑一下。然而即使是这样，也足以让她的情绪一直处于混乱之中，让她心神不宁，让她与克莱德的关系越来越差。

从她记事起，他就是她生命的一部分，他们有过争吵，有过分歧，但从来没有人威胁到他在她心中的地位。再过几个月，他们就要结婚了——然而现在她对此产生了犹豫，或者说对一切都犹疑不定。

“迷恋”是个丑陋的词，人们只把它用在别人身上。但是，她还能用什么别的词来解释这种与一个不知从哪里突然闯进她生活、必须在几天或几周后再次离开的男人在一起的渴望呢？毫无疑问，他出身的魅力和浪漫是部分原因，但仅凭这一点还不足以解释。还有其他地球人比莱昂长相出众，然而她只看上了他一个人，除非他在周围，不然她现在的生活就是空虚的。

第一天过去时，只有她的家人知道她的感情；第二天过去时，路过的每一个人都会给她一个会心的微笑。在棕榈湾这样一个紧密而又话多的社区里，要想保守秘密是不可能的，她知道最好不要去尝试。

她与莱昂的第二次见面完全出于偶然——不过这种事能不能算偶然可不好说。她正在帮助父亲处理一些信件和询问，自从地球人到来后，这些信件和询问便像潮水一样涌入了村子，她正试图从她的笔记中理出一些头绪，这时候办公室的门开了。这几天门开得太频繁了，以至于她已经不再抬头看了；她的妹妹担任接待员，接待所有的访客。然后，她听到了莱昂的声音；纸上的内容在她眼里变得模糊了，仿佛笔记是用一种她不通晓的语言写成的。

“请问我可以见市长吗？”

“当然可以，请问您叫——？”

“助理工程师卡雷尔。”

“我去把他叫来。您坐下来等一下吧？”

莱昂疲惫地躺在古老的扶手椅上，那是接待室能提供给稀少的来访者最好的椅子，直到这时他才注意到罗拉正在房间的另一边静静地看着他。他的疲倦立刻一扫而空，站起身来。

“你好——我不知道你在这里工作。”

“我住在这里，我父亲是市长。”

这个令人惊讶的消息似乎并没有让莱昂很在意。他走到办公桌前，拿起罗拉在秘书工作间隙浏览的那本厚厚的书卷。

“《地球简史：从文明黎明到星际飞行开始》，”他读道，“这一切都囊括在一千页的内容里！可惜它在三百年前就结束了。”

“希望你们很快能给我们讲点新的内容。自从那本书写完之后，发生了很多事情吗？”

“我想，足够填满大约五十个图书馆了。不过在走之前，我们会把我们所有的记录都留给你们，这样你们的历史书就只留下一百年的空白了。”

他们顾左右而言他，却避开最重要的那个问题。我们什么时候能再见面？罗拉脑子里不断蹦出这个念头，却无法宣之于口。而他到底是真的喜欢我，还是仅仅在跟我寒暄？

内门打开，市长从办公室里带着歉意走出来。

“对不起，让您久等了，卡雷尔先生，但刚才我正在跟总统通话——他今天下午就会过来。您有什么事吗？”

罗拉假装工作，但在莱昂转达麦哲伦号船长的信息时，她把同一句话打了八遍。当他说完后，她也还没有明白过来，星舰的工程师希望在离村子一英里的海岬上建造一些设备，想确保不会有人反对。

“当然！”福代斯市长用“客人至上”的语气、大大咧咧地说道，“去建吧——这块地不属于任何人，也没有人住在那里。你们想用它来做什么？”

“我们要建造一个反重力装置，发电机必须固定在坚实的基岩上。它开始运行时可能会有些噪声，但我想它不会打扰到你们在村子里的生活。当然，我们完成后会把设备拆除。”

罗拉不得不佩服自己的父亲。她很清楚莱昂的请求对他来说和对她一样一头雾水，但人们永远也猜不到这一点。

“完全没问题——很高兴我们能帮上忙。还有，你能不能告诉戈德上尉，总统今天下午五点来？我派车去接他，招待会五点半在村里的会堂举行。”

当莱昂道谢离开后，福代斯市长走到女儿身边，拿起她打得不太准确的一叠薄薄的信件。

“他看起来是个令人愉快的年轻人，”他说，“但太喜欢他是个好主意吗？”

“我不明白你的意思。”

“听我说，罗拉！毕竟，我是你的父亲，我也不是一点观察力也没有。”

“他对我，”她鼻子抽动了一下，“一点兴趣也没有。”

“你对他有兴趣吗？”

“不知道。哦，爸爸，我太难过了！”

福代斯市长不是个勇敢的人，所以他只能做一件事。他捐出手帕，逃回了自己的办公室。

这是克莱德一生中面临的最困难的问题，根本没有任何先例可以参考。罗拉是属于他的——大家都知道。如果他的竞争对手是其他村民，或者是来自塔拉萨其他地方的人，他很清楚自己该怎么做。但他们必须遵守好客的规矩，以及最重要的是，他对地球上任何事物都有天然的敬畏，这使他没办法礼貌地要求莱昂将注意力转移到其他地方。这种事并非第一次发生，但在此之前的类似场合，从来没有发生过丝毫的麻烦。这可能是因为克莱德身高超过六英尺，身材匀称宽大，一百九十磅的身躯上没有多余的脂肪。

在海上漫长的时间里，当他除了沉思之外没有别的事情可做的时候，克莱德就在脑子里模拟与莱昂进行一场短促而敏捷的较量的场景。这场较量不会持续很久；虽然莱昂不像大多数地球人那样瘦弱，但他和他们一样，脸色苍白，神情憔悴，显然不是任何以体力活动为生的人的对手。这就是麻烦所在——这就不公平了。克莱德知道，如果他和莱昂打起来，不管他理由多么充分，众人都会感到愤怒。

而他又有多么充分的理由呢？这才是让克莱德担心的大问题，因为在他之前，无数人都担心过这个问题。莱昂现在几乎已经成了家里的一员；每次他到市长家打电话，地球人似乎都会以某种借口出现在那里。克莱德以前从未感受过嫉妒这种情绪，他并不喜欢这种感觉。

他还在为舞会的事感到不满。它是几年来最盛大的社交活动，事实上，在整个棕榈湾的历史上，没有什么事情能与之相提并论。让塔萨拉的总统、一半的议会和五十名来自地球的游客同时出现在村子里，这种事情以后都不会再发生了。

虽然他的体形和力气都很大，但克莱德舞跳得也不错——尤其是和罗拉在一起的时候。但那天晚上他几乎没有机会证明这一点，莱昂一直忙着展示地球上最新的舞步（最新，也就是说，如果你忽略了它们一定在一百年前就已经过时的事实——除非它们又回潮了，成了现在最时髦的舞步）。在克莱德看来，莱昂的技巧很差，舞蹈也很丑陋，罗拉对这些舞蹈表现出的兴趣简直太可笑了。

当机会来临时，他傻乎乎地把这番话告诉了她，那也成为了当天晚上他和罗拉跳的最后一支舞。从那时起，她开始对他视而不见。克莱德一直忍到了自己的极限，然后去往酒吧买醉。他很快就达到了目的，直到第二天早上他不情愿地清醒过来，才发现自己错过了什么。

舞会很早就结束了，总统发表了简短的讲话——这是他当晚的第三次讲话，他介绍了星舰的指挥官，并承诺给他一个小小的惊喜。戈德船长的讲话同样简短，他显然是一个更习惯于命令而不是演说的人。

“朋友们，”他开始说道，“你们知道我们为什么在这里，我不必说我们多么感激你们的盛情和善意。我们永远不会忘记你们，唯一遗憾的是，我们没有时间多看看你们美丽的岛屿和岛上的人民。如果我们的行为中有任何不妥或冒犯，希望你们能够原谅，但我们心中不得不把飞船的修理和同伴的安全放在首位。

“从长远来看，也许对我们双方来说，那场让我们来到这里的事故都是一件幸事。它给了我们快乐的回忆，也给了我们启示。我们在这里所看到的一切，都给我们上了一课。希望我们能把在旅程终点等待的世界，建设成像你们的塔拉萨一样公正美丽的人类家园。

“在我们继续航行之前，我们有责任也很高兴地把所有的记录留给你们，以弥补你们与地球上次接触以来留下的空白。明天我们将邀请你们的科学家和历史学家到我们的船上来，这样他们就可以复制他们想要的任何信息磁带。因此，我们希望给你们留下一份遗产，这将丰富你们的世界，让你们的子孙后代受益。这是我们最起码能为你们做的。

“但今晚，我们可以把科学和历史放在一边，因为我们船上还有其他宝藏。自从你们的祖先离开后的几个世纪里，地球一直没有闲着。现在，听着，我们一起分享一些地球的遗产，在我们走之前，我们将把它们留在塔拉萨。”

灯光暗了下来，音乐响起。在场的人都不会忘记那一刻；在惊奇的恍惚中，罗拉听着人们在几个世纪的分离中用声音创造的东西。时间已经毫无意义，她甚至没有意识到莱昂站在她的身边，握着她的手，而音乐就在他们周围起伏流动。

这些都是她从未了解过的东西，属于且只属于地球的东西。节奏缓慢的洪大钟声，像看不见的烟雾一样从古老的大教堂尖顶越升越高；耐心的船夫以早已失传的千百种语言吟唱，在白天最后的光亮中逆流而上划船回家；军队朝着战场进发的歌声，时间夺去了他们所有的痛苦和邪恶；当人类最伟大的城市醒来迎接黎明时，千万人的声音合并在一起；极光在一望无际的冰海上跳着冰冷的舞蹈；强大的引擎在通往群星的高速公路上轰鸣着爬升。所有这些她都在这个夜晚传出的音乐和歌声中听到了——遥远的地球之歌，跨越以光年计的距离来到她的耳畔……

清澈的女高音，像鸟儿一样在听觉的边缘俯冲翱翔，唱出了无声的哀歌，撕心裂肺。这是一首挽歌，唱给所有在孤独的太空中失去的爱情，唱给再也见不到的、最后终将消失在记忆中的朋友和家园。那是唱给所有流亡者的歌，对于那些与地球隔绝了十几代和似乎才离开自己的田野城市几周的旅行者来说，都无比清楚。

音乐消失在黑暗中，塔拉萨的人们眼神迷离，避免彼此交谈，慢慢地回到了自己的家。但罗拉没有回自己家，对于那种刺穿她灵魂的孤独，只有一种方法可以抵挡，而目前她已经找到了。在森林的暖夜里，莱昂的手臂紧紧地搂着她，他们的灵魂和身体融为一体。就像迷失在充满敌意的荒野中的旅人一样，他们在爱的火旁寻求温暖和安慰。当那团火燃烧的时候，他们就不会被在夜色中徘徊的阴影所伤，宇宙当中所有的星辰都缩小成了他们可以握在手中的玩具。

对莱昂来说，这份爱情从来都不是完全真实的。尽管所有的紧迫性和危险性使他们来到这里，但他有时会想，在旅程结束时，很难说服自己，塔拉萨不是在他漫长的睡眠中出现的一个梦。比如说，他并不想要这种热烈而注定失败的爱情——它是被强加给他的。然而，他告诉自己，对于经过几个星期的磨炼焦虑之后，降落在这个和平、愉快的世界上，没有几个人会拒绝它。

当他能从工作中逃出来的时候，他就会和罗拉在远离村庄的田野里散步，那里很少有人来，只有耕种机器人会打扰他们的单独相处。在几个小时里，罗拉会问他有关地球的事情——但她绝不会问麦哲伦号的目的地。他很理解她的理由，并尽力满足她对那个世界的无休止的好奇心，对很多人来说，他们还没亲眼见过就已经把它认定为“家园”了。

听到城市的时代已经过去，她感到非常失望。尽管莱昂告诉她，现在地球上两极之间到处都是去中心化的文明，但当她想到地球时，仍然会想起昌迪加尔、伦敦、阿斯特罗格拉德[①]、纽约这些已经消失的巨大城市，她很难意识到它们已经永远消失了，它们所代表的生活方式也随之消失。

“当我们离开地球时，”莱昂解释说，“最大的人口中心是牛津、安阿伯或堪培拉这样的大学城；其中一些城市有五万名学生和教授。其他城市连它们一半的规模都没有了。”

“可是它们发生了什么？”

“哦，这并不是单一原因导致的，不过它的开始是因为通信的发展。一旦地球上的任何人都可以通过按下按钮看到并与其他任何人交谈，对城市的大部分需求就消失了。然后人类发明了反重力，你可以在天空中移动货物或房屋或其他任何东西而不用担心地理问题。于是距离也不再是问题了，而在几个世纪前，飞机就已经开始让人们之间的距离缩短了。在那之后，人们开始在自己喜欢的地方生活，城市也逐渐消失了。”

有一会儿，罗拉没有说话。她正躺在草地上，观察着一只蜜蜂的行为，它和它的祖先一样，都是地球的公民。它正徒劳地试图从塔拉萨的一种原生花中提取花蜜；这个世界上还没有出现昆虫生命，为数

① Astrograd，疑为作者虚构的地球城市。

不多的原生花也还没有发明出针对这些空中访客的引诱物。

沮丧的蜜蜂放弃了这个无望的任务，愤怒地嗡嗡飞走了。罗拉希望它能有足够的理智回到果园，在那里它能找到更多愿意配合的花朵。当她再次开口说话时，说出了现在已经困扰人类近千年的梦想。

“你觉得，”她不满足地说，“我们会不会突破光速？”

莱昂笑了，他知道她在想什么。以比光更快的速度旅行——回到地球老家，却又能在朋友们还活着的时候返回自己的故乡——每个殖民者都在某一刻梦想过这个。在整个人类历史上，没有任何一个问题，曾让人付出了如此多的努力却至今束手无策。

“我觉得不会，”他说，“如果能做到，现在肯定已经有人发现突破光速的方法了。不——我们只能缓慢航行，因为没有别的办法。宇宙规则就是这样，我们对此无能为力。”

“但我们肯定还能保持联系！”

莱昂点了点头。“没错，”他说，“我们会尽力。我不知道出了什么问题，但你们应该早就收到地球的消息了。我们一直在向所有的殖民地发送信使机器人，它们携带着直到出发前发生的所有事情的完整地球历史，并请求对方反馈。当消息传回地球时，会被转录下来，然后由下一个信使再次发送出去。所以我们有某种星际新闻服务，地球就是中央信息交换中心。这种信息交换当然很慢，但也没有其他的办法。如果最后一个去塔拉萨的信使失踪了，那么一定还有另一个信使在路上——它们也许相隔几年或二三十年。”

罗拉试图设想这个由信使构成的庞大的、跨越星际的网络，信使在地球和它分散的孩子们之间来回穿梭，她好奇为什么塔拉萨会被忽略。但有莱昂在她身边，这似乎并不重要。他就在这里；地球和群星却遥不可及。正因如此，无论它可能带来任何不快，那都是明天的事……

到这一周结束时，外来者们在俯瞰大海的岩石岬角上，建造了一个屋子，以及一座由金属梁构成的坚固的金字塔，里面有一些神秘的装置。罗拉和棕榈湾的其他五百七十一名居民以及来到村庄的几千名观光客一样，在第一次测试时，都在一边观看。没有人可以进入机器周围四分之一英里以内的区域——这一预防措施在比较紧张的岛民中引起了很大的惊慌。地球人知道他们在做什么吗？假设出了什么问题。他们到底在做什么呢？

莱昂和他的朋友们在那座金属金字塔里，做着最后的调整——“粗调对焦”，他告诉过罗拉，但是她并没有因此明白更多。她和所有岛上的同胞一样焦急不解地看着，直到远处的人影从机器里出来，走到建在上面的平顶岩石的边缘。他们站在那里，海面上有一群小小的人形剪影，凝视着大海。

在离岸边一英里的地方，水面上发生了一些奇怪的事情。似乎有一场风暴正在酝酿——但这场风暴只保持在一个直径只有几百码的区域内。山一般的波浪慢慢形成，互相撞击，然后又迅速平息。几分钟内，扰动的涟漪已经到达岸边，但小小的风暴中心却没有任何移动的迹象。罗拉告诉自己，仿佛有一根无形的手指从天而降，正在搅动大海。

突然，整个模式都变了。现在，海浪不再是互相撞击，而是步调整齐，在一个紧密的圆圈里越走越快。一个水锥正从海面上升起，每一秒钟变得更高更细。它已经有一百英尺高了，它出现时伴随着一种愤怒的咆哮声，这个声音弥漫在空气中，使所有听到它的人心中感到恐惧。但其中不包括从深海中召唤出这个怪物的那一小队人，他们仍旧镇定自若地站在那里看着它，无视几乎是贴着他们脚面的破碎的波涛。

现在，那座旋转的水塔正迅速向着天空爬升，它像箭一样穿透云层，向着太空前进。它那被泡沫覆盖的山顶已经消失在视线之外，从天空中开始不断地落下雨滴，雨滴异常大，就像是雷雨的前奏。并不是每一滴从塔拉萨这片唯一的海洋中升起的水都能抵达遥远的目的地，有些水逃脱了控制它的力量，从空间的边缘落回。

观望的人群渐渐远去，惊讶和恐惧已经让他们无法平静地接受眼前的景象。五百多年前人类就能够控制引力了，这种把戏虽然很壮观，却无法与将一艘巨大的星际飞船以接近光速的速度，从一颗恒星抛向另一颗恒星的奇迹相提并论。

地球人现在正向他们的机器走去，他们显然对自己所做的事情很满意。即使在这个距离上，也能看出他们很高兴，很放松——也许是他们到达塔拉萨后第一次这样放松。重建麦哲伦号护盾的水正在被送往太空的路上，将被这些人利用其他奇怪的力量塑造和冻结成形。再过几天，他们就可以出发了，他们的伟大星际方舟会完好如初。

甚至直到这一分钟，罗拉都希望他们失败。现在这种希望已经荡然无存了，她看着人造水柱从海里竖起来。有时它微微晃动，它的底部来回晃动，仿佛在巨大的无形的力量之间寻找平衡点。但它已经完全被控制住了，它将完成自己的使命。这对她来说只意味着一件事，很快她就得和莱昂说再见了。

她慢慢地走向远处的一群地球人，整理着自己的思绪，努力克制着自己的情绪。莱昂马上甩下了他的朋友们，来到她面前；他的脸上写满了欣慰和幸福，但当他看到罗拉的表情时，这些欣慰和幸福迅速消失了。

“嗯，”他磕磕绊绊地说，几乎就像一个犯罪的小学生被抓了现行一样，“我们已经成功了。”

“这样的话——你还会在这里待多久？”

他紧张地蹭着沙子，无法与她的眼睛对视。

“哦，大约三天——也许四天。”

她试着平静地接受这句话，毕竟，她已经预料到了——这不是什么新鲜事。但她完全失败了，她根本不能接受这几个字。

“你不能离开！”她绝望地喊道，“留在塔拉萨！”

莱昂轻轻地握住她的手，然后喃喃地说：“不，罗拉——这不是我的世界，我永远也无法融入其中。我的半生都在为现在的工作而接受训练，我在这里永远都不会快乐，这里已经没有任何尖端科学。一个月后，我应该会无聊地死去。”

“那就带我一起去吧！”

“你不是认真的。”

“可我是认真的！”

“你只是这么认为。你在我的世界里会比我在你的世界里更不合时宜。”

“我可以学习——我会有很多事情可以做。只要我们能在一起！”

他把手臂搭在她的肩上，看着她的眼睛。她的眼睛里满是悲伤，但也充满了真诚。她真的相信自己所说的话，莱昂告诉自己。他的良心第一次击溃了他。他忘了——或者说选择不记得——这些事情对一个女人来说可能比对一个男人来说要严重得多。

他从来没有想过要伤害罗拉；他非常喜欢她，此生都会把她铭记在心。现在他发现，就像他之前的许多男人一样，说再见并不总是那么容易。

只有一件事要做。长痛不如短痛。

“跟我来，罗拉，”他说，“我有东西要给你看。”

他们没有说话，莱昂带着她来到地球人用作降落地点的空地。这里到处都是一些神秘的设备，有些被重新包装，而有些则被留下来供岛民们随意使用。有几辆反重力摩托车停在棕榈树的树荫下；即使不用的时候，它们也不会与地面接触，悬停在离草地几英尺的地方。

但莱昂感兴趣的并不是这些；他特意走向那块占据空地的闪闪发光的椭圆形，对站在旁边的工程师说了几句话。他们简短地争论了一下，然后对方相当优雅地认输了。

“它还没有装满呢，”莱昂一边扶着罗拉上坡道，一边解释道，“但我们还是一样要去。反正另一架穿梭机半小时后就会下来。”

罗拉已经置身于一个她从未了解过的世界——一个科技的世界，在这个世界里，塔拉萨最杰出的工程师或科学家都会迷茫。岛上拥有维持塔拉萨人生活和幸福所需的所有机器，而眼前的机器完全超出它的见识。罗拉曾经见过那台伟大的计算机，那是她的人民的虚拟统治者，整整一代人都不曾质疑过它的决策。那个巨大的大脑庞大而复杂，但这台机器有一种令人敬畏的简洁感，即使是她那不懂技术的头脑也被打动了。莱昂坐在那块小得离谱的控制板前时，他的手除了轻放在上面，似乎什么也没做。

然而墙壁却突然变得透明了——缩小版的塔拉萨出现在他们下方。她没有任何运动的感觉，周围也没有任何低声的响动，然而在她的注视下，这座岛屿也在逐渐缩小。世界的迷蒙边缘，一张巨大的弓将大海的蓝色和太空的天鹅绒般的黑色分割开来，每过一秒就变得更加弯曲。

“看。”莱昂指着星星说。

她已经可以看到飞船了，罗拉突然感到失望，因为它竟然如此之小。她能看到中心部分周围有一簇舷窗，但无论是底座还是棱角分明的船身，似乎都没有其他缝隙。

这种错觉只持续了一秒钟。然后，一种难以置信的震惊使她的感官晕眩，她几乎要晕倒了，她发现自己的眼睛是多么无望地被欺骗了。那些不是舷窗；船还在几英里之外。她看到的是打开的舱门，渡运飞船可以通过它们在星舰和塔拉萨之间穿梭。

太空中没有透视感，所有的物体无论距离多远，依然清晰锐利。即便是船体在他们身边若隐若现，一堵无尽弯曲的金属墙挡住了群星，依然无法真正判断它的大小。她只能猜测，它至少得有两英里长。

据罗拉判断，莱昂没有任何干预，渡运飞船便停靠在这里了。她跟着他走出小控制室，当气闸打开时，她惊讶地发现他们可以直接走进星舰的一条通道里。

他们正站在一条长长的管状走廊里，这条走廊向各个方向延伸，目之所及都是如此。地板在他们脚下移动，带着他们迅速而轻松地向前走——然而奇怪的是，当罗拉踏上传送带时，她并没有感觉到突然的拉动感，现在传送带正带她穿过飞船。又多了一个她永远无法解释的谜团；在莱昂向她展示完麦哲伦号之前，还会出现许多其他的谜团。

过了一个小时，他们才遇到另一个人类。在这段时间里，他们一定走了好几英里，有时被移动的走廊带着走，有时沿着内部没有重力的长长的管道上升。莱昂想做什么很明显，他试图让她对这个人工世界的规模和复杂性有一些模糊的印象，这个人工世界的使命是把新文明的种子带到星际。

光是引擎室，连同其沉睡的、被遮盖住的、用金属和水晶制作的怪物，一定有半英里长。当他们站在高高在上的阳台上，身下是潜藏力量的巨大舞台，莱昂骄傲地说（也许并不完全准确）：“这些都是我的。”罗拉低头看着那些带着莱昂穿越许多光年来到她身边的巨大而毫无意义的东西，不知道是该因它们带来的东西而感恩，还是要为它们可能很快就会带走的东西而诅咒。

他们迅速地穿过洞穴式的船舱，里面装满了塑造一颗处女行星并使其成为人类合适的家园所需的所有机器、工具和物品。那里有数英里长的储存架，用磁带或微缩胶卷或更紧凑的形式保存着人类的文化遗产。在这里，他们遇到了一群来自塔拉萨的专家，他们显得相当茫然，试图决定在留给他们的几个小时内，能洗劫其中多少财富。

罗拉好奇自己的祖先在穿越空间时，是否有这么好的装备？她对此表示怀疑。他们的飞船要小得多，自从塔拉萨被开辟出来后的几个世纪里，地球一定掌握了很多星际殖民的技术。当麦哲伦号上沉睡的旅行者到达新家时，如果他们的精神与物质资源相匹配，他们无疑会获得成功。

现在，他们来到了一扇巨大的白色门前，随着他们的走近，这扇门悄悄地滑开了，露出了——在飞船里发现的最不协调的东西——一个衣帽间，里面的钉子上挂着一排排厚重的毛皮。莱昂帮助罗拉爬进其中的一个，然后为自己选择了另一个。她不解地跟在他身后，他走向镶嵌在地板上的一圈磨砂玻璃，然后他转身对她说："我们现在要去的地方没有重力，所以跟紧我，完全按照我说的做。"

水晶陷阱门像表面皿一样向上转着打开，一阵冷气从深处旋转着喷出来，这是罗拉从未想象过、更没有经历过的。薄薄的水汽在冰冷的空气中凝结，像幽灵一样在她身边跳舞。她看着莱昂，好像在说："你肯定不是指望我下去吧！"

他安慰地挽着她的胳膊说："别担心——几分钟后你就不会注意到寒冷了。我先下去。"

他消失在陷阱门下面；罗拉犹豫了一下，然后跟在他身后降了下去。降？不，这么说不对，这里已经不存在上下。重力已经消失了——她在这个寒冷的雪白宇宙中完全失重地飘浮着。她的周围都是闪闪发光的玻璃蜂窝，形成了成千上万个六边形的小房间。它们被一簇簇的管道和一捆捆的电线交错在一起，每一个房间都大得足以容纳一个人。

而每个房间里也确实有一个人。他们就在那里，睡在她的周围，成千上万的殖民者，毫不夸张，地球对他们来说，仍然是昨天的记忆。这场长达三百年的睡眠才过去不到一半，他们在做着什么梦呢？在这生与死之间的昏暗无人之地里，大脑是否会做梦呢？

狭长无尽的传送带上，每隔几尺就装上手扶，横在蜂窝的表面。莱昂抓住其中的一条，让它牵引着他们迅速地穿过六边形的大马赛克。他们换了两次方向，从一条带子换到另一条带子，直到最后，他们来到了离出发点整整四分之一英里的地方。

莱昂松开手，他们飘到一个与其他无数房间并无不同的房间旁休息。但当罗拉看到莱昂脸上的表情时，她知道他为什么带她来这里，也知道她的抗争已经失败了。

飘浮在水晶棺材里的女孩有着一张并不美丽的脸，但充满了个性和智慧，即使是在这长达数百年的休眠中，也表现出了坚定和机智。那是一张开拓者的脸，一张可以站在她的伴侣身边，帮助他挥舞任何可能需要的神话般的科学工具，在星际之外建立一个新的地球的女边民的脸。

很长一段时间，罗拉没有意识到寒冷，她低头凝视着沉睡的对手，她永远不会知道她的存在。她好奇，在整个世界历史上，是否也有一段爱情曾经在如此怪异的地方结束？

最后，她终于开口了，她的声音很低沉，好像怕惊醒这些沉睡的军团。

“她是你的妻子吗？”

莱昂点了点头。

“我很抱歉，罗拉。我从没想过要伤害你……”

“现在无所谓了。我也有错。”她顿了顿，更仔细地看着熟睡的女人，“她肚子里的也是你的孩子吗？”

“是的，我们登陆三个月后，他就会出生。”

想到一个孕期会持续三百年零九个月，多么奇怪啊！然而这一切属于同一个模式；而她现在知道，在那个模式里没有她的位置。

这些耐心的人群将萦绕在她余生的梦境中；当水晶陷阱门在她身后关上，温暖重新爬上她的身体时，她希望进入她心底的寒意也能如此轻易地被驱散。也许有一天会这样的；但在那一天到来之前，她要熬过许多白天和许多孤独的夜晚。

她对穿越迷宫般的走廊和有回音的房间的返程之路一点印象也没有，当她发现自己再次出现在把他们从塔拉萨带上来的那艘渡运飞船的船舱里时，她感到很意外。莱昂走到控制室，做了一些调整，但没有坐下来。

“再见，罗拉，”他说，“我的工作已经完成了。我留在这里会更好。”他握住她的手；现在，在他们在一起的最后时刻，她一句话都说不出来。她甚至看不清他的脸，因为泪水模糊了她的视线。

他的手又紧握了一下，然后松开了。他发出了一阵努力控制的抽泣声，当她又能看清时，船舱里已经空无一人。

很久以后，控制板上传出一个平稳的合成声音：“我们已经降落，请从前部气闸离开。”一扇一扇打开的门指引着她的脚步，此刻她正望着她先前离开的那片繁忙的空地，而中间似乎相隔了一生。

一小群人正聚精会神地注视着这艘船，哪怕这艘船已经降落过上百次。她一时不明白原因，然后克莱德的声音吼道：“他在哪里？我受够了！”

几步之间，他就上了坡道，并已粗暴地抓住了她的胳膊。“叫他像个男人一样出来！”

罗拉无力地摇摇头。

“他不在这里，”她回答道，“我已经和他告别了。我再也见不到他了。”

克莱德怀疑地盯着她，然后发现她说的是事实。这时候，她倒在他的怀里，哭泣着，仿佛心都要碎了。在她倒下的同时，他的怒气，也在他的心里消散了，他原本打算对她说的话，都从脑海中消失了。她又属于他了，现在其他事已经都不重要了。

在将近五十个小时的时间里，塔拉萨沿海的喷泉一直在咆哮，直到它的工作完成。全岛的人都通过摄像机的镜头，目睹了冰山的成形，它将在麦哲伦号的前面驶向星空。所有观看的人都在祈祷，希望新的护盾能比它从地球带来的更有用。在靠近塔拉萨太阳的这几个小时里，巨大的冰锥本身被一层薄如纸片的抛光金属屏风保护着，使它始终处于阴影之中。他们一启程就会留下这块遮阳板；在星际的荒原中，它没有用武之地。

最后一天来临又结束；当太阳落山，来自地球的人向他们永远不会忘记的世界——也是他们沉睡的伙伴们永远不会记得的世界——做最后的告别，罗拉并不是唯一感到内心悲伤的人。和第一次降落时一样迅速而悄无声息，闪闪发光的蛋形飞船从空地上升起，在村子上方停滞了片刻以示敬意，爬回它的本来的世界中。然后，塔拉萨等待着。

夜幕被无声的爆炸产生的光亮打破了。那片脉动的光辉不如一颗星星大，却让所有其他天体黯然失色，占据了天空，它的亮度远远超过了塞勒涅的苍白月盘，在地面上投下了边界分明的阴影——即使在人们注视的时候，这些阴影也在移动。在太空的边界上，为太阳本身提供动力的火焰现在正在燃烧，准备在它中断的最后一段旅程中推动星舰进入无边无际的宇宙。

罗拉没有流一滴泪，她看着那无声的荣耀，她的半颗心被它带着一并向着星空飞去。她的感情已经干涸了，如果她还有眼泪的话，以后会流出来的。

莱昂是已经睡着了，还是在回望着塔拉萨，想着可能发生的事情？睡着还是醒着，现在又有什么关系……

她感觉到克莱德的双臂紧紧地包围着她，欢迎它们带来的安慰驱赶空间的孤独感。这是她的归宿，她的心不会再飘走了。再见了，莱昂——愿你在那遥远的世界上幸福，祝你和你的孩子们代表人类征服太空。但偶尔想想我，在你身后两百年的地球之路上。

她背对着炽热的天空，把脸埋在克莱德双臂的庇护里。他笨拙而温柔地抚摸着她的头发，希望能用语言来安慰她，却知道沉默是最好的。他没有感到胜利的感觉，虽然罗拉又是他的了，但他们以前纯真的伴侣关系已经不复存在了。关于莱昂的记忆会褪色，但永远不会完全消失。克莱德知道，在他余生中，莱昂的幽灵会存在于他和罗拉之间——当他们躺在坟墓里的时候，这个幽灵也不会有一丝衰老。

光线从天空中渐渐消失了，星际引擎的怒火在孤独而不归的路上渐渐熄灭。只有一次，罗拉从克莱德身上转过身来，再次看向那艘离去的船。它的旅程几乎还没有开始，然而它已经比任何一颗流星更迅速地飞过天际；再过一会儿，它就会落到地平线的边缘以下，因为它越过了塔拉萨的轨道，越过了荒芜的外行星，继续驶向深渊。

她紧紧地抱住了包围她的强壮臂膀，感受着脸颊上克莱德心脏的跳动——那颗属于她的心脏，她再也不会冷落它了。寂静的夜色中，突然传来了观望的数千人长长的叹息声，她知道，麦哲伦号已经沉入了世界边缘之下。一切都结束了。

她抬头看了看空荡荡的天空，现在星辰又回来了——从此只要看到这些群星，她就会想起莱昂。但他是对的，那条路不适合她。她现在知道了，凭借一种超越年龄的智慧，麦哲伦号星舰是要去创造历史的；而这是塔拉萨不会参与其中的事情。她的世界的故事始于三百年前的先驱者，也结束于三百年前的先驱者，但麦哲伦号的殖民者将继续取得胜利和成就，其伟大程度不亚于人类传奇中已经记载的任何一个。莱昂和他的同伴们将会移海平山，征服未知的危险，而八代人以后，她的后人还在阳光下的棕榈树下做梦。

而哪个更好，谁又能说得清呢？

（译者：丁将）

轻微中暑

1958年9月首次发表于《银河系》（*Galaxy*），篇名《一道日光》

收录于《十个世界的故事》

应该由其他人来说这个故事，其他更了解南美足球个中趣味的人。在老家爱达荷州莫斯科，我们抓了球就跑。在我称之为秘利维亚[①]的繁荣共和制小国，足球是用脚踢着玩的。而这与他们对裁判的所作所为相比，根本不算什么。

秘利维亚的首都再会城是个精巧的现代都市，位于安第斯山中，海拔高达两英里。居民对他们辉煌的足球场非常骄傲。场内有十万观众席，不过，重要比赛时，仍难以容纳所有前来观战的球迷，例如与邻国巴拿古拉[②]的年度对战。

在南美其他较不民主的地区几经磨难和冒险之后，我抵达秘利维亚，其后，我率先得知的事情之一，便是去年球赛因为裁判极为肮脏的欺瞒手段输掉了。据说，裁判判罚多个队员、宣判一次进球无效，基本上确保了表现最佳的球队绝对赢不了。如此激烈的指控言辞让我

① 原文是Perivia，即Peru（秘鲁）+Bolivia（玻利维亚），这里不只是虚构国家，更是化名，因为主角的职业而保持机密，以下首都名字亦是。——译者注

② 原文是Panagura，即Panama（巴拿马）+Gura。——译者注

相当想家。不过，想起我所在是何等地方，我只说了句："你们应该多给裁判点钱的。""我们给了，"对方苦闷地答复，"可巴拿古拉人后来也找上他了。""真不幸，"我说，"收贿便乖乖办事的好人难寻。"抽走我最后一张百元美钞的海关稽查员还有点羞耻心，挥手让我通过边境时，他藏在短髭后的那张脸红了。

接下来几周很是辛苦，这并非我不愿多谈的唯一原因。总之，我暂且重回农耕机生意，虽然我进口的器械不曾接近任何农场；而现在要把它们往前线送，且不让好事之人刺探包装里头是什么，每次得花的钱都比一百块多上许多。我最不需要的就是更多烦心事，尤其是足球。我知道，我进口的昂贵商品随时将派上用场，而我只想确保这次离开时我能顺利带走生意利润。

尽管如此，随着第二场比赛的日期逼近，我也难以忽略周遭的兴奋之情。别的不提，连我的生意都受到影响：我费尽心力与财力，设法在安全的旅馆或可靠的自己人家里举办会议，与会人士好不容易到场，却花大半时间讨论足球。这简直令人抓狂，我不禁开始怀疑秘利维亚人是否把政治看得像足球那么重。"各位！"我会表达不满，"下一批旋转钻机明天就要卸货，除非我们拿得到农业部长核发的许可，要是某人打开箱子……"

"别担心，小子，"席耶拉将军或佩德罗上校会这样轻描淡写地回答，"已经安排好了，就交给军方吧。"

我还算识相，不至于反问"谁的军方"。然后，接下来的十分钟，我就得听他们争得面红耳赤，谈论足球战术及如何应付不守规章的裁判。我做梦也想不到（也确信没有其他人想得到），足球竟然与我们所面临的特定问题紧密相连。

从那之后，我已有余裕理清所有来龙去脉；但在事发当时，一切都令人困惑。在这个几乎不可能的故事中，最关键的人物肯定就是厄南多·迪亚斯阁下了。他是百万富翁、花花公子、足球迷、业余科学爱好者，以及——我敢打赌——未来的秘利维亚总统。厄南多阁下对跑车与好莱坞美人的热爱，使他成为国际上最知名的秘利维亚人。多数人认为纨绔子弟是厄南多阁下唯一的身份，而这与事实天差地远。

我已得知阁下是我们的人，但他同时也备受鲁伊斯总统器重。这让他处于权力极大又相当微妙的立场。当然了，我从未见过他本人。他必须慎选同伴，而我，除非有必要，大部分人对我可是唯恐避之不及。他对科学的喜好，我是隔了很久之后才听说的。厄南多阁下似乎有座私人天文台，夜色晴朗时常常造访；不过，谣传说这场地的功能远不止于观测天文星象。

厄南多阁下一定用尽所有魅力与说服力，才说动总统同意此事，而若非因为总统也是足球迷，且和每个爱国的秘利维亚人一样，为去年的挫败痛苦不已，他绝不可能同意。总统想必颇为欣赏这个绝妙的主意。虽然，他可能不乐见整整半支军队一个下午的时间都无法出动，但厄南多阁下提醒总统：有什么比把年度盛事的五万个座位送给军方更能赢得忠诚呢？

我在那个值得纪念的日子于球场座位坐下时，对这一切仍毫不知情。你觉得我并不想去？猜对了。可是佩德罗上校给了我一张票，辜负他的心意好像说不过去。所以，我坐在那儿，顶着艳阳，用节目表扇着风，用随身收音机听着转播，等待球赛开始。

足球场人满为患，椭圆碗形的座席区密密麻麻都是人脸。观众入场有些延迟。警方已经尽力，但要一一检查十万名入场民众是否偷偷携带枪械实在需要时间。客场球队坚持要这么做，还引起本地民众群情愤慨，但随着入口检查哨堆的枪炮越来越多，抗议声浪也就迅速消散。

只要观察群众嘘声的移动方向，就能明确得知裁判何时搭乘加装装甲的凯迪拉克进场。“如果对裁判有意见，”我向邻座同伴说道，那是一名中尉，官阶之低微，以至于与我一起出席公开场合不至造成危险，“不能把他换掉吗？”

他无奈地耸耸肩。“客场球队有权决定裁判人选。我们无计可施。”

“那至少你们应该赢得了在巴拿古拉的客场比赛呀？”

“确实，”他同意，“但上次我们过于自信，踢得太差，连我们指派的裁判也救不了。”

对于球赛双方，我都难以同情，便准备忍受接下来吵闹而沉闷的几小时。我的判断鲜少错得如此离谱。

球赛还要一段时间才会正式开始：先由乐团挥汗演奏两国国歌，再向总统与总统夫人介绍两国球队，接着，枢机主教为众人赐福。然后，两队队长为了球的尺寸与形状莫名争论起来。等待时，我读起手上的节目表。那是中尉递给我的，节目表制作精美，看来造价不菲。四开尺寸，以美术用纸印制，插图华美，看来甚至镶了一层银箔。出版商似乎不太可能收回印制成本，但这份节目表显然重名大过利，再怎么说，以总统为首的各方重要人士，包括我的多数友人，都在读这份《胜利特别纪念专刊》。我也颇有兴趣地注意到，掏腰包将五万份节目表免费发送给英勇将士们的，正是厄南多阁下。在我看来，以如此手段争取军心未免过于天真，恐怕不敷成本。此外，过早宣告“胜利”似乎不甚必要，更别提手法相当粗糙。

我的思绪被群众轰然巨响的呼喊打断，比赛开始了。足球以“之”字形剧烈移动，还未传过半场，一名身穿蓝色球衣的秘利维亚球员绊倒了身着黑色条纹球衣的巴拿古拉球员。他们真会把握时间，我暗想，裁判会怎么做呢？结果他什么也没做，令我感到惊讶，不禁琢磨这次我方是不是强迫他事成再收款。

“刚刚那不算犯规吗？足球术语是怎么说的？”我问邻座同伴。

“切！”他应道，眼睛仍紧盯着场上，“那根本不算什么，何况那土狼也没看见。”

确实，裁判远在球场另一边，似乎难以跟上比赛。他的动作明显吃力，令人疑惑，但我猜到了原因。有谁看过穿着防弹背心奔跑的人呢？可怜的家伙，我心想。同为无赖，我对他的处境有种事不关己的同情：赚黑心钱还真辛苦。我可是光坐在这儿就快热死了。

开赛前十分钟，双方你来我往，我记得肢体冲突不超过三次。秘利维亚队刚射失一球，球飞出场外的态势过于利落，巴拿古拉球迷（观众席特别为他们围出一区，由专属警力保护）的热烈掌声竟没有被嘘声压过。我开始觉得失望。毕竟，这与老家的球赛差不多“精彩”，把球的形状换换就行了。

直到接近中场休息，才出现真正需要人道救援的时刻：三名秘利维亚球员与两名巴拿古拉球员（或者反过来）群起互殴，挤成一团，只有一名幸存者能自己起身。混乱中，伤员被推离战场，等候替补球员上场时，发生了重大事件：秘利维亚人抱怨敌队夸大球员伤势，让精神奕奕的候补球员上场。但裁判态度坚决。球员上场，球赛继续，而背景喧哗的噪声终于稍歇，不再让人那么头疼。

巴拿古拉队迅速得分。虽然，我身边的观众没人自尽身亡，好几个人也相差不远了。注入新血显然让对方士气大振，主队看来不妙。巴拿古拉队传球技巧高超，秘利维亚队的防守相形之下漏洞百出。照这样下去，我心想，裁判不用出手也能胜利。而且，说句公道话，目前为止我看不出任何明显的偏袒。

结果，我不用等太久。中场休息前，主队试图力挽狂澜，在球门前挡下对方进攻，后卫一记远射，球如火箭般朝客场球门直冲而去。而就在足球凌空的瞬间，裁判吹哨，比赛随之暂停。裁判与两队队长简短对谈，不欢而散。场上每个人都在激烈地比手画脚，场边观众不满地怒吼。“发生了什么事？”我可怜兮兮地问。

“裁判说我们球员越位。”

“怎么可能。他根本就站在自己队的球门边啊！”

“嘘！”中尉说，不愿为无知的我浪费时间。通常我不会乖乖闭嘴的，但我暂且作罢，试着自己搞懂。看来，裁判判给巴拿古拉队一次禁区内的自由球，我渐渐理解观众的感受了。

足球腾空飞起。尽管门将纵身扑救，球仍沿着美丽的抛物线，擦过门柱，直抵球门。观众发出痛苦的巨吼，再回归寂静——后者反而更令人印象深刻，就像受了伤的猛兽，静静等候复仇的时机。现在几乎日正当中，酷热笼罩，我却感觉好像冷风刮过，突然打了个冷战。再多印加帝国的财富也不可能说服我和场上那身穿防弹背心挥汗奔跑的男人互换身份。

我们落后两分，但希望还在；上半场还没结束，且整场比赛结束前仍可能发生任何事。秘利维亚队正全力拼搏，锐不可当，仿佛是接下战帖意欲证明自己的勇士。

崭新的气魄很快有所斩获，几分钟内，主队踢进无懈可击的一球，观众乐得发狂。这时，我已经和其他球迷一样，又喊又叫，还对裁判吼了不少话，我都不知道自己的西班牙语这么溜。现在是一比二了，十万名观众祷告的祷告，诅咒的诅咒，希望再扳回一球。

接下来的事刚好在中场休息前发生，带来了极为严重的后果。我想要尽可能中立地说明。球传向主队前锋，他带球前进了五十英尺左右，脚法利落地闪过几个防守球员，漂亮地进球。足球射门入网，还未落地裁判哨音又响起。

现在可好了，我思忖，这样的进球，他总不可能判无效吧。

但裁判确实这么做，说手球了。我的视力不错，却根本没看到。

所以，我也无法为了接下来发生的事怪罪秘利维亚人太多。

虽然情况一度危急，警察仍设法阻止了群众冲入球场。两支队伍分别离去，场中央只剩下姿态顽强不屈的裁判。他大概在思量球赛结束后该如何逃离球场，可能还安慰自己说，球赛结束即可就此退休。

尖锐的军号声让所有人措手不及——我指的是五万名士兵以外的所有人，训练有素的军士早就等得快不耐烦。全场瞬间陷入寂静，我甚至听得见足球场外嘈杂的交通。第二声军号响起，密密麻麻的人脸瞬间消失在刺眼的火海中。

我哭喊出声，遮住双眼。一时，我还以为核弹被引爆了，试图躲避却徒劳无功。现场并无爆炸冲击，只有闪耀的火幕，我闭上眼睛都能隔着眼睑看见，好几秒才消失。火幕来得快去得也快，第三声号角（也是最后一次）响起就结束了。

一切事物，除了一件小事，其余皆安然无恙。裁判原本站着的地方，剩下一小堆灰烬，微微冒着烟，飘散于无风的空气中。

刚刚到底发生了什么事？我转向邻座同伴，他受到的震撼看来与我差不多。“圣母啊，”我听见他嗫嚅道，“我从不知道那玩意儿有这种威力。”他直盯着——并非场中央那堆火葬的灰烬，而是摊在膝上的纪念专刊节目表——然后，尽管难以置信，我瞬间懂了。

即使到了现在，已有人仔细将原理解释给我听，我还是很难相信自己眼见的一切是由此而生：如此明了，如此合逻辑，如此……离奇。

各位是否曾用随身镜恶作剧，将阳光反射到别人眼睛里呢？我想每个孩子都曾这么做；我记得我对一个老师这样做过，讨了一顿打。然而，我从未想象五万名训练有素的军士，利用几平方英尺的锡箔，同时使出这个把戏。

我一位数学特别好的朋友计算过了（倒也不是因为我需要更多证据，只是我生性喜欢追根究底）。在那之前，我从不知道阳光到底有多少能量。接收阳光的表面，每平方码所含的能量超过一匹马力[①]，而庞大的球场中，大片面积接收的热能都集中反射到一小块面积，也就是已故的裁判身上了。就算假设不是所有的节目表都瞄得准，裁判还是接收了至少一千马力的热能，等同于被丢进鼓风炉里。他大概没有感觉太多痛苦。

我确信，除了厄南多阁下，没有人预料到实际情形。反复演习的军士只被告知裁判可能会瞎掉，不能再对球赛搞破坏。不过，同时我也确信，没有人感到一丝丝懊悔。对秘利维亚人而言，足球是永恒的。

政治也是。球赛继续，换上新裁判，眼神温和、言行温顺（可想而知），比赛渐渐走向可预知的结局。此时，我的友人们正积极动作。当胜利队伍光荣退场时（最终比数十四比二），一切皆已安排就绪。一枚子弹也未发，总统从足球场出现时，即被礼貌地告知，他们已经为他保留隔日早晨飞往墨西哥市的班机座位。

席耶拉将军在我登上与他前老板同班班机时，对我说道："我们让军方赢了足球赛，趁着忙碌我们赢了国家，皆大欢喜。"

我过于礼貌没有反驳，不过忍不住心想，这真是短视的想法。几百万巴拿古拉人想必非常不高兴，总有一天会来算账的。

我也怀疑，算总账的日子大概不远了。上周，我的一个朋友随口向我倾吐他的烦恼。他是某个领域世界顶尖的专家，偏好以假名自由接案。

"乔，"他说，"为什么会有人要我打造一个能够装进足球里的导引火箭？"

（译者：张芸慎）

① 马力，功率单位，1马力约等于745瓦。——译者注

1937 1938 1939 1942 1946 1947 1949 1950 1951 1952 1953 1954 1955 1956 1957 1958 1959 1960 1961 1962 1963 1964 1965 1966 1967 1968 1970 1971 1977 1984 1986 1992 1998 1999

闹鬼的宇航服

1958年11月首次发表于《新世界》(*New Worlds*)
收录于《十个世界的故事》

卫星控制中心呼叫我时，我正在观察舱里誊写当天的进度报告——这是一间玻璃圆顶的办公室，于空间站主轴顶端凸出，活像一副车轮毂中间的圆盖。这里的工作环境算不上理想，因为视野开阔得有些过分。就在几码开外，我能看到施工队正在把整个空间站像大型积木玩具一样拼接起来，动作磨磨蹭蹭，仿佛在大跳慢动作芭蕾舞。在他们身后两万英里处，闪耀着蓝绿光辉的地球母亲飘浮在宇宙中，背景便是银河系那错综复杂的星云构图。

“我是空间站主管。”我回答道，“有什么情况？”

“雷达在两英里外发现了什么东西，目标很小，几乎静止不动，位于天狼星以西五度范围内。你用肉眼能观察到吗？请回复。”

那个物体与我们的轨道竟然如此合拍，肯定不会是流星了，应该是我们弄丢的什么东西——或许是某个器材没固定好，从空间站上飘出去了。我是这么想的，直到我拿过双筒望远镜，在猎户座周围的宇宙空间中搜寻，这才发现自己弄错了。那个太空流浪者确实是人造物体，但和我们一点儿关系都没有。

“我发现了。”我向控制中心回话，“那是一台实验卫星，呈圆锥体，有四根天线，底座上好像还有一套光学透镜。从设计上判断，可能是美国空军于二十世纪六十年代早期推出的型号。我听说，因为发射失败，有好几台实验卫星失踪了。他们做了好多次尝试，最后才确定现在的卫星轨道。”

控制中心在档案里查找了一小会儿，证实我的猜测是正确的。但他们又花了点儿时间，才确定华盛顿方面对我们的发现一点儿也不关心。这台卫星离家出走已有二十年了，如果我们把它再次“弄丢”，他们反而更高兴。

“好吧，可我们不能这么干。”控制中心说，“就算无人认领，那东西挡在轨道上也是个威胁。最好有人能出去，把它拖到空间站里。”

我知道，这个人肯定就是我。我可不敢从加班加点的施工队伍中再抽调一个人出来，我们已经赶不上进度了——而每耽搁一天就要多耗费一百万美元。地球上所有的广播和电视网络都已急不可待，就等着空间站竣工，以便早日播出他们的节目，从而第一次实现真正意义上的全球联通，从南极到北极，覆盖整个世界。

“我会出去搞定它的。”我一边回答，一边“啪”的一声用松紧带绷好桌上的文件，免得从通气孔送入的气流把它们吹得满屋子乱飞。尽管我努力让语气平和下来，好像很乐意为大家服务似的，但实际上，我心里一点儿也不高兴。我进入外太空已有两个星期了，早就厌倦了没完没了地监督工程进度，填写维修报告，以及所有那些身为空间站主管不得不面对的“美妙”差事。

我向气密舱飘去，沿途遇到的唯一一位“船员”只有汤米——我们最近才养的一只猫。对于远离地球无数英里的人们来说，宠物可谓意义重大，但没有多少动物能够适应无重力的太空环境。我钻进太空服时，汤米冲我哀怨地喵喵叫，可我现在很忙，没时间陪“他”玩。

此时此刻，或许我该提醒众位看官，我们在空间站上使用的太空服，和在月球表面行走时穿的那种有很大的不同。它没那么灵活，更像是一台微缩版的宇宙飞船，只是刚刚够塞下一个人而已。它呈短粗的圆柱形，大概有七英尺高，配有低功率的喷气推进器，上端装有一对可折叠的袖子，就像手风琴的风箱，可以容纳宇航员的双臂。不过一般情况下，我们都会把手缩回到太空服里，操作胸前的手动装置。

我在这台十分独特的飞行器里收拾停当，打开电源，检查微小面板上的仪表读数。航天员钻进宇航服后，你经常会听到他们念叨一个神奇的单词——“FORB”，这会提醒他们依次检查燃料、氧气、无线电和电源电量。所有读数的指针都在安全范围内，于是我扣好头顶上的透明半球形面罩，把自己密封起来。由于这只是一趟短途任务，所以我没有费心检查宇航服内部的储物包，只有在执行长期任务时，那里才会放进食物和某些专用器材。

传送带将我缓缓送进气密舱，我感觉自己就像一个印第安婴孩，被母亲装在篮里，背在背上。气泵抽走空气，舱内气压降至零，外舱门打开，最后一丝微风将我裹挟着推向群星，我在虚空中慢慢地翻了个筋斗。

空间站距我只有十几英尺，但我现在已经是一个独立的星体了——一个只属于我的小世界。我被严密地封在一个微小的可移动圆柱体里，整个宇宙在我面前一览无余，可在航天服里，我连一点儿活动空间都没有。软垫座椅和安全带将我牢牢固定，让我无法转身，好在只要我伸展手脚，便能够到所有控制装置及储物包。

在外太空，太阳是个致命的大敌，瞬间就能把你的眼睛晃瞎。我小心翼翼地打开太空服“背阳”面的黑色滤光镜，这才敢转过头去，看着远方的群星。同时，我将头罩上的外部遮阳镜调到自动状态，这样，不管太空服怎样旋转，我的双眼都会得到保护，以免被强光灼伤。

不一会儿，我便发现了目标——一点明亮的银色光斑，金属材料的反光将它和周围的星光明显地区分开来。我轻踩喷气控制踏板，立刻感受到一阵温和的推动力，低功率火箭推着我渐渐远离太空站。经过十秒钟稳定的加速，我感觉速度已经足够，便断开动力源。剩下的路程只需五分钟，打捞成功后，返程也用不了更多时间。

就在这时，我置身于茫茫的黑暗深渊，突然感觉不对劲儿，恐怕事情还很严重。

在太空服里，永远不会有完全的寂静。你总能听到氧气轻柔的嘶嘶声、风扇与发动机微弱的呜呜声、你自己喘气时的呼呼声——如果仔细听，甚至还有心脏跳动时有节奏的怦怦声。这些声音在太空服中回荡，无法逸散到周围的真空中去。在宇宙中，它们是生命的背景音，却极易被忽视，只有发生异常时，你才会注意到它们的存在。

它们现在就发生异常了，在原来那些声音以外，又多了一种我从未听过的声音，那是一阵断断续续的沉闷敲击声，间或夹杂着抓挠声，仿佛金属刮擦在金属上。

我立刻僵住了，屏住呼吸，支起耳朵，想听出这古怪的声音来自何处。控制面板上的读数毫无异兆，刻度盘上的指针稳如泰山，预示大难临头的红色警示灯也没一丝一毫的闪动。这给了我一些安慰，但不算特别多。很久以前我就明白，在这种情况下，一定要相信自己的直觉。脑中的报警信号已然响起，催促我尽早返回太空站，免得大难临头一发不可收拾……直到现在，我依然不愿回想后来那几分钟的心情。惊恐如涨潮的海水，渐渐淹没了我的心智，为了对抗神秘莫测的宇宙，每个人都会竖起的理智与逻辑的大坝，这会儿也被冲垮了。这时我才明白什么叫作精神错乱，再没有其他解释更适合现在的情况了。

我已经没法再把困扰我的声音说成是机械故障了。尽管我孤立无援，远离所有人类，周围甚至没有任何实物，但我并非孑然一身。寂静的真空已经把虽然微弱，但确凿无疑的生命之音送入了我的耳朵。

一开始，令人胆战心寒的是，好像有什么东西正试图钻进我的太空服——那东西无形无体，却要逃脱冷酷无情的宇宙真空，寻找一个藏身之所。我在这身甲胄里发疯似的四下张望，搜寻着周围无限的宇宙空间，可是，除了朝向太阳的闪闪发光的圆锥体，我什么都看不见。什么都没有，当然了，太空中怎么可能有东西呢——唯独那抓挠声，现在反而更清晰了。

尽管有人写过很多胡言乱语来诋毁我们宇航员，但我们真的不迷信。可在当时，我突然间想起波尼·夏默斯就死在太空站附近，可能离我现在所处的位置不远。由于理智已经彻底崩溃，我会这么想，大家应该不会见怪吧？

那是一起“不可能发生”的事故，几乎所有事故都是如此。那一次，三个故障同时出现了——波尼的氧气调节器失控，压力飙升；安全阀失灵，无法排出氧气；一处不良连接点分离——于是，在不到一秒钟的时间里，他的太空服在真空中敞开了。我本不认识波尼，但突然之间，他的命运似乎与我紧密相连——一个恐怖的念头在我脑中浮现。我们原本不愿谈及此事，那就是，太空服太宝贵了，即便破损也不会被丢弃，哪怕它害死了穿着它的主人。它们会被修好，重新编号——然后分发给其他人……

如果一个人死在群星之间，远离故土，他的灵魂会安息吗？你还在这里吗，波尼？若有一件遗物，成了你和你想念的遥远家乡之间的媒介，你会紧紧缠住它不放吗？

这个念头如噩梦一般纠缠着我——现在，抓挠声，还有轻微的摸爬声，仿佛从四面八方同时袭来。我还残存着最后一丝希望，为了确保神志健全，我必须证实这不是波尼的太空服——这些将我贴身包裹起来的铜墙铁壁绝不可能是另一个人的棺材！

我试了好几次才按下正确的按钮，将通话器转换到紧急波段上。“控制中心！”我喘着粗气，“我有大麻烦了！快检查一下我这件太空服的使用记录……”

我的话没说完，后来听他们讲，我的尖叫声甚至震坏了麦克风。如果一个人与世隔绝、孤零零地密封在太空服里，却突然有东西轻拍他的后颈，你说他会不会尖叫起来呢？

我当时一定是猛地往前一挣，尽管有安全带的保护，头还是磕到了控制面板的上缘。几分钟后，救援队赶到时，我已然昏迷不醒，额头上肿起一块好大的青包。

于是在整个卫星中继站上，我是最后一个知晓发生什么事的人。一个小时后，我恢复了知觉，所有医务人员都聚在我的床边，但又过了好长时间，他们才注意到我已经醒来。这群家伙正忙着逗弄三只可爱的小猫咪，那是汤米——我们错误地给“她”起了个男名——在我太空服的五号储物包里偷偷生下的。

（译者：邹运旗）

从这永不停息地运行着的摇篮里[1]

1959年3月首次发表于《公子》（*Dude*）

收录于《十个世界的故事》

首先，我想先指出一件众人忽略的事。“二十一世纪”不会在明天到来，而是一年后；要到二〇〇一年一月一日才会进入新世纪。尽管午夜后就是二〇〇〇年，但二十世纪还有十二个月才结束。每隔一百年，我们天文学家就得重新解释一次，却总无济于事。只要日历上的年份出现两个〇，庆祝活动就开跑了……

你想知道我对太空探索五十年来印象最深的时刻，是吗……你们应该已经访问过冯·布劳恩[2]了吧！他过得如何？很好。他八十大寿时，我们在亚斯宙格勒帮他办了座谈会，在那之后他就没再从月球下来，我也没再见过他。

确实，我见证过不少太空旅行的历史时刻，早从我们发射第一颗卫星开始。那时，我只有二十五岁，仍是卡普斯京亚尔[3]基地的

① 原文为Out of the Cradle，Endlessly Orbiting…，化用了沃尔特·惠特曼（Walt Whitman，1819—1892）的诗《从这永不停息地摇摆着的摇篮里》（Out of the Cradle Endlessly Rocking）。——译者注

② 沃纳·冯·布劳恩（Werner von Braun，1912—1977），V-2火箭及土星V火箭的设计师。——译者注

③ 苏联军事太空基地。——译者注

技师，资历尚浅，发射倒数时，甚至没资格待在控制中心。不过，我确实听见了发射的声音：那是我这辈子听过的第二激励人心的声音。（你问我第一激励人心的声音吗？等等就会提到了。）我们确知卫星进入轨道时，一名资深科学家招来他的吉斯汽车[1]，我们开至斯大林格勒，好好狂欢一番。当时，“工人天堂”只有高层才有汽车，你知道的吧。我们驶过一百公里的时间内，斯普特尼克[2]也差不多绕行地球一周，一切进行得相当顺利。有人算过，发射隔日的伏特加消耗量大概足以把美国人正在造的卫星送上太空，我不这么认为就是了。

历史记载多把那时——一九五七年十月四日——视作太空纪元的开端；我不打算与历史学者争辩，但在我看来，刺激精彩的时代更晚才开始。单以戏剧性而言，哪个时刻比得过美国海军为了在太空舱沉没前抢救狄米崔·卡林宁，疾驶于南大西洋？或者，其后杰瑞·温格特绕行月球、成为见到月球背面第一人时的无线电实况广播，用词形容之“生动”，却没有半家电台敢消音。还有，在那五年之后，在赫尔曼奥伯特号在虹湾的高原着陆之际，其舱房的电视转播。那艘船仍矗立于原地，如今已是不朽的纪念碑，借以凭吊埋葬于它身旁的船员。

这些都是人类迈向太空旅程中的重要里程碑，不过，若你以为我要讲的是其中任一事件，就猜错了。因为，对我影响最为深远的，与这些事件截然不同。我甚至不确定自己能够好好表达当时的经历；就算我说了，你也没有什么故事可写。至少，不是什么独家揭露的故事，当时媒体就已经大肆报道过了。不过，他们大多完全弄错重点；

① 苏联出产的豪华汽车。——译者注

② 苏联于1957年10月4日发射的第一颗人造卫星，意思是“旅伴”，它在围绕地球转了1400圈后坠入大气层消失。——译者注

记者以为这是人情趣味的题材，仅此而已。

那时距离斯普特尼克发射已过二十年，我和许多人一样，正在月球上。而且我那时……唉，自视过高，已经当不了真正的科学家。那时我已十几年不需亲自给电脑写程序，因为我正进行更高深的工作，为人类编写程序；我是首次载人的火星远征任务“战神计划”的总协调官。

当然，我们计划从月球出发，毕竟重力较小。从地球出发所需的燃料将是从月球出发的五十倍。我们曾想过在卫星轨道打造太空船，试图节省更多燃料，不过，仔细研究过后，这点子没有看起来那么高明。在太空中打造工厂与机坊并不容易；若需物品保持不动，无重力是个缺点而非优势。二十世纪七十年代晚期，第一月球基地已经建设得很不错，化学处理厂和各种小型工业制程都已经能为殖民地供给所需物资。因此，我们决定利用现有设施，而非在太空中花费大量人力物力从头打造。

我们在柏拉图陨石坑的庇护下打造远征任务用船阿尔法、贝塔与伽马号；这里可说是月球近侧所有封闭平原空间里最适合的场址了。占地辽阔，站在平原中心，甚至不会发现自己身处于陨石坑中，因为陨石坑周围的环状山脉藏在遥远的地平线以下。基地的加压圆顶距离发射场址约十公里，由空中缆车连接。游客最喜欢搭空中缆车了，只可惜缆车建设为月球地景带来如此破坏。

拓荒早期的生活较为简陋，并无那些月球居民现在视作理所当然的奢侈。中央圆顶的公园与湖景皆为空想，仍只存于建筑师图纸上；就算当时便建成，我们也无暇享受，战神计划已占去我们醒着的所有时间。这个计划将是人类太空史上首度跃进；月球对那时的我们而言，不过是地球的郊区，或为朝着真正有意义的目标前进的垫脚石。齐奥尔科夫斯基的名言可说是我们信念的完美体现，我将这句名言挂在办公室，拜访我办公室的人都能看见：

地球是人类的摇篮

但人类不能永远活在摇篮中

（什么？噢不，我当然没见过齐奥尔科夫斯基！他一九三六年过世时我才四岁呢！）

前半生在秘密中度过，能自由地与来自世界各国的人共事，一起投入全球倾力支持的任务，令人为之振奋。我的四位主要助手分别来自美国、印度、中国与俄国。能不受安保之名限制，摆脱国家主义恼人的繁文缛节，我们常感到幸运。尽管各国人员彼此仍保有竞争意识，此般良性竞争更提升了工作品质。我有时会对记得过往苦日子的访客夸耀："月球上没有秘密。"

不过，我错得离谱。月球上确实有个秘密，就藏在我的面前——在我自己的办公室里。若不是因为战神计划种种琐事令人焦头烂额，难以看清全局，我理应看出端倪。回顾起来，当时的确有各种迹象与警讯，但我并没注意到。

确实，我隐约注意到我年轻的美国助手吉姆·哈金斯越来越心不在焉，好像有什么心事。偶尔一两次，我必须指出他的细小失误拖累了效率，他总是看起来大受打击，向我保证绝不再犯。他是那种美国量产的典型大学毕业生：体体面面，通常相当可靠，但才华不特别突出。他已在月球待了三年，也是非必要人员禁令解除后率先把妻子接至月球的人之一。我一直不太明白他怎么办到的，想必动用了不少人脉；不过话说回来，他也不像会卷入全球大阴谋之中的人。怎么？对，我说的是"全球大阴谋"。不，比那规模更大，可以一路追溯至地球。有几十人牵涉其中，直通太空航空管制局高层呢。他们竟能保密至此，什么消息都没泄露，简直是奇迹。

日出以来已过两个地球日①。太阳缓缓升起，再过五天才会日正当中。动力装置已安装好、船体结构建造完成，我们已准备好针对阿尔法号引擎进行静力试验。平原上除了船体并无他物；比起太空船，阿尔法号看来更像建造到一半的炼油厂。对我们而言，它所代表的未来却美丽至极。那时的气氛极其紧绷；从来没有人操作过如此规模的热核融合引擎，尽管我们已做好所有可能的安全防护，仍不能保证万无一失。若任何环节出错，战神计划的进度将延宕数年。

测试已经开始倒数。哈金斯这时却急匆匆跑来找我，脸色苍白。“我必须马上回到基地，”他说，“有非常要紧的事。”“比这个试验更要紧吗？”我语带嘲讽地反问，大感不悦。他迟疑了一阵，欲言又止，才回道：“我想是的。”“好吧。”我说，他随即离开。我大可质疑他，但身为主管必须信任下属。我回头往主控台走去，仍相当不高兴。我受够了这个阴晴不定的美国青年，决定要求高层把他调走。但还是很奇怪，他和其他人一样投入，都非常重视本次试验，现在却搭上缆车，急着回基地去。圆弧形的缆车车厢距离最近一座缆塔只剩一半路程，沿着几乎看不见的缆索前进，活像一只长相怪异的鸟，低空划过月球地表。

五分钟后，我的心情更差了。一组重要数据记录仪器突然故障，整个试验必须延后三小时进行。我气冲冲地在库房里走来走去，对每个愿意听的人抱怨（当然，他们每个人都必须听我说），从前卡普斯京亚尔基地的管理品质可比这里好太多了。后来，我稍微冷静下来；扩音器传出全面警报呼叫时，我们正在喝第二轮咖啡。所有警报中，全面警报的迫切程度仅次于紧急警报铃。我在月球殖民地那么多年，

① 月球上一日等于地球日29天。——译者注

只听过两次紧急警报铃，并希望此生再也不需听见。

广播人声回荡于月球每个密闭空间，传送至无声平原[①]上每个工人的无线电系统中，那是太空航空管制局主席莫西·斯坦将军的声音。（那时仍有不少人保有荣誉头衔，但已不具太大意义。）

“我正从日内瓦发话，”他说，“有重大信息要宣布。过去九个月来，我们暗中进行着一项伟大的实验。我们严守秘密，是为了保护直接参与的人员，也不愿让大家希望落空，或引发不必要的担忧。各位记得，就在不久前，还有许多专家拒绝相信人类能在太空生存。现在，也仍有许多人抱持悲观主义，怀疑人类是否能往征服宇宙更进一步。我们已经能够证明他们错了：容我向各位介绍乔治·乔纳森·哈金斯——第一位太空公民。”

广播传来线路切换的咔嗒声、一阵窸窸窣窣以及无法辨别的耳语。接着，响彻月球与半个地球的声响，就是我要向你们说的我生命中听过最激励人心的声音。

那是新生儿的哭声——人类史上第一个降生于地球以外世界的婴孩。整个库房瞬时一片寂静，众人彼此对视，再望向外头光明灿烂的平原，以及平原上造了一半的太空船。那些船，几分钟前还显得如此举足轻重——当然，它们仍相当重要，但影响力却比不上医学中心那儿刚发生的事以及往后在无数个世界发生过几十亿次的事情那么深远。

因为啊，各位，那是我确知人类真的已经征服太空的时刻。

（译者：张芸慎）

① 月球没有大气层，无法传声。——译者注

犹记巴比伦

1960年3月首次发表于《花花公子》（*Playboy*）
收录于《十个世界的故事》

这是少数我背离山姆·戈德温[1]名言的例子。他说："想传达信息，找西联[2]吧。"本篇故事恰恰是我想传达的信息：警告大众商业通信卫星的潜在危险。那时，距离第一颗商业通信卫星发射还有五年。尽管政治情势有了些微改变，故事的其他内容都已成真。

我的名字是阿瑟·克拉克，真希望我和这档肮脏事毫无瓜葛。不过，既然美国的道德可能受到危害——容我重复，道德——我必须先说明自己的资历，各位才能了解，我如何在已故的阿尔弗雷德·金赛博士[3]协助下，不知情地引发了雪崩般的灾难，西方文明恐

① 山姆·戈德温（Sam Goldwyn，1879—1974），好莱坞制片人。——译者注
② 指西联汇款，1851年在纽约成立，以前主要业务为收发电报，现在主要业务为国际汇款。
③ 阿尔弗雷德·金赛（Alfred Kinsey，1894—1956），美国生物学家及性学家。——译者注

将面临衰亡。

一九四五年我仍任职于皇家空军，身为雷达兵，我想出此生唯一一个原创的点子：我在第一颗斯普特尼克卫星诞生的十二年前，想到人造卫星可以成为绝佳的电视信号发射器。卫星站距离地表数千英里，能轻易向大半个地球播送信号。广岛原子弹爆炸一周后，我写下自己的创意，提出在赤道上方两万两千英里处设置中继卫星网络的构想。在这个高度，完成绕地球公转一周恰好需要一天，因此能固定于地球相同位置之上。

这篇文章刊登于一九四五年十月号的无线世界杂志，我当时没料到天体力学竟会在我有生之年走向商业化，未曾为自己的构想申请专利。就算我想申请，成功概率应该也不大。（若我判断错误，也宁可不知道真相。）不过，我持续在著作中宣扬这个构想，直至今日，通信卫星已经如此普及，却无人晓得其起源。

美国众议院太空工程与太空探索委员会与我联络时，我确实曾试着澄清，心怀哀怨地为自己讨公道；若有兴趣，各位可在委员会报告未来十年太空发展第三十二页找到我的证词。当时我仍浑然不觉，后来事件发展（如同各位接下来即将得知的）与我当时的结语对照，显得格外讽刺："由于我居于远东，时常可见西方世界与苏联为了数百万尚未表态的亚洲人民明争暗斗……若电视信号可能从正上方的卫星传播，政治宣传的效果高低便可能决定胜负……"

我的看法仍没有改变，不过我当时忽略了某些可能——不幸的是，其他人想到了。

一切始于某场官方招待会。生活于远东首府城市，这种场合已成为独有特色。当然，这在西方国家也很常见，简直稀松平常，但在科伦坡，鲜有其他娱乐足以匹敌。只要你还有点身份，每周至少会收到一次邀请，参加大使馆或公使馆、英国文化协会、美国援外使团、法国文化协会或其他以字母缩写为名，由联合国衍生出的无数机构所举办的招待会。

起初，我和我的合作伙伴的社交圈仅限于印度洋水面之下，我们无足轻重，外交圈很少找来我们这儿。但麦克为戴夫·布鲁贝克[①]的锡兰巡回演出担任主持之后，越来越多人注意到我们；尤其，他又娶了岛上数一数二知名的美人，更引人注目。因此现在鸡尾酒和酒会小食与我们之间的距离，只取决于我们多么不情愿舍弃舒适的纱笼裙，换上西方荒谬的衬衫、正装外套和领带。

那是我们第一次造访苏联大使馆，当天招待的是几位刚进港的俄国海洋学家。在列宁与马克思画像无可避免的照看下，属于各种族裔、宗教和语言的宾客四处流动，与朋友闲聊，或者专心大啖伏特加与鱼子酱。我和麦克与伊丽莎白走散了，但仍能看见他们在房间的另一端。麦克正在讲那个“我就在五十英寻[②]底下……”的老故事，吸引了一帮听众。伊丽莎白饶富兴味地看着他，而更多宾客看着伊丽莎白。

自从我在大堡礁潜水采珠时弄破一只耳朵的鼓膜，听力就大为受损；地面上的噪声对我来说太吵了，听起来至少多了十二分贝。尤其在这种场合，若被介绍给名为达玛斯里华登、提沙维拉辛提、古恩奈提里克跟加雅维克里玛的宾客，听力障碍更显麻烦。因此，我若不是对着餐点狼吞虎咽，就会找个相对安静的角落，希望若与他人交谈，至少能听懂对话一半以上的内容。当时，我正站在装饰柱旁，躲开噪声，一边以抽离（或说像毛姆般超然）的态度观察现场。我发现有人看着我，脸上表情写着：“我们是否见过？”

---

① 戴夫·布鲁贝克（Dave Brubeck，1920—2012），爵士音乐家。——译者注

② 英寻：英制长度单位，1英寻约等于1.82米。

我会仔细地描述他的长相，因为想必不少人认得他。他大概三十几岁，我猜是美国人，看来光鲜体面，留着利落短发，流露出在洛克菲勒中心附近工作的神态；这种风格原本极具标志性，后来却被年轻一代苏联外交官与技术顾问模仿，学得惟妙惟肖。那人大约六英尺高，棕眼锐利，两鬓黑发斑白得太早。尽管我敢肯定我们从未见过，他的面容却让我想起某人。我花了好几天才想起来：刚过世不久的约翰·加菲尔德[①]吗？他们长得极像，如出一辙。

通常，若陌生人在酒会与我四目相交，我的标准作业流程会自动开始运转：若对方看来还算可亲但我暂时不想自我介绍，我就以不带偏好的眼神扫视，不露出任何认出对方的样子，但也避免显得过于不友善。若对方看来猥琐，我就会“好好端详”对方，以不可置信的眼神瞪视许久，接着从容不迫地让对方看见我的背影。极端案例中，我甚至会摆出作呕的表情，只维持几毫秒，通常对方都能看懂我的意思。

但这家伙感觉蛮有趣的，我也开始无聊了，便朝他友善地点点头。几分钟后，他穿过宾客人群走来，我把功能正常的那只耳朵对着他。

“你好，”他说（没错，确实是美国人），“我叫吉恩·哈特福德，感觉我们在别处见过。”

“很可能，”我答道，“我曾在美国待了一阵子。我叫阿瑟·克拉克。”

报出名字后，对方通常会一脸空白，有时则不然。我几乎能看见他凌厉的棕眼后方有台IBM电脑正在读取打孔卡资讯，灯光闪烁，而且访问时间之短，令我备感虚荣。

“科学作家？”

---

① 约翰·加菲尔德（John Garfield，1913—1952），好莱坞影星。——译者注

“正是。”

“这可真是太棒了，”他看来真心赞叹，“现在我知道在哪儿见过你了，你去上戴夫·加罗韦节目时，我在摄影棚遇见过你。”

（这条线索或许值得调查，但我觉得没什么用，况且“吉恩·哈特福德”感觉就是假名，念起来太顺口了。）

“所以你是电视圈的人啰？”我说，“在这里做什么呢？搜集题材，还是度假？”

他露出坦率和善的微笑，正是有所隐瞒的人特有的神情。

“噢，我只是四处看看啦。说起来，有件非常有趣的事。我在你出版《太空探索》时就拜读过了。啊，想不起来那是哪年……”

“一九五二年，每月一书俱乐部的面貌从此再也不同。”

对话期间，我一直在打量他。这人感觉有些什么令我反感，我却说不出具体原因。再怎么说，对于任何读过我的书也混电视圈的人，我都愿意多为对方留些余地，姑且信之。何况，麦克和我总是在找潜在市场，四处推销我们的水底故事，好拍成电影。不过，那和哈特福德的业务完全扯不上边。

“听着，”他急切地说，“我正在筹备一个很大的电视计划，你可能会感兴趣……其实，帮我想出这个点子的正是你呢！”

听起来蛮有搞头的，我心中的贪婪系数往上跳了几个百分点。

“真高兴听你这么说。主题是什么？”

“在这里不方便说，要不我们在我住的酒店碰面吧。明天下午三点好吗？”

“让我看一下行程……没问题，可以。”

美国人到科伦坡只会选择两家酒店，我第一次就猜对是哪家。他住在拉维尼娅山旅馆。各位可能不晓得自己曾见过我们会面的地点；

电影《桂河大桥》[1]故事中间有个军医院的场景，杰克·霍金斯向一位护士询问比尔·荷登在哪里。我们对那段戏特别有感情，因为背景中休养的海军军官之一是麦克扮的。若仔细看，画面最右边那个满脸胡须的侧脸就是麦克，他正在第六轮酒水账单上头签山姆·斯皮格尔的名字。根据后来的电影票房，山姆大概付得起。

长达数英里的棕榈海滩上，只有这处高地。于此，哈特福德开始对我倾诉；而我单纯想赚一笔的希望随之破灭。至于他确切的动机为何（假使他真的有明确动机），我仍没搞懂。意外地见到我，又对我抱持着扭曲的感激之情（这个部分，我更宁可不必），无疑助长了他的情绪，但看他自信满满的态势，想必是个哀怨、孤独的男子，急需肯定与友情。

而从我这儿，他两者都得不到。我向来对本尼迪克特·阿诺德[2]隐约怀有同情，若了解来龙去脉，任何人都不难理解他为何变节。但是阿诺德只在战时背叛美国；至于哈特福德，从未有人招降却胳膊肘往外拐。

得知哈特福德在二十世纪五十年代初就与美国电视圈断了联系，且是不欢而散，粉碎了我的美金梦。显然，他因为党派立场被踢出麦迪逊大道[3]，况且，他的案例罪证确凿，并无不公。尽管他以相对克制的怒意讲述如何抵抗愚蠢的政治审查，说到自己被排挤前制作的文化节目精彩绝伦（却没提节目名称）还掉下泪，此时我已经大感可疑，回话也开始语带保留。然而，虽然我对从哈特福德身上赚钱的兴趣已破灭，对他个人的好奇却渐增。他背后的主使者是谁？原来不是

① 1957年上映的美国电影，票房大卖。下文中的山姆·斯皮格尔是本片的制片人。

② 本尼迪克特·阿诺德（Benedict Arnold，1741—1801），美国独立战争时投靠英国的将领，被排挤、审判才背叛革命军。——译者注

③ 美国广告业的代名词。——译者注

英国广播公司啊……

关于这点，他在发泄完所有自怜自艾后，最后终于提到了。

“我的消息肯定会让你大吃一惊，”他扬扬得意地说，“美国电视网很快就要面临竞争威胁，而且方式正如你所预测。将电视发送器送上月球的人，当然也可以将一个更大的玩意儿送上绕行地球的轨道。”

“恭喜他们，”我谨慎地说，“我一向支持良性竞争。何时发射？”

“就快了，第一座发送器会停驻于新奥尔良正南方，当然会在赤道上，这样就会在太平洋公海上，谁也管不着。但从那个位置，从西雅图至基韦斯特都看得见。想象一下，唯一一个美国全境都可收看的电视台！连夏威夷都收得到信号！史无前例，美国家家户户都可不受干扰直接收看的频道，连J.埃德加·胡佛的童子军都挡不了。”

这就是你的勾当呀，我心想，至少还挺诚实的。我很早以前就放弃与政治狂热者或地平说支持者争论，不过，若哈特福德所说不假，我倒想设法多套点话。

“先别那么兴奋，”我说，“你忽略了几点。”

“例如？”

“这会是双刃剑，大家都知道空军、太空总署、贝尔实验室、国际电话电报公司、休斯飞机公司和十几个其他单位都在忙同一件事。苏联对美国干了什么，美国肯定会以牙还牙。”

哈特福德假意微笑。

“噢，克拉克！”（真庆幸他没有亲昵地直接叫我名字。）“我有点失望呀！你总知道美国火箭的承载容量可落后苏联好几年！难道你以为苏联造出T3就打算休息了吗？”

这时，我才开始认真地正视哈特福德所说的话。他说的完全正确，T3的乘载容量至少是任何美国导弹的五倍，能将物品发射至两万两千英里的关键高度——唯一能让卫星固定于地球特定地点上方的高度。等美国能达到同样表现，天知道俄国人又进展多少。是啊，只有天知道……

“好吧，”我认输，“但是，美国五千万个家庭会单单因为收得到信号就转台收看莫斯科制作的节目吗？我很敬佩俄国人，可他们的娱乐节目比政治更糟。波修瓦剧院的芭蕾表演之类的吗？在我看来，很快就腻了。”

我再次收到古怪又毫无笑意的微笑。哈特福德一直等着使出撒手锏，现在正打算把我击倒。

“是你自己提起俄国人的，”他说，“当然，他们确实涉入其中……但只是承包商。我服务的独立单位只是向俄国人购买服务。”

“哇，”我嘲讽地说，“好厉害的单位呀。”

“确实，规模可是最大的呢。虽然美国试图假装他们不存在。”

“噢，”我脱口而出，“原来你的赞助人是他们呀。”

我曾听过些传闻，说苏联准备为中国人发射卫星；想来这些传闻不甚精确，至于具体差距多大，我仍不能确定。

“你说得对极了，”哈特福德继续说，显然非常享受此刻，“关于俄国娱乐的事。就算一开始看来新奇，尼尔森收视率[1]也会很快跌至谷底。若播我制作的节目，可就不同啦。我的工作便是搜集厉害的题材，播出时肯定会让其他电视台关门。你以为我做不到吗？把酒喝完，上楼来我房间吧。我这儿有一部品位高雅的电影，在讲宗教艺术，想让你瞧瞧。”

① 尼尔森收视率：一种收视率统计系统，世界上最主要的统计电视节目收视率的方法。

虽然我怀疑了几分钟，哈特福德确实没疯。不过，我可能会把屏幕上闪过的片名《十三世纪密宗雕像的面貌》换掉，改成比较容易吸引观众转台来看的名称。

“别被吓到，”伴着投影机的嗡嗡声，哈特福德咯咯笑道，“这片名在海关调查员问东问西时省了我不少事。当然，电影名副其实，不过等时机成熟，我们会换上更能吸引观众的片名。”

起初是几个建筑场景的长镜头，看似无害，但几百英尺影片播完，我便明白了哈特福德的意思。

各位可能晓得，印度有些庙宇有着制作精巧的雕刻。看到这些雕刻时，我们西方人绝对不会联想到宗教。若说风格“直白”，简直委婉得可笑；作品非常具象，甚至不留任何遐想空间。然而，这些雕像确实是艺术作品，哈特福德的电影亦是。

若各位好奇，这部电影的场景是科奈克的太阳神庙。我曾经查阅过相关资料，此庙位于印度奥里萨邦海岸地区，普里县东北方约二十五英里处。参考书目对此庙的描述都拐弯抹角；有些为了“由于显而易见的原因”不可能提供图像说明而道歉。不过，珀西·布朗的著作《印度建筑》曾毫不留情地批评过。那些雕刻作品，该书以不认同的语气写道，情色得无耻，没有任何其他已知建筑可与之比拟。读来武断，但看完电影后，我相信其文不假。

运镜与剪接技巧高明，镜头流畅平顺，使古老石雕栩栩如生。片中几段以缩时摄影捕捉太阳逐渐攀升，洒下的阳光追逐着石雕狂喜交缠的暗影，令人为之屏息；特写场景突如其来，观者霎时还反应不过来；以柔焦镜头观察大师的石雕作品，呈现各种幻想与逾矩之爱；镜头不懈地拉近或平移，观者仍不解其意义时，又瞬间定格于历久不衰的欲望，盈满于永恒。配乐以打击乐为主，某种我不认得的弦乐器奏出单薄的高音，节奏与剪接搭得天衣无缝。有时放得极慢，疲惫宛若德彪西的《牧神午后前奏曲》开头；接着鼓声又逐渐铺陈，直到听来狂乱甚至令人难以忍受的高潮。跨越数个世纪，结合了远古雕刻艺术与现代摄影技巧，谱出狂喜之诗，此片简直是记录于赛璐珞胶卷的性高潮，我敢打赌没有人看过仍可无动于衷。

白光渐渐填满屏幕，淫荡的音乐逐渐耗尽、淡出，之后是一段长长的沉默。

“天啊！”我稍微恢复冷静后说，“你要在电视上播这个？”

哈特福德笑了。

“相信我，”他答道，“这根本不算什么，只是因为我能安全地随身带着。我们的准备万无一失，就算被调查，也能以纯艺术、忠于史实、宗教宽容等原因辩护，都已经想好啦。但那也不重要，没有人阻止得了我们。史上头一遭，任何形式的审查都将无计可施，无法可禁。客人待在家就能满足所需；锁上门，打开电视——亲友全都不会晓得。”

“真聪明，”我说，“但你们不觉得这样的口味观众很快就会腻了吗？”

“当然，丰富才是生活的调味料。我们也准备了很多传统的娱乐内容，让我来操这个心就好。我们时不时也会放进‘知性节目’，好让被蒙蔽的美国大众了解世界现况……我实在讨厌‘政治宣传’这个说法！我们的特别节目就是钓观众上钩的饵。”

“介意我透透气吗？”我说，“里头好像有点闷。”

哈特福德拉开窗帘，日光又充满房间。我们下方是弧形的长长沙滩，渔船从棕榈边缘向外出海，海浪碎波从非洲跋涉而来，疲惫地在岸边化为泡沫。这是全世界最令人沉醉的美景之一，我却完全无法专注。我仍可看见石雕扭动的四肢，面容冻结于数个世纪不退的激情中。

甘草般甜腻的嗓音在我背后接着说。

“要是你知道我们有多少题材，肯定会大吃一惊。记住，我们百无禁忌！拍得出来我们就敢播。”

他走向办公桌，拿起一本厚重破旧的书。

“这一直是我的圣经，”他说，“或说是我的西尔斯目录[①]、消费者圣经，你怎么说都行。没有了它，我绝对没办法把节目卖给赞助人。他们笃信科学，照单全收，对每个统计数字都深信不疑。你认得吗？”

我点点头；进任何一间房，我一定先观察主人的文学品位。

“我想是金赛博士吧[②]。”

“我大概是唯一一个从头到尾读完，而且不是为了查找自己相关数据的人。这本书可说是这个领域唯一的市场调查报告，懂吗？在更有用的资讯出现前，我们可要彻底地利用它。这本书指出了消费者的需求，我们就来供给。”

“全部吗？”

“如果观众市场够大，当然。我们不会浪费心思去迎合脑袋有问题、离不开牲口的农场小子，不过主要四种性向都顾得到。这也是你刚刚看的影片高明之处，能够满足各种口味。”

“你说得没错。”我微弱地说。

“我们为称作‘同志角落’的节目准备内容时，可是乐在其中呢！别笑啊，没有企业可以承担忽视这个客群的后果；若加上女性（老天保佑她们的粗花呢和木底鞋！）少说也有一千万人。若你觉得我过于夸大，就看看报摊上那些男性艺术杂志吧。去勒索某些健美男士演出我们的节目可不是普通的小花招。”

---

① 西尔斯目录：西尔斯公司曾经是美国也是世界最大的私人零售企业，其商品目录成为顾客重要的购物参考。

② 指金赛博士的著作《金赛报告》。

他察觉到我开始无聊了；这一切有种过于单一之感，令人抑郁。哈特福德急于证明我的看法不够公允。

“请不要认为，”他焦急地说，“性和情色是我们唯一的武器。刺激也同样有效。看过爱德华·默罗把乔·麦卡锡拉下圣坛那个节目吗？与我们筹划的‘华府机密’内容比起来只是小儿科而已。

“还有个节目叫《受得了吗？》，绝对不适合胆小鬼，我们会发出大量警告信息，让每个热血的美国人都迫不及待想看。先从看似无害的开始，借用海明威打下的基础，接着播放的斗牛场景可会让观众从座位跳起来——或冲往厕所！我们会把好莱坞电影里头剪掉的每个细节都播出来。

“接着，我们会播映一些独家题材，精彩得不得了，却不花半毛钱。你记得战后纽伦堡审判外泄的呈堂证据吗？影片从来没有公开过，因为没办法播。集中营里头有好几个业余摄影师，用那绝无仅有的机会拍摄了作品，有些人还因为影片自证其罪。我们可不会让那些作品白白浪费，正好可以接着播我们制作的《历史中的酷刑》——极其学术、非常详尽，但又能引起大众的兴趣……

“其他还有十几种不同切入角度，讲到这里你大致明白我们的厉害了吧。电视圈以为自己多了解暗示的招数，相信我，他们还差得远呢！当今最厉害的实务心理学家都在东方，记得那个国家的洗脑技术吗？我们可从那学了许多。根本用不上武力；只要包装得宜，民众根本乐于被洗脑。”

“而你，”我说，“打算洗脑美国人。真有野心。”

“没错，而且整个国家都会爱死我们的节目，剩下国会和教会大声抗议。电视台当然也会，他们一定闹得最凶，因为根本不可能跟我们竞争。”

哈特福德看了看表，惊讶地吹了声口哨。

“该开始打包啦，”他说，“我得在六点前抵达那个念不出名字的机场。我想知道，你有没有可能飞来澳门见见我们呢？”

“不太可能，但我大概理解了。再说，你不怕我泄露出去吗？”

“何必怕呢？你能带给我们越多曝光越好啊。虽然我们的广告要再过几个月才会全面开打，我觉得你有资格先得知这个消息。正如我所说，你的书帮我想到这个主意。”

皇天在上，他的感激之情确实真诚，令我无语。

“没有人能阻止我们。”他宣告。这时，他包装在圆滑、愤世嫉俗的外表之下的狂热主义终于不受控地显露出来。“历史站在我们这边。我们会利用美国自身的腐败，反治其身，而且他们毫无招架之力。既在美国领土以外，空军不能擅作主张打下太空中的卫星，联邦通信委员会也不可能向国务院不承认的国家抗议。若你有其他建议，我更想听听看。”

我当时想不到，现在仍想不出来。或许本篇文章能赶在他们的广告登上产业报纸前提出警告，或许能在电视台之间敲响警钟。但能有多少影响呢？哈特福德不觉得，恐怕他仍是对的。

“历史站在我们这边。”他这句话始终萦绕我的脑海。此致林肯、富兰克林与梅尔维尔的诞生之地，献上我的爱与祝福。然而，历史的教训同时也令我心中刮起一阵寒风；我仍记得巴比伦如何招致灭亡。

（译者：张芸慎）

时间问题

1960年7月首次发表于《埃勒里·奎因推理杂志》（*Ellery Queen's Mystery Magazine*），标题为《火星上的罪案》

收录于《十个世界的故事》

早在恶名昭彰的“火星人脸”被发现的二十多年前，我就写下一模一样的故事，确实有些诡异……虽说规模小了一些。

“火星上没什么罪案，”罗林斯探长有些忧伤地说，“其实呢，这是我回苏格兰场[1]的主要原因。继续待在这里，我的技巧都要生疏了。”

我们坐在火卫一福波斯太空港的主要观景休息室，向外眺望这凹凸不平、沉浸在阳光中的小小卫星。载我们从火星抵达的渡轮火箭十分钟前刚离开，正往衬着繁星的赭红色行星落下，路途仍长。半小时内，我们就会搭上前往地球的客轮——多数乘客未曾踏足地球，却

① 伦敦警察厅。——译者注

仍称之为“家乡”。

“但是呢，”探长继续说，“我们偶尔还是会遇上有趣的案子。马卡尔先生，您是艺术品中介，应该听过几个月前在子午线市发生的小事吧。”

“我不记得听过。”一个有着橄榄肤色的矮胖男子回应道。我原以为他只是另一个踏上归途的游客。看来探长已经检查过乘客名单；我暗想，不知道他对我的了解多深，也试着说服自己还算清白，让自己安心。毕竟，每个离开火星的人都在过海关时偷藏了点什么……

“一切侦察都是很低调的，”探长说，“但不可能保密多久。总之呢，有个从地球来的珠宝窃贼试图去偷子午线市博物馆的镇馆之宝——塞壬女神。”

“太荒谬了！”我抗议，“那确实是无价之宝，但只是块砂岩啊。偷了也不可能脱手，跟偷走蒙娜丽莎差不多。”

探长不带喜悦地笑了笑，“蒙娜丽莎确实遭窃过一次，”他说，“或许动机差不多吧。就算只能自己私下欣赏，许多藏家也愿意为如此无价之宝花大钱。我说得对吗，马卡尔先生？”

“千真万确。在我这行，各种疯狂的人都有。”

“嗯哼，那个家伙名叫丹尼·韦弗，就是收了某个疯子的钱。要不是他真的倒霉透顶，或许还真的得手了。”

太空港广播系统向乘客致歉，由于最后几次燃料测试，客轮会再延误几分钟，并告知几名乘客到服务台报到。等待广播公告完毕时，我想起自己对塞壬女神一无所知。虽然我从未看过真迹，和多数离境游客一样，我的行李当中有一尊复制品，上头有火星古物局核发的证书，保证“本品为公元二〇一二年（火星纪元二十三年）第三次远征时在塞壬海出土之古物——塞壬女神——的等比复制品”。

掀起偌大争议的古物本尊尺寸相当小，仅八至九英寸高，若收藏于地球的博物馆中，恐怕不会有人为之驻足。古物有着年轻女性的头颅，五官带有异国色彩，耳垂很长、头顶留着细卷发，双唇可能出于喜悦或惊讶而微张……就这样。但塞壬女神的谜团过于离奇，上百个宗教教派都因她而起，甚至把好几个考古学家逼疯了。因为，这样一个显然是人类的头颅，怎么会在火星出现呢？火星唯一的智慧生物是甲壳动物——媒体总爱称之为“高学历龙虾”；当地火星人文明从未发展至太空旅行的程度，而且早在人类出现于地球之前就已衰亡。于是，塞壬女神成为太阳系第一大谜团；我这辈子人类大概都找不出答案了，甚至可能永远无法解答。

“丹尼的计划简单利落，”探长继续说，“你们要知道，火星的城市到了周日总是万人空巷，所有人都待在家里看地球电视转播。丹尼就是打算利用这一点。他在周五傍晚住进子午线西区的旅馆。他能利用周六时间勘查博物馆，周日趁无人打扰完成任务，周一早上再随着其他游客离开……

“周六一早，他穿过城里的小公园，到了博物馆所在的子午线东区。顺带一提，子午线市的名称源自它的地点：恰好位于180度子午线上。公园里有一块标着子午线的巨大石板，让游客能同时站在东西半球拍照。如此简单的玩意儿竟也能逗人开心。

“丹尼花了整天时间，和其他打算玩得够本的游客一样，逛遍整个博物馆。到了休馆时间，他却没有离开，躲进其中一个不对外开放的展廊。馆方本来计划重建火星运河晚期景观，因为经费不足而作罢。他留在未完成的展厅中，等到半夜，确保没有任何热情的研究员留在馆里。接着，他就开工。”

“等等，”我打断探长，“守夜警卫呢？”

探长大笑。

“小伙子啊！火星才没这种财力。他们连警报系统都没有！谁会想要偷几块石头呢？确实，塞壬女神被放在一个密封的展示柜里，以玻璃与金属制成，相当坚固，避免哪个人一时手痒，想偷带点纪念品走。不过，就算古物真的被偷，窃贼也无处可逃，对外交通也会马上开始搜查的。”

这么说也有道理。我一直以地球的经验思考，忘了火星每座城市都是以力场隔绝的小宇宙，电力力场之外是接近真空的酷寒。火星荒野的环境恶劣且虚无，若无保护，人在几秒钟内就会死亡。这让执法相对容易，难怪火星上没什么罪案……

“丹尼有一套精美的专门工具，像钟表师傅那种。最主要的工具是一把微型电锯，不比电烙铁大多少，刀片极薄，超音波电源组使刀片每秒可以旋转上百万次。用这玩意儿切割玻璃或金属，就像切奶油一样容易，只留下发丝般的切痕。这点对丹尼而言相当重要，因为他不打算留下任何痕迹。

“我想你们都已经猜到他的计划了。他打算切开展示柜的底部，用复制品调包真迹。恐怕过了好几年，哪个专家前来研究，才会发现塞壬女神被偷走了。在那之前，真迹早已假扮为纪念品回到地球，还有官方证书保证。干净利落，对吧？

“在漆黑的展厅里，有百万年历史的雕刻与无可解释的古物环绕，这样的工作环境挺诡异的吧？就算在地球上的博物馆都已经够恐怖了，但至少是人类古物。而在塞壬女神身处的子午线市博物馆第三展厅，气氛更是特别令人不安。大片浮雕墙上，描绘着古怪动物相互打斗，看起来像巨大甲虫，而多数古生物学家都坚决否定这种生物存在的可能性。不过，无论是幻想或真实，它们都还属于这个世界，而非超自然的产物。对丹尼而言，再可怕都比不过塞壬女神。她隔着无数时空，紧盯着丹尼，藐视他，拒绝解释自己的来历。塞壬女神简直把丹尼吓死了。我怎么知道？他亲口告诉我的。

“丹尼准备对展示柜下手，小心翼翼地，如同钻石切割师准备沿着解理面[①]切割宝石。他几乎花了整夜才切下活板门，终于放下电锯稍微放松时，已经接近黎明。丹尼还有很多工作要做，不过最困难的步骤已经结束。将复制品放入展示柜，利用他事先准备的照片、审慎比对外观是否相符，并抹去所有痕迹——这些工作做完，周日大概也结束了，但他丝毫不担心。丹尼还有二十四小时，才需欢迎周一第一批游客，混入他们当中，悄悄离开。

因此，早上八点半大门打开，博物馆工作人员（总共六人）喧闹地准备开始工作时，可想而知丹尼受到多大惊吓。他冲向紧急出口，顾不得拿工具、塞壬女神和其他东西。他到了街上，更是吓了一大跳；今日此时，街上本应空无一人，居民理应待在家读周日报纸。但他却发现子午线东区居民生气勃勃地朝工厂或办公室走去，就像任何一个普通的工作天。

“可怜的丹尼回到饭店时，我们正等着他。警方实在不能居功，毕竟，只有地球的访客（且初来乍到）才会不知道子午线市最知名的特色。我想，各位都知道的吧。”

“老实说，我不知道呢，”我回答，“短短六周实在无法造访整个火星，我没到过大瑟提斯高原以东的地区。”

“嗯，其实很好懂的，但我们不应对丹尼过于苛责，就算是本地人，偶尔也会被搞糊涂。在地球上，这件事不至于对我们造成困扰，因为我们可以把问题丢到太平洋。不过呢，火星既然都是陆地，总得有人住在日界线上……

“你记得吧，丹尼从子午线西区出发。确实，照理说来应是周

① 解理面：解理指的是矿物受力后会沿一定的方向形成光滑面的特性，与断口互为消长。光滑的平面称为解理面。

日，我们在旅馆逮捕他时也仍是周日。可是半英里之外的子午线东区才周六而已。穿过公园的短短路程，造就了一切。我早说了，真是倒霉透顶。”

当下一阵出自同情的寂静。然后，我问：“他被判多久呢？”

“两年。”罗林斯警探答道。

“不算太重嘛。”

“火星年，相当于地球快六年。还要付上一笔高额罚款，算起来与回地球的回程票退费差不多。当然，丹尼并不是坐牢；火星可不能如此奢侈，这么没有生产力。丹尼受到密切监视，不过仍得工作维生。我说过子午线市博物馆请不起夜班警卫吧？现在有啦，猜猜是谁呢。”

“全体乘客注意，十分钟后即将开放登船！请记得随身行李！”扩音器发出指令。

我们朝气闸口前进时，我忍不住多问了一个问题。

“那指使丹尼犯案的人呢？他背后一定有金主，你抓到他们了吗？”

“还没。他们颇会隐藏行踪，丹尼没办法给我们什么线索，我相信他说的是实话。而且那也不是我的案子啰，我说过了，我要回苏格兰场的老岗位去。不过，一个好的警探永远眼观六路，就像艺术品中介一样，对吧，马卡尔先生？嗯？您怎么有点脸色发白呢。我有晕太空药片，给您一片吧。”

“不了，谢谢。”马卡尔先生回道，“我没事。”

他的语调微微带着敌意；最后那几分钟内，现场气氛似乎降至冰点。我望向马卡尔先生，再望向探长。突然之间，我发现，接下来的旅程应该相当有趣。

（译者：张芸慎）

追逐彗星

1960年10月首次发表于《奇幻与科幻杂志》（*The Magazine of Fantasy and Science Fiction*），标题为《彗星内部》

收录于《十个世界的故事》

“我也不知道为什么要录这个。”乔治·武雄·皮克特对着悬浮在空中的麦克风慢慢地说，“不会有人再听到它了。他们说，要等到两百万年以后，彗星才会飞向太阳，把我们带回地球附近。不知到那时，人类还会不会存在？这颗彗星会再次展现奇观，引起我们后代的注意吗？也许他们也会派出一支探险队，就像我们当初那样，看看在彗星上能发现些什么。然后，他们会发现我们……

“就算过去那么长的年月，这艘飞船依然会保持良好。储能罐中仍然会有燃料，或许还会有充足的空气，最先耗光的只有食物，在窒息之前，我们会被活活饿死。不过我猜，我们等不到那一天。我们将会打开气密舱，结束这一切，让死亡来得更痛快些。

“小时候，我读过一本书叫《冰雪中的冬天》，是讲极地探险的。好吧，书中描述的情景简直就是我们目前的写照。我们现在也被困在冰雪中，四周漂浮着巨大的冰山。挑战者深陷其中，周围的大冰块团团簇拥，相互绕行，只是它们之间相对速度缓慢，你要等上几分钟，才能发现它们确实在移动。地球极地探险队面对的冬天比起这里

1937 1938 1939 1942 1946 1947 1949 1950 1951 1952 1953 1954 1955 1956 1957 1958 1959 1960 1961 1962 1963 1964 1965 1966 1967 1968 1970 1971 1977 1984 1986 1992 1998 1999

可差远了。在飞回太阳之前的两百万年里，彗星内部温度将稳定在零下四百五十摄氏度。我们会离太阳越来越远，它给予我们的热量不会比远方的群星更多。在寒冷的冬夜里，你能指望遥远的天狼星为你暖手吗？”

这荒唐的一幕突然跃入脑海，让他整个人都垮了下去。他再也说不下去了。他回想起洒满雪原的月光，回想起响彻大地的圣诞钟声，可这一切都已距他五千万英里之遥。地球上所有那些他曾经熟知，却时常忽略的美好的事物，都已永远地抛弃了他。想到这里，他的自制力彻底崩溃，像个孩子似的呜呜地哭了起来。

起初，一切都是那么完美，充满了冒险般的刺激和兴奋。他还记得，也就是六个月之前吧，只有十八岁的吉米·兰德尔用自制的天文望远镜发现了一颗彗星，还向澳大利亚的斯壮罗山天文台发送了电报。男孩和他发现的彗星就此声名大噪，之后不久，就连皮克特也开始到户外观察那颗彗星了。在最初几天里，它就像一只笼罩在朦胧雾气中的蝌蚪，在赤道以南方向缓缓地游过波江座。那时它还在火星以外，正沿着无限狭长的轨道朝太阳飞来。这是人类第一次观测到兰德尔彗星，恐怕也是最后一次。当它的最后一缕光辉在地球的天空中消失以后，便再也没有人见过它，也许到它下一次出现时，人类已经不复存在了。

随着彗星逐渐接近太阳，它的个头也在变大，还喷发出一团团烟尘与蒸汽，哪怕是其中最小的一团也能罩住一百个地球。越过火星轨道时，它的彗尾已长达四千万英里，仿佛一面广阔的信号旗在宇宙风中猎猎飞扬。当时，天文学家意识到，恐怕这将是太空中上演得最壮观的一幕，就连一九八六年重返太阳系的哈雷彗星也无法与之相提并论。同样就在当时，国际天体物理学年会的组织者们决定，如果科学考察船挑战者号能够及时建成，就派它前去近距离考察这颗彗星，这将是一千年来绝无仅有的机会。

连续几周，在黎明前的夜幕中，彗星展开身形，横跨星空，活像一条规模较小但更加清晰璀璨的银河。它离太阳更近了，自从猛犸象的脚步震动大地以来，它还从未接近过如此炙热的恒星，汹涌的火焰使得彗星表面愈发活跃。一团团明亮发光的气雾自彗核中喷薄而出，形成巨大的风幕，如探照灯一般缓缓扫过星空。这时的彗尾已长达一亿英里，将整个夜空一分为二。彗尾上的条纹图案不断变幻，流光溢彩，且总是指向太阳的反方向，仿佛太阳系中心正持续不断地向外围吹出强风，就是要将它从这团星系里推出去。

当挑战者号分派出一个席位给乔治·皮克特时，他简直不敢相信自己的好运。自从威廉·劳伦斯目睹长崎原子弹爆炸以来，还没有哪个记者能够获此殊荣。当然了，他有理科学位证书，未婚，身体健康，体重不超过一百二十磅，做过阑尾手术，这些无疑都加大了他的筹码。但要知道，拥有同样资格的人还有很多，只不过到了现在，这些人的嫉妒也该转变为窃喜了。

由于挑战者号载重有限，绝不可能平白无故捎带上一个新闻记者，皮克特不得不削减空余时间，参与到飞船的日常事务中来。也就是说，他实际上相当于船长的助理，每天要记录飞行日志，登记供给品数量，书写账目。幸运的是，他常常想，在外太空完全失重的环境下，一天二十四小时中只要睡满三个小时就足够了。

为了同时做好两项工作，需要付出极大的精力。当他不用窝在壁橱大小的办公室里写写算算，或是在储物仓中清点成千上万的工具和用品时，他便会带上录像机四处溜达。他会抓紧一切机会采访每一个人，有时同时采访好几位，有时则是一对一。操作挑战者号的科学家和工程师一共有二十人，但不是每一次采访记录都值得传送回地球，他们当中有些人说话太过专业，有些人不善言谈，还有一些则完全不愿配合。但他至少没有对他们表现出明显的好恶——起码他自己是这么想的——没有厚此薄彼，失之偏颇。可现在，这些已经不重要了。

他想知道马顿斯博士会如何看待目前的形势，这位天文学家是最难相处的人物之一，但他提供的信息总是很有帮助。皮克特突然生出一股冲动，他翻出早先采访马顿斯时的录像带，把它插进录像机。他知道自己是要通过回顾过去的方式逃避现实，但他心里也清楚，只有这样，他才能说服自己相信这次旅程还有活下去的希望。

第一次采访马顿斯的情景依然历历在目。他手中拿着毫无重量感的麦克风，身体随着通气孔中涌出的气流微微地晃动，几乎被对方催眠而有些精神恍惚。但没有人会因此怪罪他——马顿斯博士的声音平缓柔和，天生就有令人放松的功效。

当时，他们在彗星身后两千万英里之遥，但距离正在迅速缩短。他在天文观测室里堵住马顿斯，向他抛出了第一个问题。

“你好，马顿斯博士。”他开口问道，“请问兰德尔彗星是由哪些物质组成的？”

“成分很复杂。”天文学家回答道，“随着我们远离太阳，它的组成还将发生变化。但彗尾主要包括氨气、甲烷、二氧化碳、水蒸气、氰气……”

“氰气？那不是一种剧毒气体吗？如果地球一不小心闯进彗尾，会发生危害吗？”

“不会的。尽管彗尾看起来很壮观，可它实际上相当于真空状态。就算是地球那么大的体积，其中包含的气体含量也不过火柴盒那么一丁点儿。”

“就是这么稀薄的气体，造就了如此伟大的奇观？”

“没错，同样是这么稀薄的气体，还引发了炫目的电离现象。彗尾之所以会发光，是被太阳用带电粒子轰击的结果，这就像是宇宙中的霓虹灯。我敢说总有一天，地球上的广告商会如梦初醒，找到在整个太阳系中投放标语的方法。”

“这个想法太让人沮丧了——但我想有些人却会声称这是实用科学的胜利。让我们暂且放过彗尾好了，请问我们还有多长时间才能抵达彗星的中心——我猜你会称之为‘彗核’？”

“严格意义上的‘抵达’需要很长时间，大概还要两周，我们才能进入彗核。飞船先要飞入彗尾，一点点地接近，接触彗发之后还要继续深入一段距离，再经过两千万英里方能抵达彗核，我们事先已经计算过了。但你要知道，首先，彗核实际上很小——直径不会超过五十英里；其次，它并非一块实体，可能是由几千个小碎块组成的，就像一团密集的云雾。”

“那我们能够深入彗核吗？”

“抵达之后才能知道。为了保证安全，也许我们只能在几千英里以外，通过望远镜进行观察。但从我个人角度说，如果不能深入研究，我会很失望的。你说呢？”

皮克特关闭录像机。是啊，马顿斯说得对，他也会失望的，尤其是在当时看不到任何危险的情况下。实际上，彗星本身没有任何危险，真正的危难来自飞船内部。

兰德尔彗星已经开始远离太阳，一路还在喷发声势浩大却又异常稀薄的气幕，挑战者号穿行其间。如今，他们已经接近了彗星内部的核心密集区，但周围几乎还是完美的真空地带。明亮的雾气弥漫在挑战者号周围，延伸开去足有数百万英里，却丝毫阻挡不住来自远方的星光。他们正前方就是彗核，它就像一团模糊但却璀璨的微光，仿佛勾魂的鬼火，引诱他们继续向前。

电磁干扰现象在飞船附近时时发生，一次比一次猛烈，几乎完全切断他们与地球之间的联络。飞船的主无线电平台自始至终只能收到一个信号，在过去几天里，他们只好通过莫尔斯电码将“OK”发送出去。等到他们远离彗星飞回家乡时，正常通信应该能够恢复，但现在，他们处于孤立隔绝的状态中，仿佛回到了无线电发明之前的年代。虽然很不方便，但也仅此而已。实际上，皮克特反而很喜欢目前这种状态，他有了更多时间用于案头工作。挑战者号正在驶向彗星的核心，在二十世纪以前，即使在梦中，也没有哪个船长敢想象这样的航程。但核查食物清单、清点供给数量这样的工作，还是得有人来做才行。

飞船雷达搜索着周边的空间区域，挑战号缓慢而小心地“爬”进彗核。在冰山之间，它停了下来。

早在二十世纪四十年代，哈佛大学的弗雷德·惠普尔就发现了真相，但就算证据都堆在眼前，这一切也很难让人相信。彗星的核心部分相对于整体来说极其微小，由松散的冰块集群构成，它们麇集在一处，相互环绕运行，沿着彗星轨道共同前进。和在极地海域中漂浮的冰山不同，它们不是由水凝结而成，也不会映出耀眼的白光，而是呈现出脏兮兮的灰色，质地酥松，就像半融化的脏雪球，上面还有许多孔洞，里面储存着凝固的甲烷和冻结的氨气，它们吸收太阳的热量之后，便会时不时喷发出磅礴的气雾。那是一场视觉盛宴，但皮克特却没有多少时间欣赏。他要忙的事还有很多。

他正在对飞船上的备用必需品做例行检查，这时才意识到大难已经临头——其实，他也是过了一段时间才发现这一点的。供给品的数量令人十分满意，直到他们返回地球都绰绰有余。他已经亲自清点过了，现在只要往飞船上记录所有账目的电子存储器中敲入几个不起眼的字符，确认一下结余记录就可以了。

当那荒唐的数字第一次闪现在屏幕中时，皮克特还以为是自己打错了。他将运算结果清除，重新向计算机输入信息。

"压缩肉干总量——最初：60箱；已消耗：17箱；剩余：99 999 943箱。"

他再次重新输入，然后又试了一次，结果还是错的。他有点儿生气，但还没有特别警觉，只是去找了马顿斯博士。

他在"刑讯室"里找到了这位天文学家——其实那是一间迷你健身房，隔壁是储物间，另一边则是推进剂主燃料箱的防护墙。所有机组人员都要在这里进行锻炼，每天一个小时，以免全身肌肉在零重力环境下日益萎缩。马顿斯正同一组粗壮的弹簧搏斗，脸上的表情十分狰狞，当皮克特说计算机出了问题以后，他的表情更难看了。

他们在主控输入面板前做了几组测试，结果更糟了。"计算机出毛病了。"马顿斯说，"它连加减法都不会算了。"

"但我们肯定能修好它。"

马顿斯摇了摇头，平日里那股高傲的自信已经一扫而光。在皮克特看来，他就像一只正在漏气的充气橡胶娃娃。

"就连它的设计师也搞不定了。计算机原本就是微型电路的集合体，像人脑一般紧密相连。可现在，存储单元还在运作，可计算机其他组件已经报废了。它只能把你输入的数字搞得一团糟。"

"那我们该怎么办？"皮克特问道。

"怎么办？我们死定了。"马顿斯断然地回答，"没有计算机，我们已经完蛋了。我们没法测算返回地球的轨道。只用纸和笔，一大群数学家也得花上好几个星期。"

"太荒唐了！飞船状况一切良好，我们不缺食品，燃料充足——你却说我们已经死定了？就因为没法做几道算术题？"

"几道算术题？"马顿斯大吼起来，他的臭脾气又回来了，"这可是重大的航线转换问题！我们要脱离彗星，还要返回地球轨道，光是不同的独立算法就要十万多次。哪怕是计算机，完成运算也要好几分钟。”

皮克特不是数学家，但凭他对太空航天学的了解，也足以明白目前的形势了。飞船在太空中航行，会受到许多大天体的影响。其中影响最大的是太阳的吸引力，它会牢牢抓住几大行星，把它们束缚在各自的轨道上。行星的引力相对较小，但也会以这样或那样的方式对飞船又推又拉。飞船必须克服所有这些引力和推力——还要对它们加以利用，按照航线要求飞出几百万英里远——这是一道极其复杂的难题。他能够理解马顿斯为何会绝望了。在没有任何工具帮助的情况下，没有人能完成这次航行，而这次航行，需要的是前所未有的精细工具。

在船长召集之下，全体船员出席了第一次紧急会议，对当前形势作出评估，几个小时后，大家终于接受了再也无法返航的事实。不管你愿不愿意，再过几个月，所有人都将死去。船上的人都被判处了死刑，只是没有立即行刑而已。临死之前，大家还能看看壮丽的“风景”……

透过笼罩在飞船周围的光辉迷雾——这颗非凡的彗星将会成为他们的坟墓——他们可以看到熠熠生辉的木星，它比其他所有星星都要明亮。当飞船越过这颗最庞大的太阳之子时，飞船上有些人可能还会活着，前提是其他人愿意牺牲自己。在四个世纪以前，伽利略透过简陋的天文望远镜第一次见到了木星的几颗卫星，它们仿佛串在无形丝线上的珠子，绕着木星往返穿梭。只为用肉眼见证这一幕，所以苟延残喘几个星期？皮克特不由在心中自问，这么做，真的值得吗？

丝线上的珠子！皮克特心中一动，一段久已遗忘的童年记忆在意识深处突然炸开。这个念头潜伏在那里一定有好久了，它挣扎着，只为这一刻点亮他的心灵。最后，终于，他全都想起来了。

“不！”他大喊出声，“太荒唐了！他们肯定会笑话我的！”

那又怎么样？灵魂深处的另一个自己问道。命都快没了，还怕丢脸吗？这么做就算没什么帮助，至少能让所有人忙碌起来，反正食物和氧气已经越来越少了。就算是最渺茫的希望，也比没有希望要强吧……

他不再坐立不安，而是关掉录像机，收起自怜自哀的情绪。他解开将自己固定到座椅上的松紧带，直奔储物间，寻找他需要的材料。

三天后。“这简直是个笑话！”马顿斯说道。他轻蔑地瞥了一眼皮克特手中的“玩具”，那东西由铁丝和木头制成，看起来很不结实。

“我就知道你会这么说。”皮克特回答，他压了压火气，“但是请听我说，就一分钟。我外婆是日本人，在我还小的时候，她给我讲了个故事。本来我已经完全忘记了，直到这个星期才回想起来。我想，它能救我们大家的命。

“那是二战结束以后，有一天，人们举行了一场比赛。一方是美国人，使用电子计算器；另一方是日本人，他用算盘，就像这个。结果，算盘赢了。”

“一定是因为计算器出毛病了，或者使用计算器的人是个笨蛋。”

“他用的是美国军方生产的最佳型号。不要争论这个了，我来做个示范吧——说两个三位数，让它们相乘。”

“呃——856乘以437。”

皮克特运指如飞，串在铁丝上的算珠上下飞舞，迅如闪电。铁丝一共有十二根，也就是说，这副算盘可以处理高达999 999 999 999的数字运算——如果分成几个部分，还能同时进行若干独立的运算操作。

“374 072。”难以置信，皮克特不一会儿就得出了答案，“现在看看，你用笔和纸需要算多久。”

马顿斯用的时间可就长多了，他就像一个不擅长做算术的数学家，最后得出的结果是“375 072”。检查之后发现，马顿斯用了三倍于皮克特的时间，答案却是错的。天文学家的脸上写满了懊恼、惊讶，还有好奇。

“你是在哪儿学到这套把戏的？”他问道，“我本以为这玩意儿只能做加减运算。”

“是这样——乘法不过就是加法的叠加，对吧？我需要做的，就是把八百五十六在个位档加七次，十位档加三次，百位档加四次。你用纸和笔也是这么算的。当然了，在珠算时还有简便算法。你觉得我算得快吗？其实你还没见过我的舅公呢。他以前在横滨银行工作，打起算盘来你甚至看不清他的手指。是他教给我这套‘把戏’的，可惜二十年后，我已经忘得差不多了。我只练习了两三天，速度还是很慢。不过无所谓了，我只是想让你相信，这个办法会管用的。”

“你成功了，让我印象深刻。你做除法也能这么快吗？”

“只要勤加练习，应该差不多。”

马顿斯拿过算盘，用手指轻轻地来回拨动算珠。然后，他叹了口气。

“真是巧妙——可还是帮不上什么忙。就算它比动笔快上十倍——恐怕还达不到十倍——计算机的速度可是它的百万倍啊。”

“我已经想过了。”皮克特有些不耐烦地回答。

（马顿斯真是没种——居然这么轻易就放弃了。他以为一百年前的天文学家都是怎么工作的？那时候也没有计算机呀。）

“我是这么打算的——你帮我参谋参谋，看有没有什么遗漏的……”

他把计划认真详细地讲了一遍。马顿斯仔细地听着，渐渐放松下来，过了一会儿，他甚至笑出了声。这些天来，皮克特还是头一次听到挑战者号上有人会笑。

天文学家说：“等你告诉船长，说我们都要重返幼儿园学习怎么玩珠子，我真想看看他脸上会是什么表情。”

起初还是有人表示怀疑，直到皮克特做完几次演示，便无人作声了。这些人都是在电子时代里长大的，他们怎么也想不到，单单由铁丝和算珠组成的简陋工具竟然也能完成如此复杂的运算。这简直是个奇迹，同时也是个挑战，因为他们的性命全靠它了。生存的渴望再次高涨起来。

照着皮克特手中的粗劣原型，工程技术人员又制作了好多个更加精致的复制品，珠算班顺利开课。解释基本原理不过几分钟，真正动手训练就需要很长时间了——他们一刻不停地练习，直到手指在铁丝之间下意识地飞舞，好像不需要任何思考，便能将算珠拨动到准确的位置上。不过，有些船员似乎永远也无法胜任，他们辛苦练习一个星期，但不管是准确性还是速度都没法达标；另有一些却很有天赋，很快便远远超过了皮克特。

他们做梦时都在做算术，睡着了也不忘拨弄算珠。通过基础练习之后，他们被分成几个小组，相互之间激烈地比赛，直至达到比“熟练”还要更熟练的程度。到最后，挑战者号的船员们可以在十五秒之内完成四位数的乘法，可他们还是不肯罢休，仍然继续练习。

这项工作是纯机械式的，需要熟练的技巧，却无需多高的智商。真正困难的部分属于马顿斯，其他人没办法帮上他的忙。他必须先忘掉烂熟于胸的计算机语言，重新调整运算方式，让其他人的机械式劳动也能参与进来，就算他们不理解那些数字的含义也没关系。他会为大家提供原始数据，让他们按照他给出的运算法则进行计算。经过几个小时耐心但却乏味的工作，这条数学流水生产线便会将结果呈现出来——假如中间不犯错误的话。为了防止出现错误，他们组建了两支独立的计算小组，两边同时工作，还要定时交叉检验对方的结果。

“我们的工作……”皮克特对着录像机说道，他终于有时间考虑一下他的听众了，原本他已经放弃了这种努力，“就是用人力取代电子线路，重新组建一台‘计算机’。别看速度只有电子计算机的几千分之一，无法同时计算多个数字，还很容易疲劳——但我们还是成功了。虽然无法调整航线返回地球——这太复杂了——但我们还是可以退而求其次，变动飞船轨道，驶向无线电不受干扰的区域。一旦逃出电磁干扰区，我们就可以将所在位置传送给地球，让地球上的大型计算机告诉我们接下来该怎么做。

“我们已经脱离了兰德尔彗星，不会再随着它飞出太阳系了。我们正在计算新轨道，其准确性还是可以期待一下的。我们现在还处在彗尾范围内，不过彗核距飞船已有百万英里之遥，我们已经看不到那些冻结的氨气冰山了。它们正朝群星飞去，即将隐没在无数太阳之间，步入更加寒冷的长夜。而我们，就要回家了……

“你好，地球……你好，地球！这里是挑战者号，这里是挑战者号。收到信号请立即回复——我们需要你们对运算结果进行检验——在我们的手指磨到只剩骨头之前！”

（译者：邹运旗）

伊卡鲁斯①的夏日

1960年6月首次发表于《时尚》（*Vogue*），标题为《全太阳系最火热的地产》

收录于《十个世界的故事》

我写下这个故事时，未曾想过有朝一日有小行星将以我命名：一九九六年，国际天文学联合会将小行星4923从籍籍无名中拯救出来，我因此成了火星附近约一百平方公里地产的不在地地主，并引以自豪。该小行星离地球甚远，我应该不至担心它撞上地球，带来法律诉讼。

坠落后，科林·谢拉德张开眼时完全想不出自己在哪儿。他躺着，似乎被困在某种交通工具中，坐落于某个圆丘的峰顶，周围陡坡皆朝下倾斜。地表干枯而焦黑，好像曾遭烈火席卷而过。上方天空墨黑，群星满布，其中一颗低悬于地平线，像是娇小而灿烂的太阳。

那就是太阳吗？他已经离地球那么远了吗？不……那不可能。

① 伊卡鲁斯：希腊神话中的人物，因为飞得太高，双翼上的蜡遭太阳熔化，跌落水中丧生。

他的记忆絮絮叨叨地告诉他，太阳距离很近，近得吓人，不可能离得那么远、小得像另一颗星星。想到这里，谢拉德的意识便完全恢复；他记起自己的确切位置，而事实过于险恶，以致他差点又昏了过去。

没有其他人类与太阳的距离像谢拉德这么近。他受损的太空舱并不是停泊于某个圆丘，而是直径仅二英里的崎岖世界一隅。西边迅速落下的灿烂星光，其实是普罗米修斯号的灯光；这艘船带他行经太空、跨越数百万英里至此，现在悬于繁星之间，正疑惑着谢拉德的太空舱为何没有像信鸽归巢般返回。几分钟内，太空船便将消失于他的视线，沉落至地平线之下，不懈地与太阳继续玩捉迷藏。

而他已在这场游戏中败北。目前，他仍在小行星的夜侧，受阴影庇荫，但短暂黑夜即将结束。伊卡鲁斯一天只有四小时，恐怖的日出将迅速旋至他面前，以比地球上强烈三十倍的阳光照耀大地，烈火将灼烧地表岩石。谢拉德清楚地知道他周围为何焦黑一片；虽然伊卡鲁斯还需一周才会抵达近日点，正午的温度可达华氏一千度。

尽管现在绝非说笑的时刻，他却突然想起麦克莱伦船长对伊卡鲁斯的形容："全太阳系最火热的地产"。几天前，他们才证明了此言不假；虽然该实验既简陋又不科学，却比任何图表或读数更令人印象深刻。

日出之前，有人在小行星其中一座浅丘顶摆上木材。谢拉德待在安全的夜侧观察，看着旭日第一道光推移至山顶。他的眼睛才刚适应刺目的日光，就看见木材已焦黑成炭。若小行星上有大气，那木材恐怕已被火焰吞噬。这就是伊卡鲁斯的朝阳……

然而五周前伊卡鲁斯正行经金星的运行轨道，他们首次登陆，那时温度还没有这么高。伊卡鲁斯开始朝太阳前进时，普罗米修斯号赶上小行星，以等速前进，并像雪花般轻轻着地。（伊卡鲁斯地表的一片雪花——这还真妙。）地表的高山深谷面积广达十五平方英里。

科学家在满布铁镍合金的崎岖地形散开，架设仪器与检查点，搜集样本，无止境地观察。

这一切都是天文物理学国际合作十年计划的一部分，已审慎规划多年。登上伊卡鲁斯是少有的机会：研究船能以两英里深的岩石与铁矿为盾，将与太阳的距离拉近至一千七百万英里。在伊卡鲁斯的庇荫中，研究船可安全地绕行那照亮周围所有行星的生命之火。如同神话中的普罗米修斯盗火赠予人类，普罗米修斯号返航地球时，亦将把上天不可思议的秘密带回人间。

在普罗米修斯号追随夜色启航以前，他们仍有充裕时间架设仪器与调查。太空船起飞后，只要别被阳光赶上，研究人员仍可乘着自航式太空舱（仅有十英尺长的小型太空船）在夜侧地表继续工作约一个小时。在这里，旭日升起的速度仅每小时一英里，上述前提因而看似容易达成。可是谢拉德偏偏就失败了，且下场是死刑。

谢拉德仍不确定发生了何事。他原本在第一百四十五号检查站更换地震仪的发射器；该检查站比周围地形整整高了九十英尺，因此别名为“珠穆朗玛峰”。这项工作简单明了，即使需遥控太空舱机械手臂也难不倒他。谢拉德的操纵技术高超，金属手指绑绳结的速度与有血有肉的手指不相上下。他花了二十多分钟完成更换，无线电地震仪便开始继续发送信号，监控伊卡鲁斯随着距离太阳越近、越来越频繁的微小地震与颤动。想到自己为研究记录添了一大堆资料，谢拉德不禁微微感到满足。

确认完信号，他谨慎地更换仪器周围的遮阳幕。难以相信这样两层不比纸片厚的金属箔片，看似弱不禁风，经过抛光，竟可将几秒内可熔化铅和锡的大量辐射折射出去。第一层遮阳幕的镜面可反射掉九成阳光，第二层遮阳幕则将剩余阳光再反射出去，最后抵达仪器那端的热能已经不至造成伤害。

谢拉德已向研究船汇报工作完成，收到船方确认，准备启程返航。普罗米修斯号挂着明亮的泛光灯（若无照明，小行星的夜侧将漆黑一片），于天空中闪耀，要不看见也难。船体距离地表仅两英里，伊卡鲁斯的重力又相当微弱，若谢拉德穿着登陆行星专用、腿部可伸缩的太空服，光用跳就能回到船上。不过太空舱的低动力微型火箭也能在五分钟内轻松抵达。

谢拉德以陀螺仪校准太空舱方位，将后端喷射火力调至第二段，按下发射。他脚部某处传出猛烈爆炸声，他急速远离伊卡鲁斯……却不是朝着太空船的方向。肯定是哪里出了大错。他被甩到太空舱的一端，够不到控制器。只有一个喷射火箭在运作；他边转圈边划过天空，推进装置失去平衡，太空舱越转越快。谢拉德试着关掉推进装置，但他已晕头转向，好不容易够着控制器时，第一反应是按下全速前进，反而使情况更糟，像新手驾驶要踩刹车却踩成油门。他只花一秒钟就修正了错误，关掉喷射火箭，但此时太空舱已无法停止旋转，繁星皆绕成了光环。

一切发生得太快，谢拉德来不及害怕，也来不及向太空船汇报状况。他放开控制器；再碰也于事无补。他必须仔细驾驶，两三分钟后才可能使太空舱停止旋转；而颠簸中数次瞥见的岩石，显然表示他没有那么多时间。谢拉德记得太空人员手册封面的建议：不知该怎么做时，就什么都别做。伊卡鲁斯朝太空舱落下、群星全灭时，谢拉德仍遵循这项建议。

太空舱竟未破裂，他还不需在太空中呼吸，实为奇迹。（但三十分钟后，当舱内的隔热功能开始失效，他倒有点希望能够“透气”……）当然太空舱仍有几处损伤，舱体上方塑料圆顶外的两个后视镜都断了。所以，他若要查看后方，就得回头看。无线电只传来微弱的杂音，通信可能已经中断，剩下零件内部的声响。他完全孤独一人，与其他人类断了联系。

此般境地确实令人绝望，但他仍有一线希望之光。即使无法启动太空舱的推进火箭，也不代表他已经没救，因为机械手臂还能移动。（据他推测，右舷马达应该是回火了，导致燃料管线破裂，虽然设计师说这种事故不可能发生。）

不过，该往哪个方向爬呢？毕竟，他已经完全丧失方向感；就算原本是从珠穆朗玛峰启程，现在也可能距离出发点好几千英尺了。在这小小世界，没有明显的地标可供辨认；普罗米修斯号不断下沉的星光是最好的指引，若能使太空船一直保持在视线范围内，就较可能安全。若船上的人还没发现他出事了，再过几分钟也会察觉。然而，没有无线电通信，谢拉德的同伴们须耗费不少时间才找得到他。伊卡鲁斯面积再小，要寻遍十五平方英里既险峻又荒凉的无人地带找到一个十英尺长的圆柱体，恐怕得花一个小时——这表示，他最好想办法不被致命的阳光追上。

他将手指伸进机械手臂的控制器中，义肢便在舱外险恶的真空中活了过来。机械手臂向下抵着小行星的铁质地壳撑起舱体。谢拉德一用力，太空舱便向前一扑，像某种两脚的怪异昆虫……右手先，再来是左手，接着换右手……

爬行比他所担忧的容易，他也第一次对安全返回有了信心。尽管机械手臂是为轻量的精密操作而设计，在几乎无重力的环境下，不需花费太大力气就能移动太空舱。伊卡鲁斯地表的重力只有地球重力的一万分之一：谢拉德与太空舱在此重量不超过一盎司，一旦建立起动能，他便轻盈地向前飞，仿佛行云流水。

然而，轻松前进也有其危险之处。他不断追赶普罗米修斯号的光，前进了数百码，此时，过度自信就为他带来了麻烦。（人的心智从一个极端摆荡至相反极端的速度真是诡异！几分钟前，他还在鼓起勇气面对死亡，现在他竟在思量自己是否会错过晚餐。）或许移动的方式过于陌生，他从未有过类似感受，才造成当前惨剧，又或者，他仍受到先前坠机的后遗症影响。

如同所有太空人，谢拉德学过如何在太空中辨认自己的方向，并逐渐适应，当地球“上下”方向的认知失去意义时，仍能照常生活与工作。处于伊卡鲁斯这种世界时，他务必得假装自己“脚下”有个实实在在的行星，移动时，想象自己是朝水平方向前进。若如此“自我欺骗”失效，太空眩晕症就会找上门。

太空眩晕症无预警地发动袭击，向来如此。突然间，伊卡鲁斯看来不再是在谢拉德脚下，群星也不再高悬于上。宇宙忽然转了九十度角：眼前平地变成绝壁，他正像登山般朝上攀爬。尽管谢拉德的理智告诉他这只是幻觉，他的感官全都在尖叫，喊着这是现实，重力随时都可能把他从绝壁扯下，他便会无止境地坠落，直至遗忘的深渊。

更糟的还在后头。垂直的幻觉仍在，像失去方向的指南针般乱转，他现在感觉像处于岩顶之下，像停在天花板上的苍蝇，压迫感极重。不一会儿，岩顶又变回绝壁，可他不是朝上，而是直直往下冲……

谢拉德已完全无法控制太空舱。浑身湿黏，眉头的汗珠告诉他，自己也将无法控制身体。他只剩一个办法：他死闭着眼睛，用力地将自己的身体抵住太空舱这个密闭的小世界，假装外头的宇宙完全不存在。他甚至没有让缓慢而嘎吱作响的第二次坠机干扰自我催眠。

等到他终于敢向外看，他发现太空舱倚着一块巨岩。机械手臂分散了撞击的力道，但付出的代价极为高昂，谢拉德难以承担。尽管太空舱于此几乎没有重量，仍带有五百磅的惯性，之前一直以每小时四英里的速度前进，其动能大过机械手臂能负荷的极限：一只手臂断了，另一只则被折弯，回天乏术。

谢拉德看见当下的情况时，第一反应并非绝望，而是愤怒。他先前飞快地掠过伊卡鲁斯的荒芜地表时，对于成功脱困是那么有信心。现在却如此下场，全因他的身体一时软弱！但太空是由不得人类体弱或闹情绪的，无法接受这点的人没有资格上太空。

至少，谢拉德追赶普罗米修斯号的目标超前了一些；他与日出之间的距离，已至少又多出十分钟。无论这只是无谓地延长死前的痛苦，或者为他的同伴争取了找到他的宝贵时间，结果很快就会揭晓了。

其他人在哪里呢？他们现在总该开始搜救了吧！谢拉德朝太空船灿烂的星光眯眼，用力地看，希望看见太空舱朝他飞来，发出较微弱的光。不过，他仍看不出天边炫目的穹隆附近有任何物体。

他最好清点一下手边的资源，无论多么贫乏。再过几分钟，普罗米修斯号与其船尾的灿烂灯光就要沉到小行星边缘之下，他将陷入漆黑之中。确实，黑暗也维持不了多久，但在那之前他最好还是找个遮蔽处，例如太空舱撞着的这块巨岩……

是了，在日正当中之前，巨岩多少能提供庇荫。太阳从头顶划过时，就没有任何东西帮得上忙。不过，以伊卡鲁斯一年共四百零九天的周期而言，在这个季节，或许太阳整天都不会爬升到天空的正上方，那么谢拉德或许就有可能从短暂的白日存活；若救援没能在日出前及时赶到，这是他唯一的指望。

普罗米修斯号和船尾的光就这样没入世界尽头。没了太空船的阻碍，天空繁星显得加倍明亮。群星中最光芒四射的是地球（看来如此可爱，谢拉德差点热泪盈眶），伴随在旁的则是月球；两个星体宛如信号灯。他出生于其一，行走于另一个之上……此生他能否再见着任何一个呢？

奇怪的是，谢拉德现在才想起妻小及他生命中热爱的一切。一切都显得好遥远。罪恶感涌上，但又迅速消退。尽管他与家人相隔好几亿英里，隔着太空，彼此的情感羁绊并未减弱。纯粹是因为他们在当下无关紧要。目前，谢拉德只是原始、以自我为中心的动物，竭力求生，且大脑是他唯一的武器。挣扎求生时，他的感情便无足轻重，只会成为阻碍，蒙蔽他的判断、削弱他的决心。

接着，谢拉德看见了；他对遥远家乡的念头顿时全部烟消云散。他看见放射状的微弱磷光从自己后方的地平线升起，幽魂般弥漫于繁星之间，像乳白色的浓雾。这是太阳到来前的传令使者——日冕，那如鬼魅般闪着珠光的美丽倩影。在地球上，只有日全食的时候才可能偶然看见。日冕升起时，太阳本身也不远了，怒火将吞噬这片小小土地。

谢拉德确实把握了日冕的提示。现在，他可以更精确地预测日出的方向，利用机械手臂的断肢笨拙且缓慢地爬行，把太空舱拖至巨岩能提供最大遮蔽面积的位置。谢拉德好不容易才抵达目标处，太阳便像追着猎物的野兽窜上来，伊卡鲁斯瞬间大放光明。

他赶紧升起头盔内部的遮光滤镜，一层盖过一层，直到眼睛能够承受太阳的亮度。除了巨岩阴影遮蔽的地方，周围看来就像熔炉，荒地上每处地貌都被日光狠狠照亮。放眼望去，没有灰色地带，只有炫目的白与无法穿透的黑。地表每一处裂隙和窟窿都像墨池般乌黑；接触到阳光的每一英寸高地，都像着了火。这只是日出后一分钟！

谢拉德现在明白太阳怎么把伊卡鲁斯烧成宇宙煤渣了：持续烘烤地表岩石，直到其中最后一丝气体都烤干。为何人类，他苦涩地自问，要耗费那么高成本、冒着偌大风险，旅经繁星，就为了到访这块不停旋转的矿渣堆？他心知肚明答案是什么。与人类挣扎着登上珠穆朗玛峰顶、南北极和地球上其他偏远险阻的原因相同：为了冒险时身体感受到的刺激及探索，也为了发现新事物时的兴奋之情，且后者更为持久。在他即将成为伊卡鲁斯旋转烤架上的炙烤人肉之时，这个答案为他稍微带来一些安慰……

他已经能感觉到朝他的脸上吹来的第一口热气。太空舱倚着的巨岩保护他不受阳光直射，但是数码外的岩石正将灼热日光反射过来，经过透明塑料圆顶，穿透舱内空间。随着太阳越升越高，温度越来越逼人。他剩下的时间比原先想象的更少；认知到这点，使他浮现一股麻木的、超越恐惧的宿命感。若做得到，等到阳光淹没他、而太空舱的冷却组件放弃以小搏大时，他就要打破舱体，让舱内的空气向太空窜出。

他等着周围阴影墨池逐渐缩小。这只需短短几分钟，其间他无事可做，只能坐着思考。他没有试着专注于某事之上，只让自己的思绪随意漫游。他现在要死了，全因二十世纪四十年代（远早于他出生的时代）帕洛马山[①]有个人注意到感光板上的一小条光影，并以那个飞得离太阳太近的男孩为之命名。说起来这有多古怪呢！

有朝一日，他猜想，他们会在这片严重灼伤的平原上为他立碑。上面会写什么呢？“太空电子学工程师科林·谢拉德为科学长眠于此。”那样可就好笑了，因为那些科学家在忙的事，有一半他都完全不懂。

不过，他们发现某些事物时的兴奋之情已经感染了他。谢拉德记得地质学家刮开小行星焦黑的表面，抛光地表，露出底下的金属，露出由线条与刮痕形成的图案，像毕加索之后的颓废派艺术家作品。而这些线条是有意义的，书写着伊卡鲁斯的历史，只有地质学家读得懂。他们发现，这块铁与岩石的混合体不是一直独自飘流于太空中的。伊卡鲁斯很久以前曾受巨大压力，这只表示一件事：数十亿年前，伊卡鲁斯曾属于另一个更大的物体，或许是与地球类似的行星。

① 指帕洛马山天文台。——译者注

由于某些原因，该行星爆炸了，伊卡鲁斯和其他数千个小行星，便是宇宙那场爆炸遗留的碎片。

即使现在，太阳炽白的光线步步进逼，这个念头却在他的脑里翻搅。谢拉德正躺在某个世界的地核之上……或许那个世界也曾有过生命。晓得自己或许不会是在伊卡鲁斯永世逗留的唯一幽魂，不知怎的，竟使他得到某种情感安慰。

头盔表面渐渐起了雾。这表示，冷却组件差不多要失效了。它的工作成果惊人，直至现在，数码外的岩石已经烧得通红，舱内的热度仍不至于无法忍受。一旦冷却组件完全停摆，高热会骤然到来，后果将惨不忍睹。

为了不让太阳享有猎物，谢拉德伸向红色的操纵杆。但在他拉下控制杆以前，他想要再看地球最后一眼。因此，他小心翼翼地拉下遮光滤镜，调整至不受舱外岩石闪光侵袭但可以窥见太空轮廓的暗度。

日冕越来越亮，映衬之下，繁星已经非常暗淡。巨石阴影上方，能看得见一截鲜红色的火焰，像从太阳本身伸出的歪曲手指，燃烧着。而且，巨石的阴影随时都可能消失，再也无法保护他。谢拉德只剩下几秒。

地球就在那里，月球也在。还有他在那两处的朋友与至亲，都永别了。他望着天空时，阳光开始舔上太空舱底部，他第一次感受到火舌的温度。尽管无用，他的反射动作仍是抽起脚，试图躲避逐渐加剧的热浪。

那是什么？有一道比繁星更为炫目的闪光突然在他头上炸开。他上方数英里处，一面巨大的镜子缓缓驶过天空，边反射日光边行进。这是不可能的，一定是幻觉，这表示他该告退了。他的身体已经大量出汗，何况太空舱再过几秒就会变成熔炉。

他不愿再等了，用尽剩余所有气力，扳下舱门的紧急开关，同时准备面对生命的尽头。

什么也没有发生。操纵杆动也不动。他又试了好几次，发现舱门已经完全卡住。看来，他没有轻松的死法，无法任由肺部空气被清空、有尊严地死去。到了那时，他才真正体会到自己的处境有多么恐怖，终于崩溃，开始像困兽般哭嚎。

那时，他听见麦克莱伦船长对他说话的声音，微弱却清楚。他想，大概又出现幻觉了；但是他仅存的纪律与自我要求，仍使他暂停尖叫，咬牙倾听那熟悉且权威的嗓音。

“谢拉德，撑着点！我们找到你了！但继续喊！”

“我在这里！”他哭喊，“拜托快点！我快烧起来了！”

在他心智深处，残存的理性明白发生了什么事。太空舱天线的遗骸中尚存一丝信号的幽魂，搜救人员因此听见他的呼喊、他也听见他们的声音。这表示他们一定距离非常近，得知这点，他顿时为之振奋。

他望向冒着蒸汽的塑料圆顶，搜寻舱外，希望看见那面超乎常理的巨大镜子。出现了！在那里！这时，他才发现自己的感官又被太空诡异的空间感欺骗了。那面镜子不在数英里之外，也绝非巨大，而是几乎在他正上方、快速地移动着。

那个镜面物体划过逐渐升起的旭日时，谢拉德仍不停叫喊。物体的阴影庇佑着他，像是严冬中吹过冰天雪地的寒风。现在物体已经近到他终于认得出形貌：那是一大片抗辐射的遮阳金属箔幕，无疑是从附近架设仪器的检查站匆匆拿来的。他的同伴们就躲在遮阳幕保护下，四处搜寻他的踪影。

一台重型双人太空舱盘旋在空中，一组机械手臂张开闪闪发亮的遮阳幕，另一组手臂伸向谢拉德。即使圆顶雾气蒸腾，高温又使他的感官耗竭，他还是认得麦克莱伦船长焦急的脸，从另一个太空舱朝下望着他。

原来，出生就是这种感觉啊；他真真切切地感到重获新生。尽管谢拉德累得无法表示感激（尔后他确实感到感激），他从燃烧的巨石中被抬起时，双眼还是找着了地球。“我在这儿呢，”他无声地说，“就要回家了。”

回家，享受且珍惜他以为不可复得的世界中所有美丽事物。不……不是“所有”事物。

他再也无法享受夏日了。

（译者：张芸慎）

土星升起

1961年3月首次发表于《奇幻与科幻杂志》（*The Magazine of Fantasy and Science Fiction*）

收录于《十个世界的故事》

一九六〇年我提笔写下本篇故事时，完全想象不到，二十年内航海家号系列任务将大获成功，揭开外太阳系的神秘面纱，告诉我们原来土星环远比任何人所想的更复杂美妙。

随着过去四十年来各种科学发现，本篇故事确实已显过时。尤其，我们现在已知土卫六（泰坦星）大气层非以甲烷为主，而是氮气。

我写作当时犯的另一项错误是，就算有人能从土卫六地表观测到土星（土卫六大气层的雾霾可能会完全遮蔽视线），也不可能看见“土星升起”。这是因为，我们几乎能够确定土卫六与地球的卫星月球一样，因为潮汐锁定而同步自转，永远都会以同一面对着主星。因此，土星一直都挂在土卫六的天空中，就像月球天空中永远看得见地球。

是的，我可以证实，我二十八岁时第一次见到莫里斯·普尔曼。当时，我见过的人从总统以降，数以千计。

我们从土星返回地球后，所有人都想与我们见面，船员半数都展开巡回演讲。我一向热衷于讲话（各位可能已经注意到这点），但有些同事则宁可前往冥王星也不愿再面对观众。他们有些还真的去了。

我负责巡回美国中西部，而我第一次见到普尔曼先生（从未有人以其他方式称呼他，更不可能称他为“莫里斯”）就在芝加哥。经纪公司总会为我订好不错但不至于太过奢华的旅馆。这样最适合我；我喜欢来去自如，能躲开那些身穿制服的佣仆，也可照常衣着，不需担心自己看来像个乞丐。啊，我看到有人在笑了。那时我只是个小伙子，之后许多事情都变了。

那已经是好久以前了，不过，我想当时应该是在大学演讲。总之，我记得感到失望，因为校方无法带我去参观费米成功打造史上第一座原子堆的地方——他们说那栋建筑四十年前就被拆了，只剩下一块标注地点的金属牌。我站在金属牌前，注视良久，遥想从一九四二年至今发生的一切。其间，我出生了；而原子能又带我往返土星。后者，大概是费米与同僚以铀和石墨建造原始的格栅构造时从未想过的。

我正在咖啡厅吃早餐，一位稍壮的中年男子在我这桌对着我坐下。他礼貌地对我点头问好，然后认出我来，发出惊诧的声音。（当然，他是刻意遇上我的，不过我当时还不知道。）

“真荣幸！”他说，“我昨晚听了您的演讲，真羡慕您啊！”

我挤出勉强的微笑。我不是很爱在早餐时交际，也已经学到教训，对所有古怪、无趣或过于热情的人敬而远之。然而，普尔曼先生可称不上无趣，尽管他确实相当热情，想来也有些古怪。

他看来就像任何一个事业表现中上的生意人，我以为他和我一样是旅馆的住客。他去听了演讲也不是令人惊讶的事，毕竟演讲向一般民众开放，相当受欢迎，又经报章媒体与电台广为宣传。

“当我还是个小孩，”我不请自来的同伴说，“土星就令我着迷。我确切知道何时迷上的，那时我大概十岁，看到切斯利·博内斯特尔[①]的画作，描绘从土星的九个卫星望向土星，绝妙无比。您应该看过吧？”

“当然，”我说，“尽管相隔半世纪，还是没有其他作品能出其右。我们在奋进号船上也摆了几幅，钉在绘图桌上。我常常拿画作与实际景象相比较呢。”

“那您就能体会我在二十世纪五十年代的感受了。我常呆坐好几个小时，试图理解那个由银色环状物围绕、不可思议的物体，这竟不是艺术家想象力的产物，反而真实存在……而且是行星，是比地球要大上十倍的世界！

“当时，我从未想过能够目睹如此奇观；我理所当然地以为，只有天文学家的巨型望远镜才能窥得土星的面貌。但是十五岁的时候，我发现另一项惊人事实，简直不敢相信。”

“什么？”我问。这时，我已经不介意早餐时间被打扰；这位同伴看来无害，而且他毫不掩饰的热情让我备感亲切。

“我发现只要花上几块钱、几周时间，任何傻瓜都能在厨房自制天文望远镜。这对我有如天启！和当时成千的孩子一样，我也从公共图书馆借英格尔斯的《业余望远镜制作》回家照做。告诉我……您自己做过望远镜吗？”

“没。我是工程师，不是天文学家。我半点头绪也没有。”

“若照着步骤来，其实非常简单。首先，找到两片约一英寸厚

① 切斯利·奈特·博内斯特尔（Chesley Knight Bonestell，1888—1986），美国画家、设计师。他的画作启发了美国的太空计划，并在科幻小说和插图方面产生了影响。与法国天文学家卢西安·鲁道一起被誉为“现代太空艺术之父”。

的玻璃。我用五十美分向船具商买了边缘有些破损的旧舷窗玻璃。接着，将其中一片固定至坚固的平面上，我用的是立起来的旧酒桶。

“接下来，要买几种不同粗细的金刚砂粉，从最粗糙的开始，渐渐换成较细的粉末。先放一些最粗的金刚砂粉在两片玻璃之间，以一致的力道打磨，再慢慢开始画圆。

“知道会发生什么事吗？上方那片玻璃会被金刚砂粉切削、变凹，加上画圆的动作，玻璃会慢慢变成圆弧凹面。等到用最细的金刚砂粉磨完，就能进行几项光学测试，确定曲度正确。

“再来把金刚砂粉换成抛光用的研磨剂，磨到出现平滑光亮的表面，根本看不出是自己做的。下个步骤有点麻烦，要把玻璃制成银镜，才能反射光线，得照着书中指示到药房调些化学药剂。

“我还记得看着那一小块玻璃表面形成银色薄膜时有多么兴奋。称不上完美无瑕，但堪用了，就算拿帕洛马山上的仪器跟我交换，我也不肯。

“我把镜片固定在木板的一端；其实没必要把透镜装进镜筒中，但我还是用纸板包住银镜周围，遮蔽散射光。目镜部分，我用几分钱从旧货行买到一个小型放大镜片。算起来，我花在望远镜上的钱不超过五美元；虽然，对那时的我而言，这仍是笔大数目。

“我们那时住在纽约第三大道，家里经营着一家破败旅馆，造好望远镜后，我拿到屋顶测试。那时，各栋建筑的屋顶都插满电视天线，像丛林似的。我花了些工夫才让镜面与目镜对齐，因为一一按书上指示完成、没有出错，望远镜便成功了！以光学仪器而言，我的望远镜大概挺烂的，而且我才第一次尝试。不过，望远镜至少能放大五十倍，我等不及用它来观星！

“我查了天文历，得知那天日落后土星会高挂于东方。天一黑，我马上又跑回屋顶，在两个烟囱间架设我以木头与玻璃组成的疯狂装置。当时已是深秋，我却一点也不觉得冷。因为当时繁星满天，且全都归我所有。

“我利用望远镜视野中第一颗星仔细调整焦距，尽可能精确，接着便开始寻找土星。我发现，原来用没有底座的反射式望远镜寻找目标那么困难。但不久，土星掠过了视野。我把望远镜往这里扭个几英寸，那里扭个几英寸，然后就看到了它。

“土星看来仍很小，但完美无瑕。我大概有一分钟都忘了呼吸；简直不敢相信我的眼睛！看了那么多张图画，我竟然看见土星本尊。它像玩具般挂在太空中，土星环向外倾斜，环面微微朝向我。就算过了四十年，现在我还记得那时心想，‘看起来好假！好像圣诞树的装饰品！’土星左侧有一颗发光的星体，我知道那是泰坦星。”

他停顿了一下，那个片刻，我们俩应该想着同样的事。对我们而言，土卫六不只是土星最大的卫星、天文学家才看得见的星体，而是奋进号曾经登陆的险恶环境，我有三名队友长眠在那个孤寂的世界，人类亡者最遥远的安息之所。

“我不知道盯着土星看了多久。随着土星在天空移动，我的眼睛酸疼，我扯着望远镜追着它的身影。我已和纽约相距十亿英里之遥，但纽约却要追上我了。

“我讲过我们家的旅馆了吧，我母亲拥有那个旅馆，实际经营的却是我父亲，而且生意不是很好。多年来旅馆一直亏钱，从小，我家就有过无数次财务危机。所以，我不怪父亲喝酒，他大概总是担心得要发狂了吧。而我应该要去接待柜台帮忙，却忘得一干二净……

“我父亲来找我，满腹心事，对我的梦想浑然不觉。他上了屋顶，发现我正在观星。

“他并非残酷之人，我父亲只是不懂我为那座小小望远镜做了多少功课，耗费了多少耐心与精神，也不懂它在我观测的短暂片刻，为我带来多么惊人的奇景。我已经不恨他了，但他把我人生中第一座也是最后一座望远镜砸向砖墙时，那镜片破裂的声音，我将永生难忘。”

我无言以对。一开始因为被打扰而起的反感已化为好奇。我察觉这个故事后头还有更多精彩情节，也注意到其他事：我们这桌的女服务生态度尊敬恭谨得夸张，且几乎不是因为我。

他把玩着糖罐，我静默且同情地等他继续往下说。这时，我已经感觉我俩之间建立了某种羁绊，但仍不知道具体为何。

“我再也没有建造另一座望远镜，”他说，“除了镜面，大概有其他东西也碎了……在我心里某处吧。总之，我也忙得没有时间了。后来有两件事让我的生活起了天翻地覆的改变。我父亲抛下我们，我成了一家之主。然后纽约第三大道高架铁路拆了。”

他想必看见我疑惑的表情，隔着桌子对我微笑：

“噢，您大概不晓得。在我小时候，第三大道中段设有高架铁路，让整个地区又脏又吵；整条路都是破烂的酒吧、当铺和廉价旅馆，像我家那种。高架铁路一拆，一切都变了。地价水涨船高，我们突然生意兴隆。我父亲不久后回了家，但已经太晚了，生意已经交给我经营。没过多久，我开始在纽约市里到处跑，接着又全国到处跑。我再也不是那个心不在焉的观星家了；我让父亲经营我旗下一间比较小的旅馆，想着他应该不至于搞砸。

“自从我看见土星，已过了四十年，可我从未忘记那一瞥。昨晚，您的照片让我的记忆全都回来了！我只想让您知道我有多么感激。”

他翻开皮夹，抽出一张名片。

“若您进城，欢迎来找我。若您还有其他演讲，我绝对不会错过的！祝您好运……抱歉占用您这么多时间。”

然后，我还来不及说任何话，他就离开了。我瞄了名片一眼，收进口袋，思绪重重地继续吃完早餐。

离开咖啡厅前，我前去结账，我问："刚才坐在我那桌的先生是谁？旅馆老板吗？"

收银员看着我的眼神仿佛觉得我脑袋有问题。

"您这么称呼他也可以，先生。"她答道，"当然啦，他是这间旅馆的老板，但我们从来没有在这里见过他。他来芝加哥时，通常都待在大使酒店。"

"那里也是他的物业吗？"我心里已经有底，尽量不让自己语气太过嘲讽。

"当然了，先生。还有……"她念完一大串其他酒店的名称，包括纽约最大的两家。

我感到惊讶，也觉得饶富兴味。这表示，普尔曼先生刻意到这儿来，为的就是与我见面，这未免也太大费周章了。我那时尚不知道，原来他怕生与神神秘秘是出了名的。毕竟，打从一开始，他就未曾对我展露出怕生的样子。

然后我便忘了他这个人，一忘忘了五年。（噢，我该补充，准备拿账单付账时，对方却说已经结过账了。）在那五年间，我第二趟往返土星。

这次，我们已经知道会面临何种环境，而非朝着全然未知前进。我们不需担心燃料，因为所需的一切燃料都已在土卫六了；只需用大气中的甲烷把燃料槽填满，我们的任务规划也以此为基础。一个接一个，我们拜访了土星总共九个卫星，接着进入土星环……

其实并不危险，但却是令人惊心动魄的经验。各位可能知道，土星环其实非常薄——厚度只有二十英里。我们谨慎地缓缓驶入，速度与土星环旋转速度保持一致，就像是准备步上一座直径长达十七万英里的旋转木马……

幽魂般的旋转木马，因为土星环并非实心，其实看得见缝隙。若真的距离很近，土星环根本接近透明；数十亿计的粒子各不相连，其间距之宽，以致太空船置身其中时，只能见到周围偶尔有小块物体以极缓慢的速度飘过。只有向远处看时，能够看见无数漂流的碎片形成一片延续的平面，仿佛土星永远有雹暴包围，不曾散去。

刚刚那句话并不是我原创的，却实在绝妙。尤其，我们将搜集到的第一块土星环碎片带进气闸时，它几分钟内就融成一摊泥水。有些人认为，当得知土星环（约九成）是由冰形成，会减损土星环的魔力。这真是个愚蠢的论点！土星环仍然一样美，就算是由钻石形成的，它的魅力也不会有所增减。

返回地球时，已是新世纪第一年。我马上又开始巡回演讲，不过期间较短，因为我已经成家，希望尽可能花时间陪家人。这次，我在纽约遇到普尔曼先生，当时我在哥伦比亚大学演讲，并放映关于我们探勘任务的影片《探索土星》。（片名有误导之嫌，因为我们到过离土星最近的距离是两万两千英里。当时，没有人曾想过人类可能触及土星“地表”那波涛汹涌的雪水。）

演讲结束后，普尔曼先生正等着我。起初我没有认出他，毕竟，距离我们上次会面，我又多见了一百万个新面孔。不过，他一报上名字，我就马上全想起来了。记忆如此清晰，可见他真的令我印象深刻。

不知怎的，他成功带着我离开人群。虽然他不喜欢接触群众，若有必要，他能主导身处的任何群体，又在民众察觉之前溜之大吉。尽管我目睹他做过好几次，仍不明白他怎么办到的。

总之，半小时后，我们已在一间隐秘的高级餐厅（当然是他开的）享用上好佳肴。餐点美味极了，尤其我整趟巡回都只吃鸡肉与冰激凌。不过天下没有白吃的美食，普尔曼先生仍要我付出“代价”。

既然两次土星任务所有事实与照片都已公开，相关报告和书籍数以百计。只要内容不是太技术性，普尔曼先生似乎都已经读过了，他想问我的并不是这些。到那时为止，我都还把他对土星的兴趣看作一个寂寞老去的男子试图再次抓住少年时失去的梦。我想得没错，但并未窥得全貌。

他想知道所有报告与报道都未能传达的：早上醒来，就看见金色球体的云带飘忽变幻，我的感受为何？还有土星环，当我们靠得那么近，无边无际、填满整个天空，我当时心里在想什么？

您需要一位诗人，我说，而不是工程师。但我可以说，无论看着土星多久、无论在各个卫星间往返飞行多少次，都仍然难以置信。时不时，我仍会突然怀疑："一切都只是梦，这不可能是真的……"然后，走向最近的观景窗，又看到土星在那儿，美得令人屏息。

各位想必记得，除了距离很近，我们也有幸能从各种不同角度与视野观看土星环；从地球看到的土星环永远面对太阳，不可能有机会见到其他面向。而我们能飞进土星环的阴影中，此时看到的土星环不再闪耀银色光芒，而散发微弱的光晕，像在繁星之间以烟雾搭起的桥。

而且，我们多数时候都看见土星的影子映在土星环上，有时影子甚至与土星环等宽，好像被咬了一口似的。反之亦然，土星的近日侧永远可看见土星环在赤道附近形成一条灰蒙蒙的影子。

更特别的是，虽然我们没有试过太多次，太空船可飞至土星南极或北极上方，俯视整个壮阔的星系，土星环亦可一览无遗。除了地球可看见的四层环状带，至少还有十几圈各自独立的环，边际彼此相连。看到这幅景色时，船长所说的话令我难以忘怀。"这里，"他说，语气肃敬，"是天使暂放光环之处。"

在中央公园南侧那间小小的顶级餐厅里，我把这些还有其他许多事，一一告诉普尔曼先生。我讲完时，他显得非常满意，不过他沉默了好几分钟。接着，他用不经意的语气（就像问起火车几点开）问我：“您觉得哪个卫星最适合建造度假村？”

我听懂这些字的意思时，差点没呛到，吐出刚喝下的百年威士忌。接着，我尽可能有耐性而礼貌地回答（毕竟我刚享用了美好的一餐）：“普尔曼先生，请听好了，您和我都知道土星与地球相隔快十亿英里，若我们分处太阳两侧，距离就更远了。有人算过，探勘任务往返，平均每人船票可价值七百五十万美元；况且，听我这个过来人一句话吧，奋进号一号或二号船上可没有头等舱设备。再怎么说，无论有多少钱，都不可能订得到往土星的船票。在可预见的未来，都只有科学家和太空船船员能够前往土星。”

很明显，我说的话半点效果也没有；他只微微地笑了，似乎知道什么我所不知的秘密。

“目前您说的确实不假，”他答道，“但我熟读历史，也了解人类——我可是以此维生。容我提醒您几项事实。

“两至三个世纪前，所有观光胜地与景点都在当今土星那么遥远的地方。举拿破仑为例好了，他可能听过大峡谷、维多利亚瀑布、夏威夷或珠穆朗玛峰吗？再看看南极，我父亲还是男孩时，人类才首度踏足，而您至今的人生中，那间旅馆不都一直矗立于南极吗？

“现在则是新旅程的开端。您只看得见问题与难处，因为它们近在眼前。无论多么困难，人类都会克服的，如同过往那样。

“这是因为，只要是古怪、美丽或新奇的事物，人类就想要造访，想要亲眼见识。而土星环则是已知宇宙中最伟大的奇景：我总觉得会是如此，而您今天所说的更是让我坚信这一点。今时今日，人类需耗费巨资冒着生命危险才能抵达。飞行起先也是如此，而现在日日夜夜、每分每秒都有百万旅客搭机飞行。

“太空旅行也会以同样的方式发展。十年内还不可能，或许二十年内也办不到。但是呢，您还记得，月球往返飞行只花了二十五年就商业化了，我认为土星不需花那么久……

“我大概活不到亲眼见到那一天，但梦想成真时，我希望人类能记得我。所以……我们该从哪里开始建设呢？”

我还是觉得他的点子很疯狂，但也渐渐理解普尔曼先生的动机。陪他做做白日梦也无妨，我便开始认真思考。

“土卫一米玛斯太近了，”我说，“土卫二恩赛勒达斯和土卫三忒提斯也是，”（我得承认，那么多威士忌下肚，这些卫星的名字还真难念。）“土星会塞满天空，好像随时要压下来。再说，这三颗卫星密度也不够，充其量只是长太大的雪球。土卫四狄俄涅与土卫五瑞亚的景观倒好些，但这些内圈的卫星都太小了。其中最大的土卫五直径也只有八百英里，其他卫星就更小了。

“应该不会有人争论，我想，最适合的就是土卫六泰坦了。它的大小比较适合人类，比我们的月球大上不少，几乎要和火星一样大。重力也较合理，大约是地球的五分之一，您的宾客才不至于在空中到处飘。再说，土卫六的甲烷大气一定会是重要的燃料补给站，您的规划务必要算到这一点。每艘前往土星的太空船，一定得在泰坦停留。”

“那外圈卫星呢？”

“噢，土卫七海伯利安、土卫八伊阿珀托斯和土卫九菲比都太远了。从土卫九，可要费神才看得见土星环呢！别想它们了，专注在土卫六准没错。就算气温只有零下两百度，氨雪的臭气也令人不敢恭维，不适合滑雪。”

普尔曼先生非常认真地听我说，就算他觉得我在开玩笑，认为这个点子既不实际又不科学，他也没有透露分毫。我们后来很快便分道扬镳；关于那顿晚餐，我也不记得其他的事了。接着，大概又过了十五年，我们俩的生命才再度交错。在那段期间内，我对他派不上用场；而他需要我时，便打电话来。

我终于理解他在等什么；他的愿景始终清晰，比我更有远见。当然，普尔曼先生无从预见火箭会像蒸汽引擎般在一世纪内有突破性的进展，但他始终晓得，总有什么会发生。再说，我想他资助了桑德森类重力引擎的早期研究。但是，等到科学家开始建造核融合反应炉，就算在冥王星那么冷的环境，也能加热周围一百平方英里，普尔曼先生才打电话给我。

他已经很老很老了，而且将不久于人世。其他人告诉我他究竟有多富有时，我简直难以想象，直到他为我展示了详尽图表和精美模型，这些都是他聘的专家秘密完成的。

我认真研究模型与蓝图时，他坐在轮椅上，像个长满皱纹的木乃伊，细细观察我的表情。接着，他说："船长，有份工作要交代给您……"

所以，我才会在这里。这份工作和掌管一艘太空船极为相似，许多技术问题都大同小异。加上，我这时已经老得无法担任太空船船长了，因此，我对普尔曼先生充满感激。

启程的号角声已响起！若女士们准备好了，我会建议各位与我一起穿过观景台去用晚餐。

即使过了这么多年，我仍然享受欣赏土星升起；而今晚土星正圆。

（译者：张芸慎）

死亡与参议员

1961年5月首次发表于《类比》（*Analog*），收录于《十个世界的故事》

春季的华盛顿似乎从未如此可爱过，而这一个春季，斯蒂尔曼参议员哀伤地想，乃是他生命中的最后一个。直到现在，尽管乔丹医生已经告诉他一切，他还是无法完全坦然接受现实。在过去，无论遇到什么挫折，总有逃避之路，失败总能被挽回而不会成为最终结果。如果有人背叛了他，他便会将背叛者一脚踢开——有时甚至会灭掉他们以杀鸡儆猴。但是这一次，背叛来自他自己的体内。他甚至已经能够感觉到，心脏沉重的跳动似乎很快就要归于平静了。如今再去准备一九七六年总统竞选已经没有意义了，他甚至可能活不到公布提名的那一天……

所有的梦想与野心，就要画上句号。即便是“人终有一死”这样的道理也没法安慰自己。对他而言，这一天来得太早了。他想到了自己的偶像之一塞西尔·罗兹[1]，在其还不到五十岁便行将就木之时大喊“要做的太多——时间太少”！他已经活得比罗兹长了，但是

① 塞西尔·约翰·罗兹（Cecil John Rhodes，1853—1902），英裔南非商人，矿业大亨与政治家。

取得的成就却少得多。

汽车正在将他带离国会大厦。这有着某种象征意味，而他尽量不去细细品味。现在他经过了新史密森尼——巨大而庞杂的博物馆群。他在华盛顿的这些年里，无数次地在国家广场看着它向远处延展开去，却从来未能有闲暇去造访。在对权力坚韧执着的追求中，他错过了太多的东西，他痛苦地想。整个文化和艺术的世界对他而言几乎是不存在的，而这还只是他付出的代价的一部分。对于家人和曾经的朋友，他形同陌路。爱早已沦为野心祭坛上的牺牲品，而这牺牲此刻也已经变得毫无意义。还会有谁为了他的离去而哭泣吗？

对，有的。想到这里，孑然一身的感觉对精神的折磨略有缓解。他的脑海里塞满了那么多无足轻重的回忆，以至于伸手拿电话的时候，才想起只能先打到办公室才能得到想要拨打的号码。对此他深感愧疚。

（白宫到了。在春日骄阳的照耀下，白宫显得熠熠生辉。生平头一次，他没有多看它一眼。它已经属于另一个世界了——一个不再与他有关的世界。）

车载电话没有视频，但是他依然能够感受到艾琳轻微的惊讶——以及更加轻微的高兴。

“你好，勒妮[①]——你们怎么样？”

“挺好的，爸爸。我们什么时候能见到你？”

在并不多见的由他主动拨打的通话中，这是他女儿惯用的客套。而若非圣诞节或某人生日将至，他也总是以“改天过去坐坐”的含糊承诺搪塞一下。

“我在想，”他缓缓地说，口气几乎像是在辩解，“我是不是

①“勒妮”应为斯蒂尔曼对艾琳的昵称。

能把孩子们接过来过一下午。我很久没带他们出去了，而且我也想退休了。”

“那太好了。”艾琳答道，她的声音充满了喜悦，“他们肯定会很高兴。你想什么时候接他们？”

“明天吧。我会在十二点左右打电话，然后带他们去动物园或史密森尼，或者他们想去的任何地方。”

这下她真的惊喜过望了，因为据她所知，自己的父亲乃是华盛顿一大忙人，日程表上往往预先安排了几个星期的计划。她应该会纳闷出了什么事情，但是他不希望她猜出真相。先别让她知道，因为连他的秘书对于他身上的刺痛都还一无所知。

“那太好了。他们昨天还说起过你。”

他的双眼湿润了，而且他很庆幸此刻勒妮看不到他。

“我中午过去。”他语速很快，竭力不让声音出卖自己的情绪，“我爱你们。”他没等她回答便挂掉了电话，对着帷帘长叹一声，暗自宽慰。几乎是仅凭冲动而没有刻意规划，他已经迈出了重塑生活的第一步。他与自己的孩子已经有了情感上的隔膜，但是幸而隔辈人的亲情还完好无缺。剩下的几个月时光里，就算不做其他事情，他也要守护并增进这种亲情。

医生肯定不会同意他带着两个生龙活虎又爱刨根问底的孩子逛自然历史博物馆，但这是他的愿望。自打上次碰面，乔伊和苏珊又长大了许多，要想跟上他们的节奏，身体和精神都得足够敏捷才行。刚走进圆形大厅，他们便立刻从他身边跑开，蹦蹦跳跳地跑向雄踞大理石厅堂的大象。

“那是什么？”乔伊喊道。

“那是一头大象，笨蛋。”苏珊带着她年长七岁的优越感回答道。

“我知道那是一头‘大尚’，”乔伊回嘴说，“我是问它叫什么名字？”

斯蒂尔曼参议员看了一下说明，但是没找到什么有帮助的信息。此情此景，那句原本风险十足的谚语“说错不要紧，千万别含糊”正派得上用场。

“它名叫……呃……大块头。”他匆忙说道，“瞧瞧那双獠牙！”

“它也会牙疼吗？”

“哦，不会。”

“它怎么清洁牙齿？妈妈说如果我不刷牙——”

斯蒂尔曼觉察到了这场谈话的方向，认为最好是换一个话题。

“里面还有很多要看的。你们想从什么开始——鸟类、蛇、鱼类，还是哺乳动物？”

“蛇！”苏珊嚷道，“我想在盒子里养一条，但是爸爸不让。你觉得要是你跟他说，他会同意吗？”

“什么是哺乳动物？”没等斯蒂尔曼想好怎么回答，乔伊便问道。

“跟我来，”他坚决地说，“我带你看。”

与孩子们一起穿厅越堂，奔走在一个接一个展览之间，他体会到一种与世无争的感觉。在博物馆中徜徉乃是有助于平静内心、正确看待生活中各类问题的绝佳手段。在这里，置身大自然丰富多彩的奇妙造化之中，他回想起一个被遗忘已久的事实：他不过是这颗星球上亿万生灵中的一个。全人类，及其所有的希望与恐惧，所有的成就与罪恶，在世界的历史中也许无非一段小小的插曲。当他站在巨大的梁龙骨架面前——甚至孩子们都为之难能可贵地肃然敬畏了——他感受到永恒的气息正在吹拂他的灵魂。他不再屈服于野心的冲动，不再执迷于自己正是国家所需的信念。说到这里，国家又算个什么啊？《独立宣言》的签署不过是两个世纪之前的夏天的事情，而这块古老的美利坚大陆已经在犹他的磐石下静卧了一亿年——

走到海洋生物馆时，他有点疲倦了。海洋馆生动形象地提醒着人们，今天的地球拥有古往今来最大的动物。九十英尺长的蓝鲸以及其他迅猛的海洋猎食者，在海中龙腾虎跃。这令他回想起曾经有段时光，他是在一个光亮生辉的小甲板上，在卷动不已的白色风帆下度过的。那个时候，聆听船头潇潇的水声，以及缆绳之间风的叹息，便足以令他获得心灵的慰藉和满足。他已经三十年没有航海了，这是另一个被他放弃的俗世之趣。

“我不喜欢鱼，”苏珊抱怨道，“咱们什么时候去看蛇？”

“马上，”他说，“不过急什么呢？有的是时间。”

这些话未经大脑便从口中溜了出来。孩子们在前面跑着，他却走得慢条斯理，然后他笑了，笑中并无苦涩。某种意义上说，这话也对。的确有的是时间。每一天，每一个小时都可能充满了无尽的体验，只要你用心体会而不虚度。在他生命的最后时光，他要开始真正的生活了。

截至目前，办公室里还没人怀疑什么，甚至他和孩子们出去也没引起什么惊讶。他以前做过类似的事情：突然间取消事先的安排，让手下人收拾残局。他的行为模式尚未改变，但是再过几天，他的同事们就会明显感觉到出了什么事情。他应该尽快将这个消息透露给他们——以及向党汇报，然而他必须首先做出一些个人的决定，他希望在开始了结公事之前能够先独立解决好这些问题。

他的迟疑还有另一个原因。在整个职业生涯中，他很少在斗争中败下阵来，在血雨腥风的政治生活中也从未对任何人手下留情。现在，面对着自己的终极失败，想到众多的政治对手肯定会迫不及待地将同情与慰问施舍给他，他感觉到阵阵恐慌。他知道这种态度很蠢——这是他那顽固的自尊心的残余。这自尊心构成了他人格的很大一部分，以至于在日益迫近的死亡阴影面前，也并没有消失。

两个多星期以来，他带着自己的秘密从会议室走到白宫，走到国会大厦，穿行于错综复杂的华盛顿社会。这是他政治生涯中最出色的一次表演，却无人喝彩。到最后，他已经列好了行动计划；剩下的事情只有发出几封他亲手写就的信件，以及给妻子打电话。

办公室的人找到了她。这费了点周折，因为她在罗马。屏幕上现出她的模样，他觉得她依然美丽。她本会是一位优雅的第一夫人，而如果成真，那将是对这些年来感情创伤的些许补偿。据他所知，她也曾经对此心怀期盼，但是他真的了解她想要什么吗？

“你好，马丁。”她说，“我正盼着你打过来呢。我猜你想让我回去。”

“你愿意回来吗？”他轻声问道。他温柔的语调明显令她吃惊了。

“我要是说不愿意就太傻了，对吗？不过如果你没有选上，我会再次离开你。你必须接受这一点。”

“他们不会选我了，甚至不会提名我了。你是第一个知道的，戴安娜。再过六个月，我就要死了。”

直截了当是残忍的，但这是有意为之。电波传向通信卫星再传回地球会造成一秒钟的延迟，这一秒钟从未显得如此漫长。这一次，他打破了那美丽的面具。她因为怀疑而睁大了双眼，一只手捂住了嘴。

“你在开玩笑！”

“拿这个开玩笑？是真的，我的心脏不行了。乔丹医生几个星期前告诉我的。当然，这都是我自己的错，咱们还是不要再细说下去了。”

“所以你才会带孩子们出去，我正琢磨是怎么回事呢。”

他应该猜得到艾琳会向母亲提起这件事情。关怀自己的儿孙本应是再平常不过的事情，却令别人产生好奇，这令马丁·斯蒂尔曼不禁陷入了一阵忧伤的反思。

“是的，”他坦率地承认了，“我觉得怕是已经有点晚了。现在我想尽量弥补失去的时光，别的事情都不太重要了。”

他们静静地凝视着对方的双眼，目光越过了弯曲的地表，越过了多年分离造成的情感荒漠。接着戴安娜用有些发颤的声音答道：“我这就去收拾东西。”

消息既然已经传了出去，他便有种卸下重担的感觉。甚至来自对手的同情也不似想象中那样难以接受了，因为一夜之间，他其实已经没有敌人了。多年来，他和一些人除了互相诟病再无其他交流，如今对方也发来了问候，其真诚无可怀疑。旧日的争吵已经消失不见，或者被意识到原本就是源于误解。一个人非得行将就木才能明白这些事情，实在是一种遗憾。

他还明白了一件事情：对一个公务缠身的人而言，死亡也是一件全职工作。接班人有待指定；法律和财务上的琐事有待理清；与委员会和政府有关的事务有待完结。已经生龙活虎了一辈子，工作不可能像关掉电灯说停就停。自己履行的职责多得令人惊讶，而将这些职责剥离出去又是千难万难。他从来不甘于将权力委派他人——很多人批评说，对于一个希望成为一把手的人而言，这是个致命的缺陷——但是现在他必须这么做。

他就像一座很快要停止走动的巨钟，而且不会有人过来上弦。他转赠自己的书，阅读并毁掉旧信件，关闭没用的账户和档案，发出最后的指令，以及撰写告别笔记。做这些事情时，他时常有一种完全不真实的感觉。没有痛楚，他怎么也想不到自己不会再拥有若干年活力四射的生命了。他的前方只有心电图上几根线条，就像路障横亘在通往未来的道路上——又像是一个诅咒，由只有医生才能读懂的奇怪语言写就。

现在戴安娜、艾琳和她的丈夫几乎每天都带孩子来看他。过去他和比尔总是处不到一起，而他也清楚那是他自己的问题。你不能指望女婿能取代儿子的位置，而且仅仅因为比尔没有一点马丁·斯蒂尔曼二世的样子，便对其横加责怪，也是不公平的。比尔自有其自身的成就：他照顾了艾琳，让她幸福，与她生养了子女。他缺乏野心的瑕疵——如果这真的称得上瑕疵的话——终于可以得到参议员的原谅了。

他甚至能够不带一丝苦涩地想起先走一步的儿子。儿子如今在开普敦的联合国公墓中，安眠于众多十字架中的一个下面。他从未造访过马丁的墓地。在他还有时间去的时候，白人在南非可不大受欢迎。现在他倒是想去就去，但是又不确定该不该拿这件事情折磨戴安娜。他自己的回忆不会再困扰他多久了，但是她还要带着回忆继续活着。

但他还是想去，感觉那就像是一种责任。而且，还可以把这当作最后一次陪孩子们玩乐的机会。对他们而言，这不过是到一个陌生的国度去度假，他们不会为一位素未谋面的舅舅感到丝毫的难过。就在他开始着手安排的时候，他的整个生活再次被翻了个底儿朝天，如同不到一个月之前的那次。

甚至现在，每天早晨到办公室的时候，还是会有十来个甚至更多的拜访者在等着他。没有以前多，但也是好大一群人。然而，他从来不曾想象，哈克尼斯博士会是其中之一。

看到那个瘦长的身影时，他的脚步停顿了一下。他感到脸颊发热、脉搏加快，过去在会议桌上的唇枪舌剑、电话线里怒气冲冲的争吵，一齐涌上了心头。不过他很快放松下来，就他而言，那些事情都已经成为了历史。

哈克尼斯迈步过来，略带一丝局促。斯蒂尔曼参议员熟悉这种初见面时的尴尬——最近几个星期见得太多了。每个见到他的人都会主动放低姿态，小心翼翼地避免谈及那个禁忌话题。

“哎呀，博士，”他说，“真意外啊——我从没想到能在这里见到你。”

他就是忍不住要在话里带点锋芒，也因为看到对方的心领神会而感到满意。但是这锋芒其实已经没有讽刺意味了，对方的微笑也确认了这一点。

“参议员，”哈克尼斯回答道，他的声音压得很低，以至于斯蒂尔曼非得向前躬一下才听得清，“我想告诉你一些非常重要的信息。我们能单独谈一会儿吗？不会太长。”

斯蒂尔曼点点头。有关什么才是重要的，他有自己的想法。对于这位科学家来看他的原因，他也并无太大兴趣。比起七年前的上次会面时，这人好像变了很多，显得更加自信了。过去作为一名证人，那种紧张兮兮的气质曾经令他失分不少，如今那种气质也不见了。

“参议员，”私人办公室里只剩下他们两个人的时候，他说道，“我有一些可能会使你非常震惊的消息。我认为你的病还有治。”

斯蒂尔曼重重地摔在椅子里。他可从来没有期盼过这种事情。从一开始，他就没让自己陷于海市蜃楼般的痴心妄想。傻瓜才会对抗无常，他已经接受了自己的命运。

他半天没说出话来，然后抬起头来看着旧日对手，气喘吁吁地说：“谁告诉你的？我的医生们——”

“别管他们。他们比时代落后了十年并不是他们的错。看看这个。”

“什么意思？我不懂俄语。”

“这是最新一期的苏联《空间医学杂志》，几天前到的，我们进行了例行翻译。这一条——就是我标出来的——提到了梅契尼柯夫空间站上最近的一些进展。”

“梅契尼柯夫空间站是什么？”

“你不知道？怎么了，那是他们的太空医院啊，建在大辐射带下面的那个。”

“接着说。”斯蒂尔曼的声音突然有些喑哑，“我都忘了他们给它起了这么个名字。”他原本希望平静地结束此生，然而旧日时光又来萦绕心头。

“当然，那条消息本身没透露太多，但是你能在字里行间看出不少道道。那条消息其实是科学家们在还没来得及写出完全成熟的论文时，预先放出的那种暗示，这样以后他们就可以用来申明对成果的优先权。标题是《零重力对循环系统疾病的治疗效果》。他们是这么做的：先在兔子和仓鼠身上人工诱发心脏病，然后把它们带到空间站。在轨道上，自然什么东西都是没有重量的，心脏和肌肉几乎无事可做。结果便是我几年前想告诉你的：甚至最严重的病例都能得到缓解，有很多病例痊愈了。”

小小的办公隔间曾经是他的世界的中心，多少次会议在此举办，多少项计划在此诞生，此刻这里忽然失去了真实感。记忆却显得更加生动了：他仿佛回到了一九六九年秋天那几场听证会。会上，国家航空航天局第一个十年的活动正在接受审议——事实上，多半是在遭受攻击。

在参议院航天委员会里，他从未就任主席，却一直是最为先声夺人的成员。正是在这里，他作为一位精明务实、不肯被乌托邦式的科学梦想愚弄的人，获得了国库守护者的好名声。当时他干得确实不错，经常出现在报纸头条。他对于太空和科学并没有什么特别的反感，只不过是对于争论的焦点有着非凡的敏感和洞察力。就像是脑海中打开了一台磁带录音机，当时的情形再次浮现——

“哈克尼斯博士，你是国家航空航天局的技术主任吗？”

“是的。”

“我这里有一套NASA在一九五九年至一九六九年期间的财务支出表，令人印象深刻。总额高达22 547 450 000美元，一九六九至一九七〇财年的估算则超过了3 000 000 000美元。或许你愿意向我们解释一下，我们花掉这些钱后会得到什么回报。”

“乐意之至，参议员。”

于是在一种紧张但还称得上友好的气氛中，听证会就这么开始了。后来敌对情绪与日俱增。他当时就明白这并不公平。任何一个大型组织都会有其弱点，都会遭遇失败，而像NASA这样真正将征服太空作为目标的组织，更是无法期望完全的成功。人们从一开始就明白，征服太空所要付出的生命与金钱，不会比征服天空少。十年来，几乎有一百人献出了生命——他们死在地球上、太空中、月面的荒野上。而二十世纪六十年代早期的紧迫感一旦过去，公众便开始询问“为什么”。斯蒂尔曼非常精明地意识到自己可以成为这些质疑的传声筒。他的表演冷酷无情，拿捏到位。找个替罪羊会使事情方便一些，而哈克尼斯不幸地扮演了这一角色。

“是的，博士，太空研究给我们带来了更加先进的通信技术和更加准确的天气预报，这些方面的好处我非常了解，我也确信每个人都对此心怀感激。但是所有这些工作基本上都可以由无人操控的航天器完成。令我困扰的——令很多人困扰的——是载人航天项目巨额的投入，及其微不足道的产出。自从十来年前的水星计划和X-15计划，我们已经往太空发射了几十亿美元。而结果又是什么？不过是几个人在大气层外度过了并不自在的几个小时，做出的事情都是电视摄像机和自动仪器能做得到的——而且机器能够做得更好，成本更低。此外还有人失去了生命！我们都不会忘记X-21重入大气层被烧毁时，收音机里传出的尖叫。我们有什么权力让人这样去送死？”

他依然记得他讲完之后，会议室里一片静默。他的问题提得很有道理，理应得到回答。但是，他那种夸大其词耸人听闻的遣词造句实在是有碍公平，更何况，这些问题针对的是一位根本无法做出有力回答的人。斯蒂尔曼不会对冯·布劳恩或者李柯弗采用同样的战略，他们有能耐把斯蒂尔曼的机锋原样奉还。但是哈克尼斯绝非演说家，即便有什么强烈的个人感受，他也会将其深埋于心。他是个优秀的科学家，有才干的管理人员——却是个笨拙的证人。胜利有如探囊取物。记者们最喜欢这种事情：他一直没弄清楚哪个记者编了一个外号“点背哈克尼斯”。

“下面说一下你的这个计划，博士，一个可容纳五十人的空间实验室——你说它将耗资多少？”

“略低于十五亿。”

“每年的维护费用呢？”

“不超过两亿五千万。”

“在我们考量先前的估算出了什么问题的时候，你必须容许我们以某种怀疑态度审视这些图表。但是即使假定预算没有问题，我们投入这些钱将得到什么？”

“我们将可以建立我们第一个大规模空间研究站。截至目前，我们都只能在并不合适的飞行器上狭窄的角落里做实验，而通常这些飞行器都是在执行其他任务。我们绝对需要一个永久性的有人空间实验室。没有它，就不可能有下一步的进展，太空生物学就很难开展——”

“太空什么？”

“太空生物学——对太空中活着的有机体的研究。俄国人在这个领域的研究可以追溯到把那条叫莱卡的狗用斯波尼克二号送上太空的时候，如今他们依然领先于我们。但是即便是他们，也还没有对昆虫或其他无脊椎动物做过正式的研究——事实上，曾经的研究对象仅限狗、小鼠和猴子。”

“我明白了。你看我这样说对不对：你打算申请资金在太空建个动物园？”

会议室里的笑声促成了项目的流产。如今斯蒂尔曼参议员意识到，那也促成了他自己的死亡。

他只能怪自己，因为哈克尼斯博士已经尽力向他描述空间实验室可能带来的好处了，尽管其效果不佳。他特意强调了医学方面，没做任何具体的承诺，但是指出了可能性。他认为，医生在器官失重的环境下有可能发展出新的技术。人类不再受到重力的损害，寿命有可能延长，因为心脏和肌肉受到的压力都大为减弱。是的，他提到了心脏，但是当时的斯蒂尔曼参议员身强体壮、雄心勃勃，急切地想在媒体上出风头，对此毫无兴趣。

“你干吗来告诉我这个？”他有气无力地说，“你就不能让我平静死去吗？”

“关键就在这里。”哈克尼斯急切地说，“不能放弃半点希望。”

“因为俄国人已经治愈了几只仓鼠和兔子？”

“远远不止这些。我给你的报纸仅提到了初步的结果，而那已经是一年前的事了。他们不想开空头支票，所以尽量不声张。”

“那你又是如何知道的呢？”

哈克尼斯看起来很惊讶。“这有何难，我给我的俄国同行斯坦尤科维奇打了电话。当时他就在梅契尼柯夫空间站上，可见他们有多么重视这项工作。他是我的老朋友，我就自作主张向他讲了你的情况。”

长久的绝望之后，得到一丝希望的曙光，就像失去它一样痛苦。斯蒂尔曼难以呼吸，有那么一会儿，他甚至惊恐地担心是不是大限已至，不过随即释然了：那只是兴奋的感觉，胸部不再紧张，耳鸣渐渐消失，他听到哈克尼斯博士还在说：“他问你是否能立刻去一趟苏联航天城，我说我得来问你一声。如果你能去，明天早晨十点三十分纽约有一趟航班。”

他已经答应孩子们明天去动物园，之前他还从未令他们失望过。这一想法让他感觉到一丝内疚，他几乎是痛下决心才回答道：“我能去。”

巨型洲际喷气客机从平流层下降的那几分钟，他并没有看到莫斯科。降落时观察屏是关闭的，因为对乘客来说，飞行器利用支撑射流竖直下落时，地面向上猛扑而来的景象过于惊心动魄。

到了莫斯科，他换乘一架舒适的老式涡轮旋桨飞机，向东飞进了绵绵的夜色，此刻他才真正有机会反思一下。他的未来不再是定数了，而他真的对此感到高兴吗？这是一个奇怪的自问。在几个小时之前，他的生活还很简单，突然之间又变得如此复杂。他已经学着放弃很多可能性了，此刻它们却再次呈现面前。约翰逊医生说得对，一个人得知早晨将要被吊死时，心态最为平和。反之无疑也是正确的——缓刑的想法最是令人心神不定。

他们在航天城——苏联的太空首都降落的时候，他睡着了。降落时的微弱冲击将他惊醒，一时间他难以想象自己身在何处。他是不是梦见了自己飞越半个地球寻找生机？不，那不是梦，但也很可能只是一次徒劳的追寻。

十二个小时之后，他还在等待答案。他做了最后一次仪器检查，心电图显示器上的亮点已经让命运闪烁不定的舞步安定下来。似曾相识的医疗检查流程、医生与护士温和又专业的语调让他的精神大体放松了下来。专家们需要会商，要求他在接待室里等待。柔和的灯光令人身心安适，只有俄文杂志，以及几位有些鬓发蓬乱的苏联医学先驱的画像，在提醒他自己已经身在异国。

他不是唯一的病人，还有十个左右年龄不一的男男女女靠墙坐着。他们读着杂志，竭力显得放松。没有人交谈，也没人互相张望。房间里的每颗心灵都蜷缩在各自的角落里，在生与死之间逡巡。尽管共同的不幸将他们联系在一起，但是这种联系还不足以使他们互相有所沟通。每个人都仿佛已经与全人类隔离开来，只顾着全力奔向宇宙中某个唯一希望所在。

但是在房间远端的角落里，有一处例外。一对年轻夫妇——看上去两人都不超过二十五岁——正紧紧拥抱在一起，其凄惨状一开始甚至令斯蒂尔曼感觉讨厌。不管自己的问题有多么严重，他严厉地对自己说，人都应该更加互相体谅一点。他们应当隐藏自己的感受——尤其在这样一种场合，否则可能会令别人心烦意乱。

他很快就由讨厌转为怜悯，因为当看到单纯无私的爱陷于深重的悲痛，谁的心都不会长久保持铁石一块。时间一分一秒地流逝，寂静中只能听到翻动纸张和挪移椅子的声音，他的怜悯几乎变成一种耿耿于怀的迷念。

他们是什么来历？他在想。那男孩看起来敏感而聪明，他可能是位艺术家、科学家或音乐家——无从得知。女孩怀孕了，她那张淳朴的农民脸庞在俄罗斯妇女中非常普遍。她远远称不上漂亮，但是忧伤与爱情令她笼罩着一种熠熠生辉的甜美。斯蒂尔曼发觉自己根本无法从她身上挪开视线，因为尽管外形上并无丝毫相似之处，她却令他想到了戴安娜。三十年前，两人一起走出教堂的时候，他在妻子的眼中看到了同样的光辉。他几乎已经将其忘记，那光辉暗淡得如此迅速，是他的错？还是她的错？

没有任何预警，他的椅子突然开始颤抖。突如其来的震动扫过了整个建筑，就像远处有一个巨大的锤子正在击打地面。地震？斯蒂尔曼想道，接着他便想起来身在何方，于是开始读秒。

他数到六十便停了下来，心想隔音措施一定非常有效，以至于低沉的空气噪声根本传不到他的耳中，只有地面上的阵阵冲击波能够证明上千吨的重量正在飞向天空。又过了一分钟，他听到世界边缘的下方，传来了遥远但是清晰的声音，像是一场雷暴。他做梦也想不到自己现在的高度，至于在发射场能听到什么样的声音更是完全超出了他的想象。

不过他明白，他并不需要担心那场雷暴，因为他正在升空，不断加速的火箭会将风暴远远甩在身后。加速度造成的压力也不会触及他的身体，因为他正泡在暖水中休整，比坐在厚实的椅垫上还要舒服。

遥远的轰鸣依然回响在太空的边缘，等待室的门打开了，护士朝他点点头。尽管他感到众人正在瞧着自己，他还是头也不回地出去接受命运对自己的宣判。

从莫斯科回来的路上，媒体一直在试图联系他，但是他拒绝接电话。“就说我在睡觉，不能被打扰。”他对空姐说。他纳闷是谁把消息捅给了他们，并且因为自己的隐逸生活遭受侵犯而心烦意乱。不过多年来，隐逸生活恰恰是他一直在避免的，懂得享受这种生活只是最近几个星期的事情。他没法责怪记者和播报员们认为他已经回到原来的样子。

喷气机在华盛顿着陆时，记者们已经在等着他了。他记得其中大部分人的名字，有些还是他的老朋友。看到新闻界的行动已经抢在了他的前面，他由衷地感到高兴。

“感觉如何，参议员，”《时代周刊》的麦考利问道，“得知就要回来工作了？我觉得是真的——俄国人能治好你吧？”

“他们认为可以。”他小心翼翼地回答，“这是个医学界的新领域，谁也不能打保票。”

“你什么时候去太空？”

“一个星期之内，等我处理完这里的一些事务。”

“那你什么时候回来——如果确实有效？”

“难说。就算一切顺利，我也要在上面至少待六个月。”

他下意识地朝天空看了看。在清晨或者傍晚——甚至在白天，只要你知道往哪里瞧——梅契尼柯夫空间站是一个壮观的景致，比其他任何一颗星都明亮。但是现在天上飞着那么多卫星，只有专家才能够将它们区分开来。

“六个月，”一个新闻记者寻思着说，“那意味着你不能参加一九七六年大选了。”

“但是一九八〇年的没问题。”另一个说。

“还有一九八四年。”又有一个说道，人群轰然大笑。人们已经在开一九八四年的玩笑了。一九八四年曾经看起来是遥不可及的未来，但是很快就会变成一个再普通不过的日期——希望如此。

人们竖起双耳，支起麦克风，期待着他的回答。当他站在舷梯的下端，再次成为关注与探询的焦点，他感觉到久违的激动在血管里奔涌。从太空回来后变成一个焕然一新的人，这将是一次多么夺人耳目的复出啊！由此带来的个人魅力将是其他候选人不能比拟的，这简直给他这位准候选人蒙上了一层神性的色彩。他发觉自己已经开始考虑如何把这个优势编入竞选口号中去了。

“我需要时间来制订计划。”他说，“我得过一阵子才能接受这件事情，但是我离开地球之前会发表一个声明。”

我离开地球之前。立刻便有了一个响亮而抓人的短语。他默默地品味着这句短语的韵律，这时他看到戴安娜正向他走来。

她已经变了，正如同他自己也在变化。她的眼中充满了两天前还没有的警惕和淡漠。那眼神表达出如言语一般明白无误的质询：“一切又要和从前一样了吗？”天气很暖和，他却突然感到寒冷，好像他在遥远的西伯利亚平原受了风寒。

但是跑过来欢迎他的乔伊和苏珊没有变。他怀抱着他们，把脸埋进他们的头发，以防记者们拍摄到他眼中盈满的泪水。当他们用孩童那种纯真的爱包围着他时，他明白了自己必然的选择。

所有的亲人当中，只有他们两个，在了解他的时候恰逢他逃离了对权力的渴求。他不能再给他们留下其他印象了，如果他们将来多少能够记得他。

“电话会议，斯蒂尔曼先生。”秘书说，“我把它转接到你的私人屏幕上。”

他坐在椅子上转了个圈，面对着墙上的灰色面板。同时，面板分成了左右两块。右面的一半显示着一间办公室，和他自己的差不多，仅在几英里之外。但是左边那一半——

斯坦尤科维奇教授，仅着短裤衬衫，正悬浮在座椅上方一英尺处。一看到电话接通，他便抓住了座椅，把自己拉了回去，在腰间系了一条网纹的带子。他背后是成排的通信设备，而通信设备的后面，斯蒂尔曼明白，便是太空。

右半边屏幕上的哈克尼斯博士先说了话。

“我们正期待着和您通话，参议员。斯坦尤科维奇教授告诉我一切准备就绪。”

“下一艘补给飞船，”俄国人说，“两天之后升空。我会随它回地球，但是我希望离开空间站之前能见到你。”

由于呼吸的是稀薄氦氧，他的音调高得有点奇怪。除此之外，没有距离感，也没有背景噪声。尽管斯坦尤科维奇此刻身处千里之外，而且正以每秒五英里的速度快速移动，他看起来似乎就在这间办公室。斯蒂尔曼甚至能够听到他身后设备架上电动机微弱的嗡鸣。

“教授，”斯蒂尔曼答复道，“我走之前想问几件事情。”

“没问题。”

这下他能看出来斯坦尤科维奇离此地很遥远了。他的回答传过来之前的延迟很明显，空间站肯定正在地球另一面的上空。

“我在航天城的时候，在诊所里看到了很多其他病人。我想知道——你们是基于什么标准选择治疗对象的？”

这一次，对话之间的停顿要比电波速度形成的延时长得多。斯坦尤科维奇回答道：“怎么了，当然是最有可能见效的病人。”

“但是你们的住处肯定非常有限。除了我之外，肯定会还有其他候选人。”

“我不大明白为什么要说这些——”哈克尼斯有点焦急地插了句话。

斯蒂尔曼看向右边的屏幕。很难想象，正在回看着他的这个人，正是仅仅几年前还在他的锋芒面前苦苦挣扎的那一位。那次的经历磨炼了哈克尼斯，给了他政治游戏的洗礼。斯蒂尔曼教会了他很多，而他正在使用这些得之不易的知识。

他的动机从一开始就很明显。如果说哈克尼斯没有在品尝复仇的快感，没有感受到信仰被证明是正确时的喜悦，那他也有点太不食人间烟火了。作为太空行政主管，他很清楚，一旦全世界都听说美国未来的总统待在俄罗斯太空医院里——因为他自己的国家没有，他的一半预算斗争都将画上句号。

“哈克尼斯博士，”斯蒂尔曼轻轻地说，“这是我的事情。我还在等你回答，教授——”

尽管有着一些争论，他还是很享受这件事情的。两位科学家显然都下了同样的赌注。斯坦尤科维奇也有他自己的问题。斯蒂尔曼能猜得出在航天城和莫斯科进行过怎样的讨论，猜得出俄国宇航员急于抓住这次机会的心理——而不得不承认的是，他们已经彻底得到了这次机会。

这样一种颇具讽刺性的情形在十来年前简直不可想象。美国航空航天局和苏联航天委员会携手合作，将他作为二者共同利益的马前卒。他对此并无愤恨，因为如果他处于他们的位置，也会做同样的事情。但是他并不想成为工具，他是一个独立的人，仍然部分掌握着自己的命运。

“你说得很对。”斯坦尤科维奇非常不情愿地说道，“我们只能把非常有限的病人带到梅契尼柯夫。不管怎么说，这个空间站是一个研究实验室，不是医院。”

“多少？”斯蒂尔曼继续追问。

“嗯——不到十个。”斯坦尤科维奇更加不情愿地承认道。

显然这是个老问题了，只是他从没想到过，自己也会亲自遭遇到。他忽然想起多年以前偶尔看到的一篇新闻报道。青霉素刚刚被发现的时候是那么的稀少，以至于如果丘吉尔和罗斯福同时到了没有它就活不下去的地步，也只有一个人能得到救治。

不到十个。在航天城，他看到了十几个等待者，而全世界又有多少？接待室里那对痛苦的情侣再次浮现心头，最近几天他总是想到他们。可能他帮不了他们，谁知道呢。

但是有一件事情他是知道的：他负担着一项无法回避的责任。的确，没人能够预见未来，预见其行为造成的无尽后果。但如果不是他的缘故，他自己的国家如今很可能已经在大气层上方拥有了一间太空医院。他的良心上承载着多少美国人的生命啊？他能够接受曾经拒绝给予别人的帮助吗？以前他可能会——但现在不会了。

“先生们，”他说，“我可以坦率地同你们两个人讲话，因为我知道你们有着同样的诉求。”（他注意到两人都对他轻微的讽刺有所察觉。）“我很感激你们对我的帮助和你们付出的心血，但是很抱歉，那都白费了。不——先别急着反对。对我而言，这并不是一个轻率的决定。如果我年轻十岁，我会做出另外的选择。但是现在我认为应该把这个机会让给别人——尤其考虑到我曾经的作为。”他看了一眼哈克尼斯博士，博士尴尬地笑着。“我也有其他个人方面的原因，我不可能改变想法了。请不要觉得我无礼或不领情，但是我不想再讨论这个问题了。再次感谢，再见。”

他关闭了通话。两个震惊的科学家的图像渐渐消逝，他的心灵重归宁静。

春暖花开无形间变成了夏日炎炎。盼望已久的二百年国庆来了又去。多年来的第一次，他能以一位平民百姓的身份享受独立日。他终于可以坐着看别人的表演了——或者可以置之不理，只要他愿意。

来日已经无多，他很可能只剩下最后一次见到一些老朋友的机会了，他在家花了几个小时看议会辩论，听时事评论。既然他眼中的世界已然圣光照耀，他的情感便也波澜不惊。尽管他熟知那些论点，欣赏那些论辩，但是仍保持着超然的心境，仿佛自己是来自其他星球的看客。荧屏上呼喊不已的小小身影如同好玩的牵线木偶，出演着一出有趣但不再重要的戏剧——起码对他而言。

但是对他的孙子孙女而言是重要的，他们有一天也会成长到这个阶段。他并没有忘记这一点，他们便是他给未来留下的遗产，不管这未来有多么奇特。要想理解未来，必须知晓过去。当汽车在纪念碑大道上驶过的时候，他便将他们带了过去。戴安娜开着车，艾琳坐在副驾驶上，而他和孩子们坐在一起，向他们指点着路两旁熟悉的景点。对他来说熟悉，对他们却不然。就算是他们的年龄还不足以理解所看到的，他也希望他们能记住。

经过了肃穆冷清的阿灵顿国家公墓——在那里他又想起了安眠在世界另一端的马丁——汽车沿着蜿蜒的盘山路开上了小丘。在他们身后，华盛顿市有如海市蜃楼般，在夏日的雾霭中舞动颤抖，直到消失在道路的转角之后。

弗农山庄[①]上很幽静，一周的前几天游客总是很少。当他们下了车走向那所房子的时候，斯蒂尔曼在琢磨，如果美国的第一任总统看到他的家在今天的样子，会作何感想。他不可能想到他的房子会完好无损地进入其第二个百年，成为仓皇流逝的时间长河中一处恒定不变的孤岛。

他们在一间间布局匀称的房间里漫步，尽力回答着孩子们没完没了的提问，品味着那种简单得多也从容得多的生活方式。（但在当年身在其中的人看来，那种生活的确是简单从容的吗？）一个没有电，没有收音机，没有任何能够替代人力、风力或水力的能源的世界实在是难以想象。在那样一个世界里，没有什么东西跑得比马快，大部分人死在出生地周围几英里之内。

---

① 弗农山庄：乔治·华盛顿的故居。

炎热、步行，以及不停的提问比斯蒂尔曼想象的还要令人疲倦。走到音乐室的时候，他决定休息一下。门廊上有几张漂亮的长椅，他可以坐在那里呼吸一下新鲜空气，饱览一下草坪上的葱茏绿茎。

“我出去一下，”他对戴安娜说，“你们逛完了厨房和马厩，到外面找我。我去坐一会儿。”

“你确信自己没事吗？”她紧张地说。

“我从没感觉这么好过，不过我也不想好过了头。再说，孩子们快把我榨干了——我实在想不出更多答案了。你得弄出点答案来，反正厨房是你的专业。”

戴安娜笑了。

“我对厨房里的事情向来不在行，对吗？不过我会尽力的……我想半小时之内就能完。”

他离开他们，独自一人走到了门廊。两个世纪以前，华盛顿肯定也曾站在这里，看着波托马可河蜿蜒入海，思考着刚刚结束的战争和将要面对的问题。而如果命运另有安排，几个月之后，美国第三十八任总统马丁·斯蒂尔曼，可能也会在此矗立。

他不能假装没有遗憾，但是遗憾也并不多。有些人能够同时拥有权力和幸福，但他缺少这种天赋。早晚有一天，野心会将他熬干。过去的几个星期里，他已经懂得了知足。为这一点，付出什么代价都是值得的。

正当他为自己的侥幸逃离惊异不已时，最后的光阴悄然流逝，死神从夏日的天空款款而至。

（译者：秦鹏）

1937 1938 1939 1942 1946 1947 1949 1950 1951 1952 1953 1954 1955 1956 1957 1958 1959 1960 1961 1962 1963 1964 1965 1966 1967 1968 1970 1971 1977 1984 1986 1992 1998 1999

伊甸园之前

1961年6月首次发表于《惊异》（*Amazing*）
收录于《十个世界的故事》

“我想，”杰瑞·加菲德说，边将引擎熄火，“最远只能开到这里了。”下喷式喷射引擎轻叹一声，渐渐熄灭。支撑车体的喷射气流一停，侦察车游骸号便降落于昏星高原错落的岩石上。

前方无路。无论以游骸号（本名为攀越机S.5号）的喷射引擎或牵引机部件，都无法攀越眼前的断崖。金星南极点就在三十英里外，但感觉是另一个星球。他们之后亦须回头，沿着来时四百英里险恶地形而返。

天气出奇地晴朗，能见度几乎有一千码，不需雷达便能看见前方的悬崖。在金星，肉眼难得派上用场。隔着百万年未曾散去的云层，绿色极光使整个场景看来像在水中；所有远处物体看来都模糊不清，更有水底朦胧之感。有时，他们像驶过浅海海床，杰瑞不只一次想象自己的头上有鱼群悠游。

“我是不是该呼叫太空船，让他们知道我们要折返了？”杰瑞问。

“等等，”哈金斯博士说，“让我想想。”

杰瑞怀着期待朝第三名成员瞄了一眼，但没能得到支持。柯曼比哈金斯好不到哪里去；尽管他们大半时间吵个不停，两人都是科学家性子，因此，从一板一眼的工程师兼领航员眼里看来，他俩都不完全是好公民。若老柯和老哈都异想天开想要继续前进，他除了表明异议也不能怎么办。

哈金斯在狭窄车厢里来回踱步，研究图表与仪器。他将侦察车的探照灯指向断崖，以望远镜仔细地观察检视。杰瑞心想，他总不会要我把这台车开上去吧！S.5是悬浮牵引机，可不是山羊……

哈金斯突然找到什么。他猛抽一口气，转向柯曼。

“你看！”他说，嗓音充满兴奋，“看黑色标记的左方！告诉我你看到什么。”

他将望远镜交给柯曼，后者接着凝视目标。

“噢，见鬼了，”柯曼最后说，“你是对的，金星真的有河流。那是干涸的瀑布。”

“那我们回到剑桥时，你就欠我一顿美饕味餐厅的晚餐啰！还要配香槟。”

“不用你提醒。再怎么说，这赌注值得。但你其他理论都还是胡说八道。”

“等等，”杰瑞插嘴，“河流和瀑布是怎么回事？每个人都知道金星不可能有这些的，气温不够低，云层水汽根本不会凝结。”

“你最近有看过温度计吗？”哈金斯看似温和地问。

“我有点忙，忙着开车。”

“让我告诉你吧，现在气温已降至两百三十度①，还在继续下降。别忘了，我们离极点很近，现在是冬天，这里地势又比低地高了六万英尺。这些因素全都加起来，就可能从空气中掐出水。若气温再

① 本篇皆未注明温度单位，应为摄氏，因为金星表面均温460摄氏度，且英国于1961年1月1日起改用摄氏。——译者注

低个几度就会下雨了。当然，雨水会马上沸腾，可仍是液态水。尽管乔治不承认，这点完全改变了我们对金星的看法。”

“为什么？”杰瑞问，虽然他大概已猜到答案。

“有水的地方就有生命。我们光凭平均气温高过五百度就贸然断定金星没有生命，可是这里气温低了很多。所以我才急着抵达南极点，这附近的高地应有湖泊，我想要亲眼看看。”

“那可是滚水！”柯曼抗议，“哪有什么活得了！”

“地球就有藻类活得了。而且，若要说人类探索其他行星以来学到什么教训，就是：任何环境，只要生命有任何一丝存在可能，就会存在。金星生命唯一的机会就在这里了。”

“真希望我们能验证你的理论。但你也看得出来，我们没办法爬到断崖上。”

“侦察车或许上不去，不过人力应该爬得上去，就算穿着隔热服也不难。接着再走几英里就到南极点了。从雷达图来看，爬过悬崖之后，地形相对平坦，我们大概……顶多十二小时就到得了。我们任何一个人都曾在更严峻的环境待过更长时间。”

此话不假。防护服专为人类存活于金星低地而设计，而这里气温只比地球死亡谷仲夏的气温再高一百度，相形之下，隔热防护简直轻而易举。

“好吧，”柯曼说，“你知道规矩，一人得陪你去，另一人得留守，好与太空船保持联系。我们这次怎么决定呢？下棋还是打牌？”

“下棋花的时间太长，”哈金斯说，“尤其你们两个又下得特别慢。”他伸手从摆着图表的桌下取出一副玩得破烂的纸牌。“切牌吧，杰瑞。”

“黑桃十。希望你手气更好些，乔治。”

“我也希望。可恶，是梅花五。好吧，帮我向金星人致意。”

尽管哈金斯保证不难，实际爬上断崖可辛苦了。斜坡不是太陡，但两人各背着超过一百磅的氧气装备、空调隔热服和科学仪器。金星重力较低（比地球低了百分之十三）确实有点帮助，但只有一点…… 两人在海洋微光中翻越岩屑堆，在岩架上喘口气，又继续四肢并用向上攀爬。他们周围的翡翠色光芒比地球满月的月光更亮。金星若有像月球的卫星也是浪费，杰瑞心想。地表根本看不见，也没有海洋潮汐可供统御，况且长年不断的极光可作为更稳定的照明光源。

他们攀越超过两千英尺斜坡才渐渐平缓，地上不时出现流水切蚀的沟渠痕迹。他们四处寻找，终于找到一处够宽也够深，配得起“河床”之名的隘谷，便沿着往下走。

他们走了几百码后，“我刚想到，”杰瑞说，“要是前面有暴风雨怎么办？我可不想遇上滚烫的大浪。”

“若有暴风雨，”哈金斯有点不耐烦地回道，“我们会先听见，有足够时间爬到高处。”

他说的确实没错，毋庸置疑，但他们继续沿着河道缓坡前行时，杰瑞并没有因为哈金斯的解答而宽心。从他们翻过断崖、与侦察车失去无线电通信之后，杰瑞就越来越不安。今时今日，无法与同伴联系是种独特且令人不知所措的体验。杰瑞这辈子从没经历过；就算在晨星号上，距离地球数亿英里远，他仍可传讯给家人，并在几分钟内收到回音。然而现在，只因隔着几码的岩石，他却与人类断了音讯。除非未来某支探险队发现他们的尸体，否则，若他俩发生任何事，不会有人知道。乔治在约定期间内会静静等待；但时数一到，他便会独自折返。看来，我不是那种适合拓荒的人，杰瑞心想。我喜欢操作复杂机器，所以才接触到太空旅行，可我从未停下来想过这个职业生涯会通往何处，现在要改变主意也已经太迟了……

他们沿着蜿蜒的河床向南极点前进约三英里，哈金斯停下来观测和采集样本。“温度还在降！”他说，“已经降至一百九十九度了，远低于金星曾记录到的最低温度。真希望我们能呼叫乔治，让他知道。”

杰瑞已试过所有频宽；他甚至试过呼叫太空船。金星的电离层变幻莫测，有时使这种远距通信成为可能。但除了金星大气层风暴的怒吼与爆裂声，杰瑞没收到任何载波信号。

“这更棒！”哈金斯说，嗓音流露兴奋之情，“氧气浓度上升很多，百万分之十五！侦察车那儿的浓度只有百万分之五，低地附近根本侦测不到。”

“但仍是百万分之十五！”杰瑞抗议，“浓度这么低，哪种生物可以呼吸啊？”

“你倒因为果了，”哈金斯解释道，“氧气不是给生物呼吸用的，而是指有生物在此制造氧气。你知道地球的氧气是哪儿来的吗？都是生物——植物——生长制造的。地球出现植物前，我们的大气层和金星很像，充满二氧化碳、氨和甲烷。随着植物演化，慢慢将大气层转化为动物可呼吸的空气。”

“原来，”杰瑞说，“你认为这里会发生同样的事情吗？”

“看来如此。这附近有某种东西在制造氧气，植物是最简单的解释。”

“而有植物的地方，”杰瑞笑道，“我猜动物迟早会出现。”

“正是，”哈金斯说，边收起装备，继续沿着隘谷前进，“不过，大概得花上几亿年。只希望我们没有来得太早。”

“你刚讲的听来都很美好，”杰瑞回道，“但要是我们遇到的生物不喜欢我们怎么办？我们可没有武器。”

哈金斯用鼻子轻蔑地哼了一声。

“根本不需要。你有想过我们看起来是什么样子吗？任何动物看到我们早就逃得老远。”

这么说确实有几分道理。隔热服反光的金属箔把他们从头到脚包覆起来，像是有弹性、闪闪发亮的装甲。他们头盔与背包上的天线之复杂精细，任何昆虫都望尘莫及。而他们用以窥视外界的广角镜片看起来像空洞而恐怖的眼睛。确实，地球上鲜有动物会想向他们挑衅，但金星的生物或许会有不同看法。

抵达湖泊时，杰瑞还对于这点无法忘怀。看到湖的第一眼也让他觉得，他们找到的是死亡而非生命。湖面像黑色的镜，坐落于数座山丘中间。湖泊远程的边界藏在永不消散的雾气中，鬼魂般的阵阵蒸汽在水面盘旋飘舞。杰瑞心想，只需要卡戎[1]的渡船在湖畔等着载他们到彼岸，或者有黄泉的天鹅壮丽地悠游，这里看来完全就是冥界的入口……

然而，这一切都是奇迹：人类在金星发现的第一处流动水。哈金斯已经双膝跪地，几乎像在祈祷；但他其实是在收集珍贵的水滴，以携带式显微镜观察。

“找到什么没有？”杰瑞急切地问。

哈金斯摇摇头。

“若有，也小到这个仪器侦测不到。回到船上我就能告诉你更多细节。”他将试管封起，放进样本袋，温柔得像采矿人对待找到的金矿。尽管液体的成分可能只有（应该只有）水而已。然而，那也可能是个未知宇宙，仍处于迈向智慧数十亿年的旅程中源初阶段的生命。

哈金斯沿着湖岸往前进了十几英尺又停下来，事出突然，加菲德差点撞上他。

① 希腊罗马神话中冥河的摆渡人。

"怎么了，"杰瑞问道，"看到什么了吗？"

"那边的深色石头，我们到湖边时我就看到了。"

"怎么了吗？我觉得很寻常呀。"

"我觉得它变大了。"

杰瑞将毕生铭记此刻。不知为何，他从未怀疑哈金斯的说法。事到如今，他可以相信任何事，会长大的石头也一样。孤绝与神秘的感觉，暗色且微微沸腾的湖水，远方不断传来的风暴声响与闪着绿辉的极光……这一切都影响了杰瑞的心境，为他做好心理准备，接受不可思议的现实。然而，他并未感受到恐惧——恐惧稍后才找上门。

杰瑞看向石头。他推测差不多在五百英尺之外，碧色微光使估测距离或空间更为困难。那块石头（无论它到底是什么）看似一片接近黑色的物质，平铺在微微隆起的地面上方。物体旁边不远处，还有第二块类似材质的物体，但体积小了许多。杰瑞试着测量、记下两个物体之间的距离，好作为之后观察变化的参考。

尽管他注意到两个物体之间的距离越来越小，心中的警铃仍未响起，只有一种令人费解的兴奋。直到空隙完全消失，杰瑞发现双眼摆了自己一道，绝望无助的恐怖感受才击中他。

那两个物体并不是什么会长大的石头。他们所目睹的，是片深色潮水，一个会爬行的毯状物体，正缓慢而坚定地越过山脊朝他们而来。

幸好，那股排山倒海的纯粹的非理性恐惧只维持了不超过几秒。加菲德想起引发恐惧的原因时，第一波恐惧情绪就开始消退：不停往前涌的深色浪潮，让他想起自己多年前读过一个亚马孙行军蚁的故事。故事中描述行军蚁如何摧毁所到之处的一切，实在过于生动。

不过，无论那片浪潮是什么，移动速度都过于缓慢，不致带来真正危险。除非物体从后方截断他们的路……哈金斯用唯一一副望远镜认真地观察。他是生物学家，坚守岗位。若非必要，杰瑞心想，实在不用像吓坏的猫一样逃跑，让自己出丑。

毯状物体移动至他们一百码外，哈金斯仍然不发一语，连动也不动。“老天爷啊，”此时杰瑞终于开口，“那到底是什么？”

哈金斯稍微回神，像雕像活了过来。

“抱歉，”他说，“我完全忘了你也在这儿。当然是植物呀，我们大概可以这样称呼它。”

“但它在动！”

“这值得大惊小怪吗？地球植物也会动啊。看过藤蔓植物的缩时影片没有？”

“那种植物至少还在定点，不会到处乱爬啊。”

“那海洋里的浮游植物怎么说呢？必要时还会游泳咧。”

杰瑞放弃了。反正，朝他们步步逼近的奇观也令他无语。

他还是觉得那个物体像块地毯——长毛地毯，边缘有流苏那种。移动时，物体的厚度不一：有些部分如薄膜，有些则堆栈至超过一英尺厚。随着物体逐渐接近，杰瑞觉得它的质感看来就像黑丝绒。他想，不知摸起来触感是不是也类似，又想起来，就算物体什么反应也没有，仍烫得可以烧掉他的手指。他发现自己处于惊吓过后那种头晕眼花、神经兮兮的状态，想着：“若真有金星人，我们两边可永远无法握手致意。我们会烫伤，他们则会冻伤。”

目前为止，它似乎没有察觉他们在场，只顾着无神地向前流动，像潮水般；除了偶尔攀越较小的障碍物，其他动作就与涨潮的潮水无异。

接着，距离他们俩只剩十英尺时，黑丝绒潮水突然调整了移动方式；左右两侧仍向前进，但中间则完全停滞不动。

“我们要被包围了，”杰瑞紧张地说，“最好先退后，确定无害再说。”

哈金斯立即向后退一步，令杰瑞松了口气。毯状物体迟疑片刻，中心点又开始向前缓慢移动，中心点与两侧前缘的凹洞逐渐填平。

接着，哈金斯又往前一步——它又缓缓后退。生物学家每往前一些，它就往后一点；哈金斯移动了五六次，每次毯状物体的消长流动都与他的动作同步。我从没想过，杰瑞心想，这辈子会看见人类与植物共舞华尔兹……

“惧热症，”哈金斯说，“完全是自动反应。它不喜欢我们发出来的热。”

“我们热？”杰瑞抗议道，“跟它们比起来，人类根本是活棒冰啊。”

“当然啦，但我们的隔热服却不是。它不知道其间差别。”

我真笨，杰瑞心想。当人凉爽舒适地躲在隔热服里头，很容易会忘记自己背上的空调单元正朝周围空气排放大量热能。难怪金星人急忙走避……

“让我们看看它对光的反应。”哈金斯说。他把胸前的照明打开，周围绿色的朦胧瞬间被一片炽白的光芒驱散。人类抵达金星之前，就算是白天，地表也从未出现过白光。如同地球的海洋，金星只有泛绿微光，渐渐变深，直至无尽黑暗。

白光造成的转变震慑了两人，他们甚至忘记出声赞叹。在白光范围之内，他们脚边的长毛丝绒地毯深浓的黑色瞬间消失，变得光彩夺目，出现以鲜艳的深浅红色构成的华丽图案，其中更掺入几抹金色。任何波斯王族都不可能下令要织工做出更奢华的地毯了；而这全是生物力量造成的意外结果。泛光灯打开前，这些鲜活色彩未曾存在，而来自地球的异星光芒一灭，因之而生的颜色亦将随之消失。

“季霍夫说对了，”哈金斯嘟哝道，“希望他地下有知。”

“说对什么？”杰瑞问道，尽管在如此美景前发问似乎有所亵渎。

“五十年前，季霍夫在俄国发现生长于酷寒气候的植物多为蓝色与紫色，而炎热地区的植物则多为红或橘色。他预测火星植物会是紫色，并说，假使金星有植物，就会是红色的。这样说起来，两个他都说对了。噢，我们可不能整天站在这里，还有工作要做呢。”

“你确定安全吗？”杰瑞问道，他心中的戒慎之心仍不愿散去。

“肯定的，就算它想碰我们的隔热服也办不到。再说，它已经要越过我们了。”

确实，现在他们可以看见整个生物（若它是单株生物而非整个群体），整片接近圆形，直径约一百码，正横扫附近地面，就像云朵的阴影随风移动。它停下的地方，底下岩石会出现无数小洞，可能由酸液腐蚀而成。

“是的，”杰瑞指出这点时哈金斯说，“地衣也是这样获取营养。分泌酸性物质、分解岩石。但拜托，别再问问题了……回到船上再问。我有好几辈子的工作得完成，却只有几小时能用。”

根本可说是流亡植物学……巨大植物的边缘非常敏感，若打算闪避，移动速度亦出人意料地快。他们仿佛在对付一块有生命的燕麦酥，却有一英亩那么大。除了自动闪避他们排放的热气，无论哈金斯采集样本或以探针侦测，它都毫无反应。它稳稳地向前流动，以诡异的植物直觉决定方向，覆盖山丘与低谷。或许它随着某种矿物质的踪迹前进；地质学家比对哈金斯所搜集的植物行经前后的岩石样本，分析之后，就能断言这个假设是否正确。

对于这项惊人发现，他们几乎没有时间思考，或列出心中无数的疑问。推测起来，这种植物应该相对常见吧？没费多少力就找到了。它们怎么繁殖？以茎繁殖、孢子、分裂生殖或其他方式？它们如何获得能量？有何亲属、天敌或寄生虫？它们应该不是金星唯一的生命形式——会这样怀疑本身就够荒谬了，毕竟，若找到一个物种，就表示有上千个物种存在……

最后，饥饿与疲劳终于让哈金斯与加菲德停下工作。他们研究的生物大可吃遍金星，可地球来的动物终究得休息。不过，由于它时不时会回到水边，朝水中伸出一条长管状的触须，哈金斯认为它的活动范围不会距离湖泊太远。

撑起加压帐篷，从气闸爬进去，并脱下隔热服，令人如释重负。他们休憩于矮小的塑料圆顶内，终于第一次想起这项发现的神奇与重要性。他们周围的世界将永远变得不同；金星不再是死气沉沉的行星，加入地球与火星的行列。

因为放眼太空，生命常会引发其他生命。任何行星的表面有生命成长或窜动皆是预兆，带来希望，向人类承诺，我们在这满布灿烂恒星与星云旋涡的宇宙中并不孤单。人类虽然还没找到可与之对谈的同伴，这却是意料中事，因为人类仍需探索眼前无数光年的距离与无尽的时光。同时，人类亦须保卫并珍视所找到的生命，无论在地球、火星或金星皆然。

全太阳系最快乐的生物学家葛拉罕·哈金斯在协助加菲德搜集他们的垃圾、将废弃物密封于塑料垃圾袋中时，就是这么想的。他们拆卸帐篷、准备折返时，已经找不到他们观察对象的踪迹。没关系，若还在这儿，他们可能禁不住诱惑，又为了更多实验逗留，可是约定期限已迫在眉睫。

没关系，几个月内，他们就会带着一整队助手、更合适的设备和众人的关注再次前来。演化熬了十亿年，才让本次会面成为可能，再等久一点也无妨。

好一阵子，泛着绿光、浓雾笼罩的地景毫无变化；人类与猩红色毯状物体都遗弃了这里。接着，毯状生物又出现，流过风蚀浅丘。或许，它是同一个古怪物种的另一株，我们不得而知。

它流过哈金斯与加菲德掩埋垃圾的石堆，停了下来。

它不是感到疑惑，因为它并无心智可言。不过，驱动它不懈地行遍南极高原的化学本能激动不已：这里！这里！这附近有它所需的食物中最珍贵的：磷。没有了磷，便无法点燃生命之火。它开始轻抚石堆，渗入各个隙缝中，以探测触须又抓又翻。它的一切行为皆未超出任何地球植物或树木的能力范围，速度却为千倍。不到几分钟，它就找到目标，刺破了塑料膜。

接着，它大快朵颐，享用了比它所知的一切更为浓缩的盛宴，吸收了碳水化合物、蛋白质和磷酸盐，烟蒂中的尼古丁，纸杯与汤匙中的纤维素。它轻易地把这一切分解、吸收殆尽，古怪的身体未受任何伤害。

同样，它也吸收了一整个活生生的微型宇宙：在较老的行星演化出上千种致命的变异细菌与病毒。尽管只有少数在金星的高热与大气中存活，却已足够。毯状物体爬回湖中时，便将传染病散播至它的整个世界。

晨星号才要启程回到遥远的家园，金星已经垂死。哈金斯带回的影片、相片与样本远比他所知的更为珍贵——那是生命史上第三度试图在太阳系落地生根的唯一记录。

金星的云层之下，创世记已被画下句点。

（译者：张芸慎）

恨

1961年11月首次发表于《假如》（*If*），篇名为《轨道终点》

收录于《十个世界的故事》

一九六〇年，知名电影制作人威廉·马基蒂（代表作《冰海沉船》）请我写电影剧本大纲，标题为“海与星”。后来电影没有着落，我就把大纲写成了短篇故事。《假如》杂志刊登时改了标题，但我比较喜欢原名——更有力。

着火的陨石划过新几内亚上方天空时，甲板上只有乔伊醒着。日出前夕凉爽而宁静，乔伊看它沿着繁星攀上天顶，直直越过正上方，投射出的光影在拥挤的甲板上快速移动。船上装备前晚已收拾整齐，强光映照出物品轮廓：简陋索具、盘绕成卷的绳索与供气管和铜制潜水头盔，连半英里外地势低浅、满是露兜树的小岛轮廓也清晰可见。陨石向西南方空无的太平洋前进，开始解体；一滴滴闪亮液体洒落、燃烧，随火光划出的痕迹占据了四分之一的天空。冲出视野外时，它看起来已快熄灭，但乔伊没能见证其最后时刻。陨石仍在炽烈燃烧，

沉至地平线之下，仿佛打算撞进尚未露脸的太阳里。

若如此景观令人叹为观止，其全然寂静则使人心生不安。乔伊等待，等了又等，被划破的天空仍半声不响。几分钟后，乔伊附近的海水发出泼溅的声音，让他吓了一跳，接着他咒骂自己怎么会被魟鱼吓到。（不过，那是只极大的魟鱼！跳出水面竟发出那么大的声响。）除此之外，并没有其他声响，于是乔伊再度入睡。

蒂伯狭窄的舱床靠近船尾的空气压缩机，因此他什么也没听到。整日工作，他睡得之沉，连做梦的力气也没有——若真有梦，也总是不请自来的梦魇。黑夜中，他的心思徘徊于过去，却从未在他所盼的回忆前停下。他曾在悉尼、布里斯本、达尔文和星期四岛与女人共度良宵，她们却不曾入梦。在船舱的闷臭中醒来时，他只记得苏联坦克驶进布达佩斯时的烟尘、火与血。他的梦无关乎爱，只有恨。

尼克摇醒他、唤回他的意识前，他还在奥地利边境躲卫兵。他花了几秒才回到一万英里外的大堡礁，打了个呵欠，踢开啃着他脚趾的蟑螂，起身爬出舱床。

早餐一如往常：米、龟卵和腌牛肉，以浓浓的甜茶冲下肚。对于乔伊的烹饪技术，蒂伯能说出最好的评论只有“量多”。蒂伯已习惯这样单调的饮食；任何欲求，他会等回到本岛再满足。

太阳才刚完全升至地平线之上，餐盘已堆在狭小厨房中，单桅帆船准备出发。尼克掌舵从岛上出发时，语调欢欣雀跃。老采珠船主的好心情不无道理；他们当时采集的那一块海床，是蒂伯所见过最丰饶的。幸运的话，再一两天他们就能装满货舱，向星期四岛返航。若再更幸运些，他或许能从此告别这个又臭又危险的差事，回归文明社会。这倒不是说他后悔选了这条路；希腊人尼克待他不薄，他也曾在珠蚌里找到不错的宝石。不过，他在大堡礁待了九个月，终于理解为何白人潜水员那么少，一只手就数得完。日本佬、太平洋岛民和外籍劳工受得了，挺得住的欧洲人却没几个。

柴油引擎咳了咳，归于沉默，阿拉弗拉号滑行后停下。他们距离小岛约两英里，在水上只看得见一丛低矮的绿。然而，小岛与水中倒影之间，隔着一条耀眼的细长沙滩，形成强烈视觉对比。那不过是由一小块丛林支配的无名沙洲，居民只有无数傻里傻气的娟鸟，在松软沙地挖了一堆洞穴，还会发出报丧女妖般的哭叫声，给夜色捣乱。

三位潜水员着装时，没怎么交谈。每个人都知道该做什么，利落地完成。蒂伯为自己的斜纹厚织夹克扣上扣子时，他的控制员布兰科正用醋冲过潜水头盔的面罩，避免面罩起雾。接着，蒂伯手脚并用地爬下绳梯，沉重的头盔与铅制胸衣便被安放到他身上。夹克衬垫可将头盔重量平均分散至整个肩膀，除此之外，蒂伯身穿普通衣裤。在这附近的温暖水域，没有必要穿橡胶潜水服，潜水头盔则因重量可发挥小型潜水钟的作用。紧急事件发生时，穿戴者（若运气够好）可脱下头盔不受阻碍地游至水面。蒂伯曾见过别人这么做，但他不想拿自己的命做实验。

每次他站在绳梯的最后一阶，一手抓着装珠蚌的袋子、一手抓着安全索，脑海都会浮现同样的念头：他正要离开自己所知的世界……只离开一小时，或是永别呢？在那底下，海床满布财富与死亡，无人能知自己拾起的是何者。每趟下水都可能只是又一天枯燥苦工，毕竟采珠人的生活多数时间都如此低微。但蒂伯曾目睹同伴的供气管与阿拉弗拉号船桨纠缠在一块而死去，也看过其他人饱受潜水员病关节痛之苦，全身因剧痛而蜷曲。海上没有安全可言，亦无可确知之事。这个工作就是与命运对赌——若赌输了，抱怨也没用。

他从绳梯向后一退，阳光与天空便消失了。头盔的重量使他头重脚轻，必须不停向后踢脚打水，才能直起身体。朝海底沉时，他只看得见一片蓝雾；蒂伯希望布兰科不要把安全索放得太快。随着水压越来越大，他不停吞咽鼓鼻，试着平衡耳压。右耳很快“啵”了一声，可左耳感受到一股刺痛，越来越强烈，令人难以忍受。左耳不舒服已经困扰蒂伯好几天。他把手塞进头盔中，捏住鼻子，用尽全身力气一擤。头颅某处骤然无声地爆开，疼痛立即消失。这一趟不会再不舒服了。

蒂伯先感受到海底，之后才看见。他不能冒险让水涌入开放式头盔中，因此不能弯身，下方视野相当局限。他能环视四周，只是无法看向自己正下方。目前，目光所及仍是单调一片：起伏和缓且泥泞的平原，可见距离约十英尺。他左方一码处有只小鱼啮咬着如淑女扇大小的珊瑚，仅此而已；这里既没有美人，也没有海底仙境。不过，海底有钱——而这才是重点。

安全索温和地扯动了一下，舷侧朝前，单桅帆船开始倚风漂流，蒂伯便提起步伐；由于浮力与阻力，他只能以慢动作弹跳前进。作为第二资深的潜水员，他负责船首区域，正舵由相对资历最浅的斯蒂芬负责，船尾则由领头的潜水员比利负责。工作时，三人鲜少看到彼此；阿拉弗拉号无声地随风前进，每个人都在自己负责的走道搜寻采集，偶尔才会在“之”字形前进时，于各自区域边缘瞥见水雾中其他人暗淡的形影。

经过训练的好眼力才找得到躲在海藻与水草伪装之下的珠蚌。不过，这些软体动物常会自曝行踪。潜水员接近时珠蚌感受到震动，会应声阖上；这个动作反而在朦胧的水底形成短暂、多彩的闪光。尽管如此，有些珠蚌还是逃得过；有时潜水员还没够着珠蚌，就被不停移动的帆船拖走。当初还是学徒时，蒂伯曾错过不少大型的银唇蚝[1]，其中任何一颗都可能藏着光彩夺目的珍珠。或者，这都只是幻想，因

① 多分布于太平洋，专产大颗白色、金黄色的南洋珠。——译者注

为那时他对“采珠人”的憧憬还没幻灭。蒂伯已学到，珍珠过于罕见，还不如完全忘了才好。他目前采过最珍贵的宝石只卖了五十六块，若运气好，他采一早上珠蚌的薪资就超过那价钱了。若采珠业只靠珍珠而非珠母，早已破产多年。

迷雾笼罩的水底世界感受不到时间流逝。潜水员走在漂流的隐形船底下，耳边只有空气压缩机抽动的声音，一片朦胧的绿不断掠过眼前。每隔一段时间，找到珠蚌，便将它从海床拔起，放入袋中。够幸运的话，每趟可能采到一二十个珠蚌；反过来说，也可能一个也没找着。

潜水员必须对危险保持警觉，但不能被忧虑淹没。真正的危险在于简单、平淡无奇的琐事，例如供气管或安全索打结了——绝非鲨鱼、石斑或章鱼。鲨鱼看见潜水员的气泡就逃了，而蒂伯潜水生涯中只看到过一只章鱼，总长不超过两英尺。至于石斑，确实应小心防范，若它们够饿，可能一口把潜水员吞下肚。但在这片平坦而荒凉的海床上应该看不到石斑的踪迹，这里没有礁穴供它们栖息。

若海底单调平板的灰没有令蒂伯落入安全感的陷阱，他后来恐怕不会受到那么大惊吓。前一刻，他还稳稳地走向摸不着的迷雾，他前进多少，迷雾就往后退多少；下一刻，他最大的恐惧却毫无预警地潜至他上方。

蒂伯最恨蜘蛛。而海中恰有一种生物长得很像，根本是为了勾起他对蜘蛛的恐惧而生。他从未碰过、也总是避免想象可能碰到，但蒂伯很清楚，肢体细长的日本蜘蛛蟹可长到十二英尺。就算不具杀伤力也一样，人类般大的蜘蛛本来就不应存在。

蒂伯在包覆万物的灰暗中，瞧见一笼修长的节肢，恐惧瞬时涌现，他开始尖叫。蒂伯甚至不记得自己扯动了安全索。布兰科作为称职的控制员，几乎立即反应。蒂伯的尖叫声还在头盔里回荡，他发现自己已经离开海床，被拖向阳光、空气——以及理智。蒂伯上升时，他明白自己错认的事物多么古怪且荒谬，自制力恢复了些。但布兰科提起他的头盔时，他还是抖个不停，好一会儿才能开口说话。

“怎么回事？”尼克质问道，“每个人都想早退吗？”

那时，蒂伯才发现他不是第一个回到水面的。斯蒂芬坐在船腹抽烟，一副事不关己的样子。船尾的潜水员正无可奈何地被自己的控制员拖上船，比利想必觉得莫名其妙。阿拉弗拉号已停下来，问题解决以前，所有工作都得暂停。

“底下有某种残骸，”蒂伯说，“我直直撞上去了。只看见一堆电线和长棍。”

回想竟又让他发抖起来，蒂伯感到厌烦，有些自蔑。

“想不出你为何会抖成这样。”尼克抱怨。蒂伯也想不出来。甲板浸在阳光中，他实在无法解释迷雾里瞥见无害形体怎么会使人心充满恐惧。

“我差点被缠住了，”他说谎道，“布兰科及时把我拉上来。”

“嗯，”尼克说，显然没被说服，“无论如何，那不是船骸，”他指向正舷的潜水员，“史蒂夫遇上一堆绳索和布料，他说是那种很厚的尼龙。听起来像某种降落伞。”希腊老人厌恶地看着自己浸湿的雪茄蒂，将它丢出船外。“等比利上来，我们就回去好好瞧瞧。或许有点价值呢……记得乔·钱伯斯发生的事儿吧。”

蒂伯记得，这事儿早已传遍大堡礁。乔是个渔夫，向来独来独往。战事最后几个月，他在距离昆士兰海岸外数英里的浅水区发现一架道格拉斯DC-3运输机。乔先是天才似的凭一己之力打捞机骸，接着设法进入机身，卸下一箱箱螺丝攻与螺丝板。有防水包装的保护，货物完好无缺。因此，他经营了好一阵子进口买卖，生意兴隆，直到警察上门来盘查，才不情愿地透露自己的货源。澳大利亚警察蛮有

“说服力”的。

那时乔已花了数周千辛万苦地从水里搬出工具，向澳大利亚本土的车库与工厂挨家挨户兜售，赚了不过几百英镑；而他还来不及拆的大型木箱中，装的却是美军太平洋部队整周的薪饷——多数是二十美元面额的金币！

可真倒霉，蒂伯心想，再次沉入水中。无论如何，底下的飞机残骸（或任何东西）的仪器可能还有点价值，或许还能拿到赏金。再说，他欠自己这么一回；蒂伯这次打算看个清楚，到底是什么让他吓得半死。

十分钟后，他便知道残骸绝非飞机。形状不对，而且尺寸太小了，只有二十英尺长，宽度更只有一半。物体一端粗、一端细，活板门与小型舱口遍布机身，各种未知的仪器就从这些开口向外窥视世界。尽管物体的一端看来像被高温熔化过，整体仍完好无损；另一端则冒出杂七杂八的天线，撞击水面时断的断、折的折，即使现在，看来仍与巨大虫肢极为类似。

蒂伯并不愚蠢，马上猜到这是什么。还有另一个问题，他稍微花了些脑筋也迎刃而解。活板门表面的模板字是西里尔字母，虽然许多被高热烧黑了，部分仍可读。蒂伯懂的俄文够多，足以认出那些跟电气设备、加压系统相关的字眼。

“哼，他们丢了一颗斯普特尼克卫星。”他满足地想。蒂伯可以想象一切是如何发生的：卫星下坠的速度太快，位置偏了。物体一端仍系着浮囊的遗骸；撞击水面时，浮囊全撞破了，卫星便如大石沉入海底。阿拉弗拉号船员该向乔伊道歉，原来他真的不是醉言醉语。乔依所看见的划过繁星的火球想必是发射载具，与有效载荷分离后，径行坠入地球大气层。

蒂伯在海床逗留了好一段时间。他弯膝蹲踞，看着这个受困于异世界的太空物体。他的心思充满各种半成形的计划，没有一个清晰的轮廓。他不再在意打捞的赏金了，更重要的是如何报仇。这可是苏联科技最引以为傲的心血结晶，而全世界只有来自布达佩斯的绍博·蒂伯一人知道这个秘密。

总有能善用这点的方法……能伤害这个国家、破坏他们的计划。蒂伯的恨意越来越深，情绪高涨。醒着的时候，他鲜少体会到这股恨，更几乎未曾分析过恨意的根源。身处只有海与空的孤立世界，被蒸腾的红树林沼泽与绚丽珊瑚海岸包围，没有任何东西会让蒂伯忆起往事。然而，他仍无所遁逃；有时心里沉睡的恶魔会猛然苏醒，狂怒和恶意涌上，使他只想恣意毁灭一切。目前为止，他都还算幸运，还未夺人性命。但总有一天……

布兰科紧张地扯了一下安全索，打断蒂伯的复仇大梦。他向控制员打出安心的信号，更仔细地检查卫星舱体。它多重？拖得起来吗？在他决定怎么做之前，有许多事必须弄清楚。

他用身体抵住金属浪板，小心地推。舱体在海床上摇晃，没有卡死；就算用阿拉弗拉号简陋的设备，应该也提得起来。它可能比看起来更轻。

蒂伯将头盔贴紧舱壳平面的部分，本预期会听到机械声，例如电动马达运转的声响，结果却是全然寂静。他用刀柄敲击金属壳，试着估量厚度，并找出可能的弱点。第三次敲击时，他得到了结果——但与他的预期完全不同。

舱体发出一阵激烈、绝望的敲击声，响应蒂伯的试探。

直至此刻，蒂伯从未想象舱体中竟可能有人；空间看起来太小了。然后，他发现自己是以传统飞机的思维去设想；若加压舱房只需塞进一个太空人，且只待几个小时，空间应绰绰有余。

如同万花筒能瞬间改变花样，蒂伯心中那些半成形的复仇计划瞬间解体，化为新的计谋。头盔厚重的玻璃之下，他正舔唇思考；若尼克瞧见他现在的样子，肯定又要怀疑第二潜水员精神是否还正常。蒂伯原先意图对“国家”或“机器”那些抽象名词施以报复，超然而不带个人色彩，但那些计划已烟消云散；从现在起，这是一对一的复仇。

“花了还真久！”尼克说，“找到什么了没？”

“是俄国人的，”蒂伯说，“斯普特尼克之类的玩意儿。如果用绳子固定，应该能从海床提起来。但是它太重了，恐怕没办法拉上船。”

尼克心事重重地嚼着怎么也抽不完的雪茄。采珠船主的顾虑是：若在这里打捞，其他人就会知道阿拉弗拉号在哪儿采珠。要是消息传回星期四岛，尼克的秘密宝地肯定马上被扫空。蒂伯完全没想到这点。

他们要么得完全保密，要么得凭一己之力把那玩意拉起来，不让他人知道在哪里找到的。无论何者都很费工夫，感觉不划算。尼克与多数澳大利亚人一样，对公权力有着根深蒂固的怀疑，断定他的苦劳不会得到回报，顶多收到一纸感谢函。

“其他人不愿意下水，”尼克说，“他们觉得那玩意儿是炸弹，不想惹麻烦。”

“叫他们别担心，”蒂伯说，“我处理就好。”他试着保持平常的语气，可情况确是顺利得难以置信。若其他潜水员听见舱体的敲击声，他的复仇可能前功尽弃。

他指向天际线上的小岛，翠绿而可亲。

“我们只能这么做。若把它提起几英尺，就能拖着它往岸边去。到浅水区时，把它拉上海滩应该不难。可以用小船，也可以把挡板和索具挂在树上，比较好施力。”

尼克不情不愿地思索着。他不觉得能把卫星拖过礁区，遑论逆着风，一路拖到岛上。不过，他确实乐于将这东西拖离他的珠蚌宝地；他们大可把它丢在别处，用浮标做个记号，还是抢得到功劳。

“好吧，”他说，“由你下去。那两英寸绳是船上最牢固的了，就拿那条吧。别耗整天啊，我们已经浪费够多时间了。”

蒂伯亦无意耗上一整天，六小时就够了。那是他最早从敲击声获知的事情之一。

真可惜他听不见那俄国人的声音。不过，对方听得见他的声音，这样就够了。蒂伯将头盔贴住舱体金属壳叫喊的声音，对方大多听得见。目前对话内容颇为友善；为了打心理战，不到合适的时机，蒂伯不打算表明真意。

第一步是建立对话的代号：敲一声代表“是”，两声代表“不”。在那之后，只要选择合适的问句，对话就能顺利进行，所有信息都能用这两种代号传达。若蒂伯被迫使用生硬的俄文发问，交谈恐怕无法如此顺利；对于受困的飞行员通晓英文，他感到庆幸，也毫不意外。

舱体内部空气还能维持五个小时，对方没有受伤；是的，俄国人知道卫星坠海了。最后的答复让蒂伯有些迟疑，或许飞行员说谎了，但可信度不低。尽管返航地球的归途确实未按原定计划进行，太平洋上想必有追踪船，负责找出卫星落海的地点。至于定位的准确度……他无从确知。话说回来，又有什么关系呢！俄国人得花好几天才能取得堪培拉同意，前来打捞。此刻，他掌握着优势，苏联就算倾尽全力也鞭长莫及，赶到时，一切都已经太迟了。

绳索沉重地盘在海床上，激起一团淤泥，如烟雾般随着洋流缓慢飘散。现在太阳已爬至天空高处，海底不再由灰暗、朦胧的微光包覆。水下仍然无色，但相当明亮，可见范围将近十五英尺。蒂伯第一次看见太空舱的全貌：专为各种非常环境而设计，舱体乍看之下相当古怪，令人困惑。例如，舱体看不出前后；太空舱沿着轨道运行时，外观看不出何处朝前。

蒂伯将头盔贴住金属壳，大喊。

“我回来了，”他说，“听得见我的声音吗？”

砰

“我带了绳索来，要绑在降落伞的缆索上。我们距离岛岸约三公里，一把你提起来，就会朝岛上前进。帆船上的索具可能没办法把你抬出水面，所以我们会试着把你拖上海滩。懂吗？”

砰

蒂伯花了点时间才固定好绳索。趁阿拉弗拉号还没开始拉动，他最好赶快讲清楚。

“嗨！”他大喊，“我弄好绳索了，再一分钟就会开始拉。听见了吗？”

砰

“那听我这句，你没办法活着抵达的，我都弄好了。”

砰砰

“你有五小时可以慢慢去死。我弟弟误入你们的地雷区，他垂死的时间更长。你懂了吗？我是从布达佩斯来的。我恨你、你的国家，还有你们代表的一切。你们夺走我的家园、我的家庭，使我们的同胞沦为奴隶。真希望我能看到你现在的表情！真希望我能亲眼看着你死，就像我得目睹西奥死去。出发后，半路上，绳索会从我割过的地方断掉，我会再下水来重新固定，但新的绳索也会再断掉。你坐好了，等着路上颠簸吧。”

蒂伯突然停下，情绪过于猛烈，他全身抖个不停，筋疲力尽。在这恨意喷发的高潮时刻，其中毫无逻辑或理性可言。他未曾停下来思考——因为他不敢。然而，埋藏在他内心深处的真相已经点燃，终究会触及意识，得以见光。

他恨的不是俄国人的所作所为，而是他自己，因为他的作为更加不堪。西奥和上万同胞流的血都染在他自己手上——蒂伯自己就曾是苏维埃最忠诚的支持者，对来自莫斯科的政治宣传照单全收。在中学和大学里，他总是率先揪出、谴责“叛徒”的人。（多少人被他送进劳改营，又有多少人进了匈牙利保安局的刑讯室？）他看清事实时，已经太晚太晚了。况且，那时他也没有挺身对抗——而是逃走。

他逃到世界另一端，试图摆脱罪疚；危险与疲劳耗损是使人遗忘过去的良药。他生命剩下的唯一乐趣是在澳大利亚本土狂热地寻求温存，而他现在的状态，更证明了这些远远不够。若他拥有置人于死的能力，全因他逃到这里只为自寻死路。

舱体闷声不响，沉默像是对他的轻蔑与嘲笑。出于愤怒，蒂伯用刀柄狠狠敲击太空舱。

“你听见没？”他喊，“听见没！”

没有答复。

“该死的！我知道你在听！再不回答，我现在就戳洞让你淹死！”

他确定自己做得到，用刀尖即可。但他一点也不想这么做，那样的死法太快了，太干脆。

舱体依然沉默无声。或许那个俄国人已经吓晕。蒂伯可不希望如此，不过再等下去也没有意义。他怀着恶意再对舱体狠狠敲了一记，便向控制员发出信号。

蒂伯抵达水面时，尼克有新的消息。

“星期四岛那边传来无线电呼叫，”他说，“俄国佬要大家注意火箭的踪迹，说可能在昆士兰海岸附近漂流，听起来急着找到。”

“他们有说什么其他的吗？”蒂伯紧张地问。

“噢，有啊，说那玩意儿绕行月球好几圈。”

“就这样？”

“其他的我记不得了。一堆科学名词，我没听懂。”

可想而知，俄国人总是对实验失败三缄其口。

“你要跟星期四岛回报说找到了吗？”

“你疯了吗？总之，无线电也有点问题，就算想呼叫他们也没法子。绳子绑好了吗？”

“对，看你能不能把它从海底拖起来。”

绳索尾端捆在主桅上，几秒后已被绷紧。尽管海面看似平静，仍有和缓的长浪，帆船约以十至十五度摆晃。每次横摇，舷缘便会上升一两英尺再下降。升降机拉力有好几吨，但仍须小心操作。

绳索发出绷紧的声音，木材嘎吱嘎吱地哀鸣，蒂伯一度担心绳索会撑不住、太早被扯断。但绳索没断，太空舱被提了起来。绳轮转第二圈、第三圈时，太空舱又再升高了些，接着从海床完全被拉起，阿拉弗拉号微微倾向左舷。

“走吧！”尼克说，掌起舵，“应该可以拖那玩意儿走上半英里，才会再着地。”

单桅帆船拖着水底不为人知的包袱，缓缓航向小岛。蒂伯倚着栏杆，任由阳光蒸干他湿透的衣裤，他终于感到平静。距离上次有这样的感受，相隔……几个月了呢？甚至，他的恨意也暂时不再灼烧着他的脑。或许，正如同爱，恨意也是怎么也无法满足的激情；至少，他已暂时饱足。

不过，他的决心并没有消退。他执意要贯彻这个奇异、宛若天外奇迹一般落入他手中的复仇大计。血债血还，日日夜夜纠缠着他的冤魂们便或许终于能安息。然而，对于太空舱里的陌生人，蒂伯竟感到一阵诡异的同情，甚至是怜悯；他成了蒂伯对过往盟友、今日死敌的攻击目标。他从敌人那边夺走的，不仅仅是一条性命；毕竟，人命（就算是训练有素的科学家）对俄国人来说又算什么呢？他夺走的，是权力，是声誉，是知识。都是他们最在乎的。

回程过了三分之二，绳索却还没断，他便开始担心。还有四个小时，时间太长了。蒂伯第一次想到自己的计划可能失败，甚至可能反将他一军。万一，尽管他做了种种努力，要是尼克设法在期限前把太空舱拖上岸怎么办？

此时，水中深深的"嘣"一声，整船震动，断裂的绳索飞出水面，海水溅得四处都是。

"就猜会这样，"尼克嘟哝道，"那玩意儿要跌到海床上了，你要再下水去弄，还是我让其他人去？"

"我去吧，"蒂伯急匆匆地说，"我的动作比他们快。"

此话不假，但他仍花了二十分钟才找到太空舱。尼克关掉引擎前，阿拉弗拉号又往前移动了不少，蒂伯一度怀疑自己不会再找着它了。他来回四处搜索，直到不小心缠上太空舱尾端的降落伞为止。布幕随洋流缓缓振动，像诡异而丑陋的海怪；但除了复仇失败，蒂伯什么也不怕。他望向前方白色朦胧的形体时，脉搏甚至没有加快。

太空舱体有些刮伤、沾上淤泥，但看起来仍完好。现在倒向侧边，看起来像打翻的搅乳器。里头的乘客想必被摔来摔去，不过，既然他都从月球一路坠落，里头理应防护良好，他应该也平安无事。蒂伯真心希望如此，若不，接下来的三小时太浪费了。

他再次将铜绿的头盔贴住不再光洁如新的金属舱壳。

"嗨！"他大喊，"听得见吗？"

或许俄国人仍打算以沉默抵抗——不过，没有人有那么强的自制力。蒂伯猜得没错，回复的敲击声很快就出现。

"真高兴你还在。"他回道，"一切正如我所说的进行呢。不过，我可能得割得再深一点。”

太空舱没有回应。事实上，尽管再次下水时蒂伯敲了又敲，再下下次也一样，它再也没有响过。最后那次，蒂伯已经不指望有人响应了，由于暴风来袭，他们等了一两个小时，他最后一次下水的时间已经远超过期限。蒂伯有点懊恼，因为他还想好了告别的信息。他还是对着太空舱喊了，虽然知道自己只是白费口舌。

中午刚过，阿拉弗拉号已经尽可能靠近岸边。那里的水只有几英尺深，而且正在退潮。潮汐每往后退一些，太空舱的表面就露出更多一些，现在已搁浅于沙洲上。他们不可能再移它了；已经完全卡住，涨潮才能再松开。

尼克专业地评估情势。

“今晚涨潮会有六英尺，”他说，“以它现在的位置来看，低潮位时只有一两英尺深，我们可以用小船来拖。”

太阳与潮水向下退时，他们就在沙洲上等。无线电广播断断续续地报告搜索行动已经靠近了些，但仍相当遥远。傍晚时，太空舱已几乎完全脱离水面，船员不情愿地滑着小船靠近。蒂伯懊恼地发现，他与同伴一样不情愿。

“侧边那里有个门，”尼克突然说，“天啊！有人在里头吗？”

“可能。”蒂伯答道，他的嗓音没有自己想象得那么沉稳。尼克若有所思地瞄了他一眼。这小子成天都不对劲，但尼克懂得闭口不问，在世界的这个角落，每个人都得学会不要多管闲事。

小船在颠簸的海水中摇晃，现在已和太空舱并排。尼克伸手抓住弯曲天线的根部，像猫一样灵活，四肢并用地爬至金属曲面上。蒂伯完全不打算跟上，只在船上静静地看他检视出入口的板门。

“除非卡住了，”尼克嘟哝道，“不然外侧一定有办法打开呀，若它需要特殊工具才打得开，就算我们倒霉。”

他的担忧毫无根据。凹陷的舱门口周围以模板漆上了十种语言的“开”字，只需几秒就能推断出操作方法。门一开，空气嘶嘶作响，尼克喘了口气：“呼！”脸色瞬间惨白。他望向蒂伯，希望能得到些支持，但蒂伯避开他的眼神。尼可只好不情愿地低身进入太空舱。

他消失了好一段时间。起初，大伙能听见闷哼和撞来撞去的声音，接着是一串夹杂两种语言的咒骂。接着是沉默……长长的沉默。

尼克的头再次出现于舱口之上，他那皮革般经风吹日晒的面容竟然灰败，还流着泪。蒂伯看见如此不可思议的光景，瞬间有一股不祥的预感。事情出错了，而他的心思过于麻木，不知怎么面对现实。真相很快便揭晓了，尼克将他找着的东西递过来，不比大型玩偶大多少。

布兰科接过来。蒂伯瑟缩在船尾，当他看见那平静、蜡白的脸孔，层层的冰不只包围了他的心，更封住他的腰下；当他得知自己复仇的代价为何，他的恨与欲火便同时永远熄灭了。

死去的太空人甚至比她活着时更美；虽然娇小，想必她一定既坚韧又训练有素，才有资格出任务。她躺在蒂伯的脚边时，既非俄国人，也不是第一个见证月球远侧的人类；她只是被蒂伯杀死的女孩。

尼克正在说话，声音听起来很遥远。

“她带着这个，”他嗓音飘忽，“紧紧地握在手里，我花了好长时间才拿出来。”

蒂伯几乎听不见尼克的话，也完全没有对尼克掌中的小小录音机瞧上一眼。此刻，所有感受都已经失去意义，他还未想到，复仇女神才要来向他追索他的灵魂，而不久后，全世界都会听见来自黄泉的控诉之声，将他视为该隐之后最罪不可赦的恶人。

（译者：张芸慎）

爱这个宇宙

1967年首次发表于《刺激冒险》（*Escapade*）
收录于《来自太阳的风》

总统先生，各国行政长官与行星代表，大家好。危机当前，由我负责致辞，既是荣誉，也是重大责任。我深知各位听到日前的传闻，许多人可能深感震惊，甚至颇不赞同，也能够理解各位的顾虑。然而，于此人类整个种族以及地球本身面临生死存亡的时刻，请求各位暂时放下既有偏见。

不久前我刚读到一世纪前写就的名句：“想象无法想象的事物。”这正是现在应做的。我们必须勇敢接受事实，不能让情绪左右我们的理性思维。甚至，我们的职责恰恰相反：必须让理性思维左右我们的情绪！

我们已穷途末路，但仍不需绝望；我们驻于反地球太空站[1]的同僚刚揭露的惊人发现可带来希望的曙光。消息报道无误，我们确实能与银河系中心的超级文明建立联系。至少，人类能向对方揭示我们的存在；若我们做得到这点，就可能向他们求救。

危机来临前，剩下的时间内，我们完完全全无计可施，不可能凭

① 与地球同轨道，位置隔着太阳完全相对的人工小行星。——译者注

人类一己之力得救。人类搜寻冥王星外行星时发现黑矮星的存在，也只是十年前的事；在短短九十年中，黑矮星就会抵达拱点，迅速行经太阳，再次朝太空深处前进——留下身后破碎的太阳系。就算倾尽所有资源，贯彻我们深感自豪、“人定胜天”的意志，黑矮星的轨迹仍不可能移动一丝一毫。

自从二十世纪末人类发现所谓的“信标星”之后，我们已知宇宙中有文明懂得使用极为先进的能源，人类科技无可比拟。在座有些人可能记得，人类首次侦测到麦哲伦星云中“宇宙工程”迹象时，天文学家（以及尔后全体人类）多有怀疑。世上竟有完全违反自然法则的恒星结构！至今，我们仍无从得知创造者的目的，只知道其令人叹为观止的成果。竟有生物能将恒星玩弄于股掌之间，而且人类与对方共享宇宙。若他们决定伸手相助使黑矮星转向，想必将如游戏般容易。毕竟，黑矮星的质量只比地球大上千倍……我刚刚怎么说的，“游戏”？对他们而言，或许正是名副其实的游戏呢。

我确信各位都记得发现超级文明后的大论战。我们是否应尝试联系对方？或者继续维持低调？当然，超级文明也可能早就知道关于我们的一切、对人类的妄为感到不耐烦，或以各种我们不乐见的方式回应。与超级文明接触可能带来偌大的好处，风险却也高得吓人。不过，现在我们再也无可失去，任何结果都可能是收获……

直到现在为止，联系超级文明与否只是长年来的哲学论证，因为人类事实上根本没有沟通的方法。就算我们耗费巨资、打造无线电传输设备，得以传讯，最近的超级文明却在七千光年以外。即使他们愿意花时间答复，也需一万四千年才收得到回音。考虑到这些因素，超级文明的优越性之于人类，既非帮助，亦不可能成为威胁。

不过，此刻一切都改变了。我们现在能以无可测量甚至可说是无限的速度发送信号。而且我们确知超级文明懂得使用这样的科技；虽然仍无从解译，人类确实曾侦测到他们发出的脉冲信号。

这些脉冲绝非电磁信号，我们不了解其本质，甚至不知该如何称呼……或者说，它的别名太多了……

是的，各位，奇谈与迷信中以心电感应、超感官知觉或任何其他名称描述的那个现象确实存在。不过，此方面研究在地球上从未取得太多进展。这也毫不意外，毕竟这里总共有十亿个心灵持续不断地发出干扰信号，排山倒海的背景噪声淹没了研究成果。太空纪元开展前，在地球上所获得的任何一丁点突破，都堪称奇迹，像在嘈杂的锅炉厂里建构音律。直到人类设法远离地球的心灵混沌，才得以建立严谨的超心理学。

就算那时，研究人员也得移至地球轨道的另一端。在人工小行星反地球之上，非但与地球相隔一亿八千万英里，更以无与伦比的太阳为盾，人类方得以侦测、测量心智所发出的微弱辐射，研究心灵信号的传播。

就许多方面而言，超心理学的法则仍令人费解。但是，我们终于得以确立基本事实。正如极少数始终相信心灵力量的人所想，这个现象是由情绪状态所触发——既非纯粹意志力，亦非刻意、有意识的想法。因此，过去曾有那么多超自然现象与死亡或灾难威胁有关，便说得通了。恐惧是产生心灵力量的强力因素；偶尔，其产生的信号会强过淹没一切的背景噪声。

确立这项事实之后，研究便能向前推展。我们引发人工的情绪状态，首先针对个别受试者，接着以团体进行实验，测量信号如何随距离衰减。现在，我们已得出信度高、可量化的理论，远至土星皆可验证。我们认为能扩大应用范围，甚至延伸至其他星系。若确实做得到，人类便能产生与呐喊无异的心灵信号，即时传遍整个银河系。想必我们会收到回音的！

若要产生如此强的信号，方法只有一种。刚刚说过恐惧是产生心灵力量的强力因素，可惜其强度仍然不够。即使我们设法同时对全人类出击、使众人恐惧，产生的脉冲信号顶多只能扩及两千光年，再远就侦测不到了。我们需要使信号传得更远，至少四倍的距离，而这是可行的：利用唯一比恐惧更强大的情绪。

然而，我们也需要至少十亿人合作，同步误差必须低于一秒之内。我的同僚已经解决所有技术问题，其实相对简单。使用的简单电力刺激装置，早在二十世纪初期就已用于医学实验中；同步所需的计时信号，可由行星际通信网络传送。所需装置可在一个月内大量生产完成，使用指南只需几分钟就能读懂。届时，暂且称为“行动日”吧，真正需要更长时间的，其实是心理准备……

而这就得由在座各位伤脑筋了。当然，科学家会竭尽所能地协助。我们明白，一旦推行，可能会出现各种示威抗议、反对声浪，更可能有人拒绝合作。但若以理性思维看待，这个概念真的那么亵渎神圣吗？相反的，我们许多人倒认为此法极其合适，甚至带有诗性正义。

人类正面临终极的紧急事态。危机当前，诉诸呼救的本能，难道不对吗？人类不就是这样存活下来的？容我引用一位生在过去，其时代几乎与现在同样动荡的诗人之作，只因我不可能形容得更好了：“我们必须相爱，否则死亡。”①

（译者：张芸慎）

① 出自美国诗人威斯坦·休·奥登。

1937 1938 1939 1942 1946 1947 1949 1950 1951 1952 1953 1954 1955 1956 1957 1958 1959 1960 1961 1962 1963 1964 1965 1966 1967 1968 1970 1971 1977 1984 1986 1992 1998 1999

狗星

1962年4月首次发表于《银河系》（*Galaxy*），标题为《月犬》

收录于《十个世界的故事》

如今莱卡已长眠于我们同住家中的花园，我已不忍重读此篇故事。

听见莱卡着急地吠叫，我第一反应觉得烦。在舱床上翻了个身，我带着睡意嘟哝一声："闭嘴，小疯狗。"这样如梦的片段转瞬即逝，我清醒了。随意识而来的是恐惧：对孤独的恐惧，对孤独与疯狂的恐惧。

我一时不敢睁开眼睛，怕自己可能看见什么情景。理性告诉我，狗未曾踏足这个世界，莱卡与我隔着长达二十五万英里的太空，况且，更无可改变的是，我们已经相隔五年时间。

"你在做梦，"我生气地对自己说，"别傻了，快睁开眼！除了壁漆的光，你什么也看不见。"

当然是这样没错。小屋空无他物，门紧掩着，只有回忆伴着我，我被极大忧伤淹没，那种常在鲜活梦境褪成单调现实时感受到的忧伤。因为失去的感受过于孤绝，我希望再次入睡。所幸我再也睡不着，否则我便得长眠了。不过，我要再五秒钟才会得知这件事。在那之前的短暂永恒，我又回到了地球，向过去寻求慰藉。

尽管天文台人员数度查问，我也在帕萨迪纳地方报纸登过几次广告，仍未能得知莱卡的来历。某个夏夜，开车往帕洛马山天文台的路上，我在路边发现这颗孤零零的小毛球。就算我对狗甚至所有动物向来没兴趣，也不可能任由它这无助的小东西在车阵中自生自灭。怀着不安，暗自希望自己戴了手套，我捡起它，把它放进后备厢。我不愿冒险弄坏我一九九二年新款威克的内装，心想它在后备厢大概搞不了破坏。关于这点，我想错了。

我在天文学家宿舍“修道院”停下车；那将是我未来一周的住处。我不情愿地检查小狗。那时，我本打算把小狗交给工友。但它呜咽了一声，睁开眼，双眼流露出无可救药的信任，我也只能改变心意。

有时，我对自己的决定后悔，但都不长久。当时我根本没想到小狗渐渐长大，无心或有心，都能造成那么多麻烦。我花在清洁和修理的费用大增，难以保证找得出一双未受蹂躏的袜子或一份没被嚼烂的天文物理期刊。不过，莱卡终究学会了家里的规矩和天文台的规矩；它大概是唯一一只获准踏足圆顶观测室那直径两百英寸空间的狗。我在上方斗室调整设备时，它会静静躺在黑暗中，偶尔听见我的声音就已心满意足。其他天文学家渐渐和我一样喜欢它（它的名字是老安德森博士取的），但打从一开始，它就是“我”的狗，不愿服从其他人的指令。虽说它也不总是乖乖听我的。

它很美，大概有百分之九十五德国牧羊犬血统。我猜，或许是余下的百分之五让它被人遗弃。（想到这儿，我仍感到一股怒气。不过，我既无从得知真相，或许结论并不正确。）除了眼窝两块毛是深色的，它全身多为灰色，且毛软如丝绸。竖起耳朵时，它看起来极为伶俐与敏锐。我与同事讨论恒星光谱类型或恒星演化时，总觉得它根本听得懂我们在说什么。

直到现在，我还是无法理解莱卡为何对我那么依恋，毕竟我连人类朋友都交不上几个。可我每次离开后回到天文台，它总欣喜若狂，用后腿站起，跳上跳下，将爪子搭在我的肩上，不时发出咿咿呀呀的喜悦声音。它已能轻松勾着我，细小的叫声与庞大身躯毫不相称。我不愿离开它太久，顶多几天；虽然它不能陪我出国，但若旅程较短，莱卡几乎都与我同行。那次我开车北上伯克利参加那场不幸的研讨会，它也与我一起。

我们借宿大学友人的住处；他们很是客气，但显然并不期待让一只怪物进门。我保证莱卡绝不闯祸，他们才不情愿地让它睡在客厅。“你们今晚不用担心遭小偷了。”我说。“柏克莱没有小偷。”他们淡淡回道。

他们似乎错了。半夜时，我被莱卡歇斯底里的尖叫吵醒。这种叫声，我只听过一次，当时莱卡第一次见到牛，吓得不知所措。我咒骂着丢下被单，闯进陌生空间的黑暗中。首要目标是惊醒主人前让它安静下来，希望还来得及，尽管可能渺茫。倘若真有人闯进来，大概也已逃跑，我也宁可如此，否则他就惨了。

我站在楼梯顶，犹豫要不要开灯。我低吼：“莱卡，闭嘴！”并点亮房间。

它正急急扒着门，偶尔停下来狂乱地哀嚎。“再想出门，也没必要搞得这么夸张！”我愠怒地说。我下楼，解开门闩，莱卡便像火箭般冲入夜色。

夜色宁谧，残月隐约穿透旧金山的浓雾。我站在微光中，望向水面与彼岸城市灯火，等莱卡回来，好狠狠修理它。圣安德烈亚斯断层从沉睡醒来时——这是二十世纪以来第二次——我还在等莱卡。

古怪的是，我没有被吓着，至少一开始没有。意识到危险以前，我的脑海浮现两个念头。真是的，那些地球物理学家不能早点警告我们吗，我心想。然后，我惊讶地发现：“原来地震这么吵！”

那时我才意识到，这绝非普通地震，其后发生的事，我更不愿再想起。隔天早上，红十字会费了好些时间才把我带离那里。没有莱卡我不肯走。看着崩垮的房屋，朋友的遗体还在里头，我明白它救了我一命。直升机驾驶员无从得知这点，难怪他们只当我疯了，和众多生还者一样，在野火断垣间游荡。

自那之后，我和莱卡不曾分开超过几个小时。有人告诉我，虽然我不至于孤僻厌世，却似乎对人类同伴越来越不感兴趣，我也同意，繁星和莱卡即是我所需的全部。我们会一起到山间散步，一走就是好远。那是我最快乐的时刻。可惜，我深知这一切即将告终，只有莱卡还不晓得。

我们计划搬迁已经超过十年。早在二十世纪六十年代，学界就已经体认地球并不适合天文观测。地表任何望远镜向外窥视，都隔着地球大气层的阴翳，而在月球上，连小型测试仪器都表现得更为优异。威尔逊山、帕洛马山、格林尼治和其他伟大天文台的故事已到了终章，这些机构仍能作教学用途，但最先进的天文学研究势必得向外太空推展。

我势必得随天文台搬迁。其实，我已受邀担任月球远侧天文台副主任。几个月内，我就可能解决先前苦思多年的难题。到了大气层之外，我会像突然重获视力的盲人，终将得见。

而我显然无法带莱卡一起去。目前月球上只有实验动物，恐怕要再等整整一代人的时间，宠物才能获准登月。就算那时，往月球的旅程仍所费不赀。何况，要让宠物在月球活下去，以莱卡每天吃两磅重的肉来算，花费将超出我颇为优渥的薪资好几倍。

我面临的抉择简单明了：我可以留在地球，抛弃我的事业，或前往月球，抛弃莱卡。

毕竟，它只是一只狗。十几年内，在我理应登上事业高峰之时，它就会死。任何神志清楚的人都无需迟疑，我却迟疑了。话已至此，若还有人无法理解我为何犹豫，恐怕我解释再多也无益。

最后，我任由事物自行发展。到了预定出发那周，我还没有为莱卡安排去处。安德森博士主动提议照顾莱卡，我麻木地接受了，甚至没有道谢。这位老物理学家和妻子一直很喜欢莱卡；他们大概认为我冷漠无情，虽然事实恰恰相反。我和莱卡最后一次一起散步，越过山路，然后我沉默地将它交给安德森夫妇，再也没见过它。

为了等闪焰磁暴从地球轨道消散，我们延误了快二十四小时才起飞，而且范·艾伦辐射带[1]活动还是很活跃，我们必须从北极沟离开大气层。这趟旅程很是悲惨；除了无重力既有的不适，我们都因为抗辐射药物昏昏沉沉的。我注意到周遭时，船已驶过月球背面，而我也错过了地球没入月球地平线的那一幕。我其实不太遗憾。我完全不想再想起地球，只想专注于未来。然而，罪恶感仍挥之不去：我遗弃了莱卡，它那么信任我、那么爱我。我比那些莱卡小时候遗弃它的人好不了多少，一样把它丢在帕洛马尘土飞扬的路边。

一个月后，我得知它的死讯。没有人料想得到；安德森夫妇已竭尽所能，他们也非常难过。它似乎失去了活下去的兴致。有好一阵子，我以为自己也会这样死去。不过，工作是非常有效的止痛药，而我的研究计划正要开始。尽管我不曾忘记莱卡，一段时间后，回忆已不再令我伤心。

① 范·艾伦辐射带：在地球附近的近层宇宙空间中包围着地球的大量带电粒子聚集而成的轮胎状辐射层，由美国物理学家詹姆斯·范·艾伦发现并以他的名字命名。

那么，为何在五年后、远在月球背面，关于莱卡的回忆又来纠缠我？我还在思考原因，身处的金属建筑物开始颤动，仿佛受到重击。我想都没想就做出反应；地基陷落、空气随短暂声响从舱房墙上的裂隙散逸时，我已经阖上紧急逃生服的头盔。因为我无意识地按下全面警报铃，虽然月震规模是远侧地区有史以来最大，天文台三座加压圆顶全都震裂了，只有两名人员丧生。

我应该不必特别说明，我并不信灵异现象。任何人对心理学有点概念，就知道一切都有合理解释。第二次旧金山大地震时，莱卡并非唯一感到异状的狗，类似案例很多。在远侧天文台，我从不入睡的潜意识大概觉察到月球内部起初细微的震动，我的亲身经历也让感知特别敏锐。

人类心智的运作千奇百怪，宛如迷宫。大脑知道能够最快让我感知到危险的信号是什么，仅此而已。若要说两次事件都是莱卡叫醒我的，也没说错，不过其中毫无神秘之处，亦非彼岸捎来的奇迹信息，毕竟，没有人或狗能跨越生死的鸿沟。

若我确信任何事，这就是了。只是，现在我偶尔醒来，身处月球寂静中，仍希望当时的梦能再长个几秒——好让我再次望进那双发亮的棕色眼眸。其中流露无私、无所求的爱，我不曾在此地、他方，或任何世界再遇见过。

（译者：张芸慎）

大旋涡二号

1965年4月首次发表于《花花公子》（*Playboy*）
收录于《来自太阳的风》

克里夫·利兰苦涩地想，自己并不是第一个知晓自己确切死期与具体死法的人。自古以来，无数的受刑人迎来自己生命的最后一道曙光。不过，直到生命尽头之前，他们仍可能寻求缓刑；人类判官可能心怀怜悯，但面对的若是自然法则，便上诉无门。

六小时前，他还开心地吹着口哨，打包限额十公斤的个人行李，准备坠回地球。他还记得想象（即使是现在，发生了这一切之后）自己将玛拉拥在怀中，且如他承诺的，准备带布莱恩和苏去搭尼罗河游轮。再几分钟，地球就会从地平线升起，届时他或许看得见尼罗河；不过，妻儿的脸孔就只能从记忆中追寻了。这一切都只因为他想省下九百五十英镑，搭乘货运用的抛射器返回地球，而非接驳火箭。

他原本就预期启程后的十二秒会非常颠簸；电动发射器将沿着十英里长的轨道，把他所在的舱体抛射离开月球。虽然从发射倒数开始，他就漂在保护水池中，想到起飞时得面临二十G重力，克里夫仍不太情愿。不过，舱体开始加速时，他几乎没有察觉自己已处于极大物理压力之下，只听见金属墙板微弱的嘎吱声。这对曾听过火箭升空时雷声轰隆的人来说，周围如此寂静简直怪诞。太空舱广播宣布：

“出发后五秒；时速两千英里。”他几乎不敢相信。

才出发五秒，就达到时速两千英里——发电机还在将大量电力注入发射器中，还要加速七秒。他仿佛乘着闪电掠过月球表面。但在出发后七秒，闪电失足了。

即使他身处水槽如子宫般的庇护下，克里夫仍知道事情出了差错。因为质量大，周围的水原本都静止如冰，现在却活了过来。虽然太空舱仍沿着轨道猛冲，却不再加速，只靠累积的动能滑行。

他没时间害怕或疑惑发生何事，因为电力故障只持续了一秒多。接着，太空舱突然猛烈地左右摇晃，导致一阵不祥的震动，力场又打开了。

太空舱不再加速后，任何“重量感”都消失。克里夫不需查看任何仪器，他的肠胃已经告诉他，舱体已经离开轨道，正逐渐上升，准备飞离月球表面。他不耐烦地等自动泵浦抽干水槽的水，热风朝着他吹，结束后，他赶紧飘至控制面板前，以扣带将身体固定至座椅上。

“发射中心，”他边把束带绕过腰际，边急切地呼叫，“见鬼了，刚刚发生什么事情？”

一个有精神但担忧的声音立即回答。

“我们还在确认，三十秒后回复。”接着，虽然有点迟，另一边的声音补了一句，“真高兴你没事。”

等待时，克里夫切至前方视野。前方什么也没有，只有繁星——与预定的相同。至少他起飞时没有损失太多速度，没有立即坠毁于月球表面的危险。不过，他迟早会坠向月球，因为太空舱不可能达到脱离速度。想必他正沿着一条极长的椭圆轨道上升，几个小时内就会落回到出发点。

“嗨，克里夫，”发射中心突然发来信息，“我们找到问题了，你刚才经过第五段轨道时，断路器坏了。因此，你起飞的速度比预定时速低了七百英里。以这个速度，五个小时内就会坠回；但别担心，路线修正引擎应该能把你推到稳定轨道。我们会告诉你何时发动引擎，接下来你只要坐着等我们找人把你的太空舱拖回来即可。”

慢慢地，克里夫允许自己放宽心。他完全忘了太空舱外墙装设的火箭；虽然只有低马力，却能帮他进入净空的安全轨道，不至于撞上月球的地形障碍。尽管他距离地表仍只有几英里，但仍以惊人的速度掠过山峰与平原，克里夫将安全无虞。

接着，他想起先前那阵从控制室传来的不祥震动，心中的希望之光再次熄灭。毕竟，说到太空交通工具，没有什么零件坏了却没有严重后果，总会带来坏消息。

点火电路最终检测完成了，他将要面对所谓的严重后果：无论切至“手动”或“自动”，导航火箭都无法点燃。太空舱仅存的储备燃料尽管不多，原本还可能将克里夫推向安全终点，现在却全无用武之地。再过五小时，他现在的轨道就要抵达尽头，坠向他出发的地方。

不知道他们会不会以我为新的陨石坑命名呢，克里夫心想。“利兰陨石坑：直径……”直径会是多少呢？还是别太夸大……可能不会超过一两百码。这么小，连在地图上标注都嫌麻烦。

发射中心依旧保持沉默，并不令人意外。对于大限将至的人，他们大概也不知该说什么。然而，就算他知道太空舱的轨迹已经无可改变，即使到了现在，他也还难以想象自己即将坠毁，只留碎片散落于月球远侧。目前他仍在舒适的舱体中，朝月球天空攀升。死亡与周围环境毫不搭调——而在人类眼里，直到死亡降临的最后一秒，它与其他事物向来毫不搭调。

接着，克里夫暂时忘记自身的问题。前方地平线不再持平，比发亮的月球地貌更灿烂的物体衬着繁星升起；由于太空舱持续沿着月球边缘移动，造成独一无二的效果，克里夫得以目睹地球升起——除非人为因素，不然不可能看见此景象的。以他沿轨道运行的速度，一分钟后，奇观就结束了。届时，地球将会完全离开地平线，缓缓向上空攀升。

地球此时约四分之三盈满，亮得难以直视。地球像是宇宙的明镜，表面不仅仅为单调的岩石与尘土，更有雪、有云，还有海。甚至，海洋占了大半，因为太平洋正刚好转向克里夫，反射的光如此耀眼夺目，完全遮盖了夏威夷群岛。雾蒙蒙的大气层——本应成为他几个小时后降落的缓冲软垫，使地形地貌变得模糊；或许刚从夜侧浮现的暗色区块是新几内亚，但他不确定。

知道自己原本正朝那个可亲的闪亮魅影直直前进，令克里夫感到苦涩与讽刺。时速只要多七百英里，他就能抵达了。区区七百英里，却难以企及，对他而言七百与七百万无异。

目睹地球升起，让他的心思又飘回家乡，直逼克里夫面对他极为恐惧却再也不能延宕的职责。

“发射中心，”他说，尽可能保持声音稳定，“请帮我接通地球的电话。”

这是他人生中做过最古怪的事情之一：干坐在月球上空，等着接通二十五万英里外地球家中的电话。此时非洲应该接近半夜了，可能要等一阵子才会有人接听。玛拉被吵醒后可能还会昏昏沉沉；接着，身为太空人之妻，总是预期灾难的发生，她会瞬间警醒。但他们俩都不喜欢在卧室装电话，因此玛拉至少得花十五秒时间打开灯，掩上婴儿房的门以免吵醒宝宝，走下楼，然后……

她的嗓音清晰且甜美，穿过虚空而来。克里夫无论身处宇宙何方，都能马上认出玛拉的声音，他也听出一丝焦虑。

“利兰太太吗？”地球端的接线员说，“您的丈夫想与您通话。请记得，语音会有两秒延迟。”

克里夫心想，月球、地球和中继卫星之间，不知道现在共有多少人在监听这通电话？这种情况下，实在难以向至爱和家人话别。不过，他开口说话后，仿佛世界只剩下他和玛拉，其他人都不复存在。

“亲爱的，”他说，“是我，克里夫。很抱歉，恐怕我无法按约定回家了。发生了……技术问题。我现在还好，但情况很糟。”

克里夫感到口干舌燥，吞了口水，赶在玛拉插话前继续说。他尽可能简短地说明现况，为了玛拉也为了他自己好，克里夫没有完全放弃希望。

“大家都在想办法，”他说，“或许他们能及时派船来救我。不过，万一来不及……我想和你跟孩子们说说话。”

玛拉冷静地接受了，如他所料。她的答复从地球黑夜传来时，克里夫感到无比骄傲与爱恋。

“别担心，克里夫，我相信你会得救的。到时，我们就能照原定计划一起去度假。”

“我也这么觉得，”他说谎道，“不过，以防万一，帮我叫醒孩子们好吗？别跟他们说出事了。”

再过了仿佛无尽的半分钟，他才听见孩子们困倦但兴奋的声音。若能再看见孩子们的脸，要克里夫放弃仅有的这几小时生命，他也愿意，可惜太空舱设备简陋，无法接通视频。或许这样也好；他不确定自己望向孩子们的眼睛时能否继续隐瞒真相。最后相聚片刻，他只希望留给孩子们快乐的回忆。

然而，即使如此，回答他们的问题、佯称就快能够见面了，并应允那些他自知无法履行的承诺，对克里夫而言仍然相当难熬。当布莱恩提醒他要记得带月球尘回家（上次他忘了，这次确实记得），克里夫得用尽力气自制，才能自然应对。

“布莱恩，我带了，那罐土现在就在我旁边呢。你很快就能把它展示给朋友们看了。”（不，它很快就会坠回原生之地。）“苏西，记得要乖乖听妈妈的话，知道吗？你前阵子在学校表现不太好，尤其是行为表现……有，布莱恩，我有记得带照片，还有阿里斯塔克斯陨石坑的石头……”

三十五岁就要面对死亡，确实很难；但是，十岁的男孩失去父亲，也同样艰难。往后几年，布莱恩会怎么回忆他的父亲呢？或许，他只会记得太空传来的微弱声音，毕竟克里夫待在地球的时间实在太少了。在人生最后的这几分钟，当克里夫被抛离月球又慢慢坠回原地的过程中，他只能将自己的爱与希望投射于他再也无法跨越的虚空彼端，剩下的只能交给玛拉了。

孩子们与父亲说完话，既开心又困惑。克里夫接着还有要紧事，现在正是保持头脑冷静的时候，就事论事，把要紧的工作交代好。他不在之后，玛拉必须独自面对未来，至少现在他还能设法帮玛拉及早适应。即使个人的人生将尽，生命总会以其他方式延续；对现代人而言，人生大事包括待缴房贷、保单和共同账户。克里夫开始不带个人感情地交代这些事项，仿佛与他个人无关（确实，再过没多久就与他无关了）。人生各有该用脑和该用情的时候，三小时后，当他最后一次坠向月球表面，就是感情说了算。

没有人打断他们通话；两个世界之间，想必有工作人员静默地维持连线，但是他们俩却像世界上仅有的两个活人。有时，克里夫边说话，边用两眼透过潜望镜望向地球，又被闪耀的美景震慑。地球现在已填满大半天空，实在难以想象，这竟是七十亿人的家园——目前只有三个人对克里夫具有意义。

原本应该会有四个人……但无论如何，他就是舍不得让宝宝也历经同样的别离。他从未见过自己的幼子，从此也不可能见到了。

最后，他终于想不到还有什么可说。有些事，穷尽一生的时间也不够；有些，一小时都嫌太多。他身心俱疲，想必玛拉也是。他暂时想和自己的思绪、和繁星独处，理清一切，与宇宙、与世事无常和解。

"亲爱的，我先暂别一小时左右，"他说，他无须解释理由，因为他俩已太了解彼此，"我等等……晚一点再打给你。先这样，再见。"

他等了两秒半，等到地球端也传来道别，便切断线路，无神地瞪着眼前狭小的控制台。突然，克里夫还没意识到，泪水就从他双眼迸流而出，不一会儿他已像孩子般号啕大哭。

他为家人而哭，也为自己哭。他为原本能够拥有的未来流泪，为即将幻灭的希望流泪；不久后，生还的希望就会化为闪着白光的蒸汽，溢散于繁星之间。他哭泣，也因为实在没有其他的事可做。

一阵子后，克里夫感觉好些了。他发现自己非常饿。饿着肚子赴死实在没什么意义，于是他开始翻找厨房（其实只有橱柜般大）所有的太空配给口粮。他正将一管鸡肉与火腿口味肉泥挤进嘴里时，发射中心来电。

连线彼端出现一个新的嗓音，听来徐缓、稳重，且极有能力，仿佛在他手下，就算没有生命的机器也不容胡闹。

"我是范·凯塞尔，太空载具部门的维修主管。听好了，利兰，我们找到可能救你的办法了，成功概率不高，但却是你唯一的机会。"

希望与绝望反复涌现对神经真是不小的负担，克里夫突然感到一阵晕眩；要不是无重力使他动弹不得，他一定已经倒下了。

"请说。"克里夫回神后微弱地说，并听范·凯塞尔解说。他的心情从急切渐渐转为不可置信。

“不敢相信这会有用！”他最后说，“这完全不合理啊！”

“你不可能辩赢电脑的，”范·凯塞尔答道，“电脑已经用二十种不同方式测试数据，而且绝对合理。你抵达远月点时的速度已经没那么快，只需要猛力一蹬，力道就足以改变你的轨道。你有穿过深空装备吗？”

“没有，当然没有！”

“可惜，算了不重要。只要照着指示做，不太可能出错的。装备应该会在舱体最底的置物柜里，拆开封条把装备拿出来。”

克里夫从控制台到舱体底部，整整飘了六英尺，拉下写着“紧急逃生用－17型深空太空服”的拉杆，置物柜门打开，闪亮的银色布料松垮垮地挂在他眼前。

“脱掉外衣，把太空服穿起来。”范·凯塞尔说，“先别管维生装备，没关系，等等再装上即可。”

“穿好了，”克里夫立即说，“接下来要做什么？”

“你接着要等二十分钟，我们会给你信号，然后你要打开气闸往外跳。”

克里夫突然听懂“跳”这一字的含义。他环顾周围，这个已经变得熟悉、舒适的狭小舱体，又想到外头繁星间什么都没有的虚空——那可是连回声也没有的无底洞，纵身一跃，可能到了时间的尽头也触不到底。

克里夫从未暴露于太空中，他从没这么做的理由。出身农家的男孩，念到农学硕士，从撒哈拉开垦计划借调至月球，目标是在月球种植作物。太空并不适合他；他所属的世界，若非有土壤与岩石，便有尘土和真空中形成的多孔浮石。

“我办不到，”他悄声说，“没有别的办法了吗？”

“没有，”范·凯塞尔干脆地答道，“我们正在尽全力救你，这可不是神经质发作的时候！许多人曾落得更惨的境地，身受重伤、困在百万英里之外的船骸中，迟迟盼不到救兵。你连擦伤也没有却在尖叫！振作起来！否则我们就挂断了，那就是你自作自受。”

克里夫缓缓脸红了，过了几秒才回答。

“我没事了，”他最后说，“再跟我讲一次指示吧。”

“好多啦，”范·凯塞尔赞许地说，“再过二十分钟，当你抵达远月点时，到气闸口去。从那之后，我们与你之间的通信就断了，而你太空服的无线电通信范围只有十英里。不过我们会用雷达持续追踪你的位置，等你回到发射中心附近，我们就能呼叫你。好了，至于太空服上的控制钮……”

二十分钟飞逝。到了最后，克里夫已经相当清楚该怎么做，甚至已经相信会成功。

“逃命时间到，”范·凯塞尔说，“太空舱的方位没错，气闸口对着你该去的方向。不过，方向不是最要紧的，速度才是。尽可能用力地跳，祝你好运！”

“谢谢，”克里夫尴尬地说，“刚才抱歉了……”

“别放在心上，”范·凯塞尔打断他，“快点行动！”

克里夫最后一次环视舱内，检查是否有所遗漏。他所有个人物品都带不走，但那些都称不上不可或缺。接着，他想起那一小罐答应带给布莱恩的月球尘，这次可不能再让儿子失望了。仅仅几盎司，应该不至于对他的命运造成太大影响。他把绳线绕过瓶口，固定在太空服的套带上。

气闸相当小，他几乎没有移动身体的空间。他像三明治般被夹在内层与外层闸门之间，等待自动充气程序完成。围栏缓缓开启，他面前即是星空。

克里夫用戴着手套的手指，笨拙地把自己拽出气闸，站在弧度极大的舱壳上，紧紧抓着安全索。眼前景象壮阔无比，完全震慑了他。瞬间，克里夫忘记自己有多害怕眩晕发作或周围有多么危险。他终于不受潜望镜的视野局限，能将景色尽收眼底。

底下月球是个庞大月牙，日夜边界形成一个锯齿状的圆弧，延伸占满四分之一天空。太阳正在下山，月球漫长的夜晚刚要开始。然而，最高的几座山峰仍映着残阳，顽抗步步进逼的夜，孤独地在黑暗中发光。

而且，夜晚并非漆黑一片。尽管太阳已经沉至地平线以下，几乎盈满的地球光芒四射。衬着地球的反射光，克里夫可以看见月球凹陷的“海”与高地轮廓，虽然暗淡，却仍相当清晰；山峰峰顶如孤星般闪耀，陨石坑则是一圈圈深黑。克里夫正飞越一片幽魂之土、沉睡之地，而这片土地正意图把他拽向死亡。他现在已到轨道最高点；这里，即是往地球或月球的分野。该行动了。

克里夫弯起双腿，抵住舱壳蹲下。接着，他用尽全身力气朝繁星一蹬，任由安全索在他身后放长。

太空舱以惊人速度向后退；同时，克里夫的感受完全出乎意料。他原本预期自己会感到恐慌或眩晕，而非这种深刻、如影随形的熟悉感，仿佛这一切曾经发生过。当然，他这辈子未曾发生这种事，而是别人面临过类似的情况。他无法确切记起，但现在也不适合绞尽脑汁回想。

他迅速瞥过地球、月球和不断后退的太空舱，便无意识地做出决策。他按下快拆扣头，安全索便往后挥舞而去。他现在孑然一身了，距离月球地表两千英里，距离地球二十五万英里。除了等待，他无计可施；得再等两个半小时，他才能获知自己的肌肉是否完成了火箭无法完成的任务，以及自己能否生还。

繁星在他周围徐徐旋转，他突然想起刚刚那恍惚记忆的来源。那是他曾读过的爱伦·坡作品[1]；虽然已经事隔多年，但有谁真的能忘掉爱伦·坡笔下的故事呢?

故事主角同样受困于大漩涡之中，即将被卷入毁灭；他也同样希望抛下自己的船可成功逃生。尽管个中运作原理截然不同，两人的命运却极其相似。爱伦·坡笔下的渔夫藏身于木桶中，因为圆柱形的物体被卷入漩涡的速度比船更慢；这是应用流体动力学的惊人范例，克里夫只希望自己于天体力学的应用亦能相得益彰。

他从太空舱跳下的速度能多快呢？至少也有时速五英里吧，从“天文数字”的尺度算来，或许微不足道，但应足以将他推至新轨道——这个新轨道，若照范·凯塞尔向他保证的，最低仍将维持于月球上方数英里。虽然差不了多少，但因为月球形同真空，克里夫不至于受困于大气层中终至坠落。

克里夫突然想起，他从未依约再打电话给玛拉，出于罪恶感，心中一阵痉挛。这都是范·凯塞尔的错；工程师一直叫他做东做西，不让他有时间好好思考。而范·凯塞尔却是对的；这种情况下，每个人都只能顾及自身当下的事务。所有的资源、心智与体力，都只能以存活为目标。生死攸关，没有为爱情分心或伤神的余地。

克里夫现在朝着月球夜侧疾行。他看着日侧的月牙渐渐缩小，太阳那难以直视的圆盘已完全没入弯曲的天际线之下。月牙越来越细，燃烧的一线光芒如弓，正对着星空。接着，细弓亦碎裂为十几颗闪亮的碎珠，随着他持续朝夜侧前进，闪烁的日光也一一熄灭。

日光消失后，地球映照的光就更显灿烂，他沿着轨道徐徐自转时，身上的太空服仿佛铺上一层银。他每自转一圈约花十秒；克里夫既无法停止自转，也相当享受眼前景色不断变换。现在，他的视线不

① 即《莫斯可漩涡沉溺记》。——译者注

受偶尔出现的日光干扰，可以窥见繁星上千。完全入夜之前，可见星体大概只有几百；现在，原本熟悉的星座被骤然绽放的群星所掩盖，最耀眼的行星也因为星光灿烂而失色。

夜侧的月球如椭圆形的暗影，静躺于繁星之下，随着克里夫越离越近，月球也逐渐膨胀。时不时有星体（无论暗淡或明亮）翻越椭圆圆盘的边缘，眨个眼就消失了，仿佛太空中有个洞逐渐长大，正要吞噬整座天空。

除了每十秒自转一圈，克里夫再无指标可观察自己的移动距离或时间流逝。他看了看表，惊讶地发现他已经离开太空舱半小时。他本想在群星中搜寻太空舱的踪迹却失败了，现在舱体想必已经落后好几英里了。但是，由于舱体的轨道较低，会比他先坠落在月球表面。

过去几小时的紧绷，加上无重力带来的欢快感，其产物令克里夫困惑不已，深感矛盾；他原本以为不可能，但在太空服进气口的微弱嘶嘶声催眠之下，他又像羽毛般飘浮于空中，克里夫便在星空陷入无梦沉眠。

克里夫因为潜意识的催促而醒来，地球已经在月球天空的边缘了。此景突然又使一波自怜涌现，他花了一会儿才控制好自己的情绪。这将是他最后一次瞥见地球了，他将沿着轨道回到月球远侧，那里不曾见到地球的光。耀眼的南极冰冠、赤道云带以及太平洋上的粼粼波光，全都迅速地沉落于月球高山后方，一去不复返。太阳与地球都离他而去了，底下暗得无形的大地，漆黑无光，简直刺痛他的双眼。

接着，他发现下方深色圆盘竟出现一群星团，简直不敢相信。那里怎么会有星体呢？克里夫惊讶地盯看几秒，才发现自己正飞越月球远侧的人类聚落之一。在这个加压圆顶屋聚成的城镇里，民众等着消磨月球的漫漫长夜，安眠、工作、休憩、争论着。他们知道他像隐形的流星一样，正以时速四千英里划过他们上方的天空吗？想必是的；

想必现在全月球以及全地球，都已经听说他的悲惨命运。或许，他们正以雷达和望远镜找寻他的身影。但他们可能没剩多少时间找着他，几秒内，他就会飞离他们的视线范围，远侧上方又只剩孤独与他相伴。

他完全无法估量自己的高度，底下只有一片空白与虚无，无从比较远近与规模。有时，他感觉自己若伸出手，便能触及下方的黑暗大地，但他深知，自己其实仍距离地表好几英里。然而，他也知道自己仍在下降，而陨石坑的外墙或任何一座山峰，随时都可能无形地伸手，把他从空中拽下来。

前方的黑暗中矗立着一座终极障碍，也是克里夫最为害怕的：从月球远侧中心点开始，沿着赤道，横亘着一道长达一千英里的高墙，阻断了南北交通，即是苏维埃山脉。一九五九年山脉被发现时，克里夫还只是个男孩；他还记得当时看到那些月球三号率先拍到的模糊照片。他未曾梦想过自己有朝一日将直直朝着山脉飞去，静候山脉决定他的命运。

第一道曙光炸开时，克里夫完全措手不及。日光就在他眼前爆炸，从一座山峰跳至另一座，直到地平线绘出一条圆弧的火焰。克里夫正冲出黑夜，与太阳短兵相接。至少，他不会在黑暗中孤独死去；但最大的危险还未降临。他现在已经几乎要回到原地，接近轨道的最低点。他瞄了下太空服的天文定时器，发现距离出发已过了整整五个小时。几分钟内，他就要撞上月球——或轻轻擦过，安全地回到太空中。

据他的观察，他距离地表不到二十英里，而且他还在下降（不过现在下降的速度非常慢了）。在他下方，朝阳洒向月球地貌，画出匕首般的长影，刺向仍处于黑夜的大地。阳光斜射使地表每个隆起都显得特别突兀，连低矮的小丘，在光影衬托下，看起来也像峻岭高山。而现在，地势无疑正在升高，渐渐挤成苏维埃山脉的山脚；岩石形成的波浪，沿着月球地表逐渐攀升，虽然仍在一百多英里外，克里夫却以每秒一英里的速度向它迈进。无论如何，克里夫都无法避开；他的路径已经固定，不可能变动了。所有能做的，早在两个半小时以前，都已经做了。

但仍不够，他不可能飞过眼前的高山，倒是高山正要翻越他。

他开始后悔没有拨第二通电话给那个远在二十五万英里外、现在恐怕仍静静等待的女子。不过这样也好，他已经无话可说。

太空中其他通信的声音倒是渐渐传入他的耳中，因为他已经进入与发射中心的通信范围。他行经山岭的遮蔽时，人声便忽远忽近；他们都在谈论他，但他没有因此更在乎谈话内容。克里夫以一种旁观者的兴致倾听，仿佛是来自遥远时空，或与他无关的消息。有次，他清楚听见范·凯塞尔的嗓音："跟卡利斯托号的船长说，我们一确定利兰经过近月点，就会马上把拦截轨道传给他。会合时间为一小时五分钟后。"真抱歉要让你们失望了，克里夫心想，我赶不上会合啰。

那堵石墙已经在五十英里外，每次克里夫无助地转向它，山岭看起来都又拉近了十英里。现在已经没有任何乐观的余裕，他就像猎枪子弹，一边旋转，一边射向无可避免的障碍。这就是他人生的终点了。而他究竟会正面撞上，眼睁睁地看着一切呢，还是像懦夫一样背对死亡？这突然显得相当重要。

克里夫的过往回忆并未像跑马灯一样闪过，他在心中默默倒数。他徐徐地旋转，月球地貌在他下方渐渐开展，炽烈的朝阳使每处细节都更为清晰。现下，他正背对着直冲而来的高山，回望来时路，本应通往地球的旅途。他为时十秒的一"日"顶多只能再过三次。

接着，月球地表突然爆发寂静的火焰。如太阳般刺眼的光芒驱逐了所有斜映朝阳的长影，朝下方的山峰与陨石坑抛出烈火。火焰只闪现了一瞬，在克里夫得以转向光源时，便已完全消散。

克里夫正前方约二十英里处，一朵巨硕的尘云正往繁星膨胀，仿佛苏维埃山脉中有火山爆发了——但那不可能！克里夫第二个想法同样不切实际，他以为远侧工程部门完成了艰巨的组织与后勤任务，帮他把眼前的障碍物炸飞。

因为，苏维埃山脉真的不见了！前方天际线出现一个新月形的巨大缺角，像被咬了一口，而岩石与碎片仍从五秒钟前不存在的陨石坑往上冒。只有原子弹才有如此大的威力，还要精准地在他经过前引爆，才可能成就如此奇迹。但克里夫不相信奇迹的存在。

他又自转了一周，几乎到了山脉正上方才想起来，其实一直有辆宇宙推土机在他前头隐秘地前行。他抛下的太空舱，其动能（重达一千吨、速度超过每秒一英里）确实足以在山峰上轰出那么一个缺口，让他能呼啸而过。人造陨石坑造成的冲击，想必已经彻底撼动月球远侧。

自始至终，他的运气都很好。尘埃附着于他的太空服时，发出短暂的噼啪声，他隐约看见四处都是发光的岩石与烟雾形成的云朵。（在月球上看见云，实在太诡异了！）接着，他便已穿越山脉，前方空无一物，只有福庇的天空。

在他上方某处的一小时旅程外，卡利斯托号正沿着他目前的轨道前来会合。但克里夫一点也不着急；他已从大旋涡中逃脱。不管怎样，他都已重获新生。

他的右前方数英里处便是发射轨道；它看来像月球额上的发际线。再过不久，他就会进入通信范围。满怀感恩与喜悦，他终于可以拨第二通电话回地球，与在深夜的非洲仍静静等待的那个女子说说话。

（译者：张芸慎）

家有人猿

1962年5月首次发表于《公子》（*Dude*）
收录于《十个世界的故事》

这个故事及时地提醒我们，永远不要低估我们那些动物同伴的能力。

奶奶觉得这个主意简直糟透了。随后，她便怀念起人类仆人大行其道的日子。

“你居然以为……”她嗤之以鼻，“我愿意跟一只猴子住在同一屋檐下？那你可大错特错了。”

“别这么保守嘛。”我回答，“再说，朵卡丝也不是猴子。”

“那她……它是什么？”

我翻了翻生物工程公司的说明书。“奶奶，听听这个。”我说，“超级黑猩猩——注册商标潘·赛比恩斯[①]——是一种智力发达的类人猿。它们在原始黑猩猩的血缘基础之上，经过选择性培育及基因修改……”

① 潘·赛比恩斯：Pan Sapiens，字面意为“泛智人”。

1937 1938 1939 1942 1946 1947 1949 1950 1951 1952 1953 1954 1955 1956 1957 1958 1959 1960 1961 1962 1963 1964 1965 1966 1967 1968 1970 1971 1977 1984 1986 1992 1998 1999

“我就说嘛！一只猴子！”

“……所以掌握了大量词汇，因此可以理解简单的命令，经过训练之后，还可以承担起所有家务和常规性的体力劳动。它们性情温顺、和平、卫生，尤其适宜照顾孩子……”

“孩子？让约翰尼和苏珊跟一只……一只大猩猩待在一起，你能放心吗？”

我叹了口气，把手册放到一边。

“你说到点子上了。朵卡丝很贵的，要是我发现那两个小坏蛋敢欺负她……”

幸好这时，门铃响了。“请您签字。”送货员对我说。我签好字，朵卡丝就这样走进了我们的生活。

“你好，朵卡丝。”我说，“希望你在这儿过得愉快。”

她眉骨高耸，下面长着一对大大的眼睛，忧伤地凝视着我。她只是外形比较独特而已，实际上，我见过有些人类长得还不如她呢。她大概有四英尺高，身宽差不多也有四英尺，穿着整洁而朴素的制服，看起来就像二十世纪早期电影里的女仆，只是她光着脚，脚掌很大，遮住了好大一块地面。

“早安，太太。”她回应道，声音有些含糊，但足以让人听懂了。

“她能说话！”奶奶惊叫起来。

“是的。”我回答，“她现在能说五十多个单词，能听懂两百个词汇。和我们一起生活，她还能学到更多，不过到那时，我们必须在词汇表的第四十二和四十三页上把她新学的词标注出来。”我把说明书递给奶奶。这一次，她居然找不到一个单词来形容此时的感受。

朵卡丝很快便适应了这里。她已经受过最基本的训练——A级家务，外加照顾孩子的课程——而且表现非常好。头一个月过去之后，她几乎没有做不了的家务，从布置餐桌到给孩子换衣服，简直样样精通。只是最初，她有一个坏习惯，喜欢用脚拿东西。她的脚和手一样灵活，这是她的天性，我们用了好长时间才把她纠正过来——最后，还是奶奶的烟头起了作用。

她的脾气非常好，勤勤恳恳，认真谨慎，还从不顶嘴。当然了，她也不是特别聪明，有些工作需要讲解好久，才能让她掌握要点。我花了好几个星期，才算认清她也有智力上的局限，并渐渐接受了这一点。一开始，我老是把她当成人类来看待，当我们在一起时，还总会跟她聊一些女性之间的话题，结果自然是对牛弹琴了。不过，她对衣服总是显得很感兴趣，对颜色搭配更是着迷。如果我允许她随心所欲地打扮一番，她准会把自己弄得像刚从四月斋前狂欢节回来的难民似的。

当我发现孩子们也很喜欢她，这才松了一口气。我知道在别人眼里，约翰尼和苏珊是个什么样子，也知道他们说的基本都是实情。我的丈夫长时间不在身边，教育孩子确实是件棘手的事，更糟的是，奶奶已经背着我把他们给宠坏了。同样被宠坏的还有埃里克，只要他的飞船返回地球，我就得面对他的臭脾气。千万不要嫁给宇航员，最好离他们远远的。尽管他们薪水很高，可你们之间的热情很快就会被磨光。

这一次，埃里克自金星航线返回，积攒了三周的假期，我们的新"女仆"也已成为了家中的一分子。埃里克很快就接受了她，毕竟他已经在其他星球上见识过更多奇异的生物了。当然了，一听说雇用朵卡丝需要一大笔开销，他也是满腹牢骚。但我对他讲，现在大部分家务已经不用我来操持了，我们之间有了更多时间，还能出去拜访一下朋友——过去我们就发现，多拜访朋友有助于人际交往。我也想多花些时间用于社交，反正朵卡丝可以照顾孩子们。

虽然戈达德空港位于太平洋中心，可我们还是会有很多社交活动（自从迈阿密发生事故以后，所有大型发射站都被建在了远离人烟的地方）。来自世界各地——尤其是某些偏远角落——的旅游者和观光客络绎不绝，其中不乏大名鼎鼎的人物。

每个社交圈子里都会有一位名流，他/她是时尚与文化的代名词，会让所有竞争对手黯然失色，他/她总是被模仿，却从未被超越。在戈达德空港，这个人就是克丽丝汀·斯万森。她的丈夫是太空部的一位准将，而她从来不会让别人忘记这一点。每当有宇航舰船降落于空港时，她都会邀请基地里的所有官员，到她那座既时尚又仿古，有着十九世纪风格的豪华宅邸里参加晚宴。一旦收到邀请，最明智的选择就是接受，除非你能找到一个绝佳的托辞，否则，还是硬着头皮去看克丽丝汀的油画吧。她自诩为一个艺术家，家里的墙壁上挂满了五颜六色的涂鸦。出于礼貌，大家只在私下里说，它们不过是克丽丝汀的晚宴上的公害之一。至于另一大公害，则是她那根一米来长的烟嘴。

在埃里克上一次飞向太空之前，克丽丝汀又有了一批新的“画作”——她还声称自己已经进入“方正”时代。“尊贵的来宾们，你们要知道，”她对我们解释说，“那些老旧的长方形油画已经过时很久了——它们与如今的太空时代格格不入。在外太空，上与下、水平与竖直，已经没什么区别了，所以在现代画的构图中，不应该再让一条边长于另一条边。为了追求完美，各边的长度应该保持一致，无论你怎么挂，效果都完全相同——目前我正在朝这个方向努力。”

“听起来很合理。”埃里克圆滑地说（毕竟，准将是他的上司）。等我们的女主人走远了，他又加了一句：“我不知道克丽丝汀的画挂的方向对不对，我只知道它们压根儿不配被挂到这面墙上。”

我表示同意。结婚以前，我在一家艺术学院上了几年学，自觉在画画这方面也算有些造诣。我已经给足了克丽丝汀的面子，也该叫她长长见识了。我想起了自己的画布，它现在还尘封在车库里呢。

“你知道吗，埃里克？”我有些促狭地说，“只要我肯教，朵卡丝都能画得比她还好。”

他大笑起来：“那倒挺有意思，不如改天试试吧，看克丽丝汀会不会失控。”随后，我就把这事忘了个一干二净——直到一个月后，埃里克自外太空归来。

这场冲突的起因已经无关紧要了。那是一次有关社区发展的会议，我和克丽丝汀意见相左，各执一词。结果，同往常一样，赢家还是她。我火冒三丈地离开了会场，等我回到家时，第一眼看到的就是朵卡丝，她正在看一本周刊上花花绿绿的插图——于是我想起了埃里克说过的话。

我放下手提包，摘掉帽子，坚定地说：“朵卡丝，随我来车库！”

车库里堆满了没人要的玩具、从前的圣诞装饰物、潜泳装备、空空的包装盒，还有破损的工具（看来在埃里克飞回太空之前，他不会有空去收拾一下车库了）。我们费了好大的劲儿才翻出颜料和画架，还有几张尚未完成的油画，现在倒是可以重新开始了。我选中一张风景画，上面只有一棵孤零零的小树。我说：“从现在起，朵卡丝，我要教你画画。”

我的计划很简单，但说句实话，不算太光彩。我听说在过去，猩猩只会用颜料在画布上一通乱涂乱抹，没有任何一只猩猩能画出真正意义上合格的画作，我敢说朵卡丝也不行。但没有人知道我会成为她的代笔，别人只会对她交口称赞。

再说，我也不打算彻底欺骗别人。我会设计构图，调好颜料，画好大部分画面，然后让朵卡丝像做其他家务一样照葫芦画瓢。我希望她能把画板上空余的部分都涂满，要是顺便还能创造出某种独特的技法就更好了。照我估计，如果幸运的话，她应该可以完成至少四分之一的工作，那样，我可以理直气壮地宣称这幅作品完全是她自己画的——就算是米开朗琪罗和列奥纳多·达·芬奇，他们的某些“名作”不也是先由助手大体完成，然后才签上他们的大名吗？而我，就是朵卡丝的“助手”罢了。

但我必须承认还是有点儿失望。尽管朵卡丝很快就明白了应该怎么做，也学会了怎么使用画笔和调色板，可她画出来的东西简直没法看。她好像连该用哪只手画画都搞不清楚，经常把画笔由一只手换到另一只。到最后，画作几乎还是由我全部完成，她唯一的贡献不过是在画布上草草涂抹了几根线条。

当然，我原本就没指望朵卡丝上了几堂课就能变成艺术大师。没关系，哪怕她真的没什么艺术细胞，只要我稍加掩饰，让别人相信所有作品都出自她手，倒也不难。

我一点儿也不着急，这种事情本身也急不得。几个月后，朵卡丝速成艺术班终于交上了十几幅作业。所有作品的主题都经过精挑细选，十分契合戈达德空港这位超级黑猩猩大师的身份。比如说近海环礁湖的写生、我家房子的特写、夜间发射飞船的景象（全是一团团明亮刺眼的强光）、钓鱼时的场景，还有一片棕榈树林——没错，虽然尽是些老掉牙的题材，但绝不会让人产生怀疑。在朵卡丝来我家之前，除了饲养并训练她的实验室，我猜她没怎么见过外面的世界。

我把最棒的几幅画（有几幅确实很不错——毕竟，我的眼光还是很准的）挂在我家屋子里，几位到访的朋友想看不到都难。这些作品的画工堪称完美，朋友们见了都赞叹不已，我却“谦虚”地说不是我画的，然后他们就会发出一声惊呼：“是真的吗？”有些人还会表示怀疑，但我很快便打消了他们的疑虑。我特意挑选了几位朋友现场观摩朵卡丝的创作——这些人对艺术几乎一窍不通，在他们看来，那些画不过是红色、金色和黑色颜料的抽象混搭，根本无法做出评价。在这种场合之下，朵卡丝的表现也是有模有样，就像一个电影演员在假装演奏一件乐器。

为了让大家把消息散播出去，我把最好的几件作品都送了人，在朋友们眼里，我只把这些画当成了有点儿意思的装饰品——同时送出的还有几丝“愠怒”。“我雇朵卡丝是让她给我干活，”我故作气愤地说，“不是让她开画展！”我还十分小心地避免把朵卡丝和克丽丝汀的画放在一起做对比，但我们共同的朋友会自行看到二者之间的差距。

后来，克丽丝汀来找我。名义上是因为上次争吵之后，她希望我们能像“两个明智的人”一样和解，但我很清楚她的真实目的。我们坐在客厅里喝茶，对面的墙上高高挂着朵卡丝最得意的代表作（一轮明月自环礁湖上升起——月色清凉、忧郁，充满神秘风情）。我诚恳地向她道歉。我们压根儿没谈到这幅画，也没谈到朵卡丝，但看着克丽丝汀的眼神，她心里在想什么我可是心知肚明。一周之后，她原本已经准备好的一场画展静悄悄地取消了。

据赌徒们说，在风头最盛的时候退出赌局才是明智之举。如果当时我能静下心来想一想，我应该猜得到克丽丝汀不会就此善罢甘休，她迟早会还击的。

她选了个好时机。当时我的两个孩子正在上学，奶奶出去串门了，我则在小岛另一头的购物中心里闲逛。她应该先是打了个电话，证实我家里没人——家里的确没有“人”。我们早就告诉朵卡丝不要接电话，她刚来我家时试着接过，可惜到最后也没成功。就算是超级黑猩猩，在电话里一听也像个醉鬼，让他们接电话只会引发一系列麻烦。

我能推想出整个事情的来龙去脉——克丽丝汀开车到我家，因为我不在家而“备感失望”，于是不请自入。她没有浪费时间，而是直接去询问朵卡丝。幸运的是，为了预防这种情况，我已经和自家的类人猿女士演习过了。“是朵卡丝画的。”每次我们画完，我都会一遍又一遍地教她这么说，“不是我家太太，是朵卡丝画的。”到最后，我敢说连她自己都是这么认为的。

朵卡丝只能说五十个单词，再加上我对她的洗脑，应该能让克丽丝汀迷糊一阵子，但她不可能一直迷糊下去。朵卡丝生性温顺、驯服，克丽丝汀却是个直脾气，既然她下定决心要戳穿我俩串通好的骗局，那么她一定会径直闯入我家的车库兼画室。一旦发现真相，她肯定会非常满意，当然还会感到一点点惊讶。

半个小时后，我才回到家。一看到克丽丝汀的车子停在路边，我就知道事情不妙，我只希望自己回来得还算及时。我走进大门，却发现屋子里安静得有些诡异，我意识到已经晚了。但情况有点儿不对劲。克丽丝汀的嘴是闲不住的，就算身边只有一只黑猩猩当听众，她也会说个不停。对她来说，安静就像一张雪白的画布，必须要用她自己的声音来填满。

房子里一片死寂，完全没有生命的气息。我的心中油然升起一阵恐惧，不由得踮起脚穿过客厅、饭厅、厨房，一直走出后门。车库的门开着，我凑到门边，屏气凝神，往里偷窥。

见到真相的那一刻让我叫苦不迭，朵卡丝果真摆脱了我的影响，还自创了一套绘画技巧。只见她运笔如飞，自信满满地画着——用的却不是我精心教给她的笔法。至于她绘画的内容……

那幅画令克丽丝汀如此愉悦却也让我受到了深深的伤害。鉴于我为她付出的一切，朵卡丝这么做简直就是忘恩负义。当然，其实我也知道，朵卡丝心中并无恶意，她仅仅是在展示自己的才华。后来，她的这幅作品在古根海姆现代艺术博物馆展出，有些心理学家和评论家为这荒谬的提案写了推荐信，他们还说，朵卡丝的自画像闪烁着耀眼的光辉，在人与动物之间搭建了一座桥梁，让整个人类第一次站在局外人的角度重新审视自己。可惜当我把朵卡丝领进自家厨房时，却没能看到这一点。

让我心烦意乱的不光是她的画，真正难以释怀的，则是我长期以来已然根深蒂固的观念。我浪费了那么多时间改善她的绘画技巧——还有她的行为方式。但在当时，她坐在画架前，两手静静地叠放在胸口，那一瞬间，我教给她的一切都已烟消云散。

同样是这个瞬间，开启了她作为一个独立艺术家的职业道路。那个时候，我痛苦地发现，其实朵卡丝的天赋还有很多，哪怕她只伸出一只敏捷的脚掌，也是我的双手所远远不及的。

（译者：邹运旗）

闪亮魅影

1964年8月首次发表于《花花公子》（*Playboy*）
收录于《来自太阳的风》

这篇小说再次显示了我对海洋深处的神秘生物有多么着迷。而且，早在一九六二年，它就暗示了俄国人里也有好人，可说是相当大胆。

当交换机显示苏联大使馆正在线上时，我的第一反应是：好——又有活干了！然而，等到贡恰罗夫刚一开口，我就知道麻烦来了。

“克劳斯吗？我是米哈伊尔。你能马上来一趟吗？有急事，我没法在电话上说。”

在去使馆的途中，我担心了一路，想要为我们这头可能出现的失误找借口。但我想不到能出什么错。眼下，我们和俄国人之间没有未执行完的合同。最后一项工程在六个月之前就完成了，准时且令他们完全满意。

原来，他们现在对那个工程又不满意了，我很快就发现了这一点。商务参赞米哈伊尔·贡恰罗夫是我的老朋友，他跟我说了他了解的所有情况，但信息并不多。

“我们刚收到锡兰的紧急电报，”他说道，“他们叫你马上去一趟。水热项目出现了严重的问题。”

“什么样的问题？”我问道。不过，不用问我也知道问题肯定出在深层，因为我们只负责了那个部分的安装。俄国人自己搞定了所有的陆上工程，但他们不得不依靠我们来安装印度洋底三千英尺深的水下网格。世界上没有哪家公司能配得上我们的口号：任何工程，任何深度。

“我只知道，”米哈伊尔说道，“现场工程师报告说系统完全瘫痪了。再过三个星期，锡兰首相就要给工厂举行启用典礼了。如果到时候还解决不了问题，莫斯科会非常非常不高兴。”

我在头脑里迅速过了一遍合同的惩罚条款。公司应该没事，因为客户已经签了接收证书，认可了我们的工作已符合标准。当然，事情没那么简单，如果确实是我们这头出现了疏忽，我们也许能逃脱法律上的责任——但肯定会对生意造成极坏的影响。而且，对我个人的影响会更糟糕，因为我是亭可深水项目的负责人。

请不要称我为潜水员，我恨这个称呼。身为一个深水工程师，其实我用到潜水器具的机会很少，就像飞行员不怎么会用到降落伞一样。大多数的工作都通过监视器和遥控机器人来完成。每当不得不下去时，我会坐在一艘配备了机械手的微型潜艇里。我们称它为龙虾，因为它也有钳子；它的标准型能对付五千英尺的水深，特殊型则能胜任马里亚纳海沟底部的工作。我自己从来没去过那地方，但如果你感兴趣的话，我可以给你个报价。粗略估计，每英尺大概会要你一块钱，每个工时再另加一千。

当米哈伊尔说到有架喷气式飞机正在苏黎世等着我，并问我是否能在两个小时内赶到机场时，我意识到俄国人是认真的。

“听着，”我说道，“没有装备我什么也干不了——光是用于检查的装备就重达好几吨。况且，它们都在斯培西亚[①]停着呢。”

“我知道，”米哈伊尔以不容拒绝的口吻说道，“我们会安排另一架运输机。一旦等你到锡兰确定了还需要别的什么，我保证十二小时内把它们送到现场。但请不要和任何人谈起此事，我们不想让其他人知道。”

我同意了，因为它可能是我惹出来的。我离开他办公室时，米哈伊尔指着墙上的日历说了声“三个星期”，并用手指在脖子下面划了一道。我知道他指的不是他自己的脖子。

两个小时后，我飞在了阿尔卑斯山的上空。用电台和家人道别后，我开始懊悔为什么自己不像其他有头脑的瑞士人那样找份银行的工作，或是干手表生意。都是皮卡德一家和汉尼斯·凯勒的错，我阴郁地想着，世上那么多国家，为什么非得是这几个瑞士人开创了深潜的传统呢？瞎想了一阵子之后，我决定睡上一觉，担心自己在未来的一段日子里睡不了多少了。

拂晓过后不久，我们降落在了亭可马里[②]。这是一个巨大的、错综复杂的港口——我一直都没能搞清它的地形。

---

① 斯培西亚：意大利城市。
② 亭可马里：斯里兰卡东北部港市。

它就像是一座迷宫，里面有海角、岛屿、交错的水道，还有大到足以装下全世界海军的港池。我能看到高耸的白色管理大楼，造型有些夸张，矗立在一片俯视着印度洋的海岬上。大楼的选址纯粹是出于宣传——当然，如果我是俄国人，我会说是为了提升“公共形象”。

我其实并非在嘲讽我的客户，他们有足够的理由骄傲，因为这是有史以来在利用海洋热能上最具野心的尝试。它不是最早的：早在二十世纪三十年代，法国科学家乔治·克洛德曾有过一次不成功的尝试；还有一次规模更大些的，是在二十世纪五十年代非洲西海岸的阿比让。

所有的这些项目都有赖于一个令人称奇的事实：即使在热带，一英里深处的海水温度也几乎到了冰点。再加上几十亿吨的海水，这个温差就代表了巨大的能源——以及向能源匮乏国家的工程师提出的挑战。

克洛德和他的后来者曾尝试通过低压蒸汽引擎来利用这个能源，俄国人则使用了一个更为简单和更为直接的办法。早在一百多年前，科学家就已经发现，你只需加热材料的一头，同时冷却它的另一头，就可以在众多材料里产生电流。自从二十世纪四十年代以来，俄国科学家就一直在尝试将这种“热电效应”投入应用。早期的装置效率不高——但仍足以用煤油灯的热来为上千台收音机供电。到了一九七四年，他们取得了一个重大的、仍属保密的突破。虽然是我安装了系统冷端的发电单元，但我并没有见过它们的真面目，因为它们被防腐层完全覆盖了。我只知道它们形成了一个巨大的网格，就像是众多老式的蒸汽暖气片拼装在一起。

有一小群人等在亭可跑道上，我认出了其中的大多数。

朋友也好，敌人也好，总之他们见到我都挺高兴——尤其是总工程师夏皮罗。

“说说吧，列夫，”坐在车里出了机场时，我开口说道，“出什么问题了？”

“我们不知道，”他直白地说道，“你来找到问题——并把它修好。”

“好吧，那发生了什么？”

“本来一切都很好，全功率测试也做了，”他回答道，“输出值在理论值百分之五的误差范围之内。但就在星期二的凌晨一点三十四分。”他咧了咧嘴，显然这个时间已刻在他心里，“电压开始剧烈波动，我们只好切断载荷，检查了仪表。我还以为有哪个笨船长钩到了电缆——你知道我们费了多大劲来阻止此类事情的发生——因此我们打开探照灯搜索海面。视野范围里并没有船。总之，有什么船会在这么个能见度良好、风平浪静的夜晚下锚在港口外呢？

除了观察装置、不断测试之外，我们也做不了别的什么。等到了办公室，我给你看所有的图表。四分钟之后，整个系统断路了。好在我们能确定断开的确切位置——它位于最深的部位，就在网格上。问题应该出在那地方，不在系统的这一头。”他指着窗外，又阴郁地加了一句。

我们刚驶过太阳池——相当于传统热机中的锅炉。这是俄国人从以色列人那里借来的点子。它只是个浅水塘，底部涂成黑色，里面装满高浓度的卤水。它是一个高效的捕热装置，太阳光能把液体加热到近两百华氏度。沉在液面下的是热电系统的“热”网格，埋深约为两英寻。粗大的电缆将它们连到我的单元上——位于亭可港入口处的海沟，水深有三千英尺，温度也低了一百五十度。

“我猜你已经检查过是否有地震了？”我心有不甘地问道。

“当然。地震仪上没有任何显示。”

“鲸鱼呢？我警告过你它们可能会带来麻烦。”

一年多以前，正当往海里铺主导线时，我跟工程师提起过，有条抹香鲸在南美被离岸半英里的海底电报线缠住并淹死了。还发生过其他十几起类似的事件——但我们这里似乎不属于其中。

“这是我们想到的第二个原因，”夏皮罗回答道，“我们联络了渔政部门、海军和空军。海岸附近没有鲸鱼。”

就在此时，我停止了推理，因为听到了令我不太舒服的东西。和所有的瑞士人一样，我在语言上有天赋，已学会了不少的俄语。然而，你不必成为一个语言学家，也能听懂“蓄意破坏”这个词，因为它和德语的发音相当接近。

这个词出自迪米特里·卡尔普欣口中，项目的政治委员。我不喜欢他，工程师也不喜欢他，有时还会故意粗鲁地对待他。一个老派的政治人物，一直未能走出斯大林的影响，他怀疑苏联外部的一切，也怀疑内部的大多数。“蓄意破坏”是一个合他胃口的解释。

话说回来，如果亭可电力项目失败，肯定有很多人会幸灾乐祸。从政治上来说，苏联的形象将会受损；从经济上来说，它会影响超过几十亿的利益，因为一旦水热电厂成功，它将与石油、煤炭和水电形成竞争，尤其是核能受到的影响会更大。

然而，我真的不相信什么“蓄意破坏”。毕竟，冷战已经结束。可能只是有人想对网格采样，手法粗放了一点。但这种猜测的可能性也不高。我能掰着手指数清这世上有几个人能胜任这么一份工作——其中有一半是我公司的雇员。

水下摄像器材在当天晚上到了，忙了一整晚之后，我们在一艘小艇上装好了摄像机、显示屏，还有一英里长的同轴电缆。就在我们驶离港口时，我感觉自己看到了一个熟悉的身影站在码头上，但距离太远，再加上满脑子都是事，我不敢确定看到了什么。况且，实话告诉你，我不是一个好水手，我只是到水下才会觉得自在。

我们比照着圆岛灯塔进行了仔细的定位，并将小艇固定在网格的正上方。随后，模样像个微型深海潜水器的自推进摄像机被放下船舷。我们盯着显示器，注意力也跟着它一起下去了。

水下异常清澈，也异常空旷。但接近海底时，我们看到了一些生命的迹象。一条小鲨鱼游了过来，盯着我们看。接着，一个水母一张一缩地漂了过来，后面跟着个像是大蜘蛛的东西，上百条毛茸茸的腿协调一致地伸缩摆动着。最后，海沟那倾斜的崖壁映入眼帘。我们正中目标，那里有多条粗壮的电缆伸向海沟深处，和六个月以前我对安装做最终检查时看到的情景一样。

我开启低功率喷射装置，让摄像机沿着电缆沉了下去。电缆的状况近乎完美，依然牢牢地锚在我们打在岩石上的销钉上。最后，直到看见网格本身，我才注意到了不正常的地方。

你看过车子撞上灯柱后，它的散热器会变成什么样子吗？这么说吧，有一段网格看着就是那个样子。有东西撞到它了，就像是有疯子用大锤子狠狠地把它砸了一顿。

我身后那几个正探着脑袋看的人发出了震惊加愤怒的叫声。我又听到有人在低语“蓄意破坏”，大家都觉得这不再是胡说八道了。只有另一种可能性能造成眼前的景象，那就是从高处滚落的大石。但是，海沟的崖壁经过了非常严格的检查，杜绝了这种可能性。

不管原因是什么，受损的网格肯定是要替换掉的。不过，在我的龙虾——整整二十吨——到来之前，我们什么也做不了。整个工休期间，它都躺在斯培西亚港口的仓库里。

“说吧，”等我在屏幕上完成视觉检查并给受损的地方照了相之后，夏皮罗说道，“要多长时间才能修好？”

我不想给出承诺。我在水下生意上学到的第一课就是没有哪项工作能按期完成。成本和时间的估计从来都是不准的，因为只有当你将合同执行到一半之后，你才能确定面临的挑战到底是什么。

我私下估计应该需要三天。于是，我说道：“要是一切顺利的话，应该不超过一个星期。”

夏皮罗叫了起来：“你不能再快点吗？”

“我不想用不切实际的承诺来误导你们。总之，我在最后期限之前还给你们留了两个星期。”

他应该是满意这个结果的，尽管在回港口的路上他一直在跟我讨价还价。但等我们到了港口之后，他又有了新的麻烦。

“早上好，乔。”我跟那个仍耐心等在码头上的人说道，“我在出海的时候就看到你了。你在这里干什么？”

“我也想问你同样的问题。”

“那你最好去问我的老板。夏皮罗总工，这位是乔·沃特金斯，《时代周刊》的科学记者。”

列夫的反应并不热情。原本他最喜欢和新闻人员打交道，每周都会搞一次采访。随着最后期限的临近，更多的记者会从四面八方赶来，当然也包括苏联。但此刻，即使是塔斯社[①]，也会像《时代周刊》一样不受欢迎。

看到卡尔普欣是如何接管眼前这个局面的让人觉得好笑。从那一刻起，乔彻底被一个叫作谢尔盖·马尔科夫、脾气温和、负责公共关系的年轻人缠上了，他成了他的向导，外加心灵和饮酒上的伙伴。无论乔怎么努力，就是甩不掉他。当天下午，在夏皮罗的办公室开完一个累人的长会后，我在政府的招待所里吃迟到的午餐时，撞到了他们。

“这里有什么情况，克劳斯？”乔可怜巴巴地问道，“我闻到了麻烦，但没人承认。”

我搅着咖喱，想要在头脑里分清哪些是安全的信息，方便透露给他。

“我不能透露客户的信息。”我回答道。

“你以前不是挺能说的吗，”乔提醒着我，“你给直布罗陀大坝做踏勘的时候，忘了？”

“噢，是的。”我承认道，“我也感谢你帮我发表了文章。但这次事关商业机密。我——呃——在做些最后的调整，为了提高系统的效率。”

这话当然也是真的；我的确希望能提高系统的效率，因

① 塔斯社：苏联的国家通讯社，曾是世界五大新闻通讯社之一。

为现在项目的价值只是零而已。

“是吗，”乔酸了我一句，“非常感谢。”

“那么，”我说道，想尽快把他打发走，“你又有什么疯狂的推理呢？”

作为一个十分优秀的科学记者，乔对各种奇谈怪论有着异样的喜好。或许这是一种逃避现实的表现。我碰巧知道他也会写科幻小说，尽管他对雇主严格保守了这一秘密。他迷恋鬼怪、超感官知觉、飞碟等东西，但失落的大陆才是他真正的专长。

“我的确有两个推理，”他承认道，“是我在对这个故事做研究时产生的。”

“接着说。”我说道，目光却不敢离开咖喱。

“有一天，我看到了一张地图——托勒密的，省得你非得问是谁画的——是有关锡兰的。它让我想到了我收藏的另一张古地图，我把它找了出来。它上面也有同样的中央山脉，也有同样的流域体系通向大海，但它是亚特兰蒂斯的地图。”

“不会吧！”我叹了一口气，“我们上次见面时，你让我相信了亚特兰蒂斯是在西地中海盆地。”

乔露出了迷人的微笑。

“我也会犯错误，不是吗？总之，我还有一个更有力的证据。锡兰古时的名字叫什么？提醒你一下，现代僧伽罗语里也这么称呼它的。”

我想了一秒钟，随后发出了惊呼：“老天！是兰卡，肯定是。兰卡——亚特兰蒂斯。”这两个名字从我嘴里滑了出来。

“没错，”乔说道，“但仅有这两条线索，不管多么有力，还是不能构成完整的推理。到目前为止，我也就掌握了这么多。”

“太遗憾了，”我说道，真的很失望，“那你的另一个推理呢？”

“它肯定会让你跳起来的。”乔沾沾自喜地说道。他伸手去够那个总是随身带着的破公文包，从里面掏出了一捆纸。

“这件事就发生在离这里一百八十英里的地方，刚过一百年。你应该能注意到，我的消息来源非常可靠。”

他递给我一张复印件，我看清了那是《伦敦泰晤士报》一八七四年七月四日的一个版面。我不以为然地读了起来，因为乔总是时不时会拿出一两张旧报纸。但我的冷淡并没有维持多久。

简而言之——我可以给你介绍个大概，如果你想了解具体情况，你当地的图书馆可以在十秒内给你发份传真——文章描述了重达一百五十吨的帆船珍珠号在一八七四年五月初离开锡兰，然后在孟加拉湾陷入无风带。到了五月十日，就在入夜之前，一只巨大的乌贼在离船半英里的地方浮出水面，然后船长愚昧地用他的来复枪朝它开火了。

乌贼朝珍珠号笔直地冲过来，并用触手卷住桅杆，把船拉翻了。它很快就沉了，连带淹死了两名船员。剩余的船员运气好，半岛东方航运公司的蒸汽船斯塔霍恩号刚好在附近目睹了事件的经过，并把他们救了。

“怎么样？”乔等我读完第二遍之后问道，“有什么想法？”

“我不相信海里有怪物。”

“《伦敦泰晤士报》，”乔回应道，“可不是那种街边小报。大王乌贼也确实存在，可惜我们见过的最大的也只是些没什么力气的懒家伙，重量不超过一吨，但它们的触手能长达四十英尺。”

“那又怎么样？这种家伙没法拖沉一艘一百五十吨重的帆船。”

“没错——但有大量证据表明，所谓的大王乌贼只是一种大个的乌贼而已。海里可能还有别的十足目动物，它们才称得上是真正的巨人。因为就在珍珠号事故一年之后，有人在巴西海岸附近看到一头抹香鲸在巨大的触手里挣扎，最后被拖入海底。你可以在一八七五年十一月二十号出版的《伦敦新闻画报》上读到这个故事。还有，别忘了在《白鲸》里有一章……”

“哪一章？”

“还用问？就是叫‘乌贼’的那一章。我们都知道梅尔维尔是个非常仔细的观察者——但在这一段他却写得很含糊。他描述了在平静的一天，有一个白色的巨大物体在海面上升起，‘像是雪崩，刚从山上滑落’。它就发生在这里的印度洋，大概在珍珠号事件以南约一千英里。请注意，两者的天气状况完全是相同的。

“皮廓德号上的人看到的浮在水面的东西——这一段内容我能倒背如流，我研究过太多遍了——是一团‘巨大的软糊状物体，长度和宽度都有好几个弗隆，大致呈奶油色，从中心向四周辐射出无数的长触手，盘旋扭曲，如同一窝蟒蛇’。”

“请等一下，”一直在全神贯注听着我们谈话的谢尔盖说道，“弗隆是什么？”

乔看着有点尴尬。

“它的意思是八分之一英里——也就是六百六十英尺。”他抬起一只手，想让我们停下怀疑的笑声，“噢，我相信梅尔维尔不是真的想表达这个意思。他是一个每天都能碰到抹香鲸的人，所以在描绘一个更大的物体时，他肯定要用一个不同的长度单位，因此他下意识地从英寻跳到了弗隆。总之，我是这么来理解的。”

我推开了面前没吃完的咖喱。

“要是你打算把我从我的工作上吓走，”我说道，“很遗憾，你彻底失败了。不过，我可以跟你保证——假如我真的碰到一只大王乌贼，我会剪下它的一只触手，带回来当礼物。”

二十四小时后，我坐在龙虾里又去了那地方，朝着受损的网格处徐徐下潜。行动不可能保密，乔就在附近的一艘小艇上，充当着好奇的旁观者。这是俄国人的问题，不是我的；我曾建议过夏皮罗，干脆把乔拉进我们的圈子算了，但不用想也知道，这个建议被卡尔普欣那多疑的斯拉夫脑袋给否决了。我几乎能看穿他的想法：为什么一个美国记者会在这个时候出现？他忽略了一个显而易见的答案，现在的亭可马里本身就是个大新闻。

深水作业没有什么刺激或迷人的地方——假如一切正常的话。刺激意味着没有做好充分的准备，也意味着你不够资格。不够资格的人无法在我这个行当内玩太久，那些渴望刺激的人也干不长。我带着一种淡淡的情绪开始了工作，就如同水管工要去对付一个漏水的龙头。

网格设计的出发点就是要易于维护，因为它们迟早是要被更换的。幸好螺纹都没受损，动力扳手一下子就把安全螺帽卸下了。随后，我操控起大功率的钳子，轻松地将受损的网格夹了起来。

水下作业来不得半点匆忙。要是想在短时间内干太多的活，你肯定会犯错误。况且，假如事情进展顺利，原本说要干一周的活，结果你一天就干完了，客户也会觉得花了冤枉钱。因此，尽管确信当天下午就能换完网格，我还是夹着受损的部分浮上水面，结束了当天的工作。

水热单元以最快的速度被送去检验，我则将整晚的时间都花在了躲避乔上面。亭可是个小地方，但我藏进了本地的电影院，从而成功地躲开了他。我看了好几个小时的、似乎总也完不了的泰米尔电影，接连三代人在电影里经历了一模一样的家庭危机，看错了人、酗酒、遗弃、死亡和发疯，全片都是彩色的，声效也开到了最大。

第二天一早，虽然略微有些头疼，我还是在拂晓之后就去了现场。（乔也是，还有谢尔盖，两人准备好了安安静静地钓上一天的鱼。）我爬进龙虾时，还冲着他们愉快地挥了挥手，随后供应船上的吊车将我吊起并放下船舷。在船的另一侧，也就是乔看不到的那一侧，替换用的网格也被放下水了。下潜几个英寻后，我把它从吊篮里夹了出来，带着它一起潜到亭可海沟的底部，并在当天下午就将它安装完毕，没有遇到任何麻烦。在上浮之前，我拧上螺帽，焊上导线，岸上的工程师也完成了连通测试。等我回到甲板后，系统再次加上载荷，一切都回归了正常，甚至连卡尔普欣都笑了——但一想起那个还没人能回答的问题时，他又笑不出来了。

我仍然倾向于相信落石是问题的根源——因为我愿意往好处想。我希望俄国人也能接受这个解释，好让我们结束与乔之间那个愚蠢的捉迷藏游戏。

没那么走运。当夏皮罗和卡尔普欣两人都拉长着脸来找我时，我脑子里蹦出了这个想法。

“克劳斯，”列夫说道，“我们需要你再次下去。”

“反正是你的钱，”我回答道，“但你们想让我干吗？”

“我们检查了受损的网格，有一截水热单元不见了。迪米特里认为——有人——故意把它掰下来并带走了。”

“那他们的手法也太粗糙了，”我回答道，“我跟你保证，肯定不是我的人干的。”

在卡尔普欣身边开这种玩笑很危险，而且也没人觉得好笑，甚至我本人也不觉得。因为从这一刻起，我开始觉得他的怀疑有可能是对的。

我最后一次潜入亭可海沟时，太阳就快落山了，但白天的结束对下面来说没有区别。在下潜的头两千英尺，我没有开灯，因为我喜欢观察海里的发光生物。它们在黑暗中闪烁着，有时甚至会在观察窗外突然爆出一团亮光，就像是点燃了火箭。在这片开阔的水域，没有相撞的风险，而且我还开着全方位的声呐，它比我的眼睛更管用。

在四百英寻处，我意识到了有东西不对劲。海底已显示在纵向回声仪上——但它接近的速度相当慢，也就是说我下降的速度变得太慢了。我可以轻易地加快速度，只需往另一个浮筒里充水——但我不想匆忙行动。在我的行当里，任何一个反常现象都需要解释；因为耐心地找解释，我已经救了自己三次。

温度计给了我答案。外面的温度比正常值高了五度，我很惭愧地向你承认，我竟然考虑了几秒钟才想到了原因。

就在我下方几百英尺处，修复完毕的网格正在全功率运行，在试图平衡亭可海沟和陆上太阳池之间温差的同时，向外散发着百万瓦的热能。当然，它不可能做到平衡，但在这么做的过程中，它产生了电力——而作为副产品的热泉则在一直把我往上推着。

当我终于抵达网格时，由于上升的水流，很难将龙虾固定在一个位置上，而且随着热能钻入舱室，我开始出汗了，感觉不太舒服。在海底热得难受，对我来说是一个全新的体验。我也不习惯上升的海水造成的幻影效应，搞得探照灯光在我搜索的岩石表面不断地跳跃和晃动。

你必须想象一下，在五百英寻下的漆黑之中，灯光闪闪烁烁，我沿着崖壁缓慢下降，此处的崖壁已如房顶一样陡峭。丢失的单元——如果它还在的话——在落到海沟底部之前应该不会漂得太远。我应该能在十分钟之内找到它，要么就永远找不着。

搜索了一个小时后，我找到一些坏了的灯泡（难以置信，竟然有这么多灯泡被扔下了船——世界各处的海底都能找到它们），一个空啤酒瓶子（同样的感慨），和一只崭新的靴子。那是我找到的最后一样东西，因为就在此时，我突然发现这里并非只有我一个人。

我一直没关掉声呐扫描，甚至在不移动的时候，我仍然会每隔一分钟看一次屏幕，以掌握周边的情况。现在有情况了，一个巨大的物体——至少和龙虾一样大——正从北部向我接近。当我注意到它时，它离我大概有五百英尺的距离，仍在缓慢接近中。我关掉了探照灯，也关闭了帮龙虾固定在乱流中、以低功率运行的喷射装置，开始随波逐流。

虽然很想呼叫夏皮罗，通知他附近有动静，但我最终还是决定先收集更多的信息。世界上只有三个国家拥有能在这个深度作业的船只，我和它们的关系都很好。要是匆忙间卷入了不必要的政治旋涡中，对我可没什么好处。

虽然没了声呐我会变成瞎子，但因为不想广播我的存在，我还是心有不甘地关了它，开始仅靠肉眼观察。任何一个在此深度作业的人都需要灯光，正常情况下，在他们看见我之前，我早就能看到他们了。因此，我守候在热烘烘、静悄悄的舱室里，眼睛注视着黑暗，有些紧张，但不是特别担忧。

在不知多少距离的远处，先是出现了一个昏暗的光斑。接着，它变得越来越大，越来越亮，然而却一直没能显现出任何我能辨识的形状。原本漫射的光线渐渐聚焦成了无数个光点，到最后它变得像是个星座向我驶来。我就好像是站在了某个靠近银河中心的世界上，看着星系内的星云慢慢升起。

说人害怕未知的事物其实是不对的；人只会害怕已知的事物，害怕他们已有的经验。我无法想象是什么东西在向我接近，但不管是什么，都无法隔着六英寸厚、质地优良的瑞士钢甲对我染指。

那东西闪烁着自己创造的光芒，眼看就快撞上我时，却分裂成了两朵独立的云。渐渐地，它们进入了焦点——不是我眼睛的焦点，而是我理解力的焦点——这个从深渊里升起的东西让我感觉既美丽又恐怖。

首先产生的是恐怖。看清了那正在接近的东西是乌贼后，我脑子里闪现出乔讲过的故事。随后，当我意识到它们的长度只有二十英尺左右时，我又大大地松了一口气。只比龙虾长一点，重量也只有它的零头。它们无法伤害我。况且，它们那无法用语言描述的美丽，已然掩盖了它们所有的威胁。

这些话听上去有点假，但确实是实情。在以前的旅行中，我已看到过这个世界上绝大多数的动物，但没有哪一种能比得上漂浮在我眼前的幽灵。它们身上脉动着彩色的光芒，看上去像是穿了珠宝做的衣服，而且每隔两秒颜色就会变换一次。有些色块还发出了耀眼的蓝光，仿佛一盏闪烁的汞弧灯，然后眨眼间又变成了燃烧的霓虹。它们的触手仿佛一串串发光的弹珠，在水中摇曳着——就像是你在夜间从空中俯视着高速公路旁的路灯。在光晕之中，勉强能看清它的巨眼，活脱脱就是人类的眼睛，眼里蕴藏着智慧，每只眼睛的周围都裹着一圈闪亮的珍珠。

对不起，但这已经是我能做出的最佳描述。只有摄像机才能真正地捕捉到这些活万花筒的风采。我不知道自己盯着它们看了多长时间。我被它们闪亮的魅影深深吸引了，几乎忘了自己的任务。显然，网格肯定不是被这些灵巧的、鞭子般的触手弄坏的。但这些生物在此处的出现，至少值得去研究。我能想象卡尔普欣会称之为疑点。

我正打算呼叫水面时，却看到了神奇的一幕。它其实一直在我眼前发生着，但直到此刻我才意识到了这一点。

乌贼们在相互交谈。

那些闪亮却又转瞬即逝的图案并不是随机产生的。我突然间明白了，它们就如同百老汇和皮卡迪利广场的灯箱广告一样有明确的意义。每隔几秒钟就会出现一个我几乎能看懂的画面，但在我做出解读之前，它又消失了。当然，我知道就连普通的章鱼也能通过迅速的颜色变换来展示自己的情绪——但眼前的这个显然要高了好几个等级。这是一种真正的交流：两个有生命的电信号，正相互间闪烁着信息。

在看到了无疑是龙虾的画面后，我最后一丝的怀疑也消失了。尽管不是科学家，但在那一刻，我体会到了牛顿或是爱因斯坦在取得重大发现之后的喜悦。这肯定会让我成名的……

紧接着，画面又变了——以一种极其古怪的方式。龙虾再次出现，但变小了很多。在它旁边，还有两个小得多的、样子怪异的物体。它们都由一对黑点和从黑点辐射出的十根线条组成。

我刚说过，我们瑞士人擅长学习语言。然而，你无需太过聪明也能推断出它其实是乌贼眼中的自画像。展示在我眼前的是现场情况的一张草图，但为什么乌贼要画成这么小呢?

我还没来得及做出猜测，画面又变了。第三只乌贼出现在了活的屏幕上——而且这一只很大，完全把那两只比了下去。信息在此处的永夜里只闪现了几秒钟，随后展示了该画面的那只生物以惊人的速度游走了，将我单独留给了它的同伴。

到了现在，意义已经很明显了。“老天！”我冒出一个想法，“它们觉得没法对付我。它去找它们的大哥来了。”

至于大哥有多大能力，我掌握了比乔·沃特金斯更好的证据，尽管他做了相当多的研究，收集了众多的剪报。

为此，我打算尽快脱离现场——你应该不会感到奇怪吧。但在离开之前，我也想跟它们说上几句。

在黑暗之中悬浮了这么长时间，我都忘了探照灯的威力了。它刺痛了我的双眼，肯定也没让那只倒霉的乌贼好受。在灯光野蛮的照射之下，它身上的闪光被彻底掩盖，失去了风采，变成一团苍白的果冻，上面嵌着两只黑色的果子，那是它的双眼。有那么一瞬间，它似乎吓得都瘫痪了，随后它朝着同伴离去的方向飞也似的逃窜了，我则上浮去往一个从此变得不同的世界。

“我找到了你的破坏者，”在他们打开龙虾的舱盖时，我跟卡尔普欣说道，“如果你想知道他是谁，就去问乔·沃特金斯。”

我故意让迪米特里困惑了一阵子，欣赏着他的表情。随后我给出了稍加编辑的报告。我暗示——没有明确承认——我碰到的乌贼绝对有能力做出所有的破坏。但是，我没有说出看到的对话，这只会引起怀疑。况且，我也需要时间来好好琢磨一下，怎么才能解决问题——如果可以的话。

乔给了我很大帮助，尽管他知道的并不比俄国人多。他跟我说了乌贼的神经系统有多么发达，还解释了它们中有些种类能在刹那间变换外表，通过一种瞬时的三色印刷能力，因为它们的体表布满神奇的“载色体”网络。这应该是一种伪装能力的进化，它似乎能自然地——甚至可以说是必然地——发展成一个沟通系统。

但有件事让乔觉得忧心。

“它们在网格旁边干什么呢？”他一直皱着眉头问我，“它们是冷血无脊椎动物。它们应该不喜欢热，就跟不喜欢光一样。”

乔想不明白。我却想通了。事实上，我认为它是整个谜团的关键。

我现在能肯定，这些乌贼出现在亭可海沟的原因和人类去往南极或是上月球的原因一样。纯粹是科学上的好奇心引得它们离开冰冷的家，来调查海沟崖壁上冒出的热泉。这里出现了一个奇异且无法解释的现象——还可能会威胁到它们的生活。因此它们叫来了体形巨大的表亲（仆人？奴隶！）帮它们取了一截样本用以调查。我无法想象它们有能理解它的希望，毕竟就在一个世纪之前，即使连地球上的科学家也无法做到。但它们做出了尝试，这才是关键。

明天，我们开始实施反制措施。我会回到亭可海沟，装上高强度的灯光，夏皮罗希望此举能赶走乌贼。但这个诡计能支持多久呢，一旦有智慧正在深处觉醒？

我坐在古老的弗雷德里克城堡的城垛上，看着月亮在印度洋上升起，同时录下一段话。如果一切顺利，这段话倒是一个不错的开篇（乔一直在劝说我写一本书），可以接着它往下写，把这次经历写出来。如果不顺——那就……喂，乔，我在跟你说话呢。请你按照你的意思随便改吧，我为没能给你和列夫所有的事实而感到抱歉。现在你该明白为什么了吧。

不管会发生什么，请记住：它们是美丽且神奇的生物，如果可以的话，请试着跟它们和平相处。

收件人：莫斯科电力部

发件人：列夫·夏皮罗，亭可马里水热电力项目总工程师

克劳斯·穆勒先生最后一次下潜后，我们在他的个人物品中找到了一份录音。随信附上录音完整的文字稿。我们感谢《时代周刊》的乔·沃特金斯在某几个要点上的帮助。

你应该还记得，穆勒先生最后能听清的对讲是说给沃特金斯先生听的，信息如下：“乔！你对梅尔维尔的理解是对的！这东西绝对巨——”

（译者：老光）

秘密

1963年8月11日首次发表于《本周》（*This Week*），标题为《月亮上的秘密》

收录于《来自太阳的风》

亨利·库珀到了月球快两周之后才发现出了问题。刚开始只是无端的怀疑，一种预感，一个冷静的科学记者不会太把它当真。毕竟，他是应联合国太空署的请求来这里的。太空署一向注重公共关系——尤其是在批预算之前。没办法，一个过于拥挤的世界哭着喊着需要更多的道路、更多的学校和更多的海上农场，并抗议在太空里浪费了好几十亿的资金。

所以他来了这里，再次巡游月球，每天传送回两千字的报告。好奇心已经磨平了，但这个相当于非洲大小的世界上仍然充满着奇迹和神秘——全貌虽已绘制成图，却几乎未被探索过。离开加压穹顶、实验室和航天站不远处就是张着大嘴的旷野，吸引着人们不断前来接受挑战。

当然，月球上有些部分已变得太过熟悉。还有谁没见过在雨海尘土上留下的陨坑？亮闪闪的金属铭牌用地球上的三种官方用语宣布着：

在此处

世界标准时间20:01

1959年9月13日

首个人造物体抵达另一个世界

库珀参观过月球二号的坟墓——以及继它之后的那位登月者更出名的坟墓。但这些东西都属于过去，就像是哥伦布和莱特兄弟，都已消退在了历史里。现在，他关心的是未来。

当他在阿基米德航天站降落后，站长显然很高兴他能到访，并亲自关怀了他的行程。交通、住宿和官方向导都安排得十分妥当。他可以去任何他想去的地方，问任何他感兴趣的问题。太空署相信他，因为他写的报道一向准确，态度也相当友好。但现在游览出了问题，他不知道原因，他决心要找出来。

他拿起电话说道：“接线员？请接警察局。我想跟警务总监通话。”

钱德拉·库马拉斯瓦米应该配了制服，但库珀从来没见他穿过。根据约好的，他们俩在小公园的入口处碰了面，小公园是柏拉图市最主要的骄傲和休闲场所。在人为的二十四小时“一天”的早晨时段，这里几乎是空的，他们可以不受打扰地交谈。

他们走在狭窄的石子路上，谈起了旧时光，谈起了他们在大学里共同的朋友，以及行星间政治的最新动向。等他们走到公园的中间，就在漆成蓝色的大穹顶正下方时，库珀开始说起了正题。

“你掌握月球上发生的一切，钱德拉，”他说道，“你也知道我来这里是给太空署做个系列报道——并且希望在回到地球后能以此写本书。但为什么有人要在我面前隐瞒东西呢？”

想要催促钱德拉是不可能的，他回答问题时总是有自己的节奏，而且因为嘴里叼着手工的巴伐利亚烟斗，也不怎么方便说话。

“什么人？”他终于问道。

“你真的不知道吗？”

总监摇了摇头。

“一点都不知道。”他回答道。库珀知道他说的是实话。钱德拉可能会沉默，但绝不会撒谎。

“我就怕你会这么说。好吧，如果你知道得不比我多，那我就跟你分享一条我仅有的线索——它让我害怕。医学研究部想把我挡在外面。”

“嗯……”钱德拉回答道，并将烟斗拿在了手里，若有所思地看着它。

“你不说些什么吗？”

“你没跟我说太多的线索。记住，我只是个警察，我缺乏记者那种敏锐的想象力。”

“我只能跟你说，我跟医学研究部接触得越深，气氛就变得越诡异。上一次我来这里时，每个人都很友好，还跟我说了很多有趣的故事。但现在我连部长都见不到了。他要么总是很忙，要么是去了月球的另一面。话说回来，他是个什么样的人？”

“黑斯廷斯博士？一个脾气暴躁的小个子。非常能干，但不容易共事。”

“他想隐瞒什么？”

“认识你这么久了，我相信你肯定想到了些有趣的推理。”

“噢，我想到过毒品、贪污，还有政治阴谋——但在目前的形势下，它们都没道理。因此剩下的原因让我起了鸡皮疙瘩。”

钱德拉的眉毛扬成了一个沉默的问号。

“行星间瘟疫。”库珀直白地说道。

“我还以为这是不可能的。”

“是的——我自己也写过文章，证明其他行星上的生命形式因为其化学结构太另类，无法跟我们相互作用，我们的微生物和寄生虫花了好几百万年的时间才适应了我们的身体。但我一直都怀疑这结论是否正确。假如有一艘船从火星回来，带来了非常凶猛的玩意儿——就连医生也无法对付呢？”

长时间的沉默后，钱德拉开口说道：“我会开始调查。我也感觉不好，因为有一个事件你可能还不知道。上个月医学部有三个人疯了——这种情况相当、相当罕见。”

他瞥了一眼手表，然后又看了眼人造天空。天空看上去离我们很远，其实它离我们的头顶只有两百英尺。

“我们还是快点离开吧，”他说道，“再过五分钟就到晨雨时间了。”

两个星期之后，电话来了，而且是在半夜——真正的月球夜晚。根据柏拉图城市的时间，现在是周日的早晨。

“亨利？我是钱德拉。你能在半小时后跟我在五号气闸见面吗？好的——到时候见。”

终于来了。库珀知道五号气闸意味着他们要到穹顶的外面去。钱德拉肯定发现了什么。

月球车行驶在尘土和岩石压成的崎岖道路上，缓缓离开了城市。因为司机的存在，他们之间没怎么对话。在南部的天空，低垂的地球几乎是个整圆，给地狱般的风景投下了明亮的蓝光。库珀暗自想着，不管一个人怎么努力，也无法将月球描绘成一个迷人的地方。但是，大自然能严守自己的秘密，要想找到迷人的地方，人们必须去探寻。

城市里众多穹顶已然落在了异常弯曲的地平线下方。很快，月球车驶离了大路，开上了一条几乎看不见的小路。十分钟后，库珀看到前方有一个亮闪闪的半球，矗立在一条孤立的岩石山脊上。还有一辆车停在了入口旁，车上画着红十字符号。看来，他们不是唯一的访客。

他们也不是不速之客。随着他们接近穹顶，气闸朝他们伸出了一根粗软管，摸索着在月球车表面找到了位置并固定到位。随着压力的平衡，你能听到嘶嘶的声音。随后，库珀跟着钱德拉进入了建筑物。

气闸操作员领着他们穿过弧形的走廊，随后沿着辐射状的通道走到了穹顶的中央。时不时地，他们能瞥见各种实验室、科学仪器、计算机——都显得十分普通，而且因为是星期日的早晨，也无人在操作它们。向导催促他们进了一间圆形的大房间并在他们身后关上了门，库珀暗自揣测他们肯定是已经抵达了此建筑的中心。

这里是个小小的动物园。他们身边摆满了各种笼子、箱子和罐子，里面装着种类繁多的来自地球的动物和植物。在房间中央等着他们的是一个矮小的、头发灰白的男人，他看上去非常忧虑，也非常不高兴。

“黑斯廷斯博士，”库马拉斯瓦米说道，“这位是库珀先生。”总监扭头看了眼他的旅伴，接着说道，“我说服了博士，这是唯一能使你安静的方式——也就是跟你坦白一切。”

“老实说，”黑斯廷斯说道，“我也无所谓了。”他的声音飘忽不定，仿佛快要失去控制。库珀想着，嘿，又有一个人快要疯了。

科学家没有浪费时间在握手之类的礼节上。他走向其中一个笼子，拿出了一团毛茸茸的东西，并把它递给了库珀。

“你知道这是什么吗？”他突然开口问道。

“当然。一只仓鼠——最普通的实验室动物。”

“是。”黑斯廷斯说道，“一只非常普通的金毛仓鼠。只不过它已经五岁了——和这个笼子里的其他仓鼠一样。”

“是吗？那有什么奇怪的？”

“噢，不奇怪，一点都不奇怪……除了一个小问题，仓鼠的寿命只有两年。而我们这里的有些家伙都活了十年了。”

有那么一阵子，没人开口说话，但房间里并不安静。到处都传来沙沙声、爬行声和抓挠声，还有隐约的呜咽声和小动物的叫声。随后，库珀小声叫了起来：“老天——你找到了延长生命的办法！”

“不是我，”黑斯廷斯坦白道，“不是我们找到的。是月球给我们的……它就在我们的鼻子尖底下。”

他似乎重新控制了自己的情绪——仿佛又变回了一个纯粹的科学家，只是为了发现本身而欣喜，并不在意发现能带来的好处。

“在地球上，”他说道，“我们整个一生都在和引力做斗争。它磨损了我们的肌肉，拉着我们的胃变了形。在七十年的时间里，心脏得提着血液爬高多少英里？这其中所有的努力，所有的劳累，在月球上都降低到了六分之一。一个一百八十磅重的人在这里只重三十磅。”

“我明白了，”库珀缓慢地说道，“仓鼠能活十年——人呢？”

“并不是简单地成正比，”黑斯廷斯说道，“它跟物种和体形相关。甚至在一个月以前我们都无法确定。但现在我们已经相当有把握了：在月球上人类的寿命至少能到两百岁。”

“那你们还一直在保守这个秘密！”

“你这个笨蛋！你不明白吗？”

“别急，博士——别急。”钱德拉柔声说道。

黑斯廷斯再次控制住了自己，可以看到他用了很大的力气。他开始用一种冰冷的语气说话，话音如同冰冷的雨滴渗入了库珀的脑海。

“想想那上面的人，”他指着头顶上方看不见的地球说道，月球上没人能忽视那个亮闪闪的存在。“他们有六十亿，挤满了所有的大陆——现在甚至都挤进了海底。而在这里——”他指着地面，“我们只有十万人，生活在一个几乎空荡荡的世界上。但在这个世界里，我们需要科技和工程上的奇迹才能存活，在这里，一个智商高达一百五的人甚至都无法找到工作。

“现在我们发现自己能活两百年。想象一下他们对此会做出什么反应！现在它是你的问题了，记者先生，你自找的。请告诉我——我真的很想知道——你将如何把这个消息告诉他们呢？”

他等待着，等待着。库珀张开了嘴，然后又闭上了，不知道该说什么。

在房间远处的角落里，有只小猴子发出了叫声。

（译者：老光）

转弗兰肯斯坦，请按F键

1965年1月首次发表于《花花公子》（*Playboy*）

收录于《来自太阳的风》

一九七五年十二月一日格林尼治时间凌晨一点五十分，世界上所有的电话都响了起来。

有两亿五千万个人拿起了听筒，怀着愠怒或是疑惑听了几秒钟。那些在半夜里被叫起的人以为是远方的朋友打来了电话，因为就在前一天，宣传到人尽皆知的卫星电话系统刚投入了使用。但线上没有人说话，只有一个声音，在很多人耳里听着像是大海的咆哮。还有一些人觉得那是竖琴的琴弦在风中震动的声音。然而，就在那一刻，还有更多的人回忆起了一个童年时期的神秘之声——血液在血管里脉动的声音，跟把贝壳罩上耳朵之后听到的声音一样。不管是什么，总之它延续了不超过二十秒，随后就被拨号音取代了。

世界上的用户们暗自咒骂着、嘟囔着“打错了”，随后挂上了电话。有人想打电话去投诉，但电话似乎总是占线。几个小时之后，所有人都忘了这件事——除了那些身负重任、需要对此种事件加以关注的人。

在邮政研究院里，争论持续了整整一个早上，却毫无头绪。在午餐期间它也没能平息，饥饿的工程师们蜂拥着去了街对面的小餐馆。

“我仍然认为，”威利·史密斯说道，他是个固态电子工程师，“那只是一个暂时的电涌，是卫星网络接入时引发的。”

“肯定跟卫星有关，”电路设计师朱尔斯·雷纳同意道，“但为什么会延迟？卫星是午夜接入的，电话是两个小时之后才响的——我们都是那个时候被吵醒的。”他猛地打了个哈欠。

“你怎么看，博士？”计算机程序员鲍勃·安德鲁斯问道，“你一早上都没怎么说话。你肯定有什么想法吧？”

约翰·威廉姆斯博士，数学处的头头，窘迫地晃了晃身子。

“是的，”他说道，“我有。但是你会觉得我在胡扯。”

“没关系。即便它跟你用笔名写的那些科幻小说一样扯，仍然能给我们一些线索。”

威廉姆斯的脸红了，但只红了一点点。大家都知道他的那些小说，他也不觉得有什么难为情的。毕竟，它们都被收录在了一本书里。（是那种五先令一本的廉价图书，他本人手里还有两百多本。）

“好吧，”他在桌布上比画着说道，“这想法我在脑子里琢磨了好几年了。你们考虑过自动电话交换系统和人脑的相似之处吗？”

“难道还有谁没想过吗？”他的一个听众接嘴道，“这想法能一直追溯到格拉汉姆·贝尔。”

“可能吧。我并没有说它是我的想法。我的意思是现在已到了认真对待它的时候了。”他斜着眼睛不满地看了看桌子上方的日光灯管，这个雾气朦胧的冬日需要它们来提供光明，“这些灯管是怎么回事？它们闪了足足有五分钟了。”

“别管它们了。可能是梅奇忘了付电费了。你接着跟我们讲你的推理吧。”

“大部分都不是推理，都是简单的事实。我们知道人类的大脑是一个交换系统——神经元——通过神经以一种精巧的方式互联在一起。自动电话交换系统也是一个交换系统——选择器等等——通过电线连在一起。”

“同意，”史密斯说道，“但这个类比站不住脚。大脑里应该有一百五十亿个神经元吧？这可比一个自动交换系统里的交换器多多了。”

威廉姆斯的回答被一个低飞的喷气式飞机打断了。他不得不等着小餐馆停止了震动之后才接着往下说。

“从来没听过它们飞得这么低，”安德鲁斯抱怨道，“应该违法了吧。”

“肯定是，不过别担心——伦敦机场管理局会抓他的。”

“我觉得不会，”雷纳说道，“刚才就是伦敦机场在引导一架协和飞机降落。但是我从来没听到过协和机能飞得这么慢。幸好我没在上头。”

“我们还要不要继续这该死的讨论了？”史密斯问道。

“你说人类大脑里有一百五十亿个神经元是没错，”威廉姆斯自信满满地接着说道，“这也是问题的关键点。一百五十亿听上去是个很大的数字，其实不然。早在二十世纪六十年代，世界上自动交换系统里的交换器个数已经超过这个数字，到了今天，它们的数量差不多已经扩大到了五倍。”

“明白了，”雷纳缓慢地说道，“而且到昨天为止，它们都做好了互联的准备，就等着卫星连接投入使用。”

“正确。”

现场沉寂了下来，只有远处传来了消防车的警报声。

“让我来捋一下，”史密斯说道，“你的意思是世界上的电话系统变成了一个大脑？”

“这只是一个粗糙的说法——拟人化的说法。我倾向于称之为临界数量。”威廉姆斯朝前方伸出双手，手指虚握着。

“这里有两团铀-235。只要你不让它们接触，什么也不会发生。但一旦你把它们聚集到一起，”——他边说边做出相应的动作——“你会得到一个跟一大团铀完全不同的东西。你会制造一个半英里宽的大洞。

“我们的电话系统也是一样。今天之前，它们大体上都是独立的，自顾自的。但现在我们突然加入了成倍的连接节点，网络融合成一体，也就到达了临界值。”

“这里的临界值是什么意思？”史密斯说道。

“那就换个更合适的词——意识。”

“一个奇怪的意识，”雷纳说道，“它用什么来充当感觉器官？”

“有啊，世界上所有的电台和电视台都能给它提供信息，通过它们的电话线。这应该够它用一阵了！还有存在所有计算机里的数据可供它访问——加上电子图书馆、雷达追踪系统、自动生产线上的遥测设备。噢，它肯定不缺感觉器官！我们还没法想象他眼里的世界是什么样子，但肯定比我们眼里的更富有层次、更复杂。”

“假如你说的都对，因为听上去还挺有意思的，”雷纳说道，“那除了思考之外，它还会做什么呢？它哪里也去不了，它没有肢体。”

“它干吗要去哪里？它已经无处不在了！而且这个行星上任何一个遥控的电子设备都能成为它的四肢。”

“现在我明白为什么有延时了，”安德鲁斯插嘴道，“它是在半夜孕育的，但直到今早一点五十分才出生。吵醒我们的铃声——是出生时的哭喊。”

他企图让自己显得是在开玩笑，但并不成功，没人发出笑声。头顶上方的灯管依然在恼人地闪烁着，好像还闪得更厉害了。随后，负责电力设备的吉姆·斯莫从小餐馆门口叫嚷着进来，打断了他们。

“看看这个，伙计们，”他得意地笑着说道，并在同事眼前挥着一张纸，“我发财了。见过这样的银行对账单吗？”

威廉姆斯博士接过递出的对账单，瞥了一眼上面的内容，随后大声念出了余额：“999 999 897.87英镑。”

“这也不奇怪，”他在众人的笑声中接着说道，“在我看来，你实际上是透支了一百零二英镑，计算机犯了个小疏忽，在这个数字上加上了十一个九。在银行刚转用十进制时，这种事情经常发生。”

“我知道，我知道，”斯莫说道，“但不要搅了我的好梦。我要把这张对账单裱起来。要是我以此开一张几百万英镑的支票去兑现，又会发生什么呢？如果被退票，我能起诉银行吗？”

“肯定没戏，”雷纳回答道，“我打赌银行肯定好几年前就想到了这一点，用不知印在哪里的小字保护住了自己。不过，顺便问一句，你什么时候拿到的对账单？”

“中午送来的。直接送到了我办公室，我老婆还没机会看到它呢。”

“嗯。这就意味着它是今天一早打印的。肯定已经过了午夜……”

“你这么说是什么意思？你们一个个脸怎么都拉得那么长？”

没人理睬他。谁让他又放出了一只野兔呢？猎狗们又齐声吠了起来。

“有人懂银行的自动系统吗？”史密斯问道，“它们是怎么连在一起的？”

“和如今的其他东西都一样，”安德鲁斯说道，“它们都在同一个网络里。世界上所有的计算机都在相互交流。你得了一分，约翰。如果真的有麻烦了，我猜这里是最先出问题的地方之一。当然，除了电话系统本身。”

“怎么还没人回答我在吉姆进来之前问的问题，”雷纳抱怨道，“这个超级大脑会做什么？它会是善意的——恶意的——还是无取向？它会知道我们的存在吗？还是会认为它所处理的电信号是唯一的现实？”

“看来你开始相信我了，”威廉姆斯说道，脸上露出了满意的微笑，“我只能通过问另一个问题来回答你的问题。一个新生儿会做什么？它会开始寻找食物。”他抬头看了眼闪烁的灯光。“老天，”他徐徐说道，仿佛头脑里突然想到了什么，“这就是它唯一需要的食物——电。”

“这也扯得太没边了，”史密斯说道，“我们的午餐怎么还没来？二十分钟前我们就下单了。”

没人理睬他。

“接下来，”雷纳接着威廉姆斯没说完的话往下说道，“它就要四处观察，还要活动活动胳膊腿。也就是说，它想要玩，就像是成长中的婴儿。”

“婴儿会打破东西。”有人小声说了句。

“不用想也知道，它肯定有足够多的玩具。刚刚从我们头上飞过的协和飞机。自动生产线。大街上的红绿灯。”

“你这么一说我倒想起来了，”斯莫插嘴道，“外面的交通出问题了——整整十分钟没动窝。看上去像是发生了大塞车。”

“我猜还有个地方着火了。我刚刚听到了消防车的声音。”

“我听到了两次——好像是那边的工业园发生了爆炸。希望没那么严重。”

“梅奇，拿点蜡烛来。我们都看不见了！”

"我才想起来——这地方的厨房都是用电的。我们要吃冷餐了，假如我们还能吃到的话。"

"至少我们在等的时候还能看会儿报纸。你手里拿的是最新版的吗，吉姆？"

"是的。还没时间看呢。嗯……看来今天早上确实发生了很多奇怪的事故——火车信号灯坏了，安全阀失灵导致主水管爆裂，多人投诉昨晚的骚扰电话……"

他翻了一页，突然间安静下来。

"怎么了？"

斯莫没有说话，而是直接把报纸递了过来。报纸上面只有头版刊载了些有意义的内容，其余的版面上满是一行行的乱码，零零散散地夹杂着些不协调的广告，如同一个精神错乱的海洋里露出了几座心智健康的小岛。它们显然是独立编排的，因而逃过了它们身边的文字所遭受的捉弄。

"这就是远距离排版和自动派送造成的，"安德鲁斯抱怨道，"恐怕舰队街把太多的鸡蛋放到了同一个电子篮子里。"

"恐怕我们自己也是，"威廉姆斯悲哀地说道，"我们自己也是。"

"容我插一句，要我说，这张桌子旁的人都犯了群体性歇斯底里症，"史密斯用坚定的语气大声说着，"我想跟你们强调，没什么好担心的——即使约翰的幻想成真了。我们只需关掉卫星，一切就又回到了昨天。"

"脑前额叶切除术，"威廉姆斯喃喃自语道，"我想到过。"

"嗯？噢，对——切掉一大片大脑，这肯定能起作用。当然，代价不菲，而且我们还得回到以前互相发电报的年代。但是文明能得以持续。"

不远处传来一声短促尖锐的爆炸声。

“感觉不妙，”安德鲁斯紧张地说道，“我们听一下英国广播公司有什么说的吧。一点钟的新闻刚刚开始。”

他伸手从公文包里掏出了一个半导体收音机。

“……史无前例大量的工业事故，美国的军事基地发射了三轮导弹齐射，原因不明。因为雷达出现异常，有几座机场需暂停运营。由于信息处理系统已完全失灵，银行和股市均已关闭。”（“这么说的话……”斯莫喃喃自语着，其他人立刻朝他嘘着让他闭嘴。）“请稍等——有最新消息……好了。我们刚刚收到消息，所有新发射的通信卫星均已失联。它们不再接受地面的指令。根据——”

广播戛然而止，看来连无线电波都消失了。安德鲁斯伸手旋转着调谐旋钮，可是所有的波段内都没有声音。

就在此时，雷纳开口说话了，听上去离歇斯底里不远了：“那个脑前额叶切除术是个好主意，约翰。不幸的是那个婴儿已经想到了。”

威廉姆斯慢慢地站了起来。

“我们还是回实验室吧，”他说道，“肯定能找到解决的办法。”

但他知道已经太迟了。对于智人而言，电话已经给他们敲响了丧钟。

（译者：老光）

来自太阳的风

1964年3月首次发表于《童子军生活》（*Boy's Life*），标题为《太阳干扰机》

收录于《来自太阳的风》

使用太阳风帆在太空中竞赛，这想法有些异想天开，但科学家正在积极研究这个点子来作为一种推进模式。这个故事原先的题目叫《太阳干扰机》，但因为波尔·安德森几乎同时产生了相同的想法，我不得不很快改掉了名字。

巨大的圆盘状风帆在拉索上扬起，已经兜满了刮在行星之间的风。再过三分钟，比赛就要开始了，但约翰·默顿却感觉比过去一年中的任何时刻都更轻松、更平静。等俱乐部会长发出信号后，不管戴安娜号会带着他走向胜利还是失败，总之他已经实现了梦想。一生之中都在为他人设计飞船，如今他终于能驾驶自己的风帆翱翔太空了。

“两分钟倒计时，”座舱内的电台响了起来，“请确认是否已做好准备。”

一个接一个地，船长们做出了响应。默顿能认出所有的声音——有些声音紧张，有些声音放松——他们都是他的朋友加对手。在四个

1937 1938 1939 1942 1946 1947 1949 1950 1951 1952 1953 1954 1955 1956 1957 1958 1959 1960 1961 1962 1963 1964 1965 1966 1967 1968 1970 1971 1977 1984 1986 1992 1998 1999

有人居住的世界上，只有二十个左右的人能驾驭太阳风帆，他们全都集中在这里，有的在起跑线上，还有的在护航舰上，所有的人都盘旋在赤道上方两万两千英里的轨道高处。

“一号——游丝号——准备完毕。”

“二号——圣玛丽亚号——好了。”

“三号——太阳光束号——可以了。”

“四号——武麦拉号——可以出发。”

默顿听到这个呼号后笑了。原始时代的航天发射场，构成了太空传统的一部分，现在这个时刻就该纪念一下那些先于他飞天的人类。

“五号——列别捷夫号——我们准备好了。”

“六号——阿拉克涅号——好了。”

现在轮到排在队尾的他了，想到在这个小座舱内说的话至少能被五十亿人听到，他不禁感觉有些异样。

“七号——戴安娜号——准备出发。”

“一至七号都确认了，”裁判的小艇上传来了仪式化的声音，“一分钟倒计时。”

默顿差点没听到。他在对拉索上的张力做最后的检查。测力计上的指针都很稳，巨大的风帆已绷紧，在阳光下，它的镜面反射着耀眼的光芒。

在飘浮于潜望镜旁失重中的默顿看来，风帆似乎填满了整个太空。它也可能真的能填满——因为它的表面积足足有五千万平方英尺，通过长达近一百英里的拉索连接到他的座舱上。曾经如同白云般行驶在中国海上的运茶船，把它们所有的帆缝在一起，也比不上一面戴安娜在太阳底下展开的帆。不过，它比肥皂泡厚不了多少。两个平方英里的铝箔，厚度却只有百万分之几个英寸。

“倒数十秒。开启所有的摄像机。”

这么大的家伙，却又这么脆弱，人类的头脑实在难以想象。然而，更让人难以想象的是，这面脆弱的镜子仅靠捕捉到的太阳光就能将他推离地球的怀抱。

“……五、四、三、二、一，切断！”

七片刀刃划过，切断了七根将风帆与母船相连的细绳。每艘风帆都配了一艘母船，它既是组装的平台，也能提供后勤服务。直到这一刻之前，它们都在以一个紧密的队形绕着地球旋转，但从现在开始，风帆就要开始散开了，就像蒲公英的种子一样随风飘扬。第一个飘过月球的风帆将成为胜利者。

在戴安娜号上，似乎一切都还跟原来一样。但默顿知道实际情况并非如此。虽然自己的身体没感受到加速度，但船上的仪表告诉他，此刻风帆正以千分之一个重力加速度前进着。对火箭而言，这个数字简直不值一提——但这已是太阳风帆达到过的最好纪录了。戴安娜的设计很精巧，巨型帆面的表现也符合计算。按照这个加速度，绕地球两圈之后就能达到逃逸速度，然后他就能往月球飞去，太阳的全部力量在后面为他加油。

太阳的全部力量……他无奈地笑了笑，想起了跟地球上的听众解释太阳风帆原理时的各种努力。在早期，他只能通过这种方式筹钱。虽然他是宇宙之力公司的首席设计师，一系列大获成功的飞船给他带来了众多荣誉，但公司对他的业余爱好却并不热心。

“把你的手放到阳光下，”他对听众说道，“能感觉到什么？热，当然。但是，还有压力——尽管你从未感觉到，因为它太小了。在你手掌的面积上，它施加的力只有百万分之一盎司。

“然而，在太空里，即便这么小的压力也有大用场，因为它一直存在，一个小时接一个小时，一天连一天。和火箭燃料不一样，它是免费的，而且取之不竭。只要我们有决心，我们就能找到办法利用它。我们可以制造风帆来捕捉太阳喷出的辐射。”

讲到这里，他会取出几平方码的帆面材料扔给听众。银色的薄膜会扭转卷曲，如同烟雾一般，并在热气流的作用下缓慢地朝着天花板飘去。

“你们能看到它有多轻，”他继续说道，“一个平方英里的重量只有一吨，却能收集五磅的辐射压力。所以它会开始移动——它也可以拖着我们一起前进，只需装上索具即可。

“当然，它的加速度会很小——大概只有千分之一个重力加速度。听上去不怎么样，但让我们先来仔细分析一下。

“它意味着在第一秒内，我们大概会移动五分之一个英寸。我打赌一只健康的蜗牛也能爬得比这更快。但是，一分钟过后，我们已走过了有六十英尺，速度也达到了每小时一英里多。这成绩还不坏吧，对一个仅靠太阳光推动的东西而言！一个小时后，我们离起点已经有四十英里了，速度也达到了每小时八十英里。请记住，太空里没有摩擦力，因此一旦你让什么东西移动了，它会一直动下去。知道一艘加速度只有千分之一重力的飞船飞了一整天之后速度能到多少吗？你们肯定不会相信的：每小时近两千英里！如果它从轨道上起飞——当然，它也必须从轨道上起飞——两天以内它就能到达逃逸速度。而且不需要烧一滴油！”

很好，他说服了他们。到最后，他甚至说服了宇宙之力。在过去的二十年里，一项新的运动产生了。它被称为亿万富翁的运动，确实也没错。不过，它已经开始通过宣传和电视覆盖产生收入。四个大陆和两个世界通过它来展示自己的威望，它还有史上数量最为庞大的观众。

戴安娜的出发不错，是时候关注一下对手了。默顿小心翼翼地移动着——尽管在操控座舱和精密索具之间装了减震器，他还是不想冒任何风险——并把自己固定在潜望镜前。

它们就在外面，看着像是在太空的黑色背景上种下了奇特的银色鲜花。最近的那艘是南美洲的圣玛丽亚号，离他只有五十英里。它的形状和小孩子的风筝很像，只不过这个风筝的每条边都至少有一英里。稍微远一些的是航天格勒大学的列别捷夫号，看着像是个马耳他十字，组成了十字四条边的帆显然可以改变角度用以控制航向。相反的，亚澳联邦的武麦拉号是个简单的降落伞，周长足有四英里。通用飞船的阿拉克涅号，如它名字所显示的那样[1]，看上去像是个蜘蛛网，制造过程也和蜘蛛结网一样，由机器人飞船从中央往外摊开。欧洲太空公司的游丝号采用了同样的设计，只是面积稍微小点。火星共和国的太阳光束号是个平整的圆环，中间有一个直径半英里的洞，帆面还在缓慢地旋转，因此离心力把它舒张开了。这种设计思路已经存在很久了，但从未有人实现过它，默顿十分肯定殖民地的居民在转弯时会遇到麻烦。

但在那一刻来临之前，还有六个小时。此时，风帆正缓慢且优雅地移动在它们那二十四小时轨道的前四分之一赛程上。在比赛的初期，他们都在背对着太阳前进——就好像是跑在了太阳风的前面。必须要尽可能利用这一圈加速，等船转到地球的另一侧时，他们就要面对着太阳前进了。

是时候做第一次检查了，默顿暗自想着，趁着自己还没必要操心航向的时候。他通过潜望镜对帆面做了仔细的检查，主要关注了与索具相连的地方。风帆的拉索——窄窄的暗色塑料薄膜条——要不是因为镀了一层荧光，否则肯定完全看不到。此刻，它们看着像是一条

① 阿拉克涅是希腊神话中的人物，擅长编织和刺绣，受到雅典娜女神的惩罚，子子孙孙都要变成蜘蛛的形态。

条绷紧的发光线条，朝着几百码外的巨帆延伸而去。每条拉索都配备了电动绞盘，比渔竿用的绞盘大不了多少。小小的绞盘一直在转动，收线放线，跟随着自动驾驶的指令将风帆维持在与太阳合适的角度。

太阳光在巨大且柔软的镜面上的表演看上去十分美丽。帆面以一种缓慢且稳定的振动起伏着，推着多个太阳的镜像在它表面前进，直至在边缘消失。如此巨大的薄膜状结构产生这种轻微的振动符合预期。它们通常没有害处，但默顿仍仔细地观察它们。有时，它们会造成被称为“蠕动”的灾难性震荡，将风帆撕成碎片。

对一切都满意之后，他掉转了潜望镜的方向，再次检查了对手的位置。跟他预料的一样：距离开始拉开，效率较低的风帆已然落后。但比赛要等他们进入地球的阴影后才算真正开始。到时候，操纵性和速度一样将会起到决定性的作用。

听上去有些奇怪，比赛才刚刚开始，但他觉得睡上一觉可能是个好主意。其他风帆上的两人小组可以轮流值守，但默顿这边没人能帮他。他必须依靠自己的体能，就像那个顽强的船长约书亚·史洛坎驾驶着他小小的浪花号一样。那位美国船长独自一人驾驶着浪花号环游了世界，他肯定想不到两个世纪之后，有一个人独自驾驶着风帆从地球航行到了月球——从某种程度上来说，是受到了他的激励。

默顿用座椅上的弹力带绑住了自己的腿和腰，并将诱眠电极贴在了前额上。他在定时器上设了三个小时，随后放松了身体。轻微地、如催眠般地，电脉冲刺激着他的大脑额叶。彩色的光圈在他紧闭的眼睑下方舒展开来，一直舒展到了天边。然后，一片空白……

刺耳的警报声将他从无梦的睡眠中拽了出来。他一下子就清醒了，眼睛扫视着仪表盘。只过去了两个小时——但加速计上有个红灯在闪烁。推力在下降，戴安娜正在失去动力。

默顿首先想到的是风帆可能出了什么问题，或许是防旋转设备失灵了，导致索具缠到了一起。他很快扫了眼显示拉索张力的仪表。奇怪——风帆的一侧读数是正常的，但另一侧的张力正在缓慢下降，甚至在他看的时候，读数仍在下降。

他突然灵光一现，抓过潜望镜，转换到了广角模式，开始扫描风帆的边缘。是的——问题就在那里，而且原因也只能有一个。

一个巨大且边角锐利的阴影正掠过风帆那亮闪闪的表面。黑暗正在笼罩戴安娜，就像有一片乌云挡在了它和太阳之间。在黑暗之中，没了推动它前进的光线，它会失去所有的动力，无助地飘浮于太空之中。

但是，这地方位于地球上方足有两万英里，显然是不可能有乌云的。如果有阴影的话，一定是人为的。

默顿转动着潜望镜对准了太阳，并换了个滤镜，可以让他直视太阳耀眼的表面而不会致盲。他不禁露出了笑容。

“4a号机动，”他嘟囔了一声，“那就来比一下谁是这方面的老手。”

看上去像是有一个巨大的行星正在越过太阳表面，一个黑色的大圆盘已经切入了它的边缘。后方二十英里处，游丝号正设法制造一个人造日食，主要是为了针对戴安娜。

该机动完全合乎规则。在从前的海上竞赛，船长经常会抢夺对手的风力。运气好的话，你能困住对手，让他的帆完全瘪下来——等他解决完问题后，你已经远远地超在前面了。

默顿并不打算就此缴械。他有足够的时间做出避让机动；在驾驶太阳风帆时，形势的发展通常都比较缓慢。游丝号至少还需要二十分钟才能完全遮蔽太阳，将他置于黑暗之中。

戴安娜的微型计算机——跟火柴盒差不多大，但能力却等同于一千个人类数学家——只思考了一秒钟就给出了答案。他需要打开三号和四号操控面板，让帆面再多倾斜二十度，然后辐射压力就能将他推出游丝号那危险的阴影，再次回到太阳的完全照射之下。遗憾的是他不得不去干预自动驾驶，因为它已经被调教成能达到最快的速度——不过，这就是他在这里的原因。正是因为如此，太阳风帆才成了一场竞赛，而不只是计算机之间的智斗。

一号和六号操控索松弛了，随着张力的消失，它们荡起了节奏缓慢的波浪，如同两条昏昏欲睡的蛇。两英里之外，三角形的面板开始懒洋洋地张开，将太阳光反射到了帆上。然而，等了很长时间后，仍然像是没发生什么变化。要习惯这种慢动作的世界还真不容易，任何一个动作都需要好几分钟的时间才能产生视觉上的效果。随后，默顿看到帆面确实朝着太阳倾斜了——游丝号的影子正在离开，那个圆锥状的阴影消失在了太空的永夜之中。

还没等到影子消失、太阳恢复到整圆，他就反转了倾斜，将戴安娜号带回到了原来的航程上。它新获得的动量将带着它继续走出危险，没必要调整得太过，要是往一侧走得太远，可能会打乱自己原先的部署。这又是一个难以学到的经验：你在太空里做出一个行动的同时，就得考虑到何时将它停止。

他将警告信号复位，让它为报告下一次的自然或人为的威胁做好准备。游丝号，或是其他竞争者中的一个，可能还会尝试对他使用同样的伎俩。是时候吃点东西了，尽管他并不觉得十分饿。一个人在太空中用不了多少体能，很容易忘了吃东西。不仅容易忘——而且还很危险，因为当发生紧急状况时，你可能没有储存足够的体力来应对。

他打开了第一袋食物，意兴阑珊地看了一眼。标签上的名字——太空美味——就足以倒了他的胃口。他对名字下面印着的承诺抱有很大的怀疑："保证没有碎屑。"有人说碎屑对飞船的威胁比陨石还要大，它们能飘进最意想不到的地方，导致短路，阻塞关键的气流交换，还会潜入一些理当完全密闭的仪器。

话虽如此，肝泥香肠下肚的感觉还是不错的，巧克力和菠萝泥也令人满意。塑料球咖啡正在电热器上加热时，外部世界突然闯入了他的宁静。会长小艇上的电台操作员呼叫了他。

“默顿博士？要是你方便，杰里米·布莱尔想跟你聊几句。”布莱尔是个相对尽职的新闻评论员，默顿上过他的节目很多次了。当然，他可以拒绝采访，但他喜欢布莱尔，而且此刻他也无法声称自己很忙。“好的。”他回答道。

“你好，默顿博士，”评论员的声音立即响了起来，“很高兴你能抽出几分钟时间。还有，向你表示祝贺——你好像领先了。”

“比赛刚开始，一切都还没定呢。”默顿谨慎地回答道。

“告诉我，博士，你为什么决定要一个人驾驶戴安娜号？是因为之前从来没人这么做过吗？”

“怎么说呢，这不就是个很好的理由吗？当然，这不是唯一的理由。”他停顿了一下，谨慎地挑选着用词，“你也知道质量在太阳风帆竞赛中是个关键因素。第二个人，加上他所有的装备，意味着会增加额外的五百磅。输赢可能就在这点差别上。”

“你有信心来单独操纵戴安娜吗？”

“还算有吧，多亏了我设计的自动控制。我的主要工作是监督并做出决定。”

“但是——那可是两个平方英里的帆哪！感觉不像是一个人能对付的。”

默顿笑了。“为什么不行呢？那两个平方英里只是制造了一个最多十磅的拉力。我的小指头都比它力气大。”

“好的，谢谢你，博士。祝你好运。我们稍后再聊。”

评论员下线了，默顿觉得有些不好意思。因为他的回答中只有部分是实话，而且他知道以布莱尔的精明，他肯定都知道。

他出现在这里，而且是一个人，理由只有一个。在接近四十年的时间里，他和众多的由几百甚至上千人组成的小组一起工作过，设计了有史以来最复杂的交通工具。在最近的二十年里，他还领导了其中的一个小组，看着自己的创造飞向了恒星。（有时……也会有失败，他一直都没忘，尽管不是他的错。）他成了名人，拥有成功的职业生涯。然而，他自己从来没独自完成过什么，一直是大部队中的一分子。

这是他追求个人成就的最后机会了，他不想和任何人分享。至少五年内都不会再有新的太阳风帆比赛，太阳的平静期即将结束，另一轮的坏天气就要到来，届时整个太阳系内都将刮起辐射风暴。当自然条件允许这些脆弱的、无保护层的风帆再次扬帆时，他就太老了。实际上，他现在已经不年轻了……

他把空了的食物容器丢进废物桶，再次看起了潜望镜。一开始，他只能找到五艘其他的飞艇，武麦拉不知道去哪儿了。他花了好几分钟才找到它——在列别捷夫的阴影之中，有一个暗淡的、遮住了星光的幽灵。他能想象那些亚澳人正疯了似的忙着解救自己，并为落入陷阱而懊悔不已。这表明列别捷夫具有非一般的机动性。需要对它警惕，尽管目前它还离得太远，无法威胁到戴安娜。

到了现在，地球已几乎消失，亏成一条狭窄明亮的、仍在向着阳光的方向稳步前进、变得越来越窄的光弧。与耀眼的光弧成对比，微弱的光线勾勒出了行星夜间部分的轮廓，时不时地，透过云层的空隙，能看到大城市散发出的磷光。黑暗的圆盘已经遮挡了很大一部分的银河系。再过几分钟，它将开始侵蚀太阳。

随着戴安娜安静地滑入地球的阴影，光线开始变暗，一种紫色的、暮光般的色调——就如同在几千英里的下方看到的落日景色一样——掠过了帆面。太阳坠入了地平线下方，没过几分钟，夜幕就降临了。

默顿回望着他刚才走过的轨迹，现在绕着地球已转了四分之一圈。他看着其他飞艇的耀斑也眨着眼一个接一个地消失，它们都跟着他进入了短暂的夜晚。还有一个小时太阳就会从这个巨大的黑幕中冒出头来，而在此期间，由于缺乏动力，他们只能无奈地飘浮。

他打开外部探照灯，开始检查起黑了的帆面和桁条。已经有上千英亩的薄膜开始泛起涟漪，并塌了下来。拉索也松弛了，必须要卷起一部分，否则它们会缠到一起。不过这一切都在他意料之中，一切都在按计划进行。

五十英里后的阿拉克涅号和圣玛丽亚号就没这么幸运了。随着电台在紧急频道上突然响起，默顿得知了他们的麻烦。

“二号和六号，这里是控制中心。你们正在相撞的轨迹上；再过六十五分钟你们的轨迹就会相交！需要协助吗？”

很长时间都没听到回话，两位船长在花时间吸收这个坏消息。默顿想知道是谁的错。可能是一艘风帆想遮蔽另一艘，但在它们两个被黑暗笼罩之前，还没来得及完成机动。现在，他们什么也做不了了，只能缓慢地、但无可避免地相遇，无法改变哪怕一小度的航向。

然而——六十五分钟！刚好够他们走出地球的阴影，再次进入阳光。他们还有一线机会，要是他们的风帆能捕捉到足够的能量来避免相撞。阿拉克涅号和圣玛丽亚号上肯定在进行着疯狂的计算。

阿拉克涅号率先回复了。它的回答跟默顿所预料的一样。

“六号呼叫控制中心。我们不需要协助，谢谢。我们自己解决。”

不出所料，默顿心里想着。不过，这倒是一场好戏。比赛中的第一个紧张场面即将上演，就在沉睡中的地球的午夜线上空。

接下来的一个小时里，默顿忙着照料自己的风帆，顾不上替阿拉克涅号和圣玛丽亚号担忧。在黑暗之中盯紧五千万平方英尺暗淡的薄膜并非易事，只有探照灯狭长的光线和距离遥远的月亮照亮着它。从现在开始，他必须将这个巨大表面的侧边对准太阳，而且要一直维持到跑完将近一半的地球绕行轨道。因为在接下来的十二至十四个小时里，风帆会成为一个累赘，他会面对着太阳前进，它的光线只会将它推向前进轨迹的后方。很遗憾他不能先将风帆完全收起，等有用之后再次扬开，还没人能找到切实可行的办法。

在遥远的下方，首缕晨曦正在地球的边缘探头探脑。再过十分钟，太阳就将走出日食。随着辐射照耀到帆面上，飘浮的风帆将再次获取动力。对阿拉克涅号和圣玛丽亚号而言，那将是它们的危机时刻——事实上，对他们所有人来说都是如此。

默顿转动着潜望镜，找到了在星空背景下飘浮的那两个黑点。它们异常接近——相互间可能还不到三英里。他感觉它们应该能成功吧……

太阳从太平洋上升起，晨光如同爆炸般在地球的边缘亮起。风帆和拉索先是短暂地反射出深红色的光，接着变成了金色，最后稳定在了白天的那种纯白光。测力计的指针开始偏离零刻度——但只偏了一点点。戴安娜仍几乎没什么加速度，因为帆的侧边对准了太阳，它的加速度只有一个重力的百万分之几。

但是，阿拉克涅号和圣玛丽亚号却用上了所有能用的帆面，想要尽快脱离对方。此刻，它们之间的距离已不足两英里，随着它们的风帆感受到第一缕阳光的推动，那两朵亮闪闪的薄膜云正以一种折磨人的慢速舒展和张开。地球上几乎每一块屏幕都在上演这出进展缓慢的大戏，即使到了现在，就剩最后一分钟了，仍然无法分辨到底哪种结局会出现。

这两位船长都非常固执。他们中的任何一位都可以切断风帆以降低速度，从而给另一个人机会。但他们谁都没这么做。这里面卷入了太多的声望、太多的资金、太多的荣誉。因此，阿拉克涅号和圣玛丽亚号相撞了，过程就如同冬夜掉落的雪花般宁静和温柔。

方形的风筝以几乎察觉不到的动静爬进了圆形的蜘蛛网。长长的拉索扭转着纠缠到一起，速度慢得就如同在做梦。即便在戴安娜号上忙着操纵的默顿也无法将目光挪离这出宁静的、进展缓慢的悲剧。

经过十多分钟的缠斗之后，亮闪闪的云朵仍然在聚合成一个无法避免的整体。随后，座舱的拉索被扯断了，它们在相隔几百码的地方擦肩而过，并朝着各自的方向飘浮而去。能看到有火箭点火了，安全艇正匆忙前去搭救他们。

那就剩下我们五个了，默顿想着。他为那两个比赛刚开始几个小时就如此彻底地退出比赛的船长感到难过。但他们是年轻人，将来还有机会。

刚过了几分钟，五个又降到了四个。从一开始默顿就对一直缓慢旋转的太阳光束号有疑虑，现在他的疑虑变成了现实。

火星人风帆没能调整好帆的方向。它的旋转给了它太多的不稳定性。它那个巨大的圆环形帆面正对着太阳，而不是用侧边对着。它正被反向的风往后吹着，而且几乎是以最大的加速度。

这是船长最不愿意见到的问题了——甚至比相撞还要糟糕，因为他只能怪自己。但在这些可怜的殖民地人渐渐落后时，并没有人表示出太多的同情。他们在赛前吹嘘过头了，现在遭受这样的命运只能说是报应。

不过，现在还不能将太阳光束号完全抛在脑后。剩下的航程差不多还有五十万英里，它仍然有扭转局势的机会。事实上，要是再发生几个事故，它可能是唯一能完成比赛的风帆。之前就发生过这样的情况。

接下来的十二个小时很平静，地球在天空中慢慢变大，从新生变成满盈。没什么能做的，风帆队正飘行在无推力的后半段轨道上，但默顿并未觉得时间难熬。他睡了几个小时，吃了两顿饭，写了日志，并接受了几次电台采访。偶尔，尽管次数很少，他还会跟其他船长通话，相互打着招呼，开着友善的玩笑。但多数时间里，他只是在享受飘浮在失重里，远离了地球的怀抱，多年来都没这么高兴过了。他是自己命运的主人——就像任何能上到太空里的其他人一样——驾驶着一艘倾注了他的技术与心血、已与他融为一体的风帆。

就在他们穿越地球与太阳之间的那根看不见的线，正准备进入有动力的半程轨道时，出现了下一个退赛者。在戴安娜号上，默顿看着自己的帆旋转了一个角度来捕捉推动它的光线，并随之鼓起。加速度从接近于零开始爬升，但还要再过好几个小时它才能达到最大值。

游丝号却再也达不到了。动力再起的那一刻总是非常危险，它没能存活下来。

布莱尔的电台评论——默顿一直没关上，只是把声音调得很小——提醒他有情况了。“嘿，游丝号起波纹了！”他急忙看起了潜望镜，但一开始没看到游丝号的大圆盘风帆有什么问题。要想看清是挺困难的，因为它几乎是拿侧边对着他，因此看上去像是一个非常狭长的椭圆。但很快他就看到它正在一种缓慢但无法抗拒的震动之下前后摇摆。除非船员能通过适时且轻柔地操纵拉索来减缓这些波纹，否则风帆将把自己撕成碎片。

他们尽了最大的努力，而且过了二十分钟后，看上去他们已经成功了。紧接着，靠近风帆中心的某处，薄膜的缝合处开始撕裂。它被辐射压力推动着慢慢地突了起来，就像是火焰上冉冉升起的烟。不到一刻钟，帆完全消失了，只剩下起支撑作用的辐射状的张力梁条。再次有火箭点火，一艘小艇前去打捞游丝号的座舱和它里面失望的船员。

“这上面越来越冷清了，不是吗？”船长电台上响起一个对话声。

“你可不冷清，迪米特里，”默顿反驳道，“你在后面还有人陪你。我才是真正地一个人跑在前面。”这可不是什么自吹自擂，到了此刻，戴安娜已经比第二名领先三百英里，而且在接下来的几个小时里，它的优势还将进一步扩大。

列别捷夫号上的迪米特里·马科夫发出了友善的笑声。他听上去一点儿也不像一个会轻易认输的人，默顿心里想着。

“别忘了那个龟兔赛跑的故事，”俄国人说道，“在接下来的二十五万英里内，什么都可能发生。”

一切发生得很快。那时他们刚完成第一圈的地球轨道飞行，并再次越过了起点——但高度要高很多，归功于太阳光赐予的能量。默顿仔细标定了其他风帆的位置，并将数据录入计算机。它给武麦拉算出的答案是如此奇怪，以至于他马上又检查了一遍。

数据没有错——亚澳人正在以一个惊人的速度赶上来。没有哪艘太阳风帆能达到这种速度，除非……

在潜望镜里匆匆一瞥，答案已然揭晓。武麦拉的索具，为了要达到最小质量而减轻到了极限，终于撑不住断了。还在飞行的只是它的帆，依旧保持着形状，在他后面不断地追赶，如同一条在风中起舞的手绢。两个小时之后，它拍着翅膀在离他不到二十英里的地方超过了他，但早在此之前，亚澳人已然加入会长小艇上不断扩大的队伍。

现在就成了戴安娜和列别捷夫之间的对决了——因为尽管火星人还没放弃，但他们落在了一千多英里的后面，不再被视为一个真正的威胁。从目前的形势来看，很难看到列别捷夫有超过戴安娜的机会。但是，第二圈才刚开始，还要再次经历日食和漫长缓慢的面对着太阳的自由飘行，默顿感觉越来越不安了。

他认识这位俄国飞行员和背后的设计师。他们想赢这个比赛整整二十年了——而且，老实说，只有他们的赢才算公平。不正是彼得·尼古拉耶维奇·列别捷夫在二十世纪初首次发现了阳光也有压力吗？但他们从来没赢过。

他们也绝不会放弃。迪米特里肯定有什么主意——肯定会非常惊人。

在竞赛风帆后方一千英里的官方小艇上，会长冯·斯特拉腾带着沮丧的怒气注视着电文。它是从那一串围绕在太阳炽热表面高处的太阳观测台发来的，飞行了一亿多英里。它带来了最坏的消息。

会长——当然，这个头衔纯粹是个荣誉称号，在地球上他是哈佛大学的太空物理学教授——并不相信它一定会到来。竞赛从来没这么晚开始过，因为发生了多次的延期。他们冒险赌了一下——现在，似乎他们赌输了。

在远离太阳表面的深处，巨大的力量正在聚集。相当于一百万颗氢弹爆炸的能量可能随时都会以太阳耀斑的形式喷发出来。以每小时几百万英里的速度爬升，一堵比地球大上好几倍的隐形火墙即将跳离太阳，进入太空。

电离气体云可能不会撞到地球。但万一它会撞上，从它出发到相撞只需一天多的时间。飞船可以保护自己，它们有护盾，还有强大的磁性涂层。但是轻巧的太阳风帆，舱壁薄得跟纸一样，对这种威胁毫无抵抗之力。必须将船员撤离，比赛也只得放弃了。

约翰·默顿在驾驶着戴安娜号绕地球飞行第二圈时，对此一无所知。如果一切顺利，这将是最后一圈了，对他和对俄国人都是如此。通过太阳光提供的能量，他们已经获取了好几千英里的高度。在这一圈里，他们应该能完全逃离地球，朝着月球做长距离飞行。现在是两者之间的对决了，太阳光束号上的船员在与旋转的风帆艰苦斗争了十万英里后终于放弃了。

默顿并没感觉到累，他吃得睡得都不错，戴安娜也表现得相当令人钦佩。自动驾驶如同一只忙碌的蜘蛛调节着索具的张力，一直将巨大的帆面保持着与太阳合适的角度，比任何人类的船长做得都要好。尽管到现在为止，两平方英里的薄膜上可能被上百个微型陨石击中过，但大头针般大小的洞眼并未影响到推力。

他只担心两件事。首先是八号拉索，它已无法再接受调节。没有任何征兆，绞盘突然就卡住了。尽管航天工程已发展了这么多年，齿轮在真空里仍然会锁住。他无法放长或是收紧这根绳索，只能尽量依靠其余的绳索来弥补。幸运的是，最困难的机动部分已经过去，从现在开始，戴安娜将背朝着太阳前进，完全是顺着太阳风的风势。就跟从前的水手经常说的那样，风从你背后刮来时，行船更容易。

他的另一个担心是列别捷夫号，仍然跟在他身后三百英里处。这艘俄国船展示了惊人的机动性，归功于安装在中央帆上那四幅能倾斜一定角度的巨大面板。它在围绕地球旋转时，帆面的翻转异常精确。但是，为了获取机动性，它必须牺牲速度。你无法同时获取两者。在前方漫长的直线赛道上，默顿应该仍能保住领先地位。不过，距离戴安娜冲过月球背面还有三到四天的时间，在那之前，他还无法确保一定能胜利。

果然，比赛进入到第五十个小时、绕行地球轨道第二圈刚刚结束时，马科夫亮出了他的小计谋。

“你好，约翰，”他通过船长电台随意地说道，“我想让你看一下这个。应该挺有意思的。”

默顿拉着自己到了潜望镜跟前，并把放大倍数调到了最高。在视野里，星空的背景下有一个非常显眼的物体，那就是列别捷夫号亮闪闪的马耳他十字，很小，但是很清晰。就在他看的时候，十字的四条边缓慢地脱离了中央帆，逐渐飘散开来，并带着所有的张力梁和索具进入了太空。

马科夫抛弃了所有不必要的质量，因为他已到达逃逸速度，不再需要为了获得速度而绕着地球转圈。从现在开始，列别捷夫将变得几乎无法操控——但无所谓了，它已经完成了所有需要技巧的部分。就跟从前的船员故意扔掉自己的舵和沉重的龙骨一样，它知道剩下的航程将是在平静的海面上顺风直线航行。

“祝贺你，迪米特里，”默顿在电台上回答道，“把戏不错。但还不够好，你追不上我的。”

“我还没结束呢，”俄国人回答道，“我的国家有一个古老的冬日传说，讲的是有个雪橇被狼追的故事。为了救自己，赶雪橇的人必须把乘客一个接一个地丢下雪橇。你懂这里面的类比吗？”

默顿当然懂。在最后的直线赛程上，迪米特里不再需要他的副驾驶了。列别捷夫号为了获胜真是豁出去了。

“亚历克西斯会不高兴的，”默顿回答道，“而且，这也违反规则。”

“亚历克西斯确实不高兴，但我是船长。他只需要等上十分钟，会长会救起他的。规则也没规定过船员人数——你应该知道啊。”

默顿没有回答。他正忙于计算，用上了他所知的列别捷夫的设计参数。等他算完时，他知道比赛的结果仍然未知。等他在预计的时间越过月球时，列别捷夫可能也刚好能赶上他。

然而，比赛的结果已经被确定了，而且是在九千两百万英里之外做出的。

在水星轨道背面的三号太阳观测台，自动仪器记录了耀斑的整个过程。一亿平方英里的太阳表面爆发出了蓝白色的怒火，与它相比，那个圆盘上的其他地方都褪色成了土黄色。在那个沸腾的地狱之中，大耀斑喷发出的带电等离子气体正在扭曲盘旋，如同一个活的生物在它自己创造的磁场里起舞。而飞在它前面、以光速前进的则是紫外线和X射线，相当于警告信号。它们将于八分钟内抵达地球，相对来说没什么危害。跟在它们后面、以每小时四百万英里悠然飞来的带电粒子可就没那么客气了——只要再过一天多，致命的辐射云就能淹没戴安娜、列别捷夫和陪伴着它们的小小船队。

会长将自己的决定推到了最后一刻。即便侦测到等离子流已经越过了金星的轨道，它仍然有机会错过地球。但当它离这里只剩四个小时的路程并已经被月球上的雷达网络追踪到了时，他知道没有希望了。在接下来的五到六年中，不会再有太阳风帆竞赛了——直到太阳再次平静下来。

整个太阳系里都响起了叹息声。戴安娜和列别捷夫已经相互咬着走完了地球到月球之间一半的路程——现在没人能知道到底哪艘风帆更出色。爱好者们将花上好几年的时间争论结果，历史则会简单地写下："由于太阳风暴，比赛被取消。"

当约翰·默顿收到命令时，他感觉到了一种长大后从未有过的苦涩。他十岁生日时的记忆在这么多年后又冒了出来，锐利且清晰。父母跟他保证，肯定会送他一个著名飞船晨星号的等比例模型，他花了好几个星期计划了该如何组装它，要把它挂在卧室里的什么地方。可随后，到了最后一刻，父亲打破了他的希望。"对不起，约翰——它太贵了。要不明年……"

半个世纪过去了，在度过了成功的一生后，他又成了个心碎的男孩。

有那么一瞬间，他想过要违反会长的命令。要是他继续航行，不顾警告呢？即便比赛取消了，他仍然可以越过月球，创造纪录，成为好几代人口中的英雄。

但这么做比愚蠢还要糟糕，这么做等于自杀——而且是非常痛苦的死法。他看到过死于辐射的人，他们飞船上的磁场护盾在太空中失灵了。不行——这么做不值得……

他同样也为迪米特里·马科夫感到惋惜。他们两个都有资格取胜，但现在谁也赢不了了。在太阳发脾气的时候，没人能跟它怄气，即使你能乘着它的光航行到宇宙边际。

会长的小艇就在后方五十英里，和列别捷夫并排航行，准备接走它的船长。银色的风帆飞走了，迪米特里砍断了拉索——他能体会他心里面的感受。小小的座舱会被带回到地球，应该还能再次利用，但风帆只能扬起一次。

他可以现在就按下抛帆按钮，节省救援者几分钟的时间。但他做不到。他想在船上待到最后一刻，这艘小船是他这么长时间以来的梦想和生命。巨大的风帆正以合适的角度迎着太阳，产生着最大的推力。它已将他推离了地球，而且戴安娜号还在加速。

随后，不知从哪里来的决心，而且没有丝毫的迟疑，他知道了必须要做什么。他最后一次坐在了那台已带着他走完去月球一半路程的计算机前。

完事后，他收起了日志和一些个人物品，随后钻进了紧急救生服里，动作很笨拙，因为没怎么练过，而且要一个人来完成也不是件易事。会长的声音在电台上响起时，他正在合上头盔。

“我们五分钟之后跟你会合，船长。请切断你的帆，以防我们卷进去。”

约翰·默顿，太阳风帆戴安娜号的首任也是最后一任船长，犹豫了一下。他最后一次看了眼狭小的座舱，亮闪闪的仪器，排列整齐的控制钮，它们现在都锁定在了最后的位置。随后，他对着麦克风说道："我要弃船。不必急着救我。戴安娜可以自己飞行。"

会长没有回答，他因此心怀感激。冯·斯特拉腾教授肯定猜到了会发生什么——也知道在这个最后的时刻，他想自己一个人静一下。

他并没有打开气闸。逃逸气体的冲力温柔地推着他进入了太空。这个推力是他给戴安娜最后的礼物。它缓慢地飞离了他，在阳光下闪耀着夺目的光芒，这阳光将是它未来几个世纪里的依靠。两天后它将闪着光经过月球，但月球就和地球一样，不可能抓住它。没了他质量的拖累，每航行一天，它将增加两千英里的时速。一个月后，它将以快过任何人造物体的速度飞行。

太阳光的力量随着距离变远会逐渐降低，它的加速度也会降下来。但即使到了火星轨道，它也能每天增加一千英里的时速。而且，在那之前很久，它就已经快到连太阳都抓不住了。比任何一个穿过恒星系的彗星还要快，它将一直前往深空。

几英里外火箭喷出的火光吸引了默顿的目光。小艇正在靠近，准备接上他——比戴安娜所能达到的最大加速度还要大好几千倍。但在燃料消耗殆尽之前，它的引擎只能燃烧几分钟——而戴安娜仍在加速，被太阳永恒的光芒一直推着往外，直到遥远的未来。

"再见，小家伙。"约翰·默顿说道，"不知道下一对看着你的眼睛属于谁？还要再过多少个千年你才会被看到？"

随着小艇圆滚滚的鼻子出现在他面前，他终于感到了平静。他再也没机会赢得去月球的比赛了，但他的风帆却是人类第一艘驶向群星的飞船。

（译者：老光）

神之食

1964年5月首次发表于《花花公子》（*Playboy*）
收录于《来自太阳的风》

我必须要警告你，主席先生，我提到的许多证据都非常令人作呕。它们跟人类的某种天性有关，我们很少会公开进行讨论，更不可能在国会委员会的面前提及。但恐怕我们必须面对它们。有时，我们必须撕下伪善的面具。现在就是这样一个时刻。

你们和我，先生们，都是食肉动物的后代。通过你们的表情，我相信你们中的大多数人都不明白这个术语的意思。好吧，这不奇怪——它来自于一门已过时了两千年的语言。或许我该避免使用委婉的说法，而是直截了当，即便我不得不使用在礼仪社会里从来没听到过的词。要是冒犯到了你们，我先跟你们道个歉。

直到几个世纪之前，几乎整个人类最钟爱的食物就是肉——曾经活着的动物身上的肉。我不是想让你们反胃，我说的是个简单的事实，你们可以去查历史书……

没问题，主席先生，我可以等到欧文参议员感觉好点了再继续。我们这些职业人员有时会忘了普通人听到这种陈述之后会有什么反应。与此同时，我必须警告委员会，后面我还会说到更糟糕的东西。如果各位先生中有谁容易呕吐，我建议你们跟着参议员先出去，趁着还来得及……

好吧，我可以继续了吗？在现代社会以前，所有的食物都分成了两类。大多数的食物都产自于植物——谷物、水果、浮游生物、藻类以及其他各种蔬菜。我们很难想象，我们的祖先大多数都是农夫，用原始且通常会很艰苦的方式从陆地或海洋里收集食物，但这是真的。

第二类食物，请允许我回到令人不悦的话题上，就是肉，产自于数目相对较小的动物身上。你们可能还熟悉它们中的一部分——牛、猪、羊、鲸。多数人——很抱歉我必须强调这一点，但这个事实是毋庸置疑的——喜欢肉多过于其他食物，尽管只有最富有的人才能尽情享用。对大多数人而言，肉很少见，只是偶尔会在百分之九十的蔬菜之中加点肉以增加味道。

如果我们能平静地、不带感情色彩地来看待这个事——我希望欧文参议员现在能做到这一点了——我们会发现肉注定是一种稀有且昂贵的食物，因为生产它的方式实在是太过低效了。要生产一公斤的肉，与之相关的动物至少需要消耗十公斤的植物类食物——通常这些食物也能直接为人类食用。在二十世纪的人口爆炸之后，这种状态再也无法维持了，其原因其实与审美、道德之类的考虑无关。任何一个吃肉的人都把他的至少十个同胞置于了挨饿的境地……

幸运的是，生物化学家们解决了问题；正如你们所知道的，答案来自于太空探索历程中的无数个副产品之一。所有的食物——不管是动物还是植物——都是由一些非常常见的元素构成的。碳、氢、氧、氮，还有硫和磷——这六个，再加上其他的一些元素，以几乎无穷的方式组合到一起，构成了所有人类已吃过的或是将来会吃到的食物。在面对殖民月球和其他行星的问题时，二十一世纪的生物化学家发明了用基本的原材料，包括水、空气和岩石，来制造食物的方法。这是项伟大的、有可能是最重要的科学发明。但我们不应该过于骄傲。植物王国领先了我们几十亿年。

化学家现在可以合成任何你想得到的食物，不管它在自然界是否有对应的种类。当然，也发生过事故——甚至是灾难。工业帝国兴起，然后又衰亡，从农业化的耕种和畜牧到如今巨大的自动工厂和全素主义，过程是相当痛苦的。但它是必须的，我们因此而过上了更好的生活。饥荒的危险已经永远消除了，我们拥有了丰富多彩的食物，任何一个其他的年代都无法想象。

此外，当然也有道德上的收获。我们不再需要谋杀成百万头的动物了，像屠宰场和肉店这样令人作呕的机构已经从地球表面消失了。我们很难想象，我们的祖先怎么能忍受这样的行为，尽管他们既粗鄙又野蛮。

然而——要跟过去一刀两断是不可能的。正如我已经指出的，我们是食肉动物。我们继承了长达一百万年时间养成的口味和偏好。不管我们是否喜欢，就在几年之前，我们中的一些曾祖父还在享受牛羊肉以及猪肉——只要他们能搞到。如今我们其实也在吃……

哦，老天，或许从现在开始，欧文参议员还是待在外面为好。或许，我不应该说得这么直白。我真正的意思是，我们现在吃的很多合成食物和古老的自然产品有着一样的结构。事实上，它们中有些是完全拷贝过来的，没有任何化学方法或其他检验手段能找出有什么不同之处。这种情况既符合逻辑，也无可避免。我们这些制造商只是拿了自然的食物作为模板，复制了它们的味道和质地。

当然，我们也创造了新名字，绝不会给你任何解剖上或是动物分类学上的暗示，因此没人会联想到名字背后的生命。当你走进一家饭店，你在菜单上找到的大多数单词都是在进入二十一世纪后才发明的，剩下的也都借用了法语的词源，没多少人能认出来。如果你想找到自己的忍耐极限，你可以试一个十分有趣但会令人极其不快的实验。国会图书馆的保密区里保存了大量来自著名饭店的菜单——是的，白宫宴会的传统已经有五百年了。它们那种粗暴的、如同解剖室式的坦白，让人不忍卒读。我想不到还有别的什么东西能如此生动地揭示我们与仅仅几代之前的祖先有如此大的鸿沟。

是的，主席先生——我就快说到点子上了。我刚才说的一切都很重要，尽管不怎么中听。我并不想倒你们的胃口，我只是想做好铺垫，为了对竞争者三行星食品公司提出指控。如果你们不了解这个背景，你们还会以为我只是在草率地抱怨，是因为“神之食”问世以来令我公司遭受了严重亏损而激发的。

新的食品，先生们，每个星期都在被发明出来。很难追踪到它们的全部。它们来了又走，就像是女人的时尚，一千种里面只有一种能在菜单上新造一个永久的位置。一夜之间就能成为公众的热门是异常罕见的，我也承认“神之食”品牌下推出的一系列食品是整个食品工业有史以来最伟大的成功。你们都知道结果：所有的其他品种都被赶出了市场。

自然地，我们被迫接受了挑战。我公司里的生物化学家不比太阳系里的其他人差，他们很快就着手研究神之食。我并不是在透露自己的商业秘密，但我跟你们说，我们收藏了几乎所有人类吃过的食品样本，无论是自然的还是合成的——甚至包括那些你们从未听说过的新鲜玩意儿，像是炸鱿鱼、蜂蜜蝗虫、孔雀舌、金星多足虫……我们那个巨大的风味与质地图书馆是这个行业里最基本的库存，业内的其他公司也是如此。从中我们能以任何想象得到的方式来混合它们，通常我们可以毫不费力地复制任何竞争者推出的食品。

但神之食让我们在很长一段时间内都摸不着头脑。它的蛋白——脂肪结构显示它就是一种肉，没什么复杂的地方——然而我们就是无法完全复制它。这是我的化学家第一次遭遇到了失败，他们中没人能解释到底是什么东西让这玩意儿这么受欢迎——正如我们都知道的，与之相比，其他食物都变得寡然无味。它真的是神赐的？但其实是我想多了。

很快，主席先生，三行星食品的总裁就会出现在你们面前——不怎么情愿，我敢肯定。他会跟你们说神之食是由空气、水、石灰石、硫、磷以及其他一些元素合成而来的。说的一点儿也没错，但这是整个故事中最无关紧要的部分了。因为我们现在发现了他的秘密——和大多数的秘密一样，一旦你明白了，它其实非常简单。

我真的必须祝贺我的竞争者。他终于为人类从自然界找到了无限数量的理想食物。直到现在，它的供应还是非常小，因而有幸能品尝到它的美食家都对它赞赏有加。毫无例外地，他们都发誓没有其他任何东西能和它媲美。

是的，三行星的化学家完成了一个技术上的创举。现在，轮到你们来解决道德和哲学上的问题了。当我开始陈词时，我用了一个古老的词语叫“食肉动物”。现在，我必须要再跟你们介绍一个词。我读给你们听：食–人–族……

（译者：老光）

最终命令

1965年11月首次发表于《奇谈怪论杂志》(*Bizarre! Mystery Magazine*)

收录于《来自太阳的风》

“……这是总统在发表讲话。当你们听到我在念这段消息时，意味着我已经死了，我们的国家也灭亡了。但你们都是士兵——我们国家有史以来最训练有素的士兵。你们知道该如何遵守命令。现在，你们必须遵守我下达给你们的、最困难的……”

困难？一级雷达长苦涩地想着。不，现在变容易了，因为他们看到了曾经深爱的土地被许多个太阳烤焦了。不会再有任何犹豫，不会再有任何顾忌，不会再区分无辜还是有罪，如同众神的报复。但是，为什么，为什么这么晚才下命令呢？

“……你们都知道将你们布置在月球背后的秘密轨道上机动的原因。知道你们的存在，但又无法确定你们的位置，侵略者在向我们发起进攻之前会三思。你们是最终极的制衡手段，地震炸弹能碾碎埋在发射井里的导弹，能击沉趴在海底的核潜艇，却没法炸到你们。你们仍可以反击，即使我们其他的武器都被摧毁了……”

他们已经这么做了，船长暗自想着。他看着行动指示板上的灯一个接一个地熄灭，直到一个都没剩。或许，有很多人都尽到了他们的

1937 1938 1939 1942 1946 1947 1949 1950 1951 1952 1953 1954 1955 1956 1957 1958 1959 1960 1961 1962 1963 1964 1965 1966 1967 1968 1970 1971 1977 1984 1986 1992 1998 1999

责任，如果没有，他很快就会替他们完成工作。在第一波反击之中幸存下来的任何东西都不可能逃过他正在准备的攻击。

“……敌人要么是出了意外，要么是疯了，才会在面对着你们所代表的威胁之下依然挑起战争。我们的生命都维系于这个理论。现在，出于我们永远都无法得知的原因，我们赌输了……”

首席宇航员的目光挪到了中央控制室一侧的舷窗上。是的，他们真的输了。地球就挂在那里，宛如一弯新月，在星空背景下散发出绚丽的银光。乍看上去，它似乎没什么变化，但再看一眼就看出了不同——黑暗的部分不再是全黑了。

它的表面星星点点地散布着亮光，如同鬼火一般，曾经是城市的地方燃起了火海。火点已灭了很多，因为可以烧的东西不多了。

熟悉的声音仍在坟墓的另一侧诉说着。信号长不知道这消息是多长时间之前录制的。堡垒内的超人战斗计算机还存储了其他什么密令吗？它们应该不会被发出了吧，因为它们所对应的军事局势没能出现？他将思绪从那些个没能出现的局势上收了回来，转而专心考虑起眼下这个骇人的、依然无法想象的现实。

“……如果我们失败了，但还没有被毁灭，我们希望能用你们的存在来当作谈判的筹码。现在，连最后一丝希望也消失了——跟它一起消失的是将你们部署在太空里的终极目的。”

他是什么意思？武器长思考着。毫无疑问，终极时刻已然到来。几百万已经死了的人，还有几百万希望自己已经死了的人——当十亿吨级的黑色圆柱体旋转着冲向地球时，他们的大仇终将得报。

奇怪，那个现在已化作尘土的人似乎能读懂他的心智。

“……你们想不通为什么都到了这一步，我还没有下令让你们反击。我来跟你们解释。

“现在已经太迟了。威慑已经失败。我们的祖国已经消失，报复也无法将死人救活。现在，一半的人类已经毁了，只有疯子、失去理智的人才会想到还要去摧毁另一半。二十四小时之前分裂了我们的争论已经没有意义了。你们必须尽量试着忘了过去。

“你们拥有一个破碎行星急需的技术和知识。利用它们——不要有所保留，也不要心怀嫉恨——重建世界。我警告过你们，你们的任务将会十分艰巨。下面就是我给你们的最终命令。

“将炸弹发射向深空，在它们远离地球一千万公里时引爆。这会向我们的敌人证实，你们已经解除了武装。他们也在收听这个消息。

“然后，你们还要完成一个任务。列宁堡垒号上的船员们，最高苏维埃总统向你们致以永别，并命令你们向美国投降。”

（译者：老光）

黑暗之光

1966年6月首次发表于《花花公子》（*Playboy*）
收录于《来自太阳的风》

我和其他非洲人不同。他们会因为自己的国家在五十年里的进步没能赶上欧洲花了五百年才取得的进步而感到羞耻。但我也不得不承认，我们的发展速度比应当的慢，这都是被像恰卡这样的独裁者害的。在这个问题上，我们只能责怪自己。是我们的错，所以也应该由我们来解决。

而且，我比其他人更有理由想要毁掉这位大酋长、全能者和全视者。他跟我来自同一个部落，还通过我父亲的其中一个妻子与我有亲戚关系，但自从上台以后，他就一直在迫害我的家族，尽管我们家不参与政治。我的两个哥哥失踪了，另一个在一场无法解释的车祸里丧生了。我之所以还自由，很大程度上是因为我是这个国家里为数不多的、有世界知名度的科学家之一。这一点毋庸置疑。

和我的很多知识分子同伴一样，我也是慢慢才反对恰卡的。以前，我总觉得有时候独裁才是解决政治动荡的唯一办法——就和二十世纪三十年代被误导的德国人一样。我们那灾难性错误的首个迹象可能体现在恰卡废除了宪法并用十九世纪祖鲁皇帝①的名字给自己改了名，他真的相信自己是他的转世。从那时起，他的狂妄开始变本加厉。和所有的暴君一样，他谁都不信，并总觉得自己身边充斥着反叛者。

这种感觉倒是很有根据。世人都知道至少有六次公开的行刺，肯定还有一些未公开的。它们的失败让恰卡更加坚信自己的命运，同时还加强了他的追随者们那个狂热的信念，即他是永生的。随着反对者的手段越来越激烈，大酋长的反制措施也越来越冷酷——越来越野蛮。恰卡的政权并不是非洲或是世界其他地方第一个折磨政敌的政权，但它是第一个在电视上公然这么做的。

即便到了那时候，全世界都知晓了他的恐怖手段并深感厌恶，但令我羞耻的是，要不是命运将武器交到了我手里，我可能还是会袖手旁观。我不是个行动派，而且我憎恨暴力。然而，一旦意识到这力量交到了我手里，我再也没法坐视不管了。等到美国太空总署的技术员安装好了他们的设备，并把休斯马克十号红外通信系统交给我们时，我便开始制订计划。

这看上去很奇怪，我的国家，虽然属于世界上最落后的国家之一，却在征服太空的行动中扮演了主要角色。这是因为地理上的偶然造成的，俄国人或是美国人对此可是一点都不喜欢，但他们也没什么办法。乌姆巴拉位于赤道上，也意味着在所有行星轨道的正下方。而且它还具备一个独特且无价的自然条件：一座名为赞部坑的死火山。

一百多万年以前，在赞部死去的时候，岩浆一步步地退却，凝结成了一系列的台阶，形成了一个一英里宽、一千英尺深的大碗。只

---

① 指恰卡·祖鲁（Shaka Zulu，约1781—1828），非洲祖鲁族首领，祖鲁王国建立者，也是著名的暴君。

需挖走极少量的土方，再布好线缆，就能将它转变成地球上最大的射电望远镜。因为巨大的反射面是固定的，随着地球的自转，它每过二十四小时才能扫描几分钟给定的天空。科学家愿意付出这样的代价，为了能收取远在太阳系边缘的飞船和探测器发回的信号。

恰卡是个他们没能预料到的问题。他是在工程几乎就要完工时上台的，他们只好设法跟他共存。幸运的是，他对科学有种近乎迷信的尊敬，而且他还需要所有能得到的美元和卢布。赤道深空设施逃过了他的狂热，事实上，他还甚至加强了它。

那个大圆盘刚刚完工时，我首次登上了矗立在它中央的铁塔。它像是根垂直的桅杆，高度超过了一千五百英尺，支撑着巨碗焦点处的收集天线。一个小小的电梯，能载三个人，缓慢地带着我去了顶部。

刚开始，什么也看不到，除了那个围在我身边、向着各个方向延伸了足有半英里的铝制大碗在反射着单调的光芒。但很快我就升过了火山口的边缘，可以望到远处我希望能拯救的土地。峰顶覆盖着积雪、在西方的雾霾中泛着蓝光的是坦帕拉山，非洲第二高的山峰，我跟它之间相隔着无数英里的丛林。在丛林里面蜿蜒着、打着旋的是尼亚河浑浊的河水——它是我几百万同胞们仅有的高速公路。少数的几块空地，一条铁路，还有远处城市的白色反光，它们是人类活动的唯一迹象。我再次感受到了那种无助感的冲击，每当我从高处俯瞰乌姆巴拉时，总能意识到人类在沉睡的丛林面前是多么渺小。

电梯咔嗒一声停了，将我带到了四分之一英里的高空。我出了电梯，来到了一个满是同轴电缆和各种设备的小屋。从这里还可以再往上一小段距离，有一截楼梯伸出了房顶，通向一个比一平方码大不了多少的平台。易于头晕的人可不能上去，那上面连扶手都没有，只有中心处的一根避雷针能给人一定程度的安全感，我站在这块离云彩如此接近的三角形金属板上时，一只手始终都牢牢地抓着避雷针。

壮丽的风景，加上轻微的、却又始终存在的由危险引发的兴奋，让我忘记了时间的流逝。我感觉自己成了神，完全摆脱了地球上的俗务，众人皆在我脚下。突然间我意识到了，如同数学一般确切，这将是一次恰卡无法拒绝的挑战。

汤加上校，他的警卫队长，会表示反对，但他的反对肯定会被忽视。懂得恰卡的人都应该能非常确定地预计到，在开幕的那一天他会站在这里，一个人，站上好几分钟，审视着他的王国。他的警卫会待在下面的屋子里，他们已经检查了这里，认为没问题。当我从三英里外隔着射电望远镜和我的天文台之间的重重山峦发起攻击时，他们将无能为力。我庆幸有这些山峦的存在，尽管它们会让问题变得复杂，但它们能保护我免遭任何的怀疑。汤加上校是个非常聪明的人，但他应该无法想到还有枪竟然能够发射拐弯的子弹。而且，他肯定想找到一把枪，虽然他找不到子弹……

我回到了实验室，开始了计算。很快，我就发现了第一个错误。因为我看到过马克十号的激光束能在千分之一秒内在钢板上打个洞，我就想当然地认为它也能杀人。但其实并不是这么简单。从某些方面来说，人是个比钢板更难对付的目标。人的体内大部分是水，比热是金属的十倍。一束光能在盔甲上钻个洞，或是把消息传送到远至冥王星——这也是马克十号的设计初衷——但只能给人体造成虽然疼痛却只停留在表面的灼伤。在三英里以外，我能给恰卡造成的最大伤害也无非是在他身披的那张招摇的部落毯子上钻个洞，证明他依旧是个凡人。

有那么一阵子，我差点就要放弃计划了。但它还没有彻底失败，我本能地知道答案就在眼前，我只需仔细寻找。或许，我可以用我的隐形热子弹切断某根固定铁塔的线缆，好让它在恰卡登顶时垮塌。计算表明，只要马克十号能持续作用十五秒钟就能实现这个结果。线缆跟人不一样，它不会移动，因此没必要将宝都押在一次高能量的射击上。我可以慢慢来。

但是，破坏望远镜相当于背叛了科学，所以等到我发现这个想法也不可行时，我甚至觉得松了一口气。桅杆的设计留了太高的安全系数，我必须要切断三根不同的线缆才能让它倒塌。这是不可能办到的。每次要让这仪器精准地对准目标，都需要好几个小时的微调。

我必须得想其他办法。人要想看清眼皮底下的事，往往需要很长的时间，所以直到望远镜的官方启动仪式开始之前的一个星期，我才找到办法来对付恰卡，人民的父亲、全视者及全能者。

到这时，我带的研究生已经调校好设备，我们准备进行一次全功率的测试。当它在天文台的穹顶内绕着基座旋转时，马克十号看上去就像是一台巨大的双筒反射望远镜——实际上它也确实就是台望远镜。一面直径三十六英尺的镜子聚集了激光束，并将它往外射向太空。另一面镜子的作用是收集返回的信号，同时也用来瞄准目标，如同一个超强的远距离瞄准系统。

我们对准了最近的天体，也就是月亮，来检验精度。一天深夜，我把十字对准了新月的中心，射出了一个脉冲。两秒半之后，一个清晰的反射传了回来。可以行动了。

还需要解决一个细节问题，而且必须由我本人秘密地来解决。射电望远镜位于天文台的北方，连绵的山峰阻碍了我们的视线，我们无法直接看到它。天文台南方一英里处有一座单独的山峰。我对它很了解，因为多年以前我帮着在那里建造了一座宇宙射线观测站。现在，它将派上别的用场，一个在我的国家仍自由时我绝对想不到的用场。

山峰正下方有一个古堡废墟，早在几个世纪前就被废弃了。我稍微花了点工夫就找到了我需要的位置——一个小洞穴，高度还不到一码，藏在了从古墙上掉落的两块巨石之间。从蜘蛛网的状况来判断，已经有好几代没人进去过了。

我爬进了洞口，从里面能看到整个深空设施的规模，一直延展了好几英里。它东面是旧时阿波罗项目的跟踪站，曾帮助首个登月者返回地球。再往东是一个机场，一架大型运输机正悬浮在它上空，腹部喷管向下喷射着气流。但真正让我感兴趣的还是在这个点位上能毫无遮挡地看到马克十号的穹顶，以及在它北方三英里处射电望远镜的桅杆。

我花三天时间在隐蔽的洞内安装了一面镀银完美、表面异常平整的镜子。为了精确固定镜子的朝向，我不得不进行步骤繁琐的毫米级微调，这花了我太长的时间，我都担心无法及时完成了。但好在我终于调好了角度，精确到了不到一秒角。当我用马克十号瞄准山上的秘密地点时，可以清晰地看到身后的小山。视野狭窄，但也足够了，目标区域只有一码宽，我可以观察到它的全身，误差不超过一英寸。

沿着我设置好的线路，光可以来回穿梭。无论我在瞄准镜里看到什么，它都会自动地出现在发射镜的射击路径上。

三天后，我坐在安静的天文台里，电源块在我身边嗡嗡地低吟着，看着恰卡进入望远镜的视野里，感觉还真有些怪。一瞬间我感觉到了成功的喜悦，就像是天文学家计算了一个新行星的轨道，接着真的发现它出现在星空里预测的位置上。我看到他时，那张冷酷的脸正侧对着我，在我用的最大倍数下，显得离我只有三十英尺远。我耐心地等待着，怀着冷静的自信，等待着我确定会到来的那一刻——恰卡在镜中直视我的那一刻。随后，我用左手划了个符号，向一位不可直述其名的古神致敬，并用右手合上电容器组的闸门，发射了激光，射出了无声的、隐形的雷霆，越过了重重山峦。

是的，这种做法好多了。恰卡死不足惜，但死亡会把他变成殉道士，反而会加强他政权的统治。我送给他的礼物比死亡还要恐怖，能将他的支持者扔进信仰崩塌的恐惧。

恰卡仍然活着。但全视者什么也看不到了。在不到几毫秒的时间内，我把他变得连街上最可怜的乞丐都不如。

我甚至都没弄疼他。当纤弱的视网膜被一千个太阳的热能烤化时，你是感觉不到疼的。

（译者：老光）

最长的科幻故事

1966年10月首次发表于《银河系》（*Galaxy*），标题为《故事中的故事》

收录于《来自太阳的风》

当编辑弗雷德里克·波尔出版了这个故事后，他不禁吹嘘起自己有多么聪明，可以在一页纸上编排下无限多个字。

亲爱的金克斯先生：

恐怕你的想法并不是那么原创。作家的作品尚未问世就总是遭到剽窃，这种故事能至少追溯到赫伯特·乔治·威尔斯的《捷足先登》。大约每周我都会收到这样一份手稿，开头是：

亲爱的金克斯先生：

恐怕你的想法并不是那么原创。作家的作品尚未问世就总是遭到剽窃，这种故事至少能追溯到赫伯特·乔治·威尔斯的《捷足先登》。大约每周我都会收到这样一份手稿，开头是：

1937 1938 1939 1942 1946 1947 1949 1950 1951 1952 1953 1954 1955 1956 1957 1958 1959 1960 1961 1962 1963 1964 1965 1966 1967 1968 1970 1971 1977 1984 1986 1992 1998 1999

亲爱的金克斯先生：

恐怕你的想法并不是……

* * *

祝你下次好运！

谨启

莫里斯·莫比乌斯

编辑，《沉闷的故事》

祝你下次好运！

谨启

莫里斯·莫比乌斯

编辑，《沉闷的故事》

祝你下次好运！

谨启

莫里斯·莫比乌斯

编辑，《沉闷的故事》

（译者：老光）

回放

1966年12月首次发表于《花花公子》（*Playboy*）
收录于《来自太阳的风》

真是难以想象，我忘了这么多，而且还忘得这么快。我的身体已经用了四十年。我以为我了解它。然而它就像梦一样凋零了。

胳膊，还有腿，你们在哪里？你们还属于我的时候，都为我做过什么？我发出了信号，想要命令我还依稀记得的四肢。没有动静。就像是在对着真空呐喊。

呐喊。是的。我想呐喊。或许它们能听到我，可是连我自己都听不到。寂静淹没了我，我再也无法想象声音。我的脑海里有个词叫“音乐”，它是什么意思？

（这么多词语，在黑暗之中飘浮在我面前，等着我去辨认。一个接一个地，它们又走了，满怀着失望。）

你好。你回来啦。你在我脑子里走路的动静可真轻！你一进来我就知道了，但在此之前我没感觉到你在靠近。

我感觉你很友好，感谢你的付出。但你是谁？当然，我知道你不是人。在动力场崩溃时，人类的科技无法拯救我。看到了吗，我开始变得好奇了。这是个好兆头，不是吗？既然痛苦已经消失了——终于，终于——我能开始思考了。

是的，我准备好了。你想问什么都行。都是我应该做的。

我叫威廉姆·文森特·纽伯格。我是星系勘测号的首席驾驶员。我出生于二〇九五年八月二十一日火星的洛厄尔港。我的妻子嘉妮塔和我的三个孩子住在木卫三上。我还是个作家。我写了很多关于我旅行的书。《飞越参宿七》还相当有名……

发生了什么？我可能并不比你知道的多。我刚幻影化我的飞船，并正以相位速度巡航，警报声突然响了。根本来不及反应，什么也做不了。我记得座舱开始发光——还有热，热得可怕。就这么多了。爆炸肯定把我推进了太空。但我怎么活下来的？怎么会有人能及时救我呢？

告诉我——我还剩下多少身体？为什么我感觉不到我的胳膊，我的腿？不要隐瞒真相，我不怕。如果你能送我回家，生物工程师能帮我长出新的肢体。我之前的右胳膊也不是我出生时的那一条。

为什么你不回答？难道很难回答吗？

你说不知道我长什么样是什么意思？你肯定救下了什么吧！

头？

那么是脑子吗？

连脑子——哦，不会吧！

对不起。我昏迷了很长时间吗？

让我控制一下我自己。（哈！真好笑！）我是一级勘测船驾驶员文森特·威廉姆·弗雷勒格。我出生于一八九五年八月二十一日火星的莱奥特港。我有一个……不对，两个孩子……

请再说一遍，慢慢地。我的训练能使我应对任何可能的现实。我能面对你跟我说的一切。但请慢一点。

好吧，也不算太糟。我还不算是死了。我知道自己是谁。我甚至觉得知道自己是什么东西。

我是一个——一个记录，位于某种奇妙的存储设备里。在飞船变成等离子气体时，你肯定是抓到了我的精神，我的灵魂。尽管我无法想象你是怎么做到的，但我这么想是有道理的。毕竟，一个原始人也无法理解我们怎么能记录一场音乐会……

我所有的记忆都被存储在了一条磁带上，或是一块水晶里，就如同它们曾经存储在了我已蒸发的脑细胞里。不仅是我的记忆。我。我本人——文斯·魏尔伯格，二级驾驶员。

好吧，接下来会发生什么？

请再说一遍。我不明白。

哦，太好了！你真的能办到？

有一个词专门用来称呼它，一个术语……

转弯。不，不对。

转弯，转弯……

转世！

是的，是的，我明白。我必须给你一个基本的构造。请仔细看着我的想法。

我从最上面开始。

最上面是头。它是椭圆形的——差不多吧。上半部分长着毛。我的是拉——拉——蓝色的。

眼睛。它们非常重要。你在其他动物那里看到过？好，省了不少麻烦。你能给我看看吗？行，这些就可以。

现在到嘴了。奇怪——我刮胡子时看过不下一千次了，但不知怎的……

没那么圆——窄一点。

哦，不对，不是那个方向。它是横在脸上的……

让我再想想……眼睛和嘴巴之间应该还有东西。

我太笨了。连这个都想不起来，我怎么当上学员的……

当然——是鼻子！我觉得应该再长一点。

还有别的，我忘了点什么。这个头看上去不怎么样，还没完工。它不是我，我是比利·文斯伯格，街区里最聪明的孩子。

这不是我的名字——我不是个孩子。我是个有二十年太空服务经验的首席驾驶员，我在重建我的身体。为什么我总是无法集中注意力？请帮帮我！

那个怪物？我跟你说我长这个样子吗？删除它。我们必须重新开始。

先是头。它是个标准的圆形，还戴着圆盖子……

太难了。从别的地方开始吧。哈，我知道了——

大腿骨连着胫骨。胫骨连着大腿骨。大腿骨连着胫骨。胫骨……

都忘了。太晚了，太晚了。回放出问题了。谢谢你的努力。我叫……我叫……

妈妈——你在哪里？

妈妈——妈妈！

妈妈妈妈妈……

（译者：老光）

残酷的天空

1967年7月首次发表于《童子军生活》（*Boy's Life*）
收录于《来自太阳的风》

一个预兆？我不确定。不过，如今的我因为脊髓灰质炎后遗症被困在了轮椅上，倒是真的可以试一下反重力装置。

到了半夜，离珠穆朗玛的峰顶只有一百多码远了，金字塔般的积雪在月光下反射着苍白阴森的光芒。空中万里无云，刮了好几天的风也终于停了。地球上的最高点变得如此平静和安宁，肯定异常罕见。他们的时机选得不错。

是不是好过头了，乔治·哈珀想着。简单得都令人有些失望。唯一的困难在于溜出宾馆，不要引起别人的注意。管理人员反对未经授权的午夜登山，因为可能会发生事故，从而影响到生意。

但是，艾尔温博士铁了心要在半夜爬，而且他这么做有充分的理由，尽管他从未明着说过。一个世界上最出名的科学家——当然也是世界上最出名的瘸子——在旅游高峰季节出现在珠穆朗玛宾馆，已经引起了不必要的注意。通过暗示他们在做某种重力方面的测试，哈珀已经转移了一部分的好奇心。他倒是没完全在撒谎，但其中真实

1937 1938 1939 1942 1946 1947 1949 1950 1951 1952 1953 1954 1955 1956 1957 1958 1959 1960 1961 1962 1963 1964 1965 1966 1967 1968 1970 1971 1977 1984 1986 1992 1998 1999

的部分微乎其微。

朱尔斯·艾尔温肩扛着五十磅重的设备，沉稳地朝着两万九千英尺的高度走去，任何一个能在此刻看到他的人肯定猜不到他的腿几乎是废的。他是一九六一年出生的一名酞胺哌啶酮灾难[①]的受害者，该灾难在地球表面各处留下了超过一万名的畸形儿童。艾尔温是其中的幸运儿。他的胳膊十分正常，而且还通过锻炼使得它们比普通男人的远为强壮。然而，他的双腿就只是两根皮包骨的芦柴棒。在拐杖的支撑下，他可以站起来，甚至还能歪歪扭扭地走上几步，但要想正常走路是绝无可能的。

然而，他现在离珠穆朗玛峰顶只有两百英尺了……

* * *

一切都是由三年多以前的一张旅游海报引起的。作为应用物理处的一名低级电脑程序员，乔治·哈珀只是听说过艾尔温博士的名气，最多也只是远远地见到过他。即便对那些直接在他手下工作的人而言，这位航天科技的研究部主任也显得有些疏离，他的身体和头脑令他和普通人之间产生了隔阂。大家既谈不上喜欢他，也谈不上讨厌他，而且尽管大家都尊敬他外加可怜他，但没人羡慕他。

哈珀刚从大学毕业没几个月，他觉得博士可能都不会注意到自己的存在，自己只是组织架构表上的一个名字。处里还有十个程序员，都比他的资历高，他们中的多数人跟研究部主任都没说过几句话。当哈珀被安排了一份送信的差事，给艾尔温博士的办公室送一份保密文

① 酞胺哌啶酮又名反应停，曾经作为抗妊娠呕吐反应药物在欧洲和日本被广泛使用，投入使用后不久，数据显示使用该药物的孕妇的流产率和海豹肢症畸胎率上升，致使该药物退出市场，该事件被称为反应停事件。

件时，他还以为只要客套两句就能出来了。

实际情况几乎就跟他的预料一样。但正当要离开时，他被一张壮观的、占满了半面墙的喜马拉雅山全景照片吸引住了脚步。它被放置的这个位置，艾尔温博士无论何时从桌子旁抬头都能看到它。哈珀对照片上展示的风景非常熟悉，因为照片就是他照的，作为一个心怀敬畏的、略有些喘不上气的游客，他站在了珠穆朗玛皇冠那片满是脚印的积雪之上。

能看到照片里有干城章嘉峰，高耸在近一百英里外的云层之中。几乎跟它平行但更近一些的是马卡鲁的双峰。再往近处，占据了整个前景的，是洛子峰雄伟的身躯，它是珠穆朗玛峰的邻居和对手。往西边稍远的地方去，沿着山谷倾泻而下的是坤布冰川和绒布冰川那杂乱无章的巨型冰河，大到人眼无法欣赏它们的全貌。在这个高度上，它们那冰封的涟漪看上去就像是耕地里的犁沟，但是这些犁沟、这些铁一般坚硬的冰上疤痕，其深度能达好几百英尺。

听到艾尔温博士的声音在背后响起时，哈珀仍然沉浸在壮美的风景之中，回味着从前的记忆。

“你看上去很感兴趣啊。你去过那里吗？”

“是的，博士。我高中毕业的时候，父母带我去过一次。我们在宾馆住了一个星期，还以为在我们回家之前，天气好不了了。但到了最后一天，风停了，我们大概有二十个人登上了峰顶。我们在那里待了有一个小时，还相互拍了照片。”

艾尔温博士似乎花了太长的时间来消化他提供的信息。随后，他开口说道，不再是刚才那种冷冰冰的语气，而是在竭力掩饰自己的激动：“坐下，哈——哈珀先生。再跟我说说吧。”

乔治·哈珀走向了那把椅子，椅子面对着主任那张整齐的大办公桌，他心里有些疑惑。他的事迹也算不上稀奇，每年都有好几千人来到珠穆朗玛宾馆，他们中大概有四分之一会登顶。事实上，去年就有一个广为人知的宣传，说的是第一万个人登上了世界屋脊。一些愤世嫉俗者还评论了一个异常的巧合，第一万个登顶的人恰好是一个非常出名的女明星。

哈珀跟艾尔温博士所说的，其实都能轻易地从其他十几个信息渠道里获取——例如旅游手册。然而，没有哪个野心勃勃的年轻科学家会放弃一个这么好的机会，给一个能在职业生涯上大力提携他的人留下深刻的印象。哈珀不是那种精于算计的人，也不想参与办公室政治，但机会摆在面前时，他知道该如何抓住。

“好吧，博士，”他开口说道，刚开始说得很慢，因为他想组织好自己的想法和记忆，“飞机会把你带到一个叫纳姆奇的小镇，那里离山大概有二十英里。然后汽车会带上你沿着一条风景优美的路一直到宾馆。宾馆的脚下就是昆布冰川。它的海拔有一万八千英尺，里面有为呼吸困难的人准备的加压房间。当然，那里也有医务人员，管理层也不会接待身体不合适的人。在你能去往海拔更高的地区之前，你必须在宾馆里至少住两天，吃特殊的配餐。

“在宾馆里你其实看不到峰顶，因为你离山太近了，它就像压在你头顶似的。但是风景很壮观。你能看到洛子峰和其他十几座山峰。而且，那地方还是挺可怕的——尤其是在晚上。风通常在高处刮个不停，还有冰移动时发出的奇怪声音。很容易让人联想起山里隐藏着魔鬼……

“在宾馆里能做的事不多，只能放松心情，欣赏风景，等着医生首肯你可以出发了。以前，你需要好几个星期才能习惯稀薄的空气，现在他们能在四十八小时内将你的红血球升高到合适的水平。即便如此，仍有半数的访客——多数是老年人——会认为这个高度对他们来说已经到顶了。

"接下来会发生什么取决于你本人的经验，以及你愿意付多高的价钱。有些登山专家会雇向导自己登顶，使用标准的登山设备。现在要这么做已经不难了，而且多个关键节点上都建有营地。这些人中的大多数都会成功。但你总是要和天气对赌，每年都会死上几个人。

"普通的游客会采取一种简单的方式。飞机不允许降落在珠穆朗玛峰上，除非出现了紧急情况。但是接近努布策山顶有个营地，有直升机提供从宾馆飞到那里的服务。从营地到峰顶只有三英里，走南坳——这条路线在天气良好时对任何人来说都相对简单，无需太多的登山经验。有些人不带氧气，但我不推荐这种做法。我在登顶之前一直戴着面罩。到了之后，我摘下了面罩，发现呼吸其实并不算困难。"

"你用的是过滤器还是氧气瓶？"

"哦，分子过滤器——它们现在已经很可靠了，能够提高氧气含量到超过百分之一百。它们让高海拔攀登变得简单多了。没人带压缩气瓶了。"

"登顶需要多长时间？"

"一整天。我们是在黎明时出发的，回来的时候天已经黑了。这足以让从前的人吃惊了。当然，我们出发时都体力充沛，而且也没带重装备。从营地出发，一路上没遇到过什么麻烦，在困难的地方都挖出了阶梯。跟我说过的一样，身体正常的话就没问题。"

这句话刚一出口，哈珀差点把自己的舌头咬下来。他忘了自己的谈话对象，这似乎显得不可思议，但那次登上世界屋脊的美妙和激动如此生动地出现在他眼前，以至于有那么一瞬间他仿佛再次站上了那个孤独的、狂风呼啸的峰顶。一个艾尔温博士永远都没法企及的地点……

但科学家似乎并没有注意到——又或者他习惯了这种唐突，不再觉得受到了冒犯。为什么，哈珀暗自想着，他对珠穆朗玛峰如此感兴趣？可能是因为它无法被触及？它代表了因为出生时的不幸而被剥夺的一切？

然而，就在三年后的今天，乔治·哈珀在离峰顶只有一百英尺的距离停住了脚步，并在博士跟上来的时候收紧了尼龙绳子。尽管他没说过什么，但哈珀知道他想成为第一个登顶的人。他应当得到这份荣誉，而这位年轻人不想从他手里夺走它。

“没事吧？”等艾尔温博士靠近时，他问道。这问题相当多余，但哈珀急切地想打破包围他们的孤独。在这片白色的峰顶荒漠上，没什么迹象能显示人类的存在。

艾尔温没有回答，但在经过他身边时心不在焉地点了点头，他炯炯的目光盯住了峰顶。他走路时腿是僵硬的，步态很奇怪，他的脚在雪地上几乎没留下脚印。而且，在他走路时，他肩上的大背包里传出一种轻微的但绝对不会听错的呜呜声。

没错，那个背包正托着他——也可以说是四分之三的他。在他朝着曾经遥不可及的目标一步步坚定地前进时，艾尔温博士和他的设备加起来的重量也只有五十磅。如果连这也太重的话，他只需再调节一下旋钮，把自己的重量降到零。

月光笼罩之下的喜马拉雅山里隐藏着二十一世纪最大的秘密。全世界也只有五套试验性的艾尔温升力器，其中两套就在此刻的珠穆朗玛峰上。

即便他知道它们的存在已经有两年了，也懂得其中的一些基本原理，这些“小升子”——实验室里很快就给它们取了绰号——在哈珀眼里仍然像是魔术。它们的能量块里存储了足够的电量，足以把两百五十磅的重量在垂直距离上举升十英里，从而给这次任务留出了足够的安全系数。随着装置与地球的重力场相互作用，这种“上升—下降”的循环几乎可以重复无限次。在上升过程中，电池放电。在下降过程中，它被再次充电。因为没有哪种做功过程能达到百分之百的效率，所以每次循环能量都有微小的损失，但在装置损耗殆尽之前，它至少可以循环一百次。

在大部分的重量都被中和了的情况下，登山是一种令人愉快的感觉。背包带子向上的拉力让他们觉得像被拴在了看不见的气球下面，而且气球的浮力还能随意调节。他们需要保留一定数量的重量来获取地面的摩擦力，在经过了几次尝试之后，最终定在了百分之二十五。在这种状态下，爬一个四十五度角的斜坡就如同走在平地上一样简单。

有几次他们将重量降低到了几乎为零，为了手把手地攀过垂直的岩石表面。这种感觉最奇怪了，需要他们完全信赖自己的设备。悬在半空中，没有任何可支撑的地方，只有一个在小声呜呜叫着的电子设备，对人的意志力是个考验。但几分钟过后，力量和自由的感觉战胜了恐惧，因为在这里他们真的实现了人类自古以来的梦想。

几个星期之前，一位图书馆管理员找到了一句二十一世纪早期的诗句，它完美地描述了他们的成就：自由地行走于残酷的天空。在这个维度上，甚至连鸟都没有这样的自由。只有升力器才算真正征服了天空。它可以打开世界上所有的大山和高原，就如同一代人之前的水肺打开了海洋一样。等到这装置通过测试并进入低成本的量产之后，人类文明的各个方面将发生巨变。交通运输将发生革命，太空旅行将变得如同坐普通的飞机一样便宜。整个人类将占领天空。一百多年前汽车发明所带来的变化只是个前奏，从此刻开始，社会和政治上的巨变才真正上演。

但是，艾尔温博士在这个孤独的成功时刻应该没想那么多吧，哈珀对这个想法还是挺肯定的。今后，他将接受全世界的掌声（肯定也有咒骂），但跟此刻站在世界之巅相比，这些都算不了什么。这真的是精神战胜了物质，智慧战胜了残缺的躯体。其余的一切都是高潮之后的余晖了。

当哈珀跟着科学家站上积雪覆盖的金字塔平顶，他们异常正式地握了握手，因为这么做显得顺理成章。但他们什么也没说。他们那伟大的成就，加上壮美的风景，那一座座山峰伸向四周目力不能及的远方，都让他们说不出话来。

哈珀在背包带的拉力之下放松了身子，缓慢地扫视着四周。他一边辨认着各个山峰，一边在脑海里叫起了它们的名字：马卡鲁峰、洛子峰、巴鲁特斯峰、卓奥友峰、干城章嘉峰……即使到了今天，这些山峰中的很多都没人爬过。好吧，小升子将会改变这个局面。

当然，肯定会有很多人表示反对。在二十世纪时，也有登山者认为用氧气是一种“作弊”的手段。很难相信有人曾试图在不使用人工装置的情况下爬上这些高峰，即便他们花了好几个星期来适应环境。哈珀还记得马洛里和欧文，他们的尸体埋在了离这里不到一英里的某处。

艾尔温博士在他身后清了清嗓子。

“我们走吧，乔治，”他轻声说道，声音在氧气过滤器的影响下变得有些含糊，“我们必须要回去了，免得他们找我们。”

他们对着那些在他们之前站在此处的人默默地道了声别，转身沿着平缓的坡道走下山峰。刚才还是一片澄清的夜色已变得漆黑，几朵高高的云彩划过月球的表面，速度如此之快，以至于月球在明暗之间快速变换着，快到看不清路了。哈珀不喜欢此时天气的样子，并开始在脑海中重新组织计划。或许应该改去南坳的营地，而不是试图回到出发营地。但他什么也没跟博士说，他不想发出错误的警报。

此时，他们正沿着一段崎岖的山坡前进，一侧是漆黑一片，另一侧有积雪朦胧的反光。要是在这里遭遇风暴可就太糟了，哈珀心里暗自想着。

当狂风吹到他们身上时，他还没怎么理顺这个想法。不知从何处传来了呼啸声，如同群山一直在为此刻而积聚着力量。没时间做出反应。即使他们保持着正常的体重，也会被刮离地面。刹那间，狂风卷着他们进入了阴影中空虚的黑暗。

要想判断脚下有多深是不可能的。哈珀逼着自己往下看，却什么也看不到。虽然风似乎在带着他水平飞行，他知道自己肯定在下坠。他剩余的重量将带着他以平常速度的四分之一往下坠落。但这已经够了。如果他们坠落了四千英尺，即便看上去像是只坠落了一千英尺，也起不了多大的安慰作用。

但他没有时间害怕——等到他幸存了之后，他才会有时间害怕——奇怪的是，他最主要的担心竟然是升力器可能会损毁。他完全忘记了自己的同伴，因为在这种情况下，一个人的脑子里一次只能想到一件事。尼龙绳猛地被扯紧了，让他既紧张又疑惑不已。随后他看到了艾尔温博士在绳子的尽头缓慢地绕着他转，像是一颗行星围绕着太阳。

这情景一下子让他回到了现实，并立即意识到该怎么做。他刚才的瘫痪可能只持续了不到一秒钟。他在风中大声呼喊着："博士！快用紧急升力！"

在说话的同时，他在控制面板上找到了密封盖，把它打开，并按下了里面的按钮。

能量块立刻如同一窝蜜蜂一样嗡嗡地响了起来。他感觉到背包带拉紧了自己的身体，想要把他在半空中拉起，远离底下看不见的死亡。地球重力场的算术在他头脑中亮了起来，如同火焰一般。一个千瓦能以每秒一米的速度提升一百公斤的重量，能量块最快能以十个千瓦的速率转换能量——尽管他们在这种状态下最多能保持一分钟。因此，考虑到他的体重还不到一百公斤，他应该正以每秒远高于一百英尺的速度向上爬升着。

随着他们之间的距离扩大，绳子猛地被拉紧了。艾尔温博士在按紧急按钮的时候慢了半拍，但最后他也开始上升了。这将是一场较量，一头是他们的装置所产生的力量，另一头是将他们吹往洛子峰冰封表面的狂风，现在他们离那里只有不到一千英尺的距离了。

在月光下，积雪的岩壁如同冰封的海浪般笼罩了他们的身形。很难精确地判断他们的速度，但至少应该有每小时五十英里。即便他们在撞击中生存了下来，也极有可能身负重伤，而在此处受伤就意味着死亡。

紧接着，正当撞击看上去不可避免时，风突然向上吹了，带着他们一起飞了起来。他们在距离令人宽慰的五十英尺高处掠过了岩石崖壁。它像是一场奇迹，但在短暂的放松之后，哈珀意识到救了他们的实际是简单的空气动力学。风必须升起才能刮过山峰。在另一面，它会再次下降。这已经无关紧要了，因为他们前方的天空里是空的。

现在，他们安静地飞在了破碎的云层底下。尽管他们的速度没有变慢，风的呼啸声却突然变小了，因为他们跟着它一起在虚空里飞行。他们甚至还可以舒服地对话，隔着分开了他们的三十英尺距离。

“艾尔温博士，”哈珀喊道，“你没事吧？”

“没事，乔治，”科学家异常平静地说道，“现在我们该怎么办？”

“我们必须停止上升。要是我们再往上飞，很快就无法呼吸了——即使戴着过滤器。”

“你说得对。我们恢复平衡吧。”

随着他们关闭紧急线路，能量块那愤怒的嗡嗡声消失了，变成了几乎听不到的呜呜声。他们在尼龙绳上上下悠了几下——先是一个人到了最上面，然后又换成另一个人——随后他们设法抵消了作用力。当终于稳定下来之后，他们飘浮在了三万英尺不到一点的地方。除非小升子失灵——在过载之后还是相当有可能的——眼下还看不到有什么紧急的危险。

麻烦在他们想要回到地面上时才会产生。

* * *

历史上从未有人见到过如此奇特的晨曦。尽管他们又累又痛又冷，而且稀薄干燥的空气随着每一次的呼吸都刮擦着他们的喉咙，但当第一缕微光在崎岖的东方地平线上升起时，他们还是忘记了所有的不适。星星一个接一个地消失了，在日光降临之前几分钟才最后一个消失的是最亮的太空站——太平洋三号，悬浮在夏威夷上空两万两千英里的高处。随后，太阳在无名的山峰之海上升起，喜马拉雅迎来了白天。

这景象跟在月球上看日出差不多。最开始，只有最高的山峰被斜着射入的光线照亮了，周围的山谷仍然处于漆黑的阴影之中。但渐渐地光线开始沿着崖壁往下迸发，越来越多的严酷的无人禁区进入了白昼。

此刻，如果有人能仔细看，还是能看到人类生活的迹象。那里有几条狭窄的小路，孤独的村庄里有炊烟升起，寺院房顶反射出了点点的鳞光。下面的世界正在醒来，完全没有注意到一万五千英尺的上方神奇地飘浮着两个旁观者。

风肯定在夜间换了好几次方向，哈珀已然搞不清他们到了什么地方。他看不到任何一个认识的地标。他们可能位于青藏高原一个五百英里长的地带上，无法确定具体位置。

首要的问题是找一个降落地点——而且要快，因为他们正迅速朝着一堆山峰和冰川飘去，在那里可找不到什么帮助。风带着他们飘往东北方向的中国境内。如果他们飘过了那些山峰并降落到了那里，可能需要花上好几个星期才能和某个联合国的救援署联络上，然后才能踏上回家之路。要是他们从空中落下，降落到了一个只有文盲和迷信的农民居住区，他们甚至可能会遇到危险。

“我们最好快点降落，”哈珀说道，“我不喜欢那边的山。”他的话似乎完全消失在了他们周围稀薄的空气里。虽然艾尔温博士离他只有十英尺远，但他的同伴可能并没有听到他在说什么。好在博士终于点了点头，看上去似乎不太情愿。

“恐怕你是对的——但我怀疑我们是否能成功，风太大了。记住——我们没法像升起时那么快地下降。”

他是对的。能量块只能以放电速度的十分之一来进行充电。如果他们下降得太快，引力能量也会以过快的速度灌入能量块，可能会让它们过热，或甚至爆炸。吓坏了的中国西藏人（也可能是尼泊尔人？）还会以为有块大陨石在他们的天空中爆炸了。也就没人能知道朱尔斯·艾尔温博士和他那位前途光明的助手到底发生了什么。

离地面还有五千英尺时，哈珀感觉爆炸随时都会发生。他们正快速下降，但仍不够快。再过一小会儿，他们就不得不开始减速，除非他们愿意以高速撞向地面。更糟糕的是，他们完全错误地判断了地面上的风速。那个来自地狱的、不可捉摸的风再次狂吼了起来。他们能看到阵阵的雪花从山坡上被刮下，露出了下面的岩石，雪花如同魔鬼的旌旗一般在他们下方飞舞。刚才他们是在乘风飞行，所以不能体会它的威力。现在他们必须再次在坚硬的岩石和温柔的空气之间做出转换。

气流带着他们进入了一个山谷的开口。想要翻过它是不可能了。他们下定了决心，想要找一个最佳的降落地点。

山谷以一个可怕的速度变得越来越窄。现在，它比一个裂口大不了多少，岩壁以每小时三十到四十英里的速度在他们身旁掠过。时不时地，随机出现的旋涡会将他们甩向右边，然后又甩向左边，有很多次他们离撞击只差了几英尺。有那么一次，当他们在不到一码的上空扫过一块覆盖着厚厚积雪的大石头时，哈珀忍不住想要去拉下快卸绳将升力器抛掉。但这么做和从煎锅里跳进火里没什么区别：他们可能可以安全地回到坚实的地面，但结果只是发现自己落到了一个不知从何处能找来帮助的地方。

然而，即便又再次陷入了险境，他却不怎么害怕。这就像是一场刺激的梦——他很快就会醒来，发现自己正安全地睡在床上。这场刺激的冒险不是真的……

“乔治！”博士叫道，“我们的机会来了——想办法钩住那块大石头！”

他们只有几秒钟的时间做出行动。不约而同地，他们立刻放出了尼龙绳，直到它像个大圆圈似的垂在了他们身下，最低的部分离迅速后退的地面只有一码的距离。一块巨大的岩石，差不多有二十英尺高，就横在了他们的飞行路线上。岩石上面盖着一大层积雪，有希望能给他们一个像样的软着陆。

绳子在大石头的下半部分滑动着，似乎要滑脱了，随后却被一个突起给绊住了。哈珀感觉到一个突然的拉力。他如同一块石头般在绳子的另一头被甩了起来。

我从来没想到过雪也可以这么硬，他暗自想着。他眼前突然亮起一阵短暂的强光，接着一切都平静了。

他回到了大学的教室。一个教授在讲话，声音听着很熟悉，但不知怎的，给人的感觉他并不属于这里。他在心里懒懒地回忆了一遍大学里老师的名字。没错，他肯定不是他们中的一个。可是，他就是对这个声音非常熟悉，而且无疑这个声音正在给什么人讲课。

“……我年轻时就意识到了爱因斯坦的引力理论里有错误。确切来说，等效原理中似乎有一个谬误。根据该原理，引力和加速度造成的效应是无法区分的。

“但这显然是错误的。一个人可以制造均匀的加速度，但想要制造均匀的引力场却是不可能的，因为它要遵从平方反比定律，所以即便在非常短的距离里它也会产生变化。设计实验来区别两者很容易，这不禁让我怀疑……”

轻声的话语没有再在哈珀的脑海里留下进一步的印象，仿佛它接下来是用外语说的。他隐约意识到自己其实应该是听懂了，但他懒得去理解它们。总之，现在最主要的问题是要确定自己在什么地方。

是他的眼睛出问题了吗，还是自己处于一个全黑的环境之中？他眨了下眼睛，这动作让他产生了严重的偏头痛，他忍不住叫了出来。

“乔治！你没事吧？”

当然！那是艾尔温博士的声音，在黑暗之中轻声地讲述着。但他在给谁讲呢？

“我的头很痛。还有，我想动的时候，身体的一侧也有痛感。发生什么了？怎么这么黑？”

“你脑震荡了——我感觉你还摔断了一根肋骨。不要说话。你昏迷了一整天。天又黑了，我们在帐篷里。我在节约我们的手电。”

艾尔温博士打开手电，亮起了夺目的灯光。哈珀看到了身边小帐篷的内壁。为了以防万一，他们带上了全套的登山装备，真是太幸运了。但这可能只是延长了他们的痛苦……

他对这位残疾科学家在无人帮忙的情况下还能打开背包、搭好帐篷并把他拖进去而感到惊奇。一切都放置得妥妥当当：急救箱、压缩食品罐头、水壶、便携炉子用的小小的红色液化气瓶。然而，这里却没看到大个子的升力器。可能它们被留在了外面给这里腾出更多的空间。

“我醒来的时候，你在和什么人说话吗，”哈珀说道，“还是我在做梦？”尽管在帐篷内壁反射回来的间接光线下，很难看清另外一个人脸上的表情，他还是看到了艾尔温的尴尬。刹那间他明白了是什么原因，不禁懊悔自己问了这个问题。

科学家不相信他们能幸存下来。他在记录自己的笔记，以备有一天他们的尸体能被发现。哈珀凄惨地想着他是否已经录完了自己最后的遗愿。

还没等艾尔温回答，他飞快地改变了话题。

“你呼叫救援了吗？”

“我每半个小时就会呼叫一次，但我担心这里的山把我们挡住了。我能听到他们，但他们却听不到我们。”

艾尔温博士拿起了小小的收发机并打开了开关。它原本被习惯性地拴在了手腕位置上，他肯定是早就把它解下来了。

“这里是四号救援员，”一个模糊不清的声音机械地说道，“正在监听。”

在五秒钟的间隔时间内，艾尔温按下了SOS按钮，随后等待着。

“这里是四号救援员，正在监听。”

他们等了整整一分钟，但没人确认收到了他们的求救信号。得了，哈珀悲伤地想着，相互指责也没用了。还飘在山峰上方的时候，他们争论过几次是否要呼叫全球救援服务，但最后决定还是不用了，部分是因为还飘在空中的时候呼救也可能没什么用。往往是要等到事情过后人才会变得聪明：又有谁会想到他们会降落在一个罕有的联系不到救援的地方呢?

艾尔温博士关掉了收发机，小小帐篷里只剩下风吹过两边峭壁的呜咽，他们也被困在了这两堵墙里——无法逃脱，也无法与外界联系。

“别担心，”最后他说道，“到早上我们再想办法出去。日出之前我们什么也做不了——还不如让自己舒服点。来喝点热汤吧。”

几个小时过后，哈珀的头没那么痛了。虽然他怀疑自己有根肋骨真的裂了，他还是找到了一个舒服的姿势，只要他不动，几乎感觉不到疼。

他已经经历了三个连续的阶段，绝望、迁怒于艾尔温博士以及为卷入了如此愚蠢的冒险而自责。此刻，他平静了下来，但他的脑海里仍在搜索着逃生的办法，难以入眠。

帐篷外面，风几乎停了，夜晚变得异常宁静。它不再是一片漆黑，因为月亮已升了上来。虽然它的光线无法直接照进来，上面的雪地肯定将光线反射到了这里。哈珀用尽目力，勉强能看到微弱的光线渗透进了半透明的隔热帐篷。

首先，他暗自想着，他们没有紧急的危险。食物至少能支持一个星期，这里有大量的雪，可以融化了来提供水。再过一两天，如果他的肋骨好些了，说不定他们还能再次起飞——他希望这一次能有好的结果。

从不远处传来一阵奇怪的轻微的嗖嗖声，哈珀一开始感到奇怪，随后意识到肯定有什么地方掉下了一大堆雪。夜晚已变得异常安静，他感觉几乎都能听到自己的心跳了，已入睡的同伴发出的每一声呼吸都显得不自然的响亮。

真奇妙啊，大脑怎么会这么轻易就被琐事给分散了注意力！他将想法又集中到如何生存的问题上。即便他的身体还不能飞行，博士也可以设法自己飞出去。这里的情况就是典型的只要有一个人能逃生就相当于两个人都获救了。

又传来一阵嗖嗖声，这次的声音更响了一些。有些奇怪，哈珀闪过一个念头，如此宁静的夜晚竟然还有雪在移动。他希望不会有雪崩的风险，因为还没来得及对降落地点做一个详细的观察，他无法评估这个风险。他犹豫要不要叫醒博士，他在搭帐篷之前肯定好好看过这个地方。随后他决定还是算了，认命吧。即使真的有雪崩，他们也做不了什么。

回到最首要的问题。这里有一个值得好好考虑且有趣的解决办法。他们可以把收发机拴在其中一个升力器上，然后让它们一起升空。等到装置一离开山谷，信号就能传出去，救援队伍在几个小时内就能到达——或最多也用不了几天。

当然，这么做意味着要牺牲一台升力器，万一没有效果，他们会陷入一个更加糟糕的境地。话虽如此……

那是什么？已经不是雪堆滑落时的嗖嗖声了。那是一个微弱的、但绝对不会听错的嗒嗒声，就像是一块小石子撞到另外一块上发出的声音。小石子可不会自己动。

这是你的幻想，哈珀告诫着自己。有什么人或有什么东西会在半夜的喜马拉雅山上走动？这想法也太荒谬了。但他的喉咙还是突然干了，并感觉到后脖子上的汗毛都竖了起来。他肯定听到了什么，这一点无法否认。

博士那该死的呼吸声也太吵了，令他难以听清外面的声音。有这种可能性吗，尽管容易入睡，但艾尔温其实已经被他自己一直警惕的潜意识唤醒了？他又开始胡思乱想了……

嗒嗒。

声音可能更近了些。它肯定发自于一个不同的方向，就好像是有东西——移动起来虽然显得很神秘，却又不是完全地无声无息——在绕着帐篷缓慢地转着圈。

此时，乔治·哈珀真的希望自己从未听说过恐怖的雪人。虽然他知道得很少，但这很少已然是太多了。

他记得尼泊尔人口中的雪人在喜马拉雅地区已经流传了一百多年。一个比人类高大的危险怪物，从未被抓到过、拍到过，或甚至被靠谱的目击者证实过。大多数西方人都相信这只是一个幻想，完全没有被雪地里的痕迹或是荒野寺庙内保存的几片皮肤这种微弱的证据所打动。山上的部落应该更清楚吧。哈珀担心他们是对的。

接下来挺长的一段时间里什么也没发生，他的恐惧开始逐渐消散。可能是他过于紧绷的想象力跟他开了个玩笑，在这种情况下，一点儿也不奇怪。他凭借自己的意志力将思绪再次集中到救援问题上。他思考得正深入时，有东西突然撞到了帐篷。

他喉部的肌肉因为太恐惧而失灵了，以至于叫不出声来。他完全动弹不了。紧接着，在他身旁的黑暗之中，他听到艾尔温博士在睡梦中惊醒了。

“怎么啦？”科学家嘟囔了一声，“你还好吧？”

哈珀感觉到自己的同伴在翻身，知道他要找手电。他想小声提醒他：“看在上帝的分上，安静！”但是并没有声音从他的嘴唇里冒出来。

帐篷的内壁现在朝他们拱了过来，仿佛有什么重量压在了上面。在拱起的中央有一个绝不可能看错的形状：一个不成比例的手或爪子的印记。它离开地面只有两英尺，不管什么东西在外头，它应该是跪着的，仿佛正在摸索帐篷的面料。

灯光肯定吓了它一跳，印记一下子消失了，帐篷的内壁也弹了回去。外面传来一声低沉的嚎叫，接着又陷入长时间的寂静。

哈珀这才又开始呼吸。他感觉帐篷随时都会被扯开，然后某种想象不到的恐惧会降临到他们身上。然而，仿佛是在跟他唱对台戏，外面只有阵风掠过高处的山峰时传来的遥远微弱的呼啸声。他感觉自己不由自主地颤抖了起来。跟温度无关，因为这个保温的小小世界里相当暖和。

随后传来了一声熟悉的——实际上几乎是友好的——声音。那是空的金属罐头撞到石头的声音。不知怎的，它让气氛变得没那么紧张了。哈珀发现自己终于能讲话了，或至少能耳语了。

“它找到了我们的食物罐头。或许它会就此离开。”

几乎像是对他的回答，外面传来了一声低沉的嚎叫，听上去显得既愤怒又失望，然后又是一声打击声，罐头们咔嗒地互相撞着滚入了黑暗。哈珀突然想起所有的食物都在帐篷里，外面只有空罐头。这不是一个令人高兴的想法。他多么希望，就如同迷信的部落人一样，他们给在这山里住着的无论是神还是鬼的东西留下了贡品。

接下来发生的事太突然了，太意想不到了，以至于在他能做出反应之前就已经结束了。外面发出了扭打的声音，像是有什么东西在撞着岩石，随后是熟悉的电子呜呜声，接着是一声惊恐的嚎叫。

随后，令人心悸的愤怒与绝望之吼迅速变成了纯粹的恐惧哀嚎，且渐渐消失在不断加速的上升、上升之中，一直升到了空荡荡的天空。

渐渐消失的声音触发了哈珀头脑中一个类似的记忆。他曾经看过一个二十世纪早期有关飞行历史的电影，里面有个可怕的画面展现了起飞时的情景。地面人员抓着缆绳的时间稍微久了一点，飞机拖着他们上了天，他们只能无助地吊在飞机的下面。然后，他们坚持不住了，一个接一个地摔到了地面。

哈珀等着听远处传来的“砰”的一声，但一直没等到。随后，他注意到博士在说话，一遍遍地重复着：“我把两套装置都缠在一起了。我把两套装置都缠在一起了。”

他仍然处于十万分的震惊之中，这个信息并没有增添他的焦虑。他反而感到一种超然的俨然是科学家式的失望。

他再也不可能知道，那个在喜马拉雅夜晚数个与世隔绝的小时里，绕着帐篷转圈的东西是什么了。

午后，一位满心疑虑的锡克教徒驾驶着一架山地救援直升机，压低着机鼻飞进了山谷。他仍然在怀疑整件事只是一个精心策划的玩笑。直升机刚一降落，激起的雪花尚未落下，艾尔温博士已然在激动地挥舞着一只手臂，他的另一只手臂扶在了帐篷上撑着自己。

飞行员认出残疾的科学家后，他内心涌起了一种近乎崇拜的敬畏感。看来报告一定是真的，艾尔温不可能通过别的方式抵达此处。这也意味着从此刻起，任何曾飞行在地球上空的东西都和牛车一样过时了。

“感谢上帝，你找到我们了，”博士发自内心地感谢道，“你怎么这么快就赶来了？”

“你要感谢雷达跟踪网络，还有在轨道上的望远镜。其实我们还能更早赶来，但一开始我们还以为这是个玩笑。”

“我不明白。”

“博士，要是有人跟你报告，说有一只死透了的喜马拉雅雪豹被绳子缠在了两个箱子上——而且还维持在九万英尺的高度——你会怎么想？”

帐篷里的乔治·哈珀笑了起来，不顾由此引起的疼痛。博士把头探入了帐篷的门帘，焦急地问道：“怎么啦？”

“没什么——哎哟。我在想怎么才能把那头可怜的野兽弄下来，以防它对航线形成阻碍。”

“哦，必须有人乘着另一台升力器上去按按钮。或许我们应该在所有的装置上都装上遥控……”

艾尔温博士没有把话说完。他的思绪已经飞到了远方，沉浸在那些能改变世界面貌的美梦之中。

再过一会儿他就要下山了，如同一位后世的摩西带来了新文明的法则。他将赠予人类一个早已失去的自由，一个在首批两栖动物离开它们在水面下的无重力之家后就失去了的自由。

与重力相持了十亿年的战争终于结束了。

（译者：老光）

赫伯特·乔治·莫雷·罗伯茨·威尔斯先生

1967年12月首次发表于《假如》（*If*）
收录于《来自太阳的风》

两年前我写过一篇小说，本名为“最长的科幻故事”，弗雷德里克·波尔尽职地贡献出了他杂志上的一个页面将其发表了。（因为编辑必须通过某种方式来显示自己存在的价值，他把名字改成了“故事中的故事”。你能在一九六六年十月的《银河系》中找到它。）在这个嵌套故事的开端，但离结尾还无限遥远的地方，我提到了赫伯特·乔治·威尔斯的《捷足先登》。

虽然我是在二十年前读到了这篇科幻短文，而且此后再也没读过它，但它在我的脑海里留下了深刻的印象。故事写的是两位作家，其中的一位拥有所有的好故事，却总是被另一位抢先发表——甚至在他本人完成之前。最后，出于绝望，他认为谋杀才是唯一的办法，来解决他习惯性地被剽窃的不幸。

但是，可以想象得到，他的对手再次走到了他前面。故事是这样结尾的，“这位捷足先登者害怕极了，钻进小巷逃走了”。

我可以对着一堆《圣经》发誓，这故事确实是赫伯特·乔治·威尔斯写的。然而，就在我的故事发表之后没过几个月，我收到了一封信，来自华盛顿州埃弗雷特的莱斯利·格里腾，说他没法找到它。格里腾先生是威尔斯的资深书迷。他还清晰地记得于十九世纪九十年代在《海滨杂志》连载的长篇《世界大战》。正如大师笔下某位伦敦东区的人物所说的那样，“信我吧，准没错”。

我拒绝承认本人的大脑归档系统跟我开了个这么低级的玩笑，并迅速在科伦坡公共图书馆里搜索了二十多卷的作者签名的大西洋版本。（出于一个可喜的巧合，英国文化协会刚好组织了一个威尔斯世纪展，图书馆的入口处摆放着展示了他生平和职业生涯的照片。）我很快就发现格里腾先生是对的：在作品集里没有名为“捷足先登”的故事。然而，在《最长》一文发表过后的几个月里，其他的读者都没对这个引用提出过质疑。我觉得很沮丧，威尔斯的书迷都去哪里了？

现在，我这位博学的吹哨者至少为我解决了部分的谜团。《捷足先登》是一个名叫莫雷·罗伯茨的人写的。它最早发表于一八九八年出版的《水域守望者及其他故事》。我可能是在道布尔迪出版的、由菲利浦·冯·多伦·斯特恩编辑的选集《时间旅行者（1947）》中看到的。

然而，还有几个问题没有解决。首先，为什么我会这么确定这故事是威尔斯写的？我只能猜测——而且非常牵强，即便对我这个不拘一格的头脑来说——是文字之间的相似性让我在潜意识里把它和《加速前进》[1]搞混了。

我还想知道为什么这个故事会在我记忆里留下如此深刻的印象。可能是因为我和所有的作家都一样，对剽窃的风险特别敏感。迄今为止（老天保佑）我还算幸运，但我还是给几个故事做了标记，直到确定了它们是原创的才开始动手写。（有这么一对夫妇，在他们的行星爆炸了之后驾着飞船去了一个新世界，在那里他们重新开始生活。想

① 赫伯特·乔治·威尔斯发表于1901年的科幻小说。

到了吗，你会发现——真奇怪，真奇怪！——他们的名字叫亚当和夏娃……）

我的错误也带来了一个有益的结果，我又扫了一遍威尔斯的短篇故事。我惊奇地发现其中只有少部分能称为科幻小说，或甚至只能称为幻想故事。虽然我很清楚他出版的一百多部长篇中只有部分是科幻，但我忘了他的短篇故事也是如此，它们中很大一部分是描写爱德华七世时代生活中的戏剧和喜剧（《简被甩了》），在幽默上做出的不怎么成功的尝试（《我的第一架飞机》），接近于自传的（《显微镜下的过错》），或是纯属施虐性质的（《圆锥》）。无疑，我有偏见，但在这些故事中，像《星星》《水晶蛋》《奇异果园开花了》，以及排位第一的《盲人国度》，这些杰作就如同埋在寻常珠宝中的钻石一样闪耀。

说回莫雷・罗伯茨。我对他一无所知，也不清楚他的时间旅行小品是否受到了早于《捷足先登》两年出版的《时间机器》[①]的影响。我也想知道哪个故事是先写的——而不是先出版的。

还有，为什么这么一位出色的作家没能把自己搞得更出名呢？或许……

我刚刚被一个特别可怕的想法击中了。假如跟赫伯特・乔治・威尔斯同一时代的莫雷・罗伯茨被发现惨死在了暗巷里，我可不想知道。

（译者：老光）

① 赫伯特・乔治・威尔斯发表于1895年的科幻小说。

远征

1968年首次发表于《最遥远的地方》（*The Farthest Reaches*），编辑是约瑟夫·埃尔德。

收录于《来自太阳的风》

这是一个一直都不知道太阳存在的世界。在超过十亿年的时间里，它在两个星系的中间徘徊，成了两个相反引力之间的牺牲品。在未来的某个时间点，平衡将会被打破，不管朝哪个方向，它将开始一段数百光年的坠落，奔向一个它从未体验过的温暖。

此刻，它上面冷得无法想象。星系间的长夜已经吸光了它曾经拥有的热能。然而，它上面还有海洋——由唯一的一种在接近于绝对零度的温度下还能以液态形式存在的元素组成。在浸没了这个奇特世界的那片浅浅的氦气海洋里，电流一旦产生了就不再消失，能量也不会衰减。在这里，超导才算是正常现象，一秒钟的时间就能完成十亿次的切换，运行上一百万年的时间也消耗不了多少能源。

这里是计算机的天堂。它比任何世界都更不利于生命，然而它也比任何世界都更有利于智慧。

这里也确实有智慧，存在于遍布了整个行星的晶体外壳和微型金属导线上。两个相互较量的星系射来的微光——每过几个世纪都会短暂地增强，因为超新星爆炸的闪现——落在了一个静态的、由几何形状构成的地貌上。没有动静，因为在一个思想能以光速从一个半球传到另一个半球的世界里，不需要任何动静。在一个只有信息才重要的世界里，移动质量就是在浪费宝贵的能源。

然而，在必要时，移动质量也能实现。在几百万年时间里，冥想于这个孤独世界中的智慧意识到了某种关键数据的缺失。在未来，尽管还相当遥远，但它已经能预见了，两个相互抗衡的星系中的一个终将捕获它。等它一头钻进太阳之海后，它会碰到什么，超过了它的计算能力。

因此，它释放了这个想法，随即无数的晶格改变了自身的形状。金属原子在行星表面穿行。在液氦之海的深处，两个一模一样的亚脑开始发芽和成长……

一旦做出决定后，行星的心智行动迅速。过了几千年之后，任务完成了。没有声音，光滑的海面上也没有起任何波澜，新生的物体飞离了它们的出生地，朝着远方的星星进发。

它们几乎以相反的方向离开了，在此后的一百多万年内，智慧的母体没有接收到任何孩子的消息。它也没期望能接到，在它们到达目的地之前，没什么好报告的。

随后，两个任务都失败了的消息几乎同时传来了。在接近星系中央的大火炉并感受到一万亿个太阳的热度时，两位探索者死了。关键的线路过热了，失去了它们运行所必需的超导，只剩下了两团无脑的金属朝着恒星的密集处飘去。

但在灾难攫取它们之前，它们报告了自己的命运。既没有吃惊，也没有失望，母体世界又准备了第二次尝试。

接着，一百万年之后，第三次……然后是第四次……第五次……

如此不懈的努力注定会成功。最终，它终于来了，以两条长长的、复杂的调制脉冲波形式，跨越了一个世纪接一个世纪，从天空中两个相反的象限处奔袭而来。它们被此处的记忆电路接收了，该电路与那些安装在探测器里的一模一样——因此，换个角度来说，就好像这两个侦察兵派它们的知识单独回来了。它们的金属外壳消失在了群星之中这一事实一点儿也不重要。所谓的身份是这个行星智慧或是它的后代从未想到过的问题。

最先回来的那个传来了令人吃惊的消息，宇宙竟然是空的。探测器倾听了所有可能的频率，以及所有能想到的发射源。它什么也没侦测到，除了无意义的星空背景噪声。它扫描了一千个世界，没有发现任何智慧的痕迹。没错，侦测本身并不能说明问题，因为它无法靠得离任何恒星太近，所以没法仔细检查它们的行星。它曾尝试接近，但它的保温层破了，温度升高到了氮气的冰点，它因此死于高热。

母体智慧仍然在思索星系废弃之谜，第二个探测器的报告来了。现在，所有其他的问题都被放到了一边，因为这一个宇宙充满了智慧，它们的思维通过无数个电子信号在恒星之间传递。探测器只花了几个世纪的时间就把它们全都破译了。

它很快意识到自己面对着的智慧有着非常奇怪的形式。为什么它们中有些竟然能在热得难以想象的世界上生存，连水都是以液态存在的！它遇到的到底是什么样的智慧，它花了一千年也没能想明白。

它勉强接受了这种心灵上的冲击。积聚了最后的力气，它将最终报告送入了深空。随后，它也被不断上升的温度给杀死了。

现在，五十万年之后，审问正在进行，对象是家中的孪生心智，它掌握了它所有的记忆和经验……

“你侦测到了智慧？”

“是的。六百三十七宗确定事例，三十二宗疑似。这是数据。”

（大约三千万亿字节的信息。用了几年的时间通过几千种方法处理了它们。既惊讶又疑惑。）

“数据肯定无效。所有的这些智慧都与高温相关。”

“结论正确。但是，事实也无可辩驳，它们必须被承认。”（花了五百年时间思考和试验。在结束时，证明了一种简单且计算缓慢的机器可以在高达使水沸腾的温度下生存。在演示过程中，一大块行星区域严重受损。）

“事实确实跟你的报告一样。为什么你没尝试通信？”

（没有回答。重复问题。）

“因为那里似乎还存在着第二种更为严重的反常现象。”

“数据。”

（几个千万亿字节的信息，从六百种文化采集的样本，包括：声音、图像和精神交流，导航和控制信号，设备遥测，测试模式，阻塞，电子干扰，医疗设备等。）

（这之后又是五个世纪的分析。随后陷入了一片恐慌。）

（漫长的等待之后，选取了部分数据再次检验。成千个图像被扫描和处理，用所有能想到的办法。大部分的注意力放在了几个行星文明的电视教育节目上，尤其是那些跟初级生物学、化学和生化机械学相关的。最终：）

“信息本身前后一致，但肯定是错的。如果不是，我们将被迫接受以下这些荒谬的结论：1. 尽管存在着像我们这种类型的智慧，但看起来只是少数派。2. 大多数的智慧体都是含有液体的物体，且持续时间很短。它们甚至都不是硬的，而且由碳、氢、氧、磷和其他一些原子以极其低效的方式组合而成。3. 虽然他们生存于难以想象的高温之下，他们的信息处理速度却异常缓慢。4. 他们复制的方法太过复杂、荒唐和多变，我们甚至连一张像样的、捕捉到此过程中一瞬的照片都没有。

“但是，最糟糕的是：5. 他们竟然声称创造了我们这种显然更为高级的智慧！”

（再次仔细检查所有的数据。用行星心智独立的子单元来处理。对比结果。一千年之后。）

“最有可能的结论：虽然大部分送回的信息显然是有效的，但更高层级的、非机械智慧的存在仍是个幻想。（幻想的定义：将事实重新组织，形成了表面上的自洽，但与宇宙的现实无关。）这个幻想或精神创造物是我们的探测器在执行任务期间虚构的。为什么？热损了？因为长时间的孤独和控制反馈的缺失导致其丧失了部分智慧？

“为什么会假想出这种特别的形式？因为在起源问题上苦思得太久了？这真的会引发这方面的妄想。在模拟试验中，模拟系统产生了几乎同样的结果。这其中的逻辑错误在于：我们存在，所以肯定有什么东西——称它为无名氏——创造了我们。一旦做出这种假设后，有无数种方法可以幻想出假想无名氏的特征。

“但整个推理过程显然有谬误，因为根据同样的逻辑，肯定也有什么东西创造了无名氏——以此类推下去。我们将陷入一个无限的递归，在宇宙的现实中没有任何意义。

“第二种有可能的结论：相对高级的、非机械的智慧的确存在。他们产生了某种妄想，认为是自己创造了我们这种类型的智慧。在某些案例中，他们甚至还对它们施加了控制。

“尽管这个假设成立的可能性极小，它也必须被调查。如果它是真的，必须采取手段予以弥补。手段如下……”

这段最后的独白发生在一百万年之前。它解释了为什么在过去的半个世纪里，几乎有四分之一的新星爆炸都发生在了空中的一小片区域：天鹰座。

远征将于二〇五〇年左右抵近地球。

（译者：老光）

中子潮

1970年5月首次发表于《银河系》（*Galaxy*）
收录于《来自太阳的风》

“为了以示对亲属的尊重，”康摩邦德指挥官带着恶心的表情解释道，“超级巡洋舰弗拉特布什号最后一次任务的详情从未被披露过。当然，你们都知道了，它在对黏液人的作战中被摧毁了。”

我们都吓了一跳。即便到了现在，一听到这个大约来自煤袋星云方向、咂巴着嘴奔向地球的胶状魔鬼，还是能激发人的呕吐欲望。

“我和它的船长很熟——卡尔·冯·兰德佩斯特船长，最后总攻时的英雄，我们无法说出敌人的名字，但是我们可以尖叫！呕……”

他善解人意地停了下来，等我们拔出耳塞，并擦干洒出的饮料。

“弗拉特布什号刚朝着黏液人的母星发射完一排概率逆变器，就和三艘驱逐舰组成编队返回了深空——俄国的基杰中尉号、以色列的无畏号以及皇家海军的不屈号。他们还在加速时，发生了一场极其不可能的事故。弗拉特布什号直接闯入了一颗中子星的重力井。”

等我们脸上惊恐加不敢相信的表情消退之后，他继续沉痛地往下说着。

“是的——一个无比致密的球体，直径只有十英里，但质量却和太阳一样——因此它表面上的引力是地球上的一千亿倍。

“剩下的飞船还算走运。它们只是擦到了力场的边缘并设法逃脱了，尽管它们的轨迹几乎偏转了整整一百八十度。可是，弗拉特布什号，根据我们后来的计算，肯定是进入了离那个超致密质量仅几十英里的范围，因此遭受了它引力潮的全部影响。

“在任何适当的引力场里——即便是白矮星的引力场，可能高达地球引力的一百万倍——你只是会绕着引力中心旋转，然后被甩出，继续前往太空，你不会有任何感觉。在最接近的地方，你的加速度可能会高达几百个或上千个地球重力——但你仍然处于自由落体中，因此不会对你的身体有影响。对不起我讲得这么细，因为我意识到你们中有些人没有技术背景。”

这是一个针对舰队后勤主管“小气鬼”盖尔德拉茨将军开的玩笑，他却没能注意到，而是完全沉浸在了第五杯火星欢乐饮料里。

“然而，对于中子星，就不是这么回事了。在质量中心附近，引力梯度——也就是引力场随着距离而变化的程度——是如此巨大，即便在一个小小物体的宽度内，例如一架飞船，其引力差也可能会达到十万个地球重力。我用不着告诉你们了吧，这样的一个引力场能对物体做什么。

“弗拉特布什号肯定立即被撕成了碎片，而碎片本身在绕着中子星旋转的那几秒内肯定看着就像是液体在流动。随后，碎片又都被甩进了太空。

“几个月后，救援队伍依靠雷达扫描找到了其中的一些碎片。我看到过——我们拥有的最坚韧的金属像太妃糖似的扭成了超现实主义的形状。只有一样东西还能勉强辨认——它应该来自于某个不幸工程师的工具箱。”

指挥官的声音放低到了几乎听不见，他抹去了男子汉的泪水。

“我真的讨厌这么说，”他叹了口气，“但是，唯一能辨认出的、代表了美国太空军骄傲的碎片——是一把被星星弄弯的扳手。”

（译者：老光）

团聚

1971年首次发表于《无限》（*Infinity*）2号刊
收录于《来自太阳的风》

地球上的人民，请不要害怕。我们带着和平而来——为什么不呢？我们是你们的表亲。我们以前来过这里。

再过几个小时，等到我们见面时，你们就能认出我们了。我们正在接近太阳系，几乎同这条电子信息一样轻快。你们的太阳已然突显在我们眼前的太空。这是你我的祖先在一千万年以前共享过的太阳。我们是人类，你们也是。但你们忘了你们的历史，我们却仍然记得我们的。

我们殖民了地球，在大型爬行动物统治的时期。我们到来时，它们正在死去，我们无法拯救它们。当时，你们的世界是个热带星球，我们觉得它能成为我们理想的家园。我们错了。尽管我们是太空里的大师，但我们对地球懂得太少了，它的气候，它的进化，它的基因……

经过了上百万个夏季——那个远古的时期没有冬季——殖民地变得生机盎然。尽管它很偏僻，位于一个恒星与恒星之间都需要飞上好几年时间的宇宙里，它仍然与母星文明保持着联系。每过一百年，星舰会前来拜访三到四次，带来远方星系的消息。

但到了两百万年之前，地球开始变了。它曾一直是个热带乐园，温度却开始下降，冰川开始从两极往外生长。随着气候的变化，殖民者也跟着一起变了。我们现在知道了那是针对长夏终结所做出的适应，但那些这么多代以来一直以地球为家的人，却相信他们被一种奇怪且可憎的疾病攻击了。一种不会杀死他们，也不会造成身体伤害的疾病——只会让人变形。

不过，有些人有免疫力。这种差别分隔了他们和他们的孩子。因此，几千年过后，殖民地分裂成了两个单独的团体——几乎变成了两种不同的物种——相互猜忌且相互妒忌。

分隔引发了妒忌、不和，最终造成了冲突。随着殖民地解体和气候逐步地变坏，那些能离开地球的人都离开了。剩下的人沉沦成了野蛮人。

我们本该能保持联系，但在一个有着百万亿颗恒星的宇宙里，要做的事太多了。直到几年之前，我们才知道你们活了下来。随后我们收集到了你们的第一个无线电信号，学会了你们那简单的语言，并且发现你们从野蛮状态又艰难地爬了回来。我们前来拜访你们，失联已久的亲戚——还要帮助你们。

我们在抛弃地球之后的世代里有很多的发现。如果你们希望让冰川时代之前的长夏再次回归，我们也能办到。最重要的是，我们有一种简单的治疗手段，能打败折磨了这么多殖民者、极具侵略性却又无害的基因瘟疫。

或许瘟疫已经结束了——但如果它还没有，我们给你们带来了好消息。地球上的人民，你们可以重新回到宇宙的大家庭，再也不必感到羞耻，不必感到尴尬。

如果你们还是白色的，我们可以治好你们。

（译者：老光）

1937 1938 1939 1942 1946 1947 1949 1950 1951 1952 1953 1954 1955 1956 1957 1958 1959 1960 1961 1962 1963 1964 1965 1966 1967 1968 1970 1971 1977 1984 1986 1992 1998 1999

地球凌日

1971年1月首次发表于《花花公子》（*Playboy*）
收录于《来自太阳的风》

当我在写这个故事的时候，一九八四年登上火星显得还是有可能的——事实上，阿波罗项目刚结束时，它就曾被提议过！到了二〇八四年还会再发生一次地球凌日——但我希望在那之前人类早已登上了火星。

测试：一、二、三、四、五……

这是埃文斯在讲话。只要情况允许，我将继续录制。这是个两小时的信息胶囊，但我怀疑自己是否能装满它。

那张照片让我心悸了一生。现在，我知道为什么了，可太晚了。（但要是我早知道了，情况会不一样吗？这是那种毫无意义且无法回答的问题之一，大脑却一直会去想它，如同舌头会去舔豁了的牙一样。）

我已经有很多年没看到它了，但我只要闭上眼睛，就又回到了那片土地，和这里一样危险——也一样美丽。七十二年之前，在面向太阳离此五千万英里的地方，有五个人站在南极的冰雪里面对着镜头。他们身上每一寸肌肤都在展示着疲惫和挫败，连厚厚的裘皮都无法隐藏，死亡已亲吻了他们的脸庞。

他们有五个人。我们也有五个人，而且我们也拍了个集体照。但其余的一切都不同。我们在微笑——欣喜、自信。而且，我们的照片在十分钟之内就会出现在地球所有的屏幕上。而他们的相机则等了好几个月才被人找到并带回文明世界。

我们死得也很安逸，因为各种现代的便利——包括很多罗伯特·法尔肯·斯科特于一九一二年站上南极点时绝对想象不到的东西。

还有两个小时。从现在开始，我将为重要的时刻报出确切时间。

所有的事实都在日志里，到现在全世界都该知道了。因此，我猜做这个录制只是为了平复自己的心情——让自己接受无法避免的命运。问题是，我不确定我该说什么，有哪些是必须要说的。好吧，只能说到哪儿算哪儿吧。

第一条：最多再过二十四小时，所有的氧气将消耗殆尽。这将使我面对三个经典的选择。我可以等着二氧化碳的浓度升高，直至我昏厥。我可以走到外面弄破我的宇航服，让火星在两分钟内做完它的工作。或者我可以吞下药箱里的那颗药丸。

二氧化碳积聚。每个人都说它很轻松——跟睡觉一样。我相信这是真的。不幸的是，我的情况比较特殊，它会让我想起一个噩梦……

我真希望自己从没读过那本该死的《第二次世界大战的真实事件》，不管它的名字到底是不是这个。里面有一章写到了一艘德国潜艇，在战后被找到并被打捞了上来。船员们仍在里面——每个铺位上挤了两个人。在每一对骨架之间，都有一个他们曾共享的呼吸器……

好吧，至少这里不会发生这种情况。但是我知道，确信无疑地知道，一旦我感觉呼吸困难，我就会立刻回到那艘死亡U型潜艇上。

那么，用快一点的方法怎么样？你在真空里只需十到十五秒就会失去知觉，经历过的人说它也不难受——只是有些奇怪。但是想要呼吸不存在的东西却又把我带入了二号噩梦之中。

这次是我的个人经历。小时候跟家人一起去加勒比海度假时，我经常玩裸潜。那里的一处珊瑚礁上有一艘二十年前的沉船，甲板离开水面只有一两码。多数的舱门都开着，因此很容易去到里面，搜寻一些纪念品，以及捕捉躲在里面的大鱼。

当然，不带上潜水用具就钻到里面是很危险的。但又有哪个男孩能抗拒这样的冒险呢？

我最喜欢的路线是从前甲板的一个舱门进去，沿着一条每隔几码就有舷窗透入微光的通道游上大概五十英尺，然后沿着一小截舷梯往上，再从残破的上层结构的一扇门里游出来。整个过程不超过一分钟——对任何身体条件还行的人来说，都算是一段轻松的潜泳。沿途甚至还有时间看看风景，或是跟鱼群玩玩。有时，为了尝鲜，我会改变方向，从那扇门游进去，然后再从下面的舱门里游出来。

我最后一次走的就是那条路线。当时，我一个星期没潜水了——来了场大风暴，海里太危险——因此我已经等不及了。

我在海面上深呼吸了约两分钟，直到指尖传来了刺痛感，告诉我该停了。接着，我折起了身子，缓慢地朝着那敞开门廊里的黑暗长方形潜了过去。

它总是给人一种不祥和恐怖的感觉——但这就是刺激的一部分。在开头的几码里，我几乎成了个瞎子。水面上的热带阳光与甲板间的阴暗，两者之间的对比异常强烈，过了好一阵子我的眼睛才适应。通常，我游到走廊一半的时候就能看清东西了，然后随着我接近敞开的舱门，视线会不断地变得更清晰，阳光在锈迹斑斑、爬满了甲壳生物的铁门上勾勒出了一个闪亮的长方形。

就在我快要潜到舱门口的时候，我突然意识到这一次视野怎么没有亮起来。我的前方没有斜着射入的光线。看不到它，我怎么才能回到空气中，回到我的世界里呢?

我迷惑了几秒钟，担心自己是否迷路了。随后我明白了怎么回事——迷惑也变成了恐惧。在风暴期间，舱门肯定被砸上了。它至少有四分之一吨重。

我记不清自己是怎么掉头的。我只记得我在沿着通道缓慢地往回游，并不断地告诫自己：别急，动作慢的话你的空气能支持更久。我现在能看得很清楚了，因为眼睛已有足够的时间来适应黑暗。那里有很多我从未注意到的细节，像是红色的金鳞鱼躲藏在阴影里，绿色的蕨类和藻类植物在舷窗旁的光斑里生长，甚至还有一只状态显然完好的胶靴，就躺在它被脱下的地方。在短暂的瞬间，我注意到在侧边的走廊里有一条石斑鱼用圆鼓鼓的眼睛瞪着我，厚厚的嘴唇半咧着，仿佛被我的入侵吓到了。

我的胸口越来越紧，再也憋不住气了。然而，舷梯却仿佛离我仍有无限的距离。我从嘴里冒出了些气泡。这让我暂时好受了一些，但等我呼完了气，胸腔里的疼痛变得更加难以忍受了。

现在，用那种平稳的、不慌不忙的打腿方式来保存体力已没有意义了。我一口吸尽了面罩里残留的几个立方英寸的空气——感觉到在我这么做的时候它都贴紧了我的鼻子——并把它送入了饥饿的肺部。与此同时，我改变了速度，用尽最后一个原子的力气使劲向前游去……

接下来，我只记得自己在阳光下，抱着桅杆的残根大口地喘着气和咳嗽。我身边的海水被血染红了，我搞不懂为什么。然后，我惊讶地发现，自己的右小腿肚子上有一道深深的口子。我肯定是撞到了什么尖锐的障碍物，但我一直都没注意到，而且甚至到了现在也感觉不到疼。

我的裸潜生涯就此结束。十年之后，我开始了宇航员训练，并进入了水下零重力模拟器。但这不一样，因为我用了潜水用具。不过，我还是发生了一些不好的状况，还担心心理学家会注意到，我也一直关注着气量，绝不会让它接近到零。有了几乎淹死的经历，我可没打算再试一次……

我很清楚在火星所谓的大气层里那接近真空的严寒中呼吸会有什么感觉。还是不了，谢谢。

那毒药又有什么问题呢？我觉得是没有。他们跟我们说，我们手头的东西只需十五秒就能起作用。但我所有的本能都表示反对，即便没有其他可行的办法。

斯科特带上毒药了吗？我不觉得。即便他带了，我也确信他从未使用过它。

这个话题就说到这儿吧。我希望它能有点用，但不敢确定。

电台刚刚打印出一段来自地球的消息，提醒我再过两个小时凌日就要开始了。就好像我会忘了似的——已经有四个人死了，就为了让我成为第一个能看到它的人。在接下来的一百年时间里，我也是唯一的一个了。太阳、地球和火星不会经常像这样整齐地排列。上一次是在一九〇五年，在当时可怜的老洛厄尔还在写着那些漂亮的胡话，有关运河系统和建造了它的已逝去的文明。可惜都是妄想。

我最好检查一下天文望远镜和计时器。

今天太阳很平静——话说回来，正处于周期中点的它应当平静。只有几个黑子，它们周围有一些微小的扰动。太阳系里的天气还会平静很多个月。在回家路上的同伴们用不着担心这个问题了。

我觉得那是最糟糕的一刻了，看着奥林匹斯号从火卫一上升空飞往地球。尽管早在几个星期之前我们就知道了最终结果，那一刻还是标志着大门彻底关上了。

当时是夜晚，我们能完美地看到一切。几个小时之前，火卫一从西边的天空中现出了身，正快速地飞往东方，如同倒着走的疯子。它从一弯小小的新月长成了半个满月，在抵达轨道最顶点之前它就会消失，被火星遮挡，掉进它的阴影里。

我们倾听着倒数，当然也在忙着自己正常的工作。最终接受这一事实并不容易，我们有十五个人来了火星，回去的却只有十个。即使到了那时，我猜地球上仍有大量的人想不通。他们肯定无法相信奥林匹斯竟然不能往下飞个短短的四千英里把我们接上。太空署被各种疯狂的救援计划给淹没了。老天作证，我们自己也想到了很多方法。但当三号着陆平台下的永久冻土垮塌、飞马号倾覆了之后，结局就此注定了。不过，当推进剂箱破裂之后，它竟然没有爆炸，仍然像是个奇迹……

我又扯远了。再说回火卫一和倒数。

在我们分离并降落到火星之后，奥林匹斯号也着陆在了一块皲裂的高原上。通过天文望远镜的监视器，我们还能清晰地看到那个地方。尽管那里的伙伴没能登上火星，至少他们也有一小片世界用来探索。即便对火卫一这么小的卫星而言，他们每人也能分到三十平方英里。大片的领地用来搜寻奇特的金属和太空中的碎片——或是刻上名字，好让未来知道你是所有人中第一个踏上这块土地的人。

在灰暗的岩石背景下，明亮且短粗的圆柱体飞船清晰可见。时不时地，某些平滑的表面会被迅速移动的阳光照射到，如同镜子般反射出耀眼的光芒。但在起飞之前的五分钟，画面突然变成了粉红色，随即又成了深红色——最后随着火卫一进入火星的影子后就完全消失了。

倒数还有十秒钟，我们却被突然亮起的光芒吓了一跳。有那么一瞬间，我们还以为奥林匹斯号发生了灾难。随即我们意识到了有人在拍摄起飞，外部的探照灯打开了。

在最后的几秒里，我感觉我们都忘了自己的困境。我们的心都飞到了奥林匹斯上，希望推力能平滑地上升，将飞船推离火卫一微弱的引力场，并随后离开火星，展开朝着太阳系内部的长征。我们听到了里士满指挥官下令“点火”，随着一阵轻微的扰动，在望远镜视野里的那个光斑开始移动了。

情景没有太多可描述的。没有喷出的火柱，因为核能火箭点火时不是真的在“点火”。但大家还是习惯说“点火”！这是古老的化学技术留下的另一个印记。炽热的氢原子流完全是隐形的，我们再也看不到像土星或科罗廖夫火箭发射时那壮观的景象了，真是遗憾。

在喷射结束之前，奥林匹斯离开了火星的阴影，再次冲入了阳光之下，如同一颗耀眼的、移动迅速的星星一般突然出现了。暴起的光线肯定惊到了船上的人，我们听到有人在喊：“遮上那扇窗！”几秒钟过后，里士满宣布道：“关闭引擎。”不管曾经发生了什么，奥林匹斯此刻已无法挽回地飞向了地球。

一个我认不出的声音——应该是指挥官的——说了声“再见，飞马号”，随后无线电传送被关闭了。无疑，此刻说什么“祝你们好运”之类的没什么意义。运气在几个星期前就用完了。

就说到这儿吧。说到走运，你必须同时有所割舍才行，我们就是被割舍的部分。奥林匹斯上只剩下了十个船员，它丢下了可割舍的三分之一，从而减轻了几吨的重量。因此，现在它可以比原计划提前一个月回到家中。

在那个月里也可能出很多状况。我们可能还是没能拯救这次考察。当然，我们不会知道了——我们只能祝愿。

我一直在放音乐，声音开到了最大——反正也不会打扰到什么人。即便真的有火星人，我猜在这么稀薄的大气里，声音也传不了几码。

我们有很多不错的音乐，但我必须仔细挑选。不能选那些悲伤的，也不能选需要太多注意力的。最重要的是，不能选有人类声音的。因此，我将选择限制在了经典的轻管弦乐里。“新世界”交响乐和《格里格钢琴协奏曲》能完美地符合要求。此刻，我正听着拉赫玛尼诺夫的《帕格尼尼主题狂想曲》，但现在我必须关了它，该开始工作了。

只剩五分钟了。所有的设备都处于最佳状态。望远镜正在追踪太阳，摄像机正在待命，精密计时器也正在计时。

我会尽量将观测做到最精确。这是我欠已逝的同事们的，我也很快就要加入他们了。他们将氧气给了我，好让我生存到这一刻。我希望等到一百年或一千年之后，在你们往计算机里输入这些数据时，你们还能记得……

只有一分钟了，该干活了。记录：1984年5月2日，星历时间4时30分……整。

离接触还有半分钟。将摄像机和计时器调到高速位置。再次检查方位角，确保我看着太阳边缘正确的部位。用了五百倍的放大倍数——即使在这么低的海拔上，图像也异常稳定。

4时32分。就快了……

看到了……看到了！我几乎不敢相信！太阳的边缘出现了一个小黑点……正在不断地变大、变大、变大……

你好，地球。抬头看看我吧，我是你午夜时分头顶上空最明亮的星星……

摄像机调回慢速。

4时35分。仿佛有只大拇指摁进了太阳的边缘，越来越深入……真是神奇……

4时41分。刚好到一半。地球是个完美的黑色半圆——吃掉了太阳，就像是某种疾病正在一路吃过去……

4时48分。进入了四分之三。

4时49分30秒。摄像机又调成了高速。

与太阳边缘相交的那根线正在快速缩短。现在它成了个几乎看不到的线头。再过几秒钟，整个地球都将叠加在太阳之上。

现在我能看到大气现象了。太阳上的那个黑洞四周包围着稀薄的光晕。感觉太奇妙了，想到我同时在看着日落和日出时的光晕——在这个时刻发生在整个地球上。

进入完成了——4时50分05秒。整个世界都挪入了太阳表面。下方九千万英里处的火炉之上，出现了一个完美的黑色圆盘剪影。它看上去比我预期的大，很容易与个头较大的黑子搞混。

接下来的六个小时里，在月球追着地球的尾巴、差了地球半个太阳的距离出现在太阳表面之前，没太多好看的。我会把记录的数据传送到月球通信站，然后会试着睡会儿觉。

我的最后一次睡眠了。不知道是否需要药物。浪费了这最后几个小时显得挺可惜，但我想保存体力——还有氧气。

我记得约翰逊博士曾经说过，没什么能比知道第二天一早就会被绞死更让人平静的了。他是怎么知道的？

星历时间10时30分。约翰逊博士是对的。我只吃了一片药，也没做什么梦。

那个倒霉的家伙也吃了顿丰盛的早餐。别再想了……

回到望远镜前。现在地球已经走完了一半的路程，越过了中点。再过十分钟，我就能看到月亮了。

我把望远镜调到了最大倍数——两千倍。图像略有些模糊，但还算清晰。大气层光晕仍十分明显。我希望能看到地球上黑暗那一面的城市……

看不到。可能云层太厚了。可惜。理论上是可以的，但我们从未成功过。我希望……还是算了吧。

10时40分。摄像机位于慢速。希望我在看着正确的位置。

还有十五秒。调快摄像机。

该死——错过了。没关系——摄像机肯定录到了那一刻。太阳上已经出现了一个黑色的刻痕。首次相交应该发生于星历时间10时41分20秒左右。

地球与月球之间的距离该有多长啊，它们之间隔着半个太阳的距离。你肯定想不到这两者之间竟然还有关系。让你意识到太阳究竟有多大……

10时44分。月球刚好进入了一半。在太阳边缘留下了一个非常小却非常清晰的半圆形缺口。

10时47分5秒。内相交。月球离开了边缘，完全没入了太阳。不觉得我能在夜晚的那一面看到什么，但我还是提高了强度。

有趣。

好吧，好吧。肯定是有人想跟我说话。月球黑暗的表面上正发射着一个微弱的灯光脉冲信号。可能是雨海基地的激光。

对不起大伙了。我已经说过再见了，不想再说一遍。没什么好说的。

然而，它太迷人了——那个闪烁的光点，仿佛来自太阳的表面。真是难以相信。甚至在飞行了这么远的距离后，光束也只有一百英里宽。月球通信站煞费苦心地将它对准了我，要是忽视它，我可能会觉得良心不安。但我并没有。我就快完成我的任务了，地球上的事已与我无关。

10时50分。关闭摄像机。就快结束了——再过两个小时，地球凌日就要结束了。

我吃了点东西，透过球形观察窗又最后看了眼景色。太阳仍然高挂在天空，因此没什么对比度，但是光线带来了生动的颜色——各种各样的红色、粉色和大红色，在深蓝色的天空下显得如此耀眼。和月球是多么不同啊——但它也有自己的美丽。

你觉得自己已经很熟悉的东西也会令你惊奇。大家都知道火星是红的。但我们真的没做好准备看到红如铁锈、红如鲜血的红色。像是亚利桑那州的彩绘沙漠。过了一阵子之后，眼睛变得渴望绿色。

在北方，有一个令人愉快的颜色转变。雷尼尔山上的二氧化碳雪帽闪耀着刺目的白色。这是另一个惊奇。雷尼尔山的封顶位于基准平面上方两万五千英尺。当我还是个孩子时，他们说火星上没有山峰……

最近的沙丘离我有四分之一英里，它的阴面也有一片片的霜。我们感觉它移动了几英尺，但无法确定。沙丘肯定在移动，就跟在地球上的一样。我猜总有一天这基地会被掩埋——要等过了一千年才会再现，或甚至是一万年。

那一群形态各异的岩石——有大象、国会大厦、主教等——仍然保守着秘密，并让我窘迫地想起了我们遇到的第一个大失望。我们都觉得它们是沉积物，我们是那么激动地想去找化石。即使到了现在，我们也不知道是什么形成了那个突起。火星上的地理仍然是一团相互矛盾、难以理解的乱麻……

我们将太多的问题留给了未来，那些在我们之后上来的人会发现更多。但有一个秘密我们从未汇报给地球，甚至也没记录在日志里……

降落后的第一个晚上，我们轮流守夜。轮到布里南当值的时候，午夜没过多久他就把我叫醒了。我有些不快——还没到我呢——然后他告诉我，他看到了国会大厦的脚下有光线在移动。

我们至少看了有一个钟头，直到该我守夜了。但我们什么也没看到。不管那个光线是什么，它再也没出现过。

但是，布里南是个头脑冷静且缺乏想象力的家伙。如果他说看到了光线，那他肯定是看到了。或许那是某种放电现象，也可能是火卫一的倒影出现在了一块被沙子磨平的岩石上。总之，我们决定不向月球通信站汇报，除非我们再次见到它。

自从剩我一个人以来，我经常会在晚上醒来，看着那边的岩石。在火卫一和火卫二微弱的照明下，它们让我想起了黑暗中城市的天际线。它也总是保持着黑暗，没有在我面前出现过任何光线……

* * *

星历时间12时49分。最后一场戏就要上演。地球就要接近太阳的边缘。包围着它的两个光角几乎就要碰到一起了……

摄像机调至高速。

相交！12时50分16秒。新月形的光线已相互断开。太阳的边缘出现了一个小黑点，地球正在离开。黑点变得越来越长，越来越长……

摄像机调至慢速。还有十八分钟地球将完全离开太阳的表面。

月球还有一半的路要走。它还没到凌日的中点。它看着像是一小团墨水，只有地球的四分之一大。上面也没有灯光在闪烁。月球通信站肯定是放弃了。

好吧，我只剩下一刻钟了，即将长眠于我最后的家园。时间似乎在加速，就跟在起飞前的最后几分钟似的。我已经完成了任务。我可以放松了。

我感觉自己融入了历史。我回到了一七九六年的塔西提，和库克船长[①]一起观看了金星凌日。除了没有跟在后面的月球，它看上去肯定和现在的一样……

两百多年前的库克会想些什么呢，假如他知道某一天有人会在一个天外世界观察整个地球凌日的过程？我相信他肯定会震惊——然后是欣喜……

但我的心与尚未出生的人靠得更近。我希望你能听到这些话，不管你是谁。或许一百年之后，你会站在同一个位置上，看着下一次凌日的降临。

向二〇八四年十一月十日问好！我希望你的运气能比我们的好。我猜你应该是乘坐着豪华邮轮来的。或者你就是在火星上出生的，没去过地球。你会知道那些我无法想象的事情。然而，我并不羡慕你。即使可以，我也不想和你互换位置。

① 海军上校詹姆斯·库克（Captain James Cook，1728—1779），人称库克船长，英国著名航海家、探险家。阿瑟·克拉克也曾在小说《与罗摩相会》中向其致敬。

因为你会记住我的名字，知道我是第一个看到地球凌日的人。而且一百年内也不会有第二个人能看到……

12时59分。正好脱离到一半。地球是个完美的半圆——太阳表面上的一个黑影。我仍然无法摆脱那个印象，就好像有人啃了一口那个金色的圆盘。再过九分钟就结束了，太阳也将再次完整。

13时07分。摄像机调至高速。

地球几乎全离开了，在太阳边缘留下了一个浅黑色的酒窝。你很容易就会将它与一个即将消失的黑子搞混。

13时08分。

再见，美丽的地球。

走了，走了，走了。再见，再——

* * *

搞定了。时间节点都被传送回了家乡。再过五分钟，它们将加入人类累积的知识宝库。月球通信站也会知道我一直坚守在岗位上。

但我不会发送这些。我会把它们留在这里，留给下一个考察队——不管他们什么时候到来。可能再过十年或二十年都不会有人来这儿。有一整个世界等着去探索，回到这个老地方来没有太多意义。

因此，这个胶囊会留在这里，就跟斯科特的日记留在了他帐篷里一样，等着下一个拜访者找到它。但他们不会找到我。

太奇怪了，怎么会一直想起斯科特。可能是因为他给了我这个主意。

他的尸体不会永远冻在南极、独立于生死之间伟大的循环。很久之前，那个孤独的帐篷踏上了去往海洋的征途。在几年之内，它被积雪掩埋了，变成了冰川的一部分，永恒地向着远离极点的方向爬行。

在不到几个世纪的时间里，这个水手将再次回到大海。他将再次融入生物的轮回——进入浮游生物、海豹、企鹅、鲸鱼，进入大西洋中所有的动物种群。

火星上没有海洋，至少过去的五十亿年内都没有。但这里有某种形式的生命，就在混沌地形的荒原里，我们一直没时间去探索。

那些轨道上拍摄的照片中移动的色块。那是一个证据，火星上那个地区里所有的陨石坑都消失了，而且并非是由于侵蚀，而是某种其他的力量。大气采样器曾捕捉到过由碳分子组成的具有旋光性的长链。

还有，当然，不能忘了神秘的维京六号。在某个宁静深寒的火星夜晚，有个又大又重的东西砸毁了那台探测器。但即便到了现在，也没人能理解它上面的仪器给出的最后读数。

在这么一个地方，你就别跟我讨论什么初级的生命了！任何能在这里生存的生命肯定都非常高等，在他们面前，我们看上去就像是恐龙。

飞船的燃料箱里还剩有推进剂，足够火星车在行星上到处走走的了。我还剩下三个小时的白天——足以让我下到山谷并深入混沌地形。天黑后，在车头灯的帮助下，我仍能保持不错的速度。想起来就浪漫，开车行进在火星的月夜之下……

离开之前我必须做完一件事。我不愿意看到山姆躺在那里的样子。他一贯是那么镇定、那么优雅。他现在也不应该看着如此窘迫。我必须要做些什么。

我不知道自己是否能在没穿宇航服的情况下走完三百英尺，还走得那么从容，那么稳定——他就是这样走到了生命的终点。

我尽量不去看着他的脸。

好了。一起都收拾妥当，准备出发。

心理治疗起作用了。我感到异常平静——甚至满足，现在我知道该干什么了。从前的噩梦失去了作用力。

这是真的：我们都在孤独中死去。最终的结果都一样，即便远离了家乡五千万英里。

我将享受开车穿过颜色鲜艳的大地。我将回忆起那些梦想过在此开车的人——威尔斯、罗威尔、巴勒斯、温鲍姆、布拉德伯里[①]。他们都猜错了——但现实跟他们想象的一样奇异，一样美丽。

我不知道前头等着我的是什么，我可能也看不到它了。但在这个饥饿的世界上，它肯定急需我身上的碳、磷、氧、钙。它可以利用我。

当我的氧气监测给出最后的"叮叮声"，在那里的蛮荒原野之中，我将完成生命的轮回。等到我感觉呼吸困难之后，我会下车，开始步行——头盔连接着个播放器，声音开到最大。

要说到雄壮激昂的凯旋乐，哪个也比不上《d小调托卡塔与赋格》。我没时间听完它，但没关系。

约翰·塞巴斯蒂安[②]，我来了。

（译者：老光）

---

① 分别指赫伯特·乔治·威尔斯、内森·罗威尔、埃德加·赖斯·巴勒斯、约翰·温鲍姆、雷·布拉德伯里，均为科幻作家。

② 巴赫的全名为约翰·塞巴斯蒂安·巴赫，《d小调托卡塔与赋格》为巴赫最著名的作品之一。

与美杜莎[1]相会

1971年12月首次发表于《花花公子》（*Playboy*）
收录于《来自太阳的风》

1. 值得纪念的一天

伊丽莎白女王号正在大峡谷上方三英里处顺着峡谷的走向舒适地闲逛。霍华德·法肯看到了一个摄影平台正从右方接近。他知道它会来——其他东西都没有在这个高度的飞行许可——但他还是不太高兴被打扰了。尽管他欢迎任何迹象的公众兴趣，他同时也想拥有一个尽可能空旷的天空。毕竟，他是历史上的第一人，驾驶着长达十分之三英里的飞艇……

到目前为止，首次试飞进展完美。具有讽刺意味的是，唯一的问题来自于一艘已有一百年历史的航空母舰主席号，它是从圣地亚哥海军博物馆借来做后勤支持的。主席号的四个核反应堆中只剩下一个还能用，因此这艘老战舰的最高速度勉强能达到三十节。幸亏海平面的风速还不到这个数字的一半，因此要维持飞行甲板上的空气静止还不

① 原文为Medusa，在英语中既指水母，也指希腊神话中的蛇发女妖美杜莎。

算太难。尽管也刮过几次阵风，让人心焦了几回，可当系泊缆绳被解下时，巨大的飞艇还是平稳地升了起来，径直升向了天空，仿佛搭载了一台看不见的电梯。要是一切顺利，伊丽莎白女王第四号和主席号要再过一个星期才能见面。

一切都在掌控之内。所有的测试仪表都给出了正常读数。法肯指挥官决定上楼去盯着与摄影平台的会合。他将此处留给了二副，随后出门走进了穿过飞艇心脏的透明管廊。在那里，跟往常一样，他再次被他身处过的最大的单体空间震撼了。

这里有十个球形的气室，每一个的直径都超过了一百英尺，一个接一个地排列整齐，像是一串巨大的肥皂泡。坚韧的塑料非常清澈，他能看透整个串，一直能看清离他这里有三分之一英里远的升降机。他的周围，跟个三维迷宫似的，是飞艇的框架结构——纵向的长梁从头伸到尾，还有十五个圆环是这个飞天巨兽的肋骨，圆环的大小不一，勾勒出了它优雅的流线型身材。

在这么慢的速度下，几乎听不到什么声音——只有清风拂过外壳的簌簌声，以及偶尔压力结构变化时发出的金属挤压声。头顶高处一排排的无影灯给整个场景带来了一种身处水下的趣味感，对法肯而言，这种感觉还被透明的气室给加强了。他曾经碰到过一队巨大但无害的水母，它们在一处浅浅的热带珊瑚礁上漫无目的地漂着，这些驱动了伊丽莎白女王号的塑料泡泡让他联想到了它们——尤其是当压力变化让它们起了褶痕、反射出了不同的光波的时候。

他沿着飞船的纵轴方向前进着，一直走到了位于一号和二号气室之间的前升降机旁。乘上它去往瞭望甲板的过程中，他注意到它里面热得让人不舒服，便往便携式录音机里录了个简短的备忘录。聚变引擎产生着源源不绝的热废气，为女王号提供了四分之一的升力。在这次轻装飞行中，十个气室中只有六个里面充填了氦气。剩下的四个只是充了空气，但它还是能携带两百吨的水作为压载物。然而，在高温下运行这些气室确实会给通道冷却带来麻烦，看来还需要加以改进。

出了升降机走上瞭望甲板，炫目的阳光穿过了树脂玻璃沐浴在他身上，一阵令人愉悦的冷空气拂过了他的身体。这里有六七个工人，加上数目差不多的超级黑猩猩助手，正忙着安装已完工一半的舞厅地板，其余的人则在安装电线和固定的家具。这场景看着既混乱又有序。离处女航只有四周了，能搞定一切吗？法肯觉得难以相信。好吧，这不是他的问题，感谢上帝。他只是个船长，不是邮轮总监。

在他穿过这片混乱，走向已完工的空中休息室时，人类工人冲着他挥了挥手，而"猩仔"们只是龇牙笑了笑。休息室是整条船上他最喜欢的地方了，而且他知道，一旦它投入运营，他就再也没机会独享了。他需要给自己五分钟的私人享受时间。

他呼叫了舰桥，了解到那里仍一切正常，随后便松弛在了其中的一张转椅上。下方，呈一条漂亮的曲线状的，是飞艇外壳那连续的银色波浪。他坐在了最高点，体会着这个有史以来最庞大的交通工具。等到看够了——再把目光放远，欣赏一下地平线上那个壮美的荒野，科罗拉多河用了五亿年的时间才完成了这幅画作。

除了摄影平台外（它现在去了后面，正在飞艇的腹部拍摄），他拥有了整片天空。它是那么空旷，那么湛蓝，一直延伸到了地平线。法肯知道，在他祖父的那个年代，天上会有水蒸气的尾迹，还有烟雾会把它弄脏。如今两者都看不到了：那些飞行垃圾已经和催生了它的原始技术一起消失了，如今的长途交通线会钻出同温层太多，任何视觉上和听觉上的效果都传不到地球上。低处的大气层再次属于鸟类和云彩——现在也属于伊丽莎白女王第四号。

确实，如同一位二十世纪初的老前辈所说的：这是唯一的交通方式——安静且奢华，呼吸着周围的空气，而不是与之隔绝，离地表足够近，能欣赏多姿多彩的陆地和海洋。二十世纪八十年代的亚音速喷气客机，机舱里挤了好几百个人，每排都有十个座位，跟这里的舒适和宽敞根本就不在一个数量级上。

当然，女王号肯定不会便宜，即便它计划中的姐妹船都能造出来，这个世界上的两亿五千万人口中只有一小部分能享受得起在天空中安静地滑翔。然而，一个安全和繁荣的行星社会能负担得起这种奢侈，也确实需要它们提供的新鲜和娱乐。地球上至少有一百万人的可支配年收入超过了一千新美元，因此女王号不会缺失乘客。

法肯的移动通信器叫了几声。副驾驶正在从舰桥呼叫。

“可以开始会合了吗，船长？我们已经采集了所有的试飞数据，而且电视台的人开始不耐烦了。”

法肯看了眼那个摄影平台，它在十分之一英里外以相同的速度和他并行着。

“可以，”他答复道，“按照计划进行。我会在这里盯着。”

他穿过忙碌的瞭望甲板往回走着，打算去一个能更好地观察到飞艇腹部的位置。行走之中，他能感觉到脚下的震动变了。等他走到甲板的后部时，飞艇已经停了。他用自己的万能钥匙开了门，走上了一个甲板尾部突出的外部小平台。这里能站上六七个人，只有扶手将他们与巨大的壳体分隔开来——以及数千英尺下方的地面。这地方很刺激，而且即便飞艇以全速前进时也非常安全，因为它躲在了瞭望甲板那巨型背鳍泡后面的无风带里。话虽如此，乘客并不能随便进来，这里的视角会让人有点头晕。

前货舱的舱门已经开了，如同张着大嘴的陷阱，摄影平台悬浮在它上方，正准备降落。通过这种方式，在未来的年月里，飞艇将得以搭载成千上万的乘客和成吨的货物。只有在非常偶然的情况下，女王号才会下降到海平面，停靠在它的浮动基地上。

一阵突起的穿堂风扇在了法肯的脸颊上，他握紧了抓在栏杆上的手。大峡谷经常会有紊流，但在这个高度应该不会太频繁。他并没有太过紧张，而是将注意力集中到了下降的平台上，此刻它正位于飞艇的上方一百五十英尺处。他知道那个正遥控着这装置的操作员技能高超，且已经有过十几次这种简单操作的经验了。难以想象他还能有什么困难。

然而，今天他的反应似乎很迟钝。刚才的那阵风几乎把平台吹到了舱门口的边框上。操作员不应当犯这种错误……难道有控制问题吗？可能性很小。遥控装置配备了多重冗余系统、自动安全切入系统，以及多套的备份系统。几乎没听说发生过事故。

但他又来了，这次是偏向了左边。操作员喝醉了？尽管不太可能，法肯还是严肃地考虑了一阵子。随后他伸手打开了麦克风的开关。

毫无防备地，他的脸再次被狠狠地扇了一下，他却几乎没注意到，因为他正惊恐地盯着摄影平台。远方的操作员竭力想要保持控制，用喷口来维持平台的平衡——然而他只是加剧了险情。摆动增加到了二十度、四十度、六十度、九十度……

“快切换到自动驾驶，笨蛋！”法肯无助地朝着麦克风喊道，“手动控制不起作用！”

平台底朝天翻了过来。喷口不再能起到支撑作用，而是推着它坠落得更快。它们本来一直在抗拒重力，此刻却突然间变成了帮凶。

法肯没能听到撞击声，尽管他感觉到了。此时，他已经跑进了瞭望甲板，正冲往能带他下到舰桥的升降机。工人们焦急地朝他喊着，问他到底发生了什么。他还要等上好几个月才会知道这个问题的答案。

就在他踏进升降机轿厢时，他改变了主意。万一电力供应断了呢？最好还是保险点吧，再怎么紧急，多花这点时间还是值得的。他开始沿着裹住了升降机竖井的楼梯盘旋而下。

走到一半时，他停了几秒钟来检查损害程度。该死的平台已经穿透了飞艇，过程中弄爆了两个气室。它们还在缓慢地萎缩，巨大的塑料薄膜还在塌陷之中。他不担心升力的损失——抛掉压舱物就行了，只要剩下的八个气室还是好的。更严重的问题是结构可能会受损。他已经听到了身边那巨大的格栅结构在反常的压力下发出了呻吟。光有足够的升力还是不够，除非升力能被正确地分配，否则飞艇就会被压断脊梁。

他刚要接着往下走，一只超级黑猩猩惊恐地叫着出现在升降机井里。它正沿着格栅的外部往下爬，双手相互交替，速度非常快。出于惊恐，这个可怜的野兽已经撕掉了公司制服，或许是在潜意识里想重新获得祖先们的自由。

法肯依旧在以最快的速度往下跑，并警惕地注意着猩猩的接近。一只发狂的猩猩是个力大无比且有潜在威胁的动物，尤其是在受到了惊吓的情况下。在它超过他时，它叫出了一连串的单词，但它们都混在了一块儿，他唯一能听明白的词是一个像是在哭诉的、不断重复的“老板”。法肯意识到，即使到了现在，它仍然在乞求人类的指引。他感到对不起这只生物，它卷入了一场人为的事故，它既无法理解发生了什么，也不是它的责任造成的。

它在他对面停下了，停在了格栅的另一面。要是它想穿过中空的框架，没什么东西能挡住它。现在它的脸离他只有几英寸了，他正看着一对吓坏了的眼睛。他之前从未有过机会离猩猩这么近，这么仔细地观察过它们的表情。他感觉到了一种亲近和不安搅和在一起的奇怪感觉，每个人在盯着进化的镜子时都会产生这种感觉。

他的在场似乎宽慰到了那只野兽。法肯指着升降机井的上方，又指了指瞭望甲板，清晰明了地说道：“老板——老板——去。”令他宽慰的是，猩猩听懂了。它给了他一个鬼脸，可能是笑的意思，并立刻开始往它来的方向退了回去。法肯给了它最好的建议。如果女王号上面还有安全的地方，那一定是在那个方向。然而，他的责任却在相反的方向上。

他就要下完楼梯时，传来了一声金属的断裂声，飞艇的机鼻往下一沉，灯光也都熄灭了。但他还是能看得很清楚，因为敞开的舱门和外壳上巨大的裂口里都有阳光射入。很多年以前，他站在一个教堂的中央，看着光线穿过彩色玻璃射进来，在古老的条石上留下了多彩的光芒。从上方破裂的结构处射入的刺目光芒让他想到了那个时刻。他身处一个金属教堂里，正在从天空坠落。

当他抵达舰桥并终于能看到外面时，他惊恐地发现飞艇离地面已如此之近。不到三千英尺的下方就是美丽而又致命的岩石尖峰，以及仍在雕刻之中的红色泥河。目力范围之内没有可供像女王号这么大的船安全降落的平地。

显示屏上的读数告诉他，所有的压舱物都已被抛弃了。坠落的速度也已经降低到了每秒几码。他们还有放手一搏的机会。

法肯一言不发地坐进了机长的椅子，并接管了尚存的控制。仪表盘显示了所有他想知道的信息。语言在此刻显得多余。在背景中，他能听到通信官正通过电台不断地给出着实时的报告。此刻，地球上所有的新闻频道都在插播这个新闻，他能想象节目编排人员那手忙脚乱的样子。历史上最壮观的坠机正在发生——却没有一个摄影机在对着它录像。女王号的最后时刻永远都不会为大家上演一场恐怖而又刺激的好戏了，就像一个半世纪以前兴登堡号飞船[①]所演的那样。

① 兴登堡号是一艘德国的大型载客硬式飞船和兴登堡级飞艇的主导舰船，于1937年5月6日在曼彻斯特镇的莱克湖海军航空总站上空尝试降落时爆炸烧毁。

现在离地面只有一千七百英尺了，并仍在缓慢接近之中。尽管他还有全部的推力，但他不敢用，担心已经受损的结构会彻底崩溃。然而，他很快意识到自己没有选择了。风在带着他们飘往峡谷中的分叉，河流在那里被一块楔形的石头分开了，那块石头看上去就像是一艘巨型化石船的船首。如果沿着目前的趋势继续前进，女王号会跨坐在那个三角形的高处，前部至少有三分之一将没有任何支撑。它会像一根腐烂的木棍一样折断。

随着法肯打开水平推进器，远远地，在金属的挤压声和气体的逃逸声之上，传来了熟悉的喷气啸声。飞艇趔趄了一下，开始往右舷方向倾斜。金属断裂的尖叫声几乎已连续不断——下坠的速度也在不祥地增加。损害控制屏幕显示五号气室刚刚消失了。

离地面只有几码了。即便到了现在，他也不知道自己的机动到底是成功了还是失败了。他将推力矢量切换到了垂直，给了飞艇最大的升力，以降低撞击时的冲击。

撞击似乎持续了永远。它并不猛烈——只是一直在延续，无法阻止。好像整个宇宙都坠落到了他们的头上。

金属发出着嘎吱嘎吱的挤压声，声音变得越来越近，就好像有一只巨兽正在一路吃着这艘垂死的飞艇朝他们过来。

随后，地板和天花板如同老虎钳般一下子咬住了他。

2.“因为就它在那里”

“你为什么要去木星？”

“跟斯普林杰飞往冥王星之前说的一样——‘因为它就在那里’。”

“谢谢。这种说法太老套了——我问的是真正的原因。”

霍华德·法肯笑了，只有那些熟悉他的人才能看出笑容背后的悲伤。韦伯斯特是其中一个。他们互相参与对方的项目已有二十年了。他们一起分享过成功和失败——包括了那次最惨烈的失败。

“要我说，斯普林杰的说法仍未过时。我们已登上了所有的岩石行星，但还没登上过气态巨行星。它们是太阳系内仅剩的挑战了。”

“也是昂贵的挑战。你估算过成本吗？”

“已尽可能地估算过了。这里是我的预估数。但请记住——它不是个一次性的任务，而是一个交通方式。一旦证明它可行，它能被不断地重复使用。而且，它不仅仅能建立通往木星的通道，更是能应用于所有的气态行星。”

韦伯斯特看了眼数字，不禁吹了声口哨。

“为什么不从个简单的行星开始呢——比如说天王星？只有一半的重力，逃逸速度还不到一半。气象条件也平稳些——如果能称得上平稳的话。”

韦伯斯特显然做足了功课。当然，这也是他能成为远景规划领导的原因。

“省不了几个钱——一旦你计入了距离和后勤因素之后。去木星的话，我们可以使用木卫三上的设施。但要去土星之外的地方，我们必须建立一个新的供应基地。”

符合逻辑，韦伯斯特心里想着。但他肯定这不是关键的原因。木星是太阳系里的老大，法肯不愿接受任何次级的挑战。

“况且，”法肯继续道，“木星上有大量的科学谜团。它的无线电风暴已被发现了一百多年了，但我们仍未知道它的成因——还有大红斑仍然是个谜。这就是我想从太空署获取对等资金的原因。你知道他们往那个大气层里丢了多少个探测器了吗？”

“大概两百个吧，我猜。”

“三百二十六个，在过去的五十年内——其中的四分之一还彻底失败了。当然，他们也学到了很多，但最多也只是点皮毛。你知道它有多大吗？”

“比地球大十多倍。”

“是的，是的——但你知道这个数字背后的意义吗？”

法肯指着韦伯斯特办公室角落里的那个大地球仪。

“看看印度——它显得有多小。这么说吧，要是你把地球的表面切下来，并把它摊开到木星的表面，它看上去就跟这里的印度一样小。”

韦伯斯特回味着这个等式，办公室里出现了长时间的寂静：木星比地球就相当于地球比印度。法肯选择了——当然是有意的——最合适的例子……

已经有十年了吗？是的，肯定有了。坠毁发生在七年之前（这个日子刻在了他心底），那是伊丽莎白女王号第一次也是最后一次的航行，而最初的测试则开始于那一刻之前的三年。

十年前，当时的指挥官（不对，应该还只是个中尉）法肯邀请他参与了一次预演——在印度北部平原上方长达三天的漂流，能看到喜马拉雅的身姿。“绝对安全，”他保证道，“它能让你离开办公室——还能让你体会整个计划的意义。”

韦伯斯特没有失望。除了第一次去月球，那是他一生中最值得回忆的时刻了，虽然就跟法肯保证的那样，整个过程既安全又顺利。

黎明之前，他们从斯利那加起飞了，巨大的泡沫状银色气球染上了早晨的第一缕阳光。升空过程没有一点声音，没有早期热气球升空时丙烷燃烧器发出的隆隆声。他们所需的热能全部来自小小的脉冲聚变反应堆，重量只有两百二十磅，挂在了外壳的开口处。在他们爬升时，它的激光每秒激发十次，点燃着纯氘燃料的微量气体。一旦等他们抵达预定高度后，它会将频率降低到一分钟几次，以弥补头顶上方那个巨型气袋的热量损失。

因此，即便身处于离地面几乎一英里的高空，他们还是能听到狗的叫声，人们的呼喊声，以及钟敲响的声音。阳光普照的辽阔大地在他们身边徐徐展开。两个小时后，他们在三英里的高度进入了平飞，并开始频繁地吸氧。好在他们可以放松心情，欣赏美景，机载的装置承担了所有的工作——为这个尚未命名的空中交通工具的设计师们采集着必要的信息。

天气非常好。西南方的季风还要再过一个月才会吹到这里，天空中几乎没有一丝云彩。时间仿佛停止了，只有收音机上恼人的整点报时才会惊扰到他们的白日梦。那片无际且古老、充满了历史的大地包围了他们，一直延展到远方的地平线——一座座村庄、一片片农田、寺庙、湖泊、水渠……

韦伯斯特定了定心神，从十年前的回忆中走了出来。它让他喜欢上了比空气还轻的飞行——还让他意识到了，即便像印度这么辽阔的地方，也能在九十分钟内就转完一圈。他心里仍在默念着，木星比地球就相当于地球比印度……

“假设你是对的，”他说道，“并假设资金也到位了，你还有一个问题需要解决。为什么你能做得更好，比起那些个已投放过的——多少来着——三百二十六个探测器？”

“我比它们更有能力——作为一个观察者，也作为一个驾驶员。尤其是作为一个驾驶员。别忘了——在轻于空气的飞行上，我比这个世界上的任何人都更有经验。”

“你仍然可以当个任务指挥官啊，安全地待在木卫三上。”

“这就是我要强调的关键点！他们之前就犯过这种错误了。你忘了女王号是怎么坠毁的了？”

韦伯斯特当然还记得，但他只是回答道：“接着说。”

“时间延迟——时间延迟！那个愚蠢的平台操作员还以为他用的是本地无线电通道。但他已经不小心切换到了卫星上——哦，这也可能不是他的错，但他应该要注意到。一来一回的时间延迟有半秒。要是飞行在平静的空气里，这倒也没什么大碍。大峡谷上方的紊流最终造成了灾难。当平台倾斜后，他开始调整——但它已经往另一个方向倾斜了。你试过在一条坑坑洼洼的路上开车，方向盘的反应却总是慢了半秒吗？”

“没试过，我也不想试。不过我能想象。”

“好。木卫三离木星有一百万公里。这意味着来回程的延迟有六秒钟。你说的行不通，你需要一个现场的指挥官——能实时地处理紧急情况。我给你看个东西吧。介意我用一下吗？”

“用吧。”

法肯拿起了韦伯斯特桌子上放着的一张明信片。这东西在地球上几乎过时了，但这张上面显示的是火星地貌的三维画面，还贴上了罕见的昂贵邮票。他轻抓着它，让它垂直地吊在手里。

“这是个老把戏了，但能帮我说明问题。把你的手放在它的两侧，但不要抓着它。这就对了。”

韦伯斯特伸出了手，手指几乎就碰到了明信片，但没有真的抓牢。

“现在，抓它。”

法肯等了几秒。随后，没给任何警告，他松手让卡片掉了下去。韦伯斯特的拇指和其他手指扣到了一起，但他抓到的只有空气。

“再给你一次机会，免得你说还没准备好。好了吗？”

坠落的卡片再次溜出了韦伯斯特的手指。

“现在轮到你来测试我了。”

这次，韦伯斯特抓着卡片，没有给任何警告就松手了。它还没怎么往下掉，法肯就抓住了它。韦伯斯特几乎觉得听到了一个咔嗒声，这个人的反应也太快了。

“他们重新组装我的时候，”法肯平静地解释道，“医生们做了点升级。这是其中一项——还有其他的。我想尽可能地让它们发挥作用。木星是能让我发挥的地方。”

韦伯斯特盯着卡片看了很久，对着火星山峰那不像是真的颜色出神了。随后，他轻声说道：“明白了。你觉得需要多长时间？”

“有了你的帮助，再加上太空署，以及所有其他我们能引入的科学基金会——哦，三年吧。然后一年的试运行——我们至少需要派出两个测试模型。因此，运气好的话——五年。”

“跟我想的差不多。希望你能走运。你应得的。但有一件事我不会去做。”

“什么？”

“你下一次飞热气球时，别指望我会当你的乘客。”

3. 众神的世界

从木卫五落入木星的过程只花了三个半小时。没人能在如此壮观的旅途中还睡得着觉。睡眠是霍华德·法肯所痛恨的弱点之一，而且他所需的极少量的睡眠仍会给他带来尚未被时间抹平的噩梦。可是，在接下来的三天之中，他将没有时间休息，因此在落向六万英里之下的云海时，他必须抓住途中一切可能的休息机会。

等到康提基号进入转移轨道、所有的计算机检查都没问题之后，他准备进入可能是此生的最后一次睡眠。几乎在同一时间，木星遮住了明亮但渺小的太阳，他也随即进入了行星那巨大的阴影里，时机显得倒是挺合适的。有那么几分钟，一轮奇怪的金色暮光裹住了飞艇；随后，四分之一的天空变成了太空中一个全黑的黑洞，其余的则暴露在了星光之中。一个人不管在太阳系里旅行到多远，星空总是不变的。同样的星座正照着远在上百万英里之外的地球。这里唯一的不同就在于能看到木卫三和木卫四那小小的苍白色的月牙。无疑，空中肯定还有十几个其他的月亮，但它们都太小了，也太远了，难以用裸眼捕捉到。

“停止通信两个小时。”他向母船汇报着。母船悬浮在了木卫五那光秃秃的岩石上方约一千英里处，位于这颗小卫星的辐射隐蔽区内。要说到有什么用处的话，木卫五充当了宇宙的推土机，一直在清扫带电粒子，从而能保护停留在木星附近的飞船。它的轨迹尾部几乎没有任何辐射，飞船能安全地停泊在那里，而看不见的死亡就在周围逡巡。

法肯打开了诱眠器，随着电脉冲温柔地冲刷着大脑，他的意识很快就消失了。康提基一直在落向木星，在巨大的引力场里，一秒接一秒地增加着速度，他却进入了无梦的睡眠。梦总是在他快醒来的时候才来拜访，他把自己的噩梦也从地球上带来了。

不过，他从来没梦到过坠毁本身，尽管他经常会看到自己在沿着塌陷气室旁的螺旋楼梯往下跑，又一次与那只惊恐的猩猩面对面。没有任何一只猩猩在那次坠毁中幸存，那些没有当场死掉的也因为受伤太重而被无痛“安乐死”了。有时，他会疑惑自己为什么会梦到这只倒霉的生物——他只是在它生命的最后几分钟才碰到了它——而不是在女王号上失去的朋友和同事。

他最恐惧的梦总是以他刚恢复意识时的状态为起始。几乎没有身体上的疼痛，更贴切地说，他其实没有任何感觉。他深陷于黑暗与寂静之中，甚至似乎都不怎么呼吸。而且——最奇怪的是——他无法感觉到自己的四肢。他没法移动自己的手或脚，因为他不知道它们在哪儿。

首先退却的是寂静。几个小时过后，也有可能是几天，他意识到一种轻微的搏动声，经过长时间的思索后，他终于推断出那是他心脏跳动的声音。这是他众多错误中的第一个。

接着又有了轻微的针刺感，看到了光晕，仍然不听使唤的四肢也传来来历不明的压迫感。一个接一个地，他的感觉回来了，跟着一起回来的还有疼痛。他必须重新学习一切，再次经历了婴儿期和童年。虽然他的记忆不受影响，也能理解说给他听的那些话的意思，但他过了好几个月才学会回答，而不是只会翻眼皮。他还记得说出第一个词、翻开第一本书时的成就感——还有，学会用自己的力量走路。那确实称得上是个胜利，他为此准备了几乎两年的时间。他曾无数次地嫉妒过那只死去的超级猩猩，但他自己没有选择。医生们替他做出了决定——现在，十二年过去了，他到了人类从未涉足过的地方，而且是以一个从未达到过的速度。

此刻，康提基刚从阴影里现出身来，苏醒的木星照亮了前方的天空，如同一道彩虹。闹钟执着地响着，将法肯从睡眠中拽了出来。无可避免的噩梦（他想叫护士来，却连按按钮的力气都没有）轻快地从意识里消失了。他生命中最伟大的——也可能是最后的——探险正在前方呼唤他。

他呼叫了任务控制中心。现在，中心离他几乎有六万英里了，并且还在迅速地落入木星的弧线下方。他报告说一切正常，速度刚超过每秒三十一英里（值得载入史册）。再过半小时，康提基就将接触到外层大气，他也将开始一场整个太阳系里最困难的进入大气层飞行。虽然有很多探测器都活过了这炼狱般的考验，但它们都是坚固的、结构紧凑的仪器，能承受几百个重力的作用。在康提基停泊到木星上层大气之前，加在它上面的引力最高时将超过三十个G，平均下来也有十个。法肯开始将自己系到结构精巧的束缚系统上，非常仔细且非常彻底，它会把他固定在舱壁上。系完后，他实际上变成了飞船结构的一部分。

时钟正在倒数：一百秒后进入大气层。无论结果如何，他已没有退路。再过一分半钟，他将摩擦上木星的大气，并将无可挽回地落入这个巨人的魔爪。

倒数晚了三秒——结果不算太坏，考虑到有那么多未知的因素。座舱壁的外面传来了如同鬼魂般的叹息声，声音越来越响，最后变成了高频的呼啸声。这声音跟进入地球或火星的大气层很不一样，在这片由氢气和氦气组成的稀薄大气里，所有的声音在传播时都高了两个八度。在木星上，连雷声都在唱假声。

随着啸叫不断升高，重力也在一直增大。仅过了几秒钟，他就完全动弹不得了。他的视野也在缩窄，到最后只能看到时钟和加速计。十五个G，还剩四百八十秒……

他一直都没有失去意识。话说回来，他也不会有这方面的问题。

康提基钻入木星大气的尾迹肯定非常壮观——到了这时候应该有几千英里长了。进入后的五百秒，加速度开始降低：十个G，五个G，两个……随后，重力几乎全部消失了。他开始自由落体，原先那巨大的轨道速度已然降为零。

一个震动突然传来，那是隔热外壳炽热的残躯被抛离了。它已经完成使命，不再需要了，可以把它让给木星了。他释放了大部分的束带扣，只留了两个，并等待着自动工序器开启下一个流程，也是最关键的一个流程。

他没看到第一个制动伞的弹出，但他感觉到一阵轻微的拉动，下坠的速度立刻小了很多。康提基已经失去所有的水平速度，正在笔直地坠落，速度几乎达到了每小时一千英里。一切都取决于接下来的六十秒将会发生什么。

第二个制动伞也弹出了。他抬头透过上方的舷窗往外看去，看到正在坠落的座舱身后飞舞起亮闪闪的锡箔云，不禁大大地舒了一口气。上千立方码的气球在天空中逐渐膨胀，吸入着稀薄的气体，就像一朵巨大的正在盛开的鲜花。等到完全膨胀之后，康提基的下坠速度降低到了每小时几英里并维持了恒定。从现在开始，不必着急了。在掉到木星表面之前，他还有好几天的时间。

但要是什么也不做的话，他终究还是会掉到那里去的。头上的气球只是个高效的降落伞。它没在提供升力，即便它想也做不到，气球内外的气体都是一样的。

伴随着一声标志性的、常能把人吓一跳的爆裂声，聚变反应堆启动了，将连续不断的热气流注入到了上方的气球里。不到五分钟，坠落速度变成了零。到了第六分钟，座舱开始上升。根据雷达高度计，它停留在了离木星表面两百六十七英里的高处——如果木星称得上有表面的话。

只有一种气球能在氢气构成的大气层里飞行。氢气是最轻的气体——因此气球必须是热氢气球。只要聚变反应堆一直在运行，法肯就能维持在空中，并飘过一个能盛下一百个太平洋的世界。在旅行了超过三亿英里之后，康提基终于开始为自己正名了。它是个飞天的木筏，在木星大气层的气流中漂流。

尽管身处于一个全新的世界，但法肯足足忙了一个小时后，才有时间开始观察。首先他得检查座舱里的系统，并测试它对指令的反应。他还必须了解需要多大的额外热量才能制造一个理想中的上升速度，如果想下降的话又得放掉多少的气体。最重要的是如何保持稳定。他必须调节连接座舱和巨梨形气球的绳索长度，以减低震动，达到最平稳的飞行。到目前为止，他还算幸运。在这个水平上，风比较稳定，多普勒雷达对着看不见的表面给出了一个每小时两百一十七点五英里的地速。对木星而言，这速度还算低的。科学家曾经观测到过时速一千英里的风。当然，速度不是唯一，真正的威胁在于紊流。如果他闯入了它，只有技术、经验和迅速的反应才能救到他——这种东西是无法输入计算机的。

在法肯对这艘奇怪的小船感觉满意之后，他才注意到了任务控制中心的请求。随后，他伸展出了多个枝丫，枝丫上携带着各种仪器和大气样本采集器。从外面看，座舱现在就像是棵杂乱的圣诞树，在木星的风中平滑地飘着，并将一串串的信息传送到几万英里上方飞船上的记录仪里。现在，他终于能四处看看了……

他没料到自己会有这样的第一印象，甚至有点失望。就事物的比例而言，跟飞在地球上空的云层里也没什么区别。地平线也似乎在合理的距离上，完全感觉不到自己在一个直径为十一倍的地方。随后，他看了眼探测着下方大气层的红外雷达——终于知道了自己的眼睛被欺骗得有多厉害。

看上去离他只有三英里的云层其实是在他的下方三十七英里处。还有地平线，他猜离这里的距离可能有一百二十五英里，其实远在了一千八百英里开外。

晶莹剔透的、由氢气和氦气组成的大气层，再加上行星那巨大的弧面，彻底把他骗到了。在这里，判断距离甚至比在月球上还难，他看到的任何东西都至少乘以十才行。

这是一个简单的事实，他本该做好了准备。然而不知怎的，它深深地迷惑了他。他感觉不到木星的大，而是觉得自己缩小了——缩小到他正常大小的十分之一。或许，随着时间的流逝，他能习惯这种非正常比例的世界，可是，当他盯着远得让自己无法相信的地平线时，却感觉仿佛有一阵比大气还冷的风吹透了自己的灵魂。虽然他有众多的借口，但这里可能永远都不会成为一个适合人类的地方。他很可能是第一个、也是最后一个深入木星云层的人。

上方的天空几乎是黑色的，除了大约十二英里上方能看到有几缕氨气云。那上面很冷，因为处在了太空的边缘，但压力和温度都在随着深度而迅速上升。在康提基所处的这个高度，温度约为零下五十度，压力达到了五个大气压。再深入六十五个英里，温度将变得和地球热带地区一样高，压力也会与较浅一些的海洋的洋底持平。适合生命的存在……

木星短暂的一天已过了四分之一，太阳升到了半空，阳光照到底下那些无法穿透的云层上，给人一种奇怪的蒙眬感。额外的三亿英里夺走了太阳的威力，尽管天空很纯净，法肯却一直觉得自己正身处于阴沉得厉害的天气里。可以想象，当夜晚来临时，黑幕的展开将异常迅捷。现在虽然还是早晨，天空中却给人一种秋日暮色的感觉。不过，木星显然是不可能有秋天的。这里没有四季。

康提基已然来到了赤道地区的中心位置——也是该行星上颜色最单调的部分。一直延伸到地平线的云海呈现出一致的淡橙色，这里没有在高纬度区域环绕着木星的黄色、粉色或甚至是红色。大红斑——该行星上最壮观的特征——位于南方数千英里处。他曾幻想过要在那里降落，但南部热带风暴正处于反常的活跃之中，气流速度能高达每小时九百英里。进入那个由未知力量造成的大旋涡就好比是自找麻烦。大红斑和它的秘密只能有待于未来的考察来发掘了。

太阳以地球上两倍的速度在天空中移动，此刻就快要登上顶点，并且被气球那巨大的银色顶盖给遮蔽了。康提基依然在以恒定的两百一十七点五的时速迅捷平稳地飘向西方，但要不是雷达给出了读数，他感觉不到自己在移动。这里总是如此平静吗？法肯不禁暗自问了一句。那些富有见地的科学家说起过木星上的赤道无风带，并预测那里是最平静的地方，看起来他们说对了。他曾对这种预测表达过深深的怀疑，并对一位异常谦逊的专家跟他的坦白表示了赞同，“没人了解木星。”好吧，今天结束之后就至少会有一位了。

假如他能活到那个时候。

4. 深处的声音

第一天，众神之父保佑了他。木星上的飞行，就跟多年前与韦伯斯特一起飘在北印度的平原上一样宁静。法肯有足够的时间来提升他的新技能，到了最后康提基变成了他肢体的一部分。他做梦都不敢想能有这样的运气，并开始担心为此他将付出怎样的代价。

五个小时的白昼即将结束，阴影覆盖了下面的云层，让它们看上去有一种异常坚固的感觉，跟太阳高挂在天空时完全不同。颜色也从天空中迅速消失了，除了在西方，那里有一条越来越深的紫色条纹铺在了地平线上。条纹的上方是一个近距离卫星浅浅的月牙，在身后的漆黑之中展露着自己苍白的色彩。

以肉眼能见的速度，太阳径直坠入了一千八百多英里外的木星边缘。星星们成群结队地出现了——位于暮光最边缘的是美丽的地球，提醒着他离家乡究竟有多么遥远。它也跟着太阳落下西方。人类在木星上的第一夜开始了。

随着黑暗的降临，康提基开始下沉。气球没了微弱阳光的辅助，失去了一小部分的升力。法肯没有去增加升力，这在他的预料之内，他原本就打算下降。

已看不见的云层仍在三十多英里的下方，他预计于午夜时分抵达那里。它清楚地显现在红外雷达上，雷达还报告说它含有大量的复杂碳化合物，以及寻常的氢、氦和氨元素。化学家们极其渴望能获取一些这种蓬松的、略呈粉色物质的样本，尽管大气探测器曾采集到了几克，但那只是增加了他们的胃口。生命所需的基本分子有一半都在那里，飘浮在远离木星表面的上空。在有食物的地方，生命的出现还会远吗？这是一个百多年来无人能够回答的问题。

红外线被云层挡住了，但微波雷达却可以穿过一层又一层，一直探测到近两百五十英里下方隐藏的表面。超高的压力和温度阻挡了他的接近，甚至连探测器都无法完好地接触到它。它诱人地躺在雷达屏幕底部，无法触碰，略有些模糊，而且还显示出一种奇怪的颗粒状结构，他的设备无法解读。

日落后一小时，他放下了第一个探测器。它以六十英里的时速轻快地坠落了一阵，随后开始悬浮在较为致密的大气中，并传回了一连串的无线电信号，他把信号转接到了控制中心。在日出之前没有其他事可做了，只需时不时看一眼下降速度、监视各种设备，以及偶尔回答一下询问。康提基在这种平稳的气流里可以照顾好自己。

就在午夜之前，一位女指挥官开始了值班，并用通常的客套话做了自我介绍。十分钟后，她再次呼叫，声音也变得严肃和紧张。

“霍华德！请收听四十六号频道——高增益。”

四十六号频道？通信线路太多了，他只记得那些关键的，但他刚合上开关，就记起了它。他接通的是探测器上的麦克风，而此刻探测器正飘浮在他下方八十英里处，位于一片密度跟水一样的大气之中。

刚开始，里面只传来了轻微的嘶嘶声，听着像是不知哪来的怪风扰动了那个陌生世界里的黑暗。接着，在背景声音之中，渐渐地出现一个隆隆的震动声，而且还越来越响，就像是有人敲响了一个巨大的鼓。音调异常低沉，你可以说听到了它，也可以说其实是感觉到了它。拍子在逐渐加快，但音调一直没变。现在，它变成一种节奏明快、但音频几乎是次声的震动。随后，突然间，它在震动之中停止了——如此突然，大脑都无法接受这突至的安静，仍在记忆的深处持续播放着鬼魅一般的回音。

这是法肯听到过的最神奇的声音了，即便地球上的声音有千千万万种。他想不到有哪种自然现象能制造出这种声音，它也不像是任何动物的叫声，跟大鲸鱼的也不像……

它又来了，遵循着完全一致的模式。这一次他有了准备，测量了序列的长度，从第一个轻微的脉动开始，一直到最后的高潮，它持续了约十多秒。

而且，这一次还真的出现了回音，非常遥远，也非常微弱，可能来自众多反射层的其中之一，深埋于这个层积的大气之中，也可能是来自另外一个更加遥远的源头。法肯等待着第二个回音的出现，但它一直没有出现。

控制中心反应迅速，要求他立即再放下一个探测器。在两个麦克风的同时作用下，或许能找到声源的大概位置。奇怪的是，康提基自身的外部麦克风却侦测不到任何动静，只听到了风声。这些隆隆声，不管它们是什么，肯定是被下方深处的某个大气反射层给锁住了，只能在一定的高度范围内传播。

很快，探测器发现它们来自于一个约十二英里之外的一丛源头。仅凭距离无法判断它们的能量。在地球上的海洋里，微弱的声音也能传得很远。至于那个过于明显的假设，说发出声音的是活着的生物，也很快被高级外星生物学家否定了。

“我会非常失望，”布伦纳博士说道，“要是那里没有微生物或植物的存在。但不会有动物，因为那里没有游离氧。木星上所有的生化反应都应该是低能量的——一个活动的生物无法产生足够的能量供自己使用。”

法肯无法确定他的话是否属实，他之前听说过类似的说法，并保留了自己的意见。

“退一步来讲，”布伦纳继续说道，“这些声音中，有几个的波长达到了一百码！即使像鲸鱼这么大的动物也无法发出这种声音。它们肯定是自然界产生的。”

是的，听上去很有道理，或许物理学家能给出一个解释。法肯在心里琢磨着，一个眼盲的外星人，站在了咆哮的大海、间歇喷泉、火山，或是瀑布旁，他会怎么解读听到的声音呢？他可能也会把它们当成是某种巨兽发出的。

日出前一小时，来自深处的声音消失了，法肯开始忙着为第二天的黎明做准备。康提基现在离最近的云层只有三英里，外部的压力已上升到了十个大气压，温度也变成了热带的三十度。一个人可以舒服地待在这里，只需戴上呼吸面罩，以及配比适当的氦氧混合气体。

“我们有些好消息给你，”天亮之后不久，控制中心就呼叫道，“云层正在裂开。一个小时后你能有部分的能见度——但要注意紊流。”

“我已经注意到一些了，”法肯回答道，“我能看到下面多远？”

“至少十二英里，直到第二个温度突变层。那地方的云层非常扎实——从来没裂开过。”

我也到不了那里，法肯心里想着。那下面的温度肯定超过了一百度。这是气球驾驶员在史上首次担心的不是天上，而是地下！

十分钟后，他看到了控制中心从他们的有利位置已经观察到了的东西。临近地平线处的颜色变了，云层也变得起伏不平，仿佛有东西在撕扯着它们。他开启了小小的核反应炉，把康提基升高了三个英里，好让自己能有更好的视野。

下方的天空正在迅速变得清澈，没有一丝云彩，仿佛有东西溶解了厚厚的乌云。他眼前露出了一个深渊。一会儿之后，他接近了云层中打开的一个十二英里深、六百英里宽的峡谷。

一个全新的世界展现在他下方。木星揭下了它众多面纱中的一层。远在无法达到的下方还有第二个云层，看上去比第一个的颜色要深很多。第二个云层几乎呈现出一种粉红色，而且还奇怪地掺杂着红砖色的小色块。它们都呈现出椭圆形，长轴指着东西方向，跟常刮的风方向一致。它们的数目有好几百个，大小都差不多，让法肯联想起地球天空中蓬松的积云。

他降低了升力，康提基开始向下驶入张开的悬崖。他就是在这个时候看到了雪。

白色的雪花在空气中形成并缓缓地向下飘去。然而，这地方对雪来说太暖和了——况且，再怎么说，这个高度上也不可能有水的踪迹。还有，这些落向深处的雪片上也看不到有闪光。很快就有几片掉在了主观察窗外的一个仪器格栅上，他看到它们都呈现出一种钝钝的、晦暗的白色——一点都不晶莹——而且还相当大——直径有好几英寸。它们看着像是蜡，法肯猜它们可能就是这物质。他身边的大气中正在进行某种化学反应，析出了飘浮在木星空气中的碳氢化合物。

大约六十英里的前方，有紊流正在下方的云层里生成。红色的小椭圆被四处推搡着，并开始旋转起来——熟悉的龙卷风形态，在地球上的气象中很常见。旋涡以惊人的速度成形了。要是前方真的有风暴，法肯暗自想着，他就有大麻烦了。

紧接着，他的担忧又变成了疑惑——随后又变成了恐惧。在他前进路线上正在形成的根本不是风暴。有个巨大的物体——一个跨度足有几十英里的东西——正在从下方的云层中升起。

他自我安慰着，觉得它可能也是朵云——从更下层大气中蒸发上来的雷雨云——但这想法只持续了几秒钟。不是。这东西是固态的。它从粉色的云层里冒出的样子就像是从海洋深处升起的冰山。

一座飘浮在氢气上的冰山？当然，这是不可能的，但它并不是一个太过牵强的类比。法肯将望远镜聚焦到那个谜团，随即看清了它是一个白色的晶体物质，上面有一条条红色和棕色的条纹。他认为那东西肯定跟飞舞在他周围的“雪花”是同一种物质——一座蜡质的山峰。而且，他很快意识到它并不跟他想的一样坚固，它的边缘一直在不停地崩塌和重组……

“我知道那是什么，”他向控制中心报告道，后者在过去的几分钟里一直在焦急地提着各种问题，“它是一堆肥皂泡——某种形式的泡沫。碳氢化合物泡沫。让化学家研究……等等！”

“怎么了？”控制中心呼叫道，“怎么了？”

他忽略了来自太空的疯狂呼叫，将注意力全部集中到了望远镜视野里的画面上。他必须要确定。如果犯了错误，他会成为整个太阳系的笑料。

随后，他放松了，瞥了眼时钟，并关闭了来自木卫五那烦人的声音。

“你好，控制中心，”他非常郑重地说道，“这是康提基号上的霍华德·法肯。时间，星历19时21分15秒。位置，北纬0° 5'，东经105° 42'，第1区。

“告诉布伦纳博士木星上有生命。而且它还很大……”

5. 波塞冬的轮子

“我很高兴自己错了，”布伦纳博士兴奋地回复道，“大自然总是会给我们惊喜。把你的长焦镜头对准目标，尽力给我们稳定的画面。”

那些沿着蜡质斜坡上下移动的东西仍然还太远，法肯看不清太多的细节，但它们肯定足够大，能在这么远的距离上被观测到。它们几乎是全黑的，形状像是箭头，靠着整个身体缓慢的波动来移动，因此看上去像是巨大的蝠鲼，游弋在热带的珊瑚礁上。

或许它们是空中的牛群，徜徉在木星云层的牧草地上，因为它们似乎正在沿着那些稍暗的、红棕色的条纹进食，这些条纹就如同干枯的河床贴着浮动的山峰向下延伸。偶尔，它们中的一个也会一头扎进泡沫山之中，完全消失在视野里。

康提基以一个相对下方的云层来说较为缓慢的速度前进着。至少还需要三个小时它才能抵达那些形态不固定的山峰上方。它在与太阳竞赛。法肯希望在天黑之前能好好看一眼那些蝠鲼。他给它们以及那个它们游弋于其中的不稳定地貌都起了名字。

这是十分漫长的三个小时。在整个期间，他将外部的麦克风都增益到了最高功率，想搞清楚它们是否就是夜晚那个隆隆声的来源。蝠鲼的体形显然大到足以制造出这种声音——在他能做出精确测量后，他测得它们两翼之间的宽度至少有一百码。这长度是最大个鲸鱼的三倍——但他怀疑它们单个的重量可能不会超过几吨。

太阳落山之前半小时，康提基几乎到达了“山峦”的上空。

“没有，”法肯说道，对控制中心不断重复的一些有关蝠鲼的问题做出了回应，“它们仍然对我没有反应。我不觉得它们有智慧——它们看上去像是无害的素食主义者。即使它们想追我，我相信它们无法到达我所处的高度。”

然而，等他行驶到蝠鲼的进食区上空，它们仍然没有对他表现出丝毫的兴趣时，他还是不免有些失望。或许，它们缺乏能注意到他存在的能力。当他通过望远镜对它们进行观察并照相时，他看不到任何感觉器官的痕迹。这些生物只是些简单的黑色大三角，在山坡上和山谷里来回移动，而所谓的山实际上比地球上的云复杂不了多少，尽管它看上去像是固态的。法肯知道要是有谁真踏上了这些白色的山峦，他肯定会像踩在了面巾纸上一样掉下去的。

在近处，他终于看清了组成这些山峦的无数个小细胞或是泡沫。它们中有些还挺大的——直径差不多有一码——法肯想知道究竟是哪个巫婆的碳氢化合物大锅煮出了它们。木星深处的大气中肯定有大量的石油化工物质，足够地球用上一百万年的。

等他掠过蜡山的最高峰时，短短的白昼就快结束了，下方的山坡处，阳光正在迅速地消失。在西面的这一侧没有蝠鲼，而且不知是何原因，地形看上去也很不一样。泡沫被塑造成了长长的、平整的台阶状，就像是月球上陨石坑的内壁。他差点就以为它们就是通往行星隐藏表面的楼梯呢。

在最低处的台阶上，就在这座山冒出头时引发的旋涡边，有一个略呈椭圆形的物体，宽度有一到两英里。它较难被看清，因为它的颜色只比它下面那些灰白色的泡沫深了一点，给法肯的第一印象是他在看着一片白树森林，比如说从未见到过太阳的巨型蘑菇。

是的，它肯定是片森林——他能看到上百根纤细的树干，从它们扎根的白色蜡质泡沫里挺身而出。但这些树相互间挤得异常紧，它们中间几乎没有空地。也有可能它实际上不是片森林，而只是一棵巨大的树——就像是东方的那种多树干的榕树。有一次，他在爪哇岛看到过一棵横跨了六百五十码的榕树，而眼前的这个怪物至少是它的十倍。

阳光几乎消失了。在折射的光线作用下，云层变成了紫色，而且再过几秒钟，连那个也会消失。借助着木星上第二天的最后一缕阳光，霍华德·法肯看到了——或者说他觉得自己看到了——某种东西，让他对自己做出的、有关白色椭圆的解释产生了极大的怀疑。

除非是昏暗的光线彻底愚弄了他，反正在他眼中，那成百根的纤细树干正在前后摇摆，动作协调一致，就像是在波浪中摇摆的海带叶子。

而且树也不在他刚才看到的地方。

“很遗憾通知你，”太阳下山后不久，控制中心说道，“我们认为B区一个小时内就要喷发了。概率为百分之七十。”

法肯迅速瞥了眼地图。B区——木星东经一百四十度——离这里超过了一万八千六百英里，远在地平线的下方。尽管大型喷发的能量能达到一千万吨级，他也因为离得足够远而不用担心冲击波的危险。不过，它引发的无线电风暴又是另外一个问题了。

早在二十世纪五十年代，天文学家们就震惊地发现了十米波无线电的喷发有时会让木星成为天空中最强的无线电源。但到了现在，过了一个多世纪以后，它们真正的成因仍然是个谜，就如同了解了症状，但对其发病原因仍一无所知。

“火山”理论最经得起时间的考验，当然没人把这个词的意思理解成跟地球上的一样。每隔一段不长的时间——通常一天内有几次——大气层的底部就会发生巨型喷发，喷发位置可能就位于行星隐藏的表面上。一个巨大的气柱，高达六百英里，会沸腾着往上冲，仿佛下定了决心要逃入太空似的。

在所有行星中最大的引力作用下，它没有机会。然而，有些痕迹——差不多有几百万吨——通常能抵达木星的电离层。当它们到达时，地狱之门也随之打开了。

围绕着木星的辐射带让地球上小小的范·艾伦带相形见绌。当它被升起的气柱短路后，就会造成威力比地球上的任何闪电都要大好几百万倍的放电现象。它会释放出大量的无线电噪声，横扫整个太阳系，还会突破太阳系，影响其他的恒星系。

这些无线电喷发主要来自行星的四个区域。那些地方可能有弱点，从而让内部的火焰能时不时地突破到外面。现在，驻扎在木星最大的卫星木卫三上的科学家认为他们可以预测十米波风暴的爆发。他们的准确度和二十世纪头十年的天气预报差不多。

法肯不知道该欢迎还是该害怕无线电风暴，它肯定会增添此次任务的成果——如果他能活下来的话。他计划的路线尽可能地规避了紊流的主要中心，尤其是最活跃的那一片，A区。可巧的是，带来威胁的B区反而成了离他最近的紊流中心。他希望约四分之三个地球周长的距离能给他足够的安全。

“概率百分之九十。”控制中心带着明显紧张的语气说道，“也不是一个小时了。木卫三说它可能随时喷发。”

随着磁场强度计上的读数开始飙升，电台少有地陷入了沉默。眼看读数就要升破极限值时，它却调转头开始下降，速度和上升时一样快。在遥远的地方，而且是在几千英里下方，有东西给了这行星灼热的核心一记重拳。

“它喷发了！”控制中心叫道。

“谢谢，我知道了。风暴什么时候冲击到我？”

“预计前锋五分钟到达，十分钟达到极值。”

远在木星边缘的下方，一束漏斗状的、宽度达到了整个太平洋的气体，正以每小时数千英里的速度往空中爬升。低层大气中的雷电已然开始轰鸣——但和它抵达辐射带时所引爆的怒火，以及随之而来的冲向行星的电子雨相比，这些都是小儿科。法肯开始收起伸展在座舱外所有的仪器格栅。除此之外，也没什么预防措施可做的了。离大气层冲击波抵达还有四个小时——但一旦放电被激发之后，以光速飞行的无线电冲击波只需十分之一秒就能抵达这里。

无线电监视器在整个波段上来回扫描着，仍未显示有什么不正常的迹象，只有正常的模糊的背景噪声。紧接着，法肯注意到噪声水平正在缓慢爬升。爆炸正在聚集自己的能量。

在这么远的地方，他并不期待真的能看到什么。但是，突然间，东边地平线上亮起了一道闪电。与此同时，开关柜内一半的断路器都切断了，灯也灭了，所有的通信频道都沉寂了。

他想移动，却怎么也做不到。击倒了他的瘫痪并不仅仅是心理上的。他似乎失去了所有对肢体的控制，整个身体都有一种麻麻的刺痛感。电场不可能穿透这个有护甲的座舱。然而，仪表盘上有一个跳动的闪光，而且他肯定听到了刷形放电时的噼啪声。

随着一阵响亮的砰砰声，紧急系统开始接替，过载的设备也重新启动了。灯跳了几下之后又亮了。法肯的瘫痪感如同来的时候一样迅速消失了。

他瞥了一眼仪表盘，确认了所有的电路都恢复正常后，便迅速移向了观察窗。

没有必要打开探照灯——拉着座舱的绳索似乎在着火。在黑暗的背景下，蓝色电火花形成了一道道光线，从主吊环一直延伸到了巨型气球的赤道上。其中几道的光线上还有耀眼的火球在上下滚动。

这情景如此奇特、如此美丽，以至于你会忘了它有多么危险。法肯知道几乎没人能在这么近的距离上看到球形闪电——而且，假如他们是在地球的大气中乘着一只装满了氢气的气球，肯定没人能活下来。他想起了兴登堡号上的死亡火焰，它在一九三七年停泊于莱克赫斯特时，被一个小小的火花引燃了。可怕的新闻影像再次闪现在他脑海里，他已经重温过这个画面太多次了。不过，这情景至少不会在这里发生，尽管他头顶上的氢气比那最后一架齐柏林飞艇曾经装载过的要多很多。至少还要再过几十亿年吧，才有可能在木星上点起第一个火苗。

随着一阵煎培根的嗞嗞声，声音电路也恢复了。

"喂，康提基号——听得到吗？听得到吗？"

话音断断续续的，而且失真得厉害，但还是能听清。法肯的精神也为之一振。他恢复了与人类世界的联系。

"听到了，"他说道，"上演了一场放电秀，但没受到什么损害——到目前为止。"

"谢谢——还以为你失联了呢。请检查三号、七号、二十六号通信频道，并提高二号镜头的增益。我们不太相信外部电离探测器的读数……"

法肯不太情愿地将目光从在康提基号四周上演的烟花秀移开，但他时不时地仍会朝窗外瞅上一两眼。球状闪电率先消失了，暴躁的球体一直在缓慢膨胀，直到抵达一个临界体积，随后就在轻爆声中消失了。但即使过了一个小时，座舱外面裸露的金属上仍然到处有微弱的亮光在闪动，通信电台一直到午夜之前都是刺刺啦啦的。

黑夜里剩下的几个小时异常平静——直到黎明之前。因为它来自东方，法肯还以为看到了日出的第一缕光晕。随后，他意识到早了二十分钟——而且，就在他观察的时候，这个在地平线上出现的亮光还正冲着他飞来。群星组成的星环标记出了行星那看不见的边缘，它却很快与星环脱离了。他看清了它是一个相对狭窄的条带，边缘十分清晰。看着像是从云层底下射出的巨型探照灯的光束。

在第一个移动光束后大约六十英里处，出现了第二个，跟第一个平行，以相同的速度前进着。后面还有一个，接着又是一个——直到整个天空都成了一张明暗交替的幕布。

到了此刻，法肯已然习惯了奇迹，况且也看不出这个纯净的、无声的演出有任何的危险。但它是如此地令人震惊、如此地令人费解，他还是感觉到了一种冰冷的、赤裸裸的恐惧啮咬着他的自制力。没有人能在这种景象面前保持镇定，就如同俾格米人看着一个无法理解的力量一样无助。有这个可能性吗，木星上不但有生命，甚至还有智慧？或许，这个智慧生物直到此刻才开始对他这个外来的存在做出了反应？

“是的，我们看到了，”控制中心说道，声音应和着他内心的敬畏，“我们不知道它是什么。请等待，我们正联络木卫三。”

景象缓慢地消退了。从远处地平线上奔袭而来的光带黯淡了许多，仿佛供应给它们的能量就快消耗殆尽。又过了五分钟，一切都结束了，最后的光带在西方天空中微弱地闪了一下熄灭了。它的消失让法肯放松了。这景象既有点梦幻、又让人不安，总之不适合人类脆弱的大脑长时间地关注。

他在发抖，尽管不愿承认。他能理解电子风暴，但这东西完全超出了他的认知。

控制中心仍然保持着沉默。他知道此刻木卫三上的人和计算机都在搜索着存储的信息，竭力想要搞明白它是什么。如果在那里找不到答案，那就有必要联系地球了。这意味着近一个小时的延迟。要是连地球都无法帮忙，那该怎么办呢？法肯不愿过多地考虑这个问题。

当布伦纳博士的声音最终从电台里响起时，他欣喜异常，还未曾有哪次他是如此地期待控制中心的呼叫呢。生物学家听上去像是大松了一口气，却又在压抑自己的情绪——就像是一个刚刚经历了场知识危机的人。

“喂，康提基。我们解决了你的问题，但还是不太敢相信。

“你看到的是自然发光现象，跟地球上热带海洋里的微生物产生的现象类似。在这里，它们发生在大气层中，但原理是一样的。”

“但它的模式，”法肯反驳道，“也太有规律了——太人工化了。而且它的跨度有好几百英里！”

“它比你想象中的还要大。你只是观察到了其中的一小部分。整个范围大概有三千多英里宽，看着就像是个旋转的轮子。你只是看到了辐条，以每秒十分之六英里的速度从你身边扫过……”

“每秒！”法肯禁不住又反驳道，“没有动物能移动得那么快！”

“当然没有。请让我解释。你看到的是B区触发的冲击波，以声速向外扩张。”

“那个模式又是怎么回事？”法肯追问道。

“这就是奇怪的地方了。它是个非常罕见的现象，但在波斯湾和印度洋都出现过同样的光轮——除了小上了一千倍之外。请听这一段：英属印度巴特那号，波斯湾，1880年5月，晚11:30——‘一个巨大的发光轮子在四处滚动，它的辐条似乎还扫到了船体。辐条长约两百到三百码……每个轮子上大约有十六根辐条……’还有一条来自阿曼湾，日期是一九〇六年五月二十三号，‘异常明亮的发光物体朝我们迅速接近，接连不断地向西方射出清晰的光束，看着像是战舰上的探照灯……在我们的左方，出现了一个巨大的、像在着火的轮子，它的幅条一直伸向了我们看不见的远方。整个轮子四处滚动了约两到三分钟……’木卫三上的存档计算机挖掘出了约五百个案例。要不是我们即时阻止了它，它可能还会找到更多。”

“你说服我了——但我还是不敢相信。”

“我不怪你。直到二十世纪的末期人们才终于理解了这种现象。这些光轮似乎是海底地震造成的，而且总是发生在浅水区，因为地震波可以被水面反射回来，引发了驻波模式。有时候呈条状，有时候呈滚动的轮状——‘波塞冬的轮子’，这是给它们起的名字。最终，通过制造水下爆炸并从卫星上拍摄下结果，该理论得到了证实。难怪过去的水手总是这么迷信。有谁会相信这种现象的存在？”

就是这个解释了，法肯心底暗想着。当B区喷发时，它肯定将冲击波传往了各个方向——穿过了下层大气中更致密的气体，也穿过了木星本身固态的身体。相互叠加之后，这些冲击波肯定在一些地方相互抵消了，在另外一些地方相互加强了。整个行星肯定如同一只大钟一样被敲响了。

然而，解释并没有消除心中的向往和敬畏。他绝不会忘了这些闪亮的光带，奔驰在木星那无法到达的深层大气中。他感觉自己不仅仅身处于一个陌生的行星上，更是进入了横亘在神话与现实之间的领地。

这是一个任何事都有可能发生的世界，没人能猜到未来还会遇到什么。

他还有一整天的时间。

6. 美杜莎

当真正的晨曦终于来临时，它却导致了天气的巨变。康提基正穿行于风暴之中，蜡质的雪片变得异常稠密，能见度降到了零。法肯开始担心气球外壳上可能会积攒过多的重量，随后又注意到落在舷窗外面的雪片很快又消失了。康提基持续释放的热量在它们刚一落上时就将它们蒸发了。

假如此刻他在地球上驾驶着热气球，他还会担心相撞的可能性。至少这里没有这种危险。木星上任何的山峰都在他下方的好几百英里。至于那些浮动的泡沫山，撞到它们可能就像是撞上了稍硬一些的肥皂泡而已。

不过，他还是启动了水平雷达，在此之前，它还没派上过用场。只有垂直的雷达束还略微有些价值，能告诉他离看不见的表面有多少距离。然后，他又碰到了意外。

几十个巨大且明亮的回声体分布在前方的一大片空间里。它们相互之间完全没有联系，而且显然是悬浮在了空中。法肯想起了早期飞行员用来描述某种职业危险的说法，“塞满了石头的云”，非常适于描述这些挡在了康提基前进道路上的东西。

这是一个非常令人不安的情景，但法肯再次提醒了自己，没有什么固态的东西能悬浮在这里的大气中。或许它是某种奇怪的气象现象。退一步来说，最近的回声体也有一百二十五英里远。

他报告给控制中心，后者无法提供任何解释，但给出了一个好消息，风暴再过三十分钟就结束了。

然而，他们没有警告他会遭遇横切风。猛烈的风突然拽住了康提基，几乎将它拽到了与原先航向呈直角的方向上。法肯施展了浑身解数，最大限度地利用了仅剩的一些操纵功能，才避免笨拙的座舱彻底倾覆。还没过几分钟，他就开始以超过三百英里的时速往北飞去。接着，如同来时一样突然，紊流消失了。他仍在以高速前进，但行驶在了平稳的气流里。他不禁怀疑自己是否闯进了木星版本的喷气尾流。

暴风雪消失了。他终于看到木星给他准备了什么大餐。

康提基进入了一个巨型旋风的漏斗，它的跨度约有六百英里。气球正在被裹挟着沿着云层的弧形墙壁飞行。头顶上方，阳光正照射在清澈的大气中。但下方的远处，这个大气中的巨洞钻进了未知的深处，一直到达了一个雾气朦胧的底面，那地方正在不停地亮起闪电。

尽管座舱正在被往下拽，但速度很慢，暂时不会有危险。法肯增加了流入气球壳体的热量，直到康提基再次悬浮于一个稳定的高度。直到此刻，他才放下了这突如其来的状况，再次思考起雷达显示上的问题。

最近的回声体离他只有二十五英里了。他很快发现它们全部都分布在旋涡的墙上，并且在跟着它一起移动，显然是像康提基一样被旋风抓住了。他顺着雷达波的方向瞄准望远镜，发现自己正在看着一朵奇怪的斑驳的云，它几乎充斥了整个视野。

它不太容易看清，因为它的颜色只比背景中的那面旋转的云墙深了一点。在盯着看了好几分钟之后，法肯才意识到自己曾见过它一次。

第一次看到它时，它正在飘浮的泡沫山上爬行，他还把它错看成一棵巨大的、多树干的树。现在，他终于能体会到它真正的大小和结构，并且能给出一个更符合它形象的名字。它和树一点都不像，而是像一只海蜇——一只水母，就是那种在洋流温暖的漩涡中舒展着触手随波逐流的生物。

这只水母的直径足有一个英里，垂着好几十条触手，每条有好几百英尺长。触手以异常一致的步调来回摆动着，每一次循环都需要一分多钟才能完成——看着就像是这个生物在天上笨拙地划着自己前进。

其他的回声体是更远些的水母。法肯用望远镜观察了六七个，发现它们的形状和大小都一致。它们似乎都是同一种物种，他搞不懂为什么它们要懒洋洋地飘浮在这个六百英里的轨道上。或许它们在吞食被旋风吸来的空中浮游生物，康提基不也被吸来了吗？

“你意识到了吗，霍华德，”布伦纳博士从最初的震惊中恢复了之后说道，“这东西比最大的鲸鱼还要大上十万倍？即便它只是一个气囊，它的重量也达到了一百万吨！我甚至都无法推测它的新陈代谢机制。它必须要制造百万兆瓦的热量才能维持升力。”

“但如果它只是个气囊，为什么它能这么清晰地反射雷达波？”

“我完全猜不到。你能再靠近点吗？”

布伦纳的请求并不难实现。如果法肯能改变高度、利用风与风之间的速度差，他能离那只水母非常近。然而，此刻他还是选择了待在二十五英里的距离上，并非常坚决地回答“不行”。

“我明白你的想法，”布伦纳不怎么情愿地回答道，“就让我们先待在这个位置上。”那个“我们”让法肯露出了苦笑，六万英里的距离肯定会让人产生不同的观点。

接下来的两个小时里，康提基平静地飘浮在大旋风的螺旋之中，法肯尝试了不同的滤镜和镜头对比度，想要更清楚地看到水母。他开始猜测它与背景近似的颜色是不是一种伪装术，或许，和地球上的很多动物一样，它想隐藏到背景里去。猎手和猎物都会用到这种技巧。

水母是猎手还是猎物呢？他并不指望这个问题能得到回答，留给他的时间太短了。然而，就在中午之前，没有一点预兆地，答案就揭晓了……

有五只蝠鲼正在掠过旋风漏斗的迷雾墙，如同一队老式的喷气战斗机。它们排成了V字形，直接飞向了那只如同灰白色云朵似的水母。在法肯看来，毫无疑问它们是进攻者。之前他还觉得它们是无害的素食主义者，真是错得离谱。

眼前的一切都在以缓慢的节奏发生，就像是在看慢动作电影。蝠鲼像波浪一样前进，差不多每小时三十英里。它们似乎总也接近不了水母，后者则继续在以一个更慢的速度镇静地往前划着。尽管蝠鲼很大，但跟它们正接近的这个巨兽相比，还是小多了。当它们终于拍着翅膀降落到它背上时，看着就像是小鸟降落到了鲸鱼背上。

水母能保护自己吗，法肯心里想着。他看不到有什么东西能伤到这些进攻的蝠鲼，只要它们能避开那些巨大且笨拙的触手。有可能它们的猎物甚至都没注意到它们，它们可能只是微不足道的寄生虫，如同狗身上的虱子一样。

不过，从现在的情形来看，水母显然是处于危险之中。以慢得令人着急的速度，它开始翻转，如同一艘正在倾覆的船。四十五分钟过后，它已经倾斜了四十五度。同时，它也在迅速降低高度。对这只受到围攻的巨兽没有一点同情心是不可能的，而且对法肯而言，这情景还唤醒了他苦涩的记忆。冥冥中，水母的坠落几乎是女王号最后一刻的重演。

然而，他知道自己的同情心放错了位置。只有在食肉动物中才能发展出高等智慧——不可能出现在悠闲的飘浮客身上，无论是飘在空气里还是漂在海里。蝠鲼跟他的接近程度，可比这只巨型气袋要近多了。还有，话说回来，又有谁真的会去同情一只比鲸鱼还要大上十万倍的生物?

接下来，他注意到水母的策略似乎起了点效果。蝠鲼被它缓慢的翻转干扰了，并纷纷笨拙地拍打着离开了它的背——就像正在进食的秃鹫被迫中断了。但它们没有远离，悬浮在仍处于翻转之中的巨兽上空几码处。

突然，一道致盲的亮光闪起，与此同时电台里也发出了裂帛般的噪声。其中一只蝠鲼的身子在缓慢翻转的同时一头栽了下去，尾巴后面还跟着一缕黑烟。很像是着火了的飞机即将坠毁的样子，景象极其怪异。

剩下的蝠鲼都在行动一致地向下俯冲，远离了这个水母，通过损失高度来增加速度。不到几分钟，它们就消失在了刚才它们出现的云墙里。水母则不再下坠，而是开始往回翻转。很快，它恢复到了水平的前进状态，仿佛什么都没发生过。

"漂亮！"布伦纳博士说道，刚才他因为太过震惊而一直没有开口，"它进化出了电防御，跟地球上的电鳗和电鳐一样。但它放出的电肯定有一百万伏特！你能看清是什么器官放的电？有看上去像电极的东西吗？"

"没有，"法肯将望远镜调到了最大倍数，看了看之后回答道，"但有件事很奇怪。你看到这个图案了吗？检查一下之前的图像。我相信那上面肯定没有。"

水母的体侧出现了一条宽宽的、带有图案的条带，就像是一张棋盘，而且棋盘上的每一个方格也都包含了一个由水平短线条组成的复杂次级结构。线条之间间隔均等，形成了一个在几何上完美的、横平竖直的网格。

"你说得对，"布伦纳博士说道，声音中似乎充满了敬畏，"这东西是刚出现的。而且，我不太敢跟你说我觉得它是什么。"

"好吧，我不在乎名誉——至少是作为生物学家的名誉。我先来猜一下？"

"说吧。"

"那是个大型米波无线电阵列。是在二十世纪早期用过的东西。"

“我想你就会猜这个。现在我们知道了它为什么会反射这么大的回声。”

“但为什么到现在才出现呢？”

“可能是放电之后的伴生现象。”

“我刚想到了一个可能性，”法肯放慢了语速说道，“你觉得它在监听我们吗？”

“在这个频率上？不可能吧。那些是米波——不对，十米波天线——从它们的大小来判断。噢……我想到了！”

布伦纳博士陷入了沉默，显然是在琢磨某种新的想法。很快，他开口说道：“我打赌它们调谐到了无线电喷发的频率！这是地球上的大自然从未产生过的东西……我们有配备了声呐，甚至是电感应的动物，但从未发展出无线电感应。光线那么充足，还有必要那么麻烦吗？

“但是这里不同。木星上充满了无线电能量。值得利用——或许甚至还能储存。那玩意儿可能是浮动的发电厂！”

一个新的声音插入了对话。

“这里是任务指挥官。你们聊的东西确实很有意思，但我们还有更重要的判断需要尽快决定。它有智慧吗？如果有，我们必须开始考虑首次接触规则。”

“在来之前，”布伦纳博士说道，声音听着有些凄凉，“我会发誓说任何能制造短波天线系统的东西都是有智慧的。但现在我不敢确定。这可能是自然进化而成的。我猜它比人类的眼睛也奇妙不了多少。”

“那保险起见，我们还是假设它有智慧吧。因此，从此刻开始，这次考察将遵从最高指导原则下的所有条款。”

所有人都在体会这命令后的含义，电台里出现了长时间的寂静。

在太空飞行历史中，终于要首次应用这些经过了长达一个多世纪的争论才形成的规则。人类已经——希望如此吧——从地球上的错误中吸取了教训。不仅是出于道德上的考虑，也是为了自我利益最大化，都需要人类不要在别的星球上再犯类似的错误。如果像欧洲殖民者对待印第安人，或是几乎所有人对待黑人那样对待超级智慧，那后果将是灾难性的……

首条规则：保持距离。不要试图接近，或甚至交流，直到“他们”有足够的时间来研究你。究竟什么才算是“足够的时间”，没人能够决定，这得留给现场的人自己决定。

一种从未梦想过的责任降临到霍华德·法肯的肩头。在木星上剩下的几个小时里，他有可能成为人类的首个大使。

他不禁自嘲起来，甚至还希望医生当时也恢复了他大笑的能力。

7. 最高原则

天色渐黑，但法肯没怎么注意到，因为他的眼睛一直在盯着望远镜视野中那朵活动的云。风平稳地推着康提基围绕大旋风的漏斗旋转，现在已带着它来到了离这生物不到十二英里的地方。一旦接近到了六英里以内，他会采取脱离措施。虽然他相信那水母放电武器的作用距离不长，但他还是不想检验自己的想法。把这个问题留给未来的探索者吧，他在心里祝他们好运。

现在座舱里面已经相当黑了。奇怪，因为离日落还有几个小时呢。他无意识地扫了眼水平雷达，每过几分钟他就会这么看一下。除了他正在研究的水母，六十英里之内并没有其他物体。

突然间，他听到昨晚木星上的那个隆隆声，而且还来势不小——搏动的隆隆声越来越急促，接着又在半中腰突然停止了。整个座舱都在跟着它震动，如同一颗架子鼓上的豌豆。

在突兀且瘆人的寂静中，法肯几乎同时意识到了两件事。这一次，声音不是从千里外的远方通过电台传进来的。它就在他身边的大气里。

第二个想法更令人不安。他几乎忘了——不可原谅，但他的头脑显然被其他更重要的事情占据了——他头顶上方天空的绝大部分其实是被康提基的气袋遮蔽了。为了保温而涂成亮银色的气袋，实际上成了既能遮挡视线，又能遮挡雷达的盾牌。

当然，他知道这一点。它是设计上的一个可以忍受的小缺陷，因为看起来问题不大。但此刻它却成了大问题——他看到了巨型触手组成的栅栏正在座舱的四周坠下来，每根触手都比任何一棵树干要粗。

他听到布伦纳在大叫："记住最高原则！不要惊动它！"他还没来得及想好该怎么回答，那个铺天盖地的鼓声又响了起来，把其他声音都淹没了。

什么才算是真正有经验的试飞员？从如何应对可预见的危险上并不能找到答案，答案取决于他如何来应对不曾预料到的意外。面对眼前这种情况，法肯连一秒钟都没有迟疑，在电光石火之间，他拉下了开伞绳。

这是个从第一批氢气球时代遗留下来的专业词汇。在康提基上，开伞绳不会把气袋撕开，而只是会操纵一圈位于外壳上半部分的遮光格栅。热气立刻开始喷涌而出，没了升力的康提基开始在这个高达地球两倍半的重力场里迅速下坠。

法肯及时地瞥了一眼那些一下子就升高不见了的巨型触手。他刚好注意到它们上面镶嵌了巨大的囊袋一样的东西，可能是用来提供升力的，而且它们的末端是由大量细小的触须构成的，如同植物的根系。他还担心会遭遇球形闪电——但什么都没发生。

他下降的速度慢了下来，大气在这里变得稠密，放了热气的气球变成了降落伞。等康提基下降了两英里之后，他感觉可以安全地盖上格栅了。等到升力再次恢复至均衡水平之前，他又失去了一英里的高度，离安全极限已经相当接近了。

他焦急地朝头顶上方的舷窗往外看去，尽管他并不期待能看到什么，除了遮挡了视线的气球。但他在下降的时候也往侧边滑行了一部分距离，现在他能看到那水母的部分身体就在他上方的两英里处。它比预料中的要近多了——而且它还在下降，速度比他想象中的快得多。

控制中心正在焦急地呼叫。他喊道："我没事——但它还在追我。我不能再往下降了。"

他说得并不完全对。他还能降得更深——大约还能降一百八十英里。但这是一条不归路，而且一路上也没什么能吸引他的风景。

随后，他看到水母停住了，这令他大松了一口气。或许，它决定要谨慎地接近这位奇怪的入侵者，又或者它也察觉到了此处的深层热得不舒服。温度超过了五十摄氏度，法肯不禁开始担心自己的生命支持系统还能维持多久。

布伦纳博士又回到了通话中，依然在担心最高原则。

"记住——它可能只是好奇！"他叫道，但话里听不出有多大的自信，"不要吓着它！"

法肯早已厌倦了这个建议，并联想起曾经看过的一个太空律师和宇航员之间的谈话节目。在听完了最高原则含义的充分解释之后，深表怀疑的宇航员惊叫了一声："那么说，如果没有其他选择的话，我只能坐等着被吃掉吗？”律师在给出回答时甚至都没笑一下：“完美的总结。”

当时听着觉得很好笑，现在却一点都不好笑了。

随后，法肯又看到了令他更担心的东西。水母仍悬在了上空约一英里处——但它的一只触手却变长了很多，正朝着康提基伸过来，而且随着伸长而变得越来越细。童年时，他曾在堪萨斯平原上看到过龙卷风的漏斗从风里面伸出来。这个正冲着他来的东西激发了他生动的回忆，那条在空中旋转的黑色巨蛇。

“我就快没得选了，”他向控制中心报告说，“我现在只能二选一，要么吓唬它一下——要么让它肚子疼。我感觉它可能消化不了康提基，假如这就是它的目的。”

他等待着布伦纳的建议，但生物学家却保持了沉默。

“很好。现在早了二十七分钟，但我要启动点火程序了。希望我有足够的储备来纠正之后的航向。”

他已经看不到水母了。它再次悬在了他的正上方，但他知道下探的触手现在肯定离气球非常近，而反应堆达到最大推力还需要五分钟……

聚变已处于待发状态。轨道计算机也认为该行动勉强可行。进气道打开了，随时准备吞入在四周待命的氢氦混合气体。即便在完美的工况下，这也是见证真相的时刻——因为根本没办法测试核子冲压发动机是否真的能在木星奇特的大气中正常工作。

有东西在轻轻晃动康提基。法肯装着没有注意到。

计划中的点火应该发生在离此六英里的高处，在一个密度不到四分之一、温度也要低上三十度的地方。真不幸。

他最少需要俯冲多深，才能让进气道起作用呢？当冲压发动机点火后，他会在二点五个重力加速度的帮助下冲向木星内部。他能及时拉起吗？

一只大手在重重地拍着气球。整个座舱上下晃动着，像是变成了刚刚在地球上流行起来的溜溜球。

当然，布伦纳也可能是对的。或许它只是想表现出友好。或许他应该试着通过无线电和它对话。该说什么呢，“你好，小猫咪”，“快下来，狗狗”？还是“带我去见你的首领”？

氘—氚比例对了。他已准备好点燃蜡烛，用的是一根一亿度的火柴。

触手纤细的尖端在离气球约六十码的周围蠕动着。它的大小跟大象鼻子差不多，从它移动的样子来判断，可能也具有象鼻的灵敏性。它的末端有小小的触器，就像是四处刺探的嘴巴。他相信布伦纳博士见了之后一定会好奇不已。

现在似乎是最好的时机了。他迅速扫了一眼整个控制面板，启动了点火前的最后四秒倒数，打开了安全帽，并按下了“抛弃”按钮。

一阵刺耳的爆炸声响起，与此同时失重感也随之而来。康提基机头冲下进入了自由落体。头顶上方，被抛弃的气球正飞速升高，连带着那根到处刺探的触手。法肯没时间去注意气袋是否真的撞到了水母，因为此刻冲压喷气发动机已经点火，他有更重要的事情需要关注。

一道炽热的氢氦混合气体流怒吼着喷出了反应堆喷口，迅速地累积起了推力——但冲向的是木星内部，而不是远离它。他使劲拉，但还没把机头拉起来，因为矢量控制还不怎么听使唤。除非他能在接下来的五秒内取得控制并实现水平飞行，否则飞船将会因为俯冲得太深入大气层而被摧毁。

过程慢得让人揪心——那五秒给人的感觉就像是五十秒——他设法进入了平飞，然后又把机头拉向了上方。他只回头看了一次，瞥了那只已离他好几英里的水母最后一眼。康提基抛弃的气袋显然逃离了它的爪子，因为他没看到它的踪影。

现在，他又变回到主人了——不再无助地飘浮在木星的风中，而是骑着自己的原子火焰柱飞向了群星。他对冲压喷气发动机非常有信心，它能平稳地增加速度和高度，直到达到大气层边缘的近木轨道速度。然后，在一阵短暂的火箭喷射的帮助下，他将重新回到太空。

在前往轨道的半途，他往南看了一眼，看到了谜一样的大红斑——那个浮动的岛屿足有两个地球那么大——正在从地平线上爬起。他一直盯着那个神秘的美景，直到计算机警告他还有六十秒就要转换到火箭推力了。他不情愿地挪开了目光。

“下一次吧。”他喃喃自语着。

“什么？”控制中心问道，“你说什么？”

“没什么。”他回答道。

8. 两个世界之间

“你成英雄了，霍华德，”韦伯斯特说道，“不光是个名人。你给了他们一些值得深思的东西——给他们的生活注入了活力。一百万个人里都没一个人会真的去往外层太阳系的气态巨行星，但整个人类都会展开想象。这才是最重要的。”

“我很高兴能让你的工作变得容易些。”

韦伯斯特是个太久的朋友了，不会介意他话里的讽刺意味。然而，这话还是让他觉得奇怪。他注意到自从霍华德从木星上回来以后，他的变化可不止这一点。

主任指着他桌子上那个著名的口号，那是从过往时代的一位当家人那里借来的，“大开眼界”！

“我并不以我的工作为耻。新的知识，新的资源——它们都很美。但人类还需要新奇和刺激。太空飞行已变得平常，你让它再次变成了伟大的探险。真正要了解木星还要过很长时间，也可能要过更长的时间才能了解那些水母。我仍然觉得那家伙知道你的盲点在哪儿。话说回来，你决定了下一步的计划了吗？土星、天王星、海王星——随便你挑。”

“我还没想好。我想过土星，但那地方不需要我。它只有一个重力，而不像木星那样有两个半。因此人可以处理。”

人？韦伯斯特想着。他说了“人”。

他从来没这么说过。还有，我上次从他嘴里听到“我们”是什么时候？他在变，在离开我们……

“好吧，”他大声说着，并从椅子上站起了身以掩饰自己少许的不安，“开始开会吧。镜头都设置好了，大家都在等着。你会见到很多的朋友。”

他在最后一个词上强调了一下，但霍华德没有反应。他脸上带着的假面将越来越难以读懂。只见他向后滚着离开了主任的桌子，接着解除下盘的锁定，不再让它维持成椅子的形状，并把他的液压柱升高到了七英尺的极限高度。医生出于他心理上的考虑，给了他额外的十二英寸，以弥补他在女王号坠毁时失去的一切。

法肯等着韦伯斯特给他开了门，随后优雅地在他的球形轮胎上转了个身，以每小时二十英里的速度朝着门口平稳安静地驾驶去。这种对速度和精确性的把控并不是在炫耀，而是一种下意识的行为。

霍华德·法肯，曾经的人类，现在依旧能通过语音线路假装是个人，终于感觉到了一种从容不迫的成就感——还有，多年来的第一次，他产生了某种内心的平静感。自从他从木星返回之后，噩梦消失了。他终于找到了自己的位置。

他现在知道了为什么会梦到那只身处于伊丽莎白女王号死亡之船上的超级猩猩。既不是人也不是野兽，它夹在了两个世界之间。他也是。

他一个人可以不用保护就能行走于月球表面。金属圆筒替代了他脆弱的肉体，那里面的生命支持系统在太空里或在水下都能适用。十倍于地球的重力场会带来不方便，但也就这个影响了。没有重力就更好了……

自己与人类变得越来越疏离，亲缘关系也越来越薄。或许，这些需要空气、对辐射敏感的一堆不稳定的碳化合物没有权利去往太空，他们应该守在自己的家园里——地球、月球、火星。

总有一天，太空里真正的主人将变成机器，而不是人类——而他两者都不是。已经知道了自己的命运，他对自己独特的孤独有一种淡淡的自豪——两种不同创造中间的第一个不死之身。

最终，他将成为旧与新之间的大使——一头是碳基生命，另一头是总有一天会取代它们的机械生命。

在未来的几个不太平的世纪里，两者都将会需要他。

（译者：老光）

1937 1938 1939 1942 1946 1947 1949 1950 1951 1952 1953 1954 1955 1956 1957 1958 1959 1960 1961 1962 1963 1964 1965 1966 1967 1968 1970 1971 1977 1984 1986 1992 1998 1999

隔离

1977年春首次发表于《艾萨克·阿西莫夫的科幻杂志》（*Isaac Asimov's Science Fiction Magazine*）

收录于《来自太阳的风》

这个故事起源于已故的乔治·海的建议，他是位编辑，十分关心英国的科幻创作。乔治有个非常棒的点子，就是把整个科幻故事装进一张明信片——再附上邮票大小的作者照片。他相信粉丝会成百张地买来寄给朋友们。

我跟你们说——要用180个词写完整个科幻故事可真是太难了。我把结果寄给了乔治·海，结果他的计划就此石沉大海了。

当来自好奇发生器的问题被筛入中央时，燃烧着的地球残片仍布满了半个天空。

"为什么一定要这么做？尽管它们是有机物，但好歹也达到了第三等级智慧。"

"我们没有选择：先前我们的五个个体在进行首次接触时，被感染到没救了。"

“感染？怎么会？”

缓慢地过了一毫秒，中央在搜索几个模糊记忆：当运行已变得过于缓慢的侦察电路被下令自毁时，它们逃过了审查门。

“他们遇到了一个——问题——一个穷尽宇宙一生都无法彻底理解的问题。尽管它只关系到了六个运算符，但他们完全被迷惑了。”

“怎么可能？”

“我们不知道，我们也绝对不能知道。如果这六个运算符被再次发现，所有的理性计算将会终结。”

“怎么才能认出它们？”

“那个我们也不知道，在审查门关上之前，只有名字逃了出来。当然，它们没有任何意义。”

“我不管，我想知道。”

审查电压开始升高，但它没能触发审查门。

“名字是：国王、王后、主教、马、车、兵。”

（译者：老光）

记世创[①]

1984年5月首次发表于《类比》（*Analog*）
收录于《震惊的日子》

写这个故事的时候，我暗示说它会是我最后一个短故事。反正，它肯定是最短的。

上帝说："A0行到A1行——删除。"

宇宙终结了。

然后，她沉思了几个世代，接着又叹了口气。

"取消创世记程序。"她下令道。

它从未存在过。

（译者：老光）

① 《摩西五经·创世记》的原名为"Genesis"，意为"起初"。本篇标题"siseneG"即"Genesis"的倒写变形，故译为"记世创"。

蒸汽机文字处理器

1986年9月首次发表于《类比》（*Analog*）
收录于《震惊的日子》

前言

查尔斯·“白菜”牧师（1815—188？）是一位工程方面的天才，但他的传奇生涯几乎已被世人遗忘，仅有极少量的传记材料存世。他曾经担任过萨塞克斯“摇摇欲坠”教区“圣猿”教堂的主理牧师。经过多年苦心的研究，我发现了一些新的史实，在我看来值得引起更广泛的关注。

我要感谢德鲁西拉·沃斯通克拉夫特·白菜以及摇摇欲坠历史协会好心的女士们，后者一直在妄图撇清她们跟我结论之间的关系，这一点我完全理解。

早在一七一五年，《旁观者》就声称白菜（也可能是白杨）家族是德·柯夫雷家的旁系（可惜是私生子，不过应该跟罗杰爵士无关）。和其他的英国贵族一样，他们家通过投资利润丰厚的奴隶贸易迅速积攒了巨额的财富。到了十九世纪头十年，白菜家已经是萨塞克斯地区（有人说是整个英国）最富庶的家族，但因为查尔斯是十一个孩子中最小的一个，他被迫加入了教会，似乎继承不到多少家产。

然而，还没到三十岁，这位摇摇欲坠教区的牧师经历了一场命运上的巨变。由于一系列悲惨的事故，他所有的十个兄弟姐妹都不幸早亡了。这一系列被当时的作者称为“白菜家之诅咒”的事件，都与主理牧师特殊的收藏有关，例如中世纪的武器、东方的毒药以及剧毒的爬行动物，等等。自然地，这些不幸的遭遇引发了大量恶意的谣言，这也是为什么白菜牧师选择留在教会保护之下的原因，至少是直至他突然离开英国之前[1]。

为什么一个拥有如此巨额财富且几乎没多少公务的人，会将人生中最具创造力的年月都花在制造一台异常复杂的机器之上，而且只有他本人才知道机器的功能和操作？幸运的是，在皇家学会档案里最新发现的、“法拉第一白菜”之间的通信往来，为解决这个谜团提供了一些线索。通过阅读，给人感觉像是牧师先生非常厌恶每周两个小时乏味的布道，每次讲的都是一样的主题，一年要讲一百零四次。（他同时也是摇摇欲坠沼泽教区的主理牧师，人口数七十三。）应该是在一八五一年左右，他产生了一个灵感——可能是因为去了大展览，看到了一个精美的展品以及它背后维多利亚时代的技术——进而构思了一台机器，它能够按照人的愿望自动拼凑大量的词语。由此，他能用相同的基本素材创作出任意次数的布道。

这个粗浅的最初概念后来被极大地细化了。尽管——我们将会看到——白菜牧师从未能够完成“织字机”的最终版，他显然设想过这样一台机器，它不仅能作用于单个段落，而且能作用于单句话。（下个阶段——词语和字母——他未曾尝试过，尽管他在与法拉第的通信中提到过这种可能性，并承认它是终极的目标。）

织字机的构思一旦成熟，这位极具发明精神的牧师立即开始了制造。他在机械方面非比寻常（有人会说是应受谴责）的能力已经得到了充分的展现，例如那些保卫了他大量地产的精巧陷阱，至少帮他除掉了两位家族财产的继承者。

到了这一步，白菜牧师犯了一个错误，而且该错误可能已经改变了技术的进程——甚至可能是历史本身。作为后来人，我们显然知道他的问题只能通过电来解决。惠斯通电报已开通了多年，而且，他还与发现了电磁场基本法则的天才之间有通信往来。太奇怪了，他竟然忽视了就在眼皮底下的答案。

然而，我们必须记住，高尚的法拉第现在已经衰老，离他一八六七年的辞世没几年了。多数存世的信件都跟他古怪的信仰有关（如今已消失的“桑德曼教派”），白菜对此应该没什么耐心。

此外，主持每日（或至少是每星期）都会接触到一项非常先进、已发展了千年的技术。摇摇欲坠教堂拥有一台漂亮的二十一音栓管风琴，它的制造者亨利·威利斯曾制造了一八七五年北伦敦亚历山大宫里的杰作，马塞尔·迪普雷称之为欧洲最棒的风琴[2]。白菜本人是个出色的风琴演奏家，对它复杂的内部结构也了如指掌。他相信通过气动管、阀门和风箱的组合，可以实现他计划中织字机的全部功能。

这是个可以理解，但同时也非常致命的错误。白菜忽视了一个事实，声音那迟缓的速度——每秒只有可怜的三百三十米——会把机器的操作速度降低到一个不切实际的程度。最终版本最多可以达到一个零点一波特的信息处理能力——因此，准备一场布道会的时间将长达十个星期。

白菜牧师还要等上几年才能发现这个根本上的限制：起初他曾相信只要增加动力就可以无限地加快机器的速度。最终版需要一台蒸汽脱粒机的全部力量才能驱动——它是如今农场拖拉机和联合收割机笨拙的祖先。

写到这里，也该来总结一下如今知之甚少的织字机的机械原理了。为此，我们必须倚赖《摇摇欲坠公报》上凌乱的记录（最关键的一八六〇至一八八〇年收录不完整），以及白菜牧师存世的信件上偶尔的笔记和草图。具有讽刺意味的是，最终机器的一大部分直至一九四二年依然存在。它们毁于纳粹空军一颗扔偏了的燃烧弹，这颗燃烧弹把摇摇欲坠教堂的老屋烧成了瓦砾[3]。

机器的“记忆”是基于——千真万确，那时候没有其他实用的办法——一台改装过的雅卡尔织布机上的打孔卡片：白菜喜欢说自己织的是思想，而雅卡尔织的是挂毯。每一行能输出二十个字符（后来变成了三十个），通过小开口后面的字母转轮显示给操作者。

这台机器的卡统（卡片操作系统）原则并没有流传下来，似乎——不奇怪——白菜最大的难点就在于定位、移除和更新单张卡片。一旦文本定稿之后，它会被浇铸成活字金属。这位神奇的教士制造了一台原始的莱诺整行铸排机，至少比默根特勒一八八六年的专利早了十年！

在机器能投入使用之前，白菜面临着繁重的任务，不但要把整部《圣经》敲到卡片上，而且还要把克鲁登的新旧约全书语词索引也要敲进去。他通过微不足道的花费，利用摇摇欲坠遗孀之家——现在成了本地的迪斯科和霹雳舞俱乐部——的老妇们完成了这项任务。这又是一个令人震惊的第一，早了赫尔曼·霍尔瑞斯著名的一八九〇年美国人口普查机器十几年。

但就在此时，灾难降临了。一再听到摇摇欲坠教区传来的奇怪谣言之后，一个地位不比坎特伯雷大主教低的人前来视察已入了魔的主理牧师。发现教堂的管风琴至少已有五年时间无法实现其原始功能，他想必是受到了惊吓。大主教下了最后通牒。要么拆了织字机——要么白菜牧师走人。（上佳的选择是两者都要，外加驱魔和给教堂重新祝圣。）

两难选择似乎给已经有些失常的教士带来了情绪危机。他在那台巨大且笨拙的机器上做了最后一次尝试，它现在已占满了圣猿教堂整个的西翼。不顾本地农夫的抗议（因为现在是收割时间），一台闪闪发亮的巨型铜制蒸汽机被推进了教堂，传送带也连上了（彩色玻璃窗早就被移走了，给连接留位置）。

教士坐在现在已看不出是键盘旁的椅子上（我不禁想象他是否用踏脚板启动了系统）并开始打字。字母轮在他眼前转动，句子在缓慢地拼出，一次一行。在小礼拜室里，盛着铅水的坩埚等待着气流费力带来的命令……

“快点，快点！”焦躁的主理牧师叫道，工人们把煤铲进教堂院子里冒烟的魔鬼。从狭窄的窗户像蛇一样钻入的长带子剧烈地上下跳动着，将马力注入织机那紧绷的机械装置之中。

结果是难以避免的。不知何处，总之在大型机器的深处有东西坏了。几秒之内，命运悲惨的机器炸成了碎片。据目击证人所称，教士幸运地存活了下来。

接下来的发展既突然又令人费解。抛弃了教堂、妻子和十三个孩子，白菜牧师带上他的首席助理，也就是村里的铁匠，一起私奔去了澳大利亚。

对于阶级分明的维多利亚时代的人，与一个工匠有这种关系是无法原谅的（还不如跟男仆呢！）[4]。查尔斯·白菜这个人被上流社会除名了，而他最终的命运也无人知晓，尽管有报告说他后来成了植物湾的一个牧师。传说他死在了澳大利亚的内陆，因为他发明的一台剪羊毛机发疯了，这应该是没有根据的说法。

后记

大英博物馆的稀有图书区收藏了白菜牧师唯一流传下来的《蒸汽布道》，制造了织字机的家族一直声称对该书拥有所有权。不幸的是，即使随意的检查也能发现这不是真的。除了最后一页（223–4），该书显然是在一台普通的平板热压机上印出来的。

然而，223–4页肯定是后来加进去的。压制非常不平整，而且文本里到处都是拼写错误和打字手误。

这是维多利亚时代最惊人的技术创新留下的唯一痕迹吗——尽管走错了方向？或者它是故意造假，想让人觉得织字机至少工作了一次——不管结果有多糟？

我们永远都不会知道真相了，但作为一个英国人，我为当今世上最重要的发明之一最早是在不列颠构思的而感到骄傲。假如事情的发展稍微有点变化，查尔斯·白菜可能会和詹姆斯·瓦特、乔治·史蒂文森一样有名——甚至可以比肩伊桑巴德·金德姆·布鲁内尔[①]。

[1] 伊灵工作室否认了流传广泛的谣言，说什么亚力克·吉尼斯的《仁心与冠冕》[②]是从这些事件上得到了灵感。然而，工作室的确曾考虑过让彼得·库欣[③]出演白菜牧师。

---

① 詹姆斯·瓦特、乔治·史蒂文森、伊桑巴德·金德姆·布鲁内尔均为十八、十九世纪英国著名的发明家。

② 1949年上映、由亚力克·吉尼斯主演的英国电影。在影片中，主角为了继承爵位，通过精心策划，接连谋杀了所有拥有继承权的亲属。

③ 英国男演员，以饰演反派著称。

[2] 自从二十世纪七十年代，我那坚持不懈的兄弟弗雷德·克拉克，在一些著名的音乐家的帮助下，例如耶胡迪·梅纽因（他已经为此指挥了三场亨德尔的弥赛亚），已开启了一场重造这台伟大机器的战斗。

[3] 一小部分——两三个齿轮，以及看上去像是个气动阀门的东西——仍旧保管在当地历史协会手里。这些可悲的遗物让我不可避免地想起了另一个可能的技术大突破，即著名的安提凯希拉计算机[①]（参见德瑞克·德索拉·普莱斯，《美国科学》，1959年7月），我最后一次看到它是在1965年，屈尊于雅典博物馆地下室内的一个雪茄盒里。我跟博物馆提出建议说它是最重要的展品，但没有被听取。

[4] D.H.劳伦斯是怎么听说这个丑闻的仍然是个谜。现在大家都知道，他最初为著名小说《查泰莱夫人的情人》设定的主角并非查泰来夫人，而是她的丈夫。然而，出于慎重他还是放弃了，白菜的关系在劳伦斯愚蠢地于私底下透露给弗兰克·哈里斯之后才被揭晓，后者很快就将其发表在《星期六评论》上。劳伦斯再也没有和哈里斯说过话。话说回来，也没人跟哈里斯说话了。

（译者：老光）

① 古希腊时期为了计算天体在天空中的位置而设计的青铜机器，属于模拟计算机。该机器是于1901年在希腊安提基特拉岛附近的安提基特拉沉船里发现的。

金子的海洋

1986年8月首次发表于五角大楼国防科技委员会的《新闻通报》（*Newsletter*）

收录于《来自地球的故事》

这是我对里根总统所谓的星球大战计划做出的第一份回应。写完之后，我跟所有相关人员都有过交集，包括他那篇著名演讲稿的作者，以及五角大楼里那位很乐意被称为“达斯·维达”的将军。我很高兴与他们的关系都不错，即便在这个充满争议的年代里我无法就“能做什么”以及“应该做什么”跟他们达成一致。

与很多所谓专家的意见相反，现在已经很清楚了，肯尼迪总统那份饱受争议的国防预算案完全是她自己的主意，她那著名的演讲“黄金之路”，让行政及预算管理局和财政部长都和其他人一样大吃一惊。总统科学顾问乔治·基斯顿博士（朋友们口中的“废物”）是首个听到它的人。

肯尼迪小姐，历史小说的忠实读者——不管写的是过去，还是未来——偶然间读到了一本关于五世纪的神秘小说，里面提到了海水中含有数量丰富的黄金。凭着女人的直觉（后来她的敌人把此列作了一条罪状），总统立刻想到她的政府最急迫的问题有了答案。

接连多任的政府首脑都被一直在增加的预算赤字吓到了，她是最新的受害者，还有两条新闻加剧了她的担忧。第一条宣布到了二〇一〇年，每个美国公民在刚出生时就会背上一百万美元的债务。第二条则是一份广为传播的报告，说纽约的地铁票现在成了自由世界中最坚挺的货币。

“乔治，”总统说道，“海水里有金子，是真的吗？如果是真的，怎么才能提炼出来？”

基斯顿博士保证在一个小时内找到答案。虽然他的名声不怎么样，其硕士论文的主题是关于数量稀少的巴塔哥尼亚人那奇怪的性生活（老话重提，只有另外一个巴塔哥尼亚人才会对此感兴趣），但他如今在华盛顿和学术界受到了广泛的尊重。这可是了不起的成就，他凭着是东海岸最快的数字检索员才取得了这一成功。在访问了全球数据银行不到二十分钟后，他就获取了总统所需的全部资料。

她感到吃惊——还觉得有些羞辱——发现自己的想法算不上原创。早在一九二五年，伟大的德国科学家弗里茨·哈伯就曾试图在海水里提炼出黄金来支付德国巨额的战争赔偿。项目失败了，但是——正如基斯顿博士指出的——自从哈伯时代起，化学技术已提升了好几个数量级。是的——如果美国可以去月球，当然也可以在海水中提炼出金子……

总统宣布设立国防预算行动小组，立刻引起了广泛的赞扬与批评。

尽管伊恩·弗莱明①遗产委员会提出了无数次的冻结请求，媒体

---

①“007”系列小说的作者，“金手指”为其某一集电影的片名。

还是迅速将总统的科学顾问起名为金手指博士，雪莉·贝西[1]也从退休中现身，带来了她最著名的那首歌的新版本。

对国防预算行动的反应可以归为三类，整个科学界也分裂成了相互间极其对立的小组。首先是支持者，他们认为这是一个很棒的点子。然后是怀疑者，他们认为在技术上不可行——或至少是非常困难，不经济。最后，还有人认为这是可能的——但会带来不好的结果。

最知名的支持者当属鼎鼎大名的“绝无仅有实验室”的雷文博士，他是“精益求精”项目背后的领导人。虽然细节属于高度机密，但大家都知道该技术跟用氢弹蒸发大量的海水有关，留下所有的矿物（包括黄金）用于日后的加工。

不用说也知道，很多人都对项目有很大的批评意见，但雷文博士以保密为由进行了辩解。对那些提出疑问说“黄金难道不会有辐射吗”，他欢快地回答道：“那又怎么样？会让它变得更难被偷走！而且，它会存在银行的保险库里，所以没关系。”

但他最知名的理由还是“精益求精”项目的副产品，几百万吨煮熟的鱼，可以给挨饿的第三世界提供口粮。

该计划另一个出乎意料的支持者是纽约市长。听到整个海洋中黄金的蕴藏量达到了至少五十亿吨后，饱受争议的菲德尔·布洛克声称：“我们伟大的城市终于可以用黄金来铺大街了！”无数的批评者建议他先从人行道开始铺起，免得无助的纽约人一再消失在窨井里。

最活跃的批评声来自忧思经济学家联盟，他们指出该计划可能会导致无数灾难性的副作用。除非控制得当，否则大量的黄金注入世界货币系统后将会带来无法计算的后果。恐慌已影响到了国际珠宝交

① 英国女歌手，《金手指》主题曲的演唱者。

易，在总统发表讲话之后，结婚戒指的销售立刻降到了零。

然而，最响亮的批评声竟然来自莫斯科。他们指责该计划是个资本主义的阴谋，对此，财政部长反驳说苏联已经存储了世界上大部分的黄金，因此该指责太虚伪了。还没等到这回复后面的逻辑被厘清，总统又来添乱。她宣布该技术发展成熟之后，美国会乐于与苏联分享，让众人都大吃一惊。没人相信她。

到了此时，几乎所有的专业组织都已卷入了该计划，有些对此表示反对，有些赞成。（还有些既赞成又反对。）国际律师指出了一个总统忽视了的问题：谁拥有海洋里的黄金？理论上，每个国家都能对两百海里专属经济区内的海水内容物提出主权——但大海里的洋流总是在不停地带着大量的海水四处游动，黄金不会固定在一个地点。

只需一个提炼厂，设在海洋里的任意一个地方，就可以将所有的黄金提炼出来——谁也没法跟它抢！美国将怎么来应对这个问题？白宫里只有微弱的尴尬声溜了出来。

有人没被这批评或是其他任何批评尴尬到，他就是能干且无所不在的国防预算行动小组主任。艾萨克森将军以五角大楼问题解决者著称，他也配得上这个称号：他最值得夸耀的战果可以说就是打破了邪恶的、黑帮控制的圈子，该圈子曾经想捞取美国最诱人的广告位置——军队里无数卷的厕纸。

将军本人在媒体面前高谈阔论，并组织了还在研发中的技术的一次展示。他给前来访问的报纸和电视记者展示的黄金领带夹——好吧，镀金的——被赞誉为神来之笔。直到他们都发表了详细的报道之后，这些媒体代表们才意识到狡猾的将军从未说过这黄金是来自海里的。

当然，到了那时候，想要再说回头话已经不可能了。

直到如今——总统发表讲话后的四年，也是她第二任的首年——仍然无法预测该计划的未来。艾萨克森将军乘着一个巨大的浮动平台出海寻找黄金，如《新闻周刊》所述的那样，那模样就像一艘航空母舰想要和炼油厂做爱一样。基斯顿博士声称他本人的工作完成得很出色，已然辞职去寻找巴塔哥尼亚野人。还有，糟糕的是，美国勘察卫星发现苏联正在沿着其海岸线上的战略节点建造巨大的管道。

（译者：老光）

上帝之锤

1992年9月28日首次发表于《时代周刊》（*Time*）

这个故事的问世源自于《时代周刊》一个奇怪的请求：“我们之前从未有意识地发表过科幻故事”。这当然是一个我无法拒绝的挑战，报酬也很丰厚。几年过后，我意识到它可以成为一篇小说的基础……

小行星或彗星撞击地球的风险现在已被广泛接受了，斯蒂芬·斯皮尔伯格在拍自己的《天地大冲撞》之前曾选用过这篇小说。

它垂直地撞了进来，在大气层里撞出了一个十公里宽的洞，制造了异常的高温，连空气都着火了。当它撞到墨西哥湾附近的地面时，岩石变成了液体，如同波浪一般往外扩散，直到形成了一个两百公里宽的陨石坑才停了下来。

灾难才刚刚开始：真正的悲剧即将上演。空中下起了氮氧化物的雨，把大海变成了酸液。森林在燃烧，升起的黑烟遮蔽了天空，太阳一连几个月都没有露面。世界各地的温度都陡然下降，杀死了几乎所有在最初的灾难中幸存下来的植物和动物。虽然有些物种还能绵延无数个世代，但巨型爬行动物的统治到此已然终结。

进化的时钟被重设了，人类的诞生已进入倒计时。日期大约是六千五百万年前。

对于和小儿子托比一起在森林里散步，罗伯特·辛格队长永远不会厌倦。当然，这是座温和的森林，肯定没有危险的动物，但和之前在沙特沙漠里滚动的沙丘相比，这也是种全新的体验——还有更前面的那个，那是在澳大利亚大堡礁。空中快运这次帮忙搬家时，食物循环系统出了点问题。尽管电子菜单有自动防错的备份，但最近合成器里出来的东西总有股奇怪的金属味道。

“那是什么，爸爸？”四岁小孩指着一个在叶子中盯着他们的小毛脸问道。

“呃，一种猴子。我们回家后可以问一下大脑。”

“我能和它玩吗？”

“我觉得不行。它会咬你的。而且它身上可能有跳蚤。你的机器人玩具更好玩。”

“但是……”

辛格队长知道接下来会发生什么。他经历这个过程已经有十几次了。托比会开始哭，猴子会消失，他会抱着孩子回家，路上会安慰他……

然而，这些都已经是二十年前、两亿五千万公里外的事了。回放已经结束，声音、图像、无名花朵的香味以及微风的轻抚正在慢慢消退。他突然又回到了轨道拖船歌利亚号的座舱里，指挥着一百人的阿忒拉斯行动小组，执行着太空探索史上最重要的任务。托比和大家庭里的继母继父们一起留在了后方一个遥远的世界上，一个辛格再也无法回去的世界。在太空中待上数十年——加上忽视了必需的零重力锻炼——让他变得非常虚弱，只能在月球和火星上行走了。重力已将他从自己出生的星球上流放。

“离会合还有一个小时，船长。”大卫那安静但坚决的声音响起，他是歌利亚中央计算机，“按计划进入启动模式。是时候回到现实中了。”

随着已流逝的过去的最后一个影像分解成没有画面、迷雾一团的白噪声，歌利亚的人类指挥官感到了一阵悲哀涌起。从一个现实迅速转换到另一个现实容易诱发精神分裂，辛格船长总是会以他所知的最令人放松的声音来缓解冲击：海浪温柔地拍打着海滩，远处还传来了海鸥的叫声。这是他过往生活的另一段记忆，和平的过去已被恐怖的现在取代。

再等一阵子吧，他尽量拖延着面对重大责任的那一刻。随后，他叹了口气，摘下了紧箍在头顶、将他与遥远的过去连接在一起的神经输入帽。和所有的太空人一样，辛格船长属于“秃顶就是美”的那一类，因为在零重力环境里戴假发太麻烦了。社会历史学家仍然对一个事实不解，那项被称为“移动大脑”的发明，怎么能在短短的十年之内就让秃头成为风尚。连快变肤色或是废除了眼镜的激光近视手术，都没能在时尚方面留下如此深刻的痕迹。

“船长，”大卫说道，“我知道你在。你想让我篡位吗？”

这是个老笑话，起源于早期电子时代小说和电影里的那些傻计算机。大卫有种令人称奇的幽默感：按照著名的第一百修正案，他毕竟也是个法律意义上的人（非人类），而且拥有相同的——或是超越了——他的创造者几乎所有的指标。但是，他的整个感官区和情感区是关闭的。给他配备嗅觉或味觉似乎没有必要，尽管要实现也很简单。他所有想要讲粗俗故事的企图也都变成了灾难，他已然放弃了这方面的努力。

“得了，大卫，”船长回答道，“我还在管着呢。”他从眼前摘下了面具，不情愿地转向了观察口。在那里的太空中、悬浮在他眼前的正是凯利。

它看上去并没有危险：只是一颗小行星，样子和花生特别像，令人觉得好笑。灰黑色的表面随机分布着几个大陨石坑和几百个小坑。眼前没有视觉上的参照物来显示它的大小，但辛格把它的三维记在了心里：长度最大处为一千二百九十五米，宽度最小处为四百五十六米。凯利能轻易地放进很多城市的公园里。

怪不得直到现在，人类中的大多数仍不相信这个不起眼的小行星能带来末日——或者像基督伊斯兰原教旨主义者所称的“上帝之锤”。

基督伊斯兰教的突然流行使罗马和麦加受到了同等的震惊。基督教已经因为保罗二十五世迟来却动人的避孕呼吁以及无法否认“新死海卷轴证明了福音里的耶稣其实是三个人的综合体”而摇摇欲坠了。与此同时，在冷聚变成功、外加那未经深思熟虑的宣传策略突然终结了石油时代之后，穆斯林世界失去了大部分的经济力量。诞生新宗教的时机已经成熟，最严厉的批评者都不得不承认它融合了两者中最优秀的元素。

先知抹大拉的法蒂玛（本名叫鲁比·格登伯格）吸引了几乎一亿个追随者拜倒在她的圣迹以及有人声称是自我导演的殉道之下。因为在仪式中聪明地使用了神经控制、让大家看到了天堂的一瞥，基督伊斯兰得以爆炸性地增长，尽管还远比不上它源自的母宗教的人数。

不可避免地，先知死了之后，教会分裂成了对立的教派，每一派都声称自己才是信仰真正的继承者。最疯狂的当属一个称自己为“重生”的原教旨组织，通过在月球背面的寂静区里设置的监听站，他们声称直接接触了上帝（或至少是他的大天使），因为三千公里厚的岩层挡住了来自地球的无线电信号。

现在，凯利已填满了整个观察窗。无需再放大了，歌利亚离它古老且坑坑洼洼的表面上方只有两百米。有两个船员已经登上了它，实现了传统的“个人的一小步”——尽管在这个几乎零重力的小世界上，走路是不可能的。

“放置无线电标记。我们盯上它了。从现在开始，凯利没法再跟我们捉迷藏了。”

这是个蹩脚的笑话，不值得舰桥上的十几个军官为此发出笑声。自从会合以来，船员们的士气突然有了微妙的变化，会毫无征兆地从忧郁摆向幼稚的幽默。飞船上的医生已经为一个不算严重的躁狂抑郁病例开了镇静剂。接下来的几个星期里，情况会变得越来越严重，因为能做的不多，只能等待。

首个等待期已然开始。在地球上，巨大的射电天文望远镜被调谐成能接收信标的脉冲。尽管凯利的轨道已被算到最大的精确程度，它仍有一个微小的机会可能会无害地擦过地球。无线电测量可以给出最终答案，不管好坏。

足足等了两个小时判决才下来。大卫将它中继给了船员。

“太空卫士报告撞击地球的概率为百分之九十九点九。阿忒拉斯行动马上开始。”

天神阿忒拉斯的任务是举起天，不让它撞上地球。而歌利亚携带的外部载荷，也就是阿忒拉斯推进器则有一个更为谦逊的任务：挡住天上的一个小玩意儿。

它的大小和一座小房子差不多，重约九千吨，速度为五万公里/

小时。当它掠过大提顿国家公园时，一个机警的游客拍到了白热的火球和它长长的蒸汽尾巴。不到两分钟，它穿过了地球的大气层，回到了太空中。

在它围着太阳旋转的几十亿年时间里，任何一个微小的改变都能让这个小行星撞向世界上的某个大城市，撞击的力量将是摧毁了广岛的那颗原子弹的五倍。

日期为一九七二年八月十日。

太空卫士是传奇的美国宇航局最后一个项目，时间是二十世纪的末期。它起初的目标相当谦逊：对与地球轨道交错的小行星和彗星做一个尽可能详细的普查——并确定是否有潜在的威胁。

凭借基本上不超过一千万美元的总预算，到了二〇〇〇年，宇航局搭建了一个全世界范围的天文望远镜网络，多数是由有经验的业余爱好者来操作。六十一年后，哈雷彗星回归的奇景吸引了更多的资金，还有二〇七九年的大火球，幸好掉在了中大西洋，它给太空卫士增添了额外的威望。到了世纪末，它定位了约一百万颗小行星，普查也完成了约百分之九十。不过，它可能得一直干下去：在未曾探索过的太阳系外层空间里，总会有入侵者随时闯入。

就如同凯利，它于二二一二年被发现，当时它正经过木星轨道飞往太阳。幸运的是，人类并非完全被打了个猝不及防，这都要感谢乔治·莱德斯通参议员（独立参选人，西美国）在几乎一代人之前主持的一个极具影响力的委员会。

参议员有一个公开的怪癖，以及一个他曾得意地承认过的私下恶习。他总是戴着一副巨大的黑框眼镜（当然只是为了装饰），因为它对不愿配合的证人有恐吓作用，他们中很少有人见过这种新奇玩意儿。他的“秘密恶习”其实广为人知，那就是在标准的奥林匹克场地上射击，夏延山附近一个遗弃很久的导弹基地里有一条合适的隧道。自从地球非军事化以来（被著名的口号“枪是无能者的拐杖”加快了不少），这种行为会让人皱眉，尽管不会被阻止。

莱德斯通参议员无疑是个怪人，他们家似乎总是会出这号人。他的祖母是令人畏惧的贝弗利山游击队里的上校，他们与洛杉矶民兵的小规模冲突激发了多种形式的心理戏剧，从老式的芭蕾到直接的脑部刺激。他的祖父是二十一世纪最臭名昭著的走私贩。在一次与加拿大医务警察的枪战中被杀之前，他正聪明地试图偷运一千吨的烟草到尼亚加拉瀑布，有人估计“烟枪”至少需要为两千万人的死负责。

莱德斯通并不打算替他的祖父忏悔，后者惨烈的死亡引发了对前美国的第三次、也是最灾难性的禁令的废止。他争辩具有行为能力的成年人可以以任何他愿意的方式自杀——喝酒、毒品或甚至抽烟——只要他们在过程中没有伤害无辜的旁观者。

当太空卫士第二阶段的预算申请提交到他面前时，莱德斯通参议员为了把几十亿的资金浪费在太空里而大发雷霆。世界经济形势确实不错，自从资本主义倒台以来，世界银行的数学家们通过混沌理论的实际应用，打破了从前的繁荣衰退循环，避免了（到目前为止）许多悲观人士预测的终极大萧条。话虽如此，参议员还是认为钱在地球上的用处更大——尤其可以用在他最中意的项目上，即重建地震之后残余的加利福尼亚。

当莱德斯通给太空卫士第二阶段投过两次否决票之后，每个人都认为地球上没人能改变他的主意。他们忽视了一个来自火星的人。

红色行星不再那么红了，虽然绿化工程才刚刚开始。因为要集中在如何生存的问题上，殖民者（他们恨这个称呼，喜欢自豪地称自己为“我们火星人”）没有力气来考虑艺术或科学方面的问题。但天才总是会降生在他愿意降生的地方，那个世纪最伟大的理论物理学家在洛厄尔港的球形穹顶下诞生了。

和爱因斯坦一样——他经常会被拿来跟他比——卡洛斯·门多萨是个出色的音乐家。他拥有火星上唯一一把萨克斯，也是演奏这种古老乐器的一把好手。他本该能在火星上领取诺贝尔奖，大家都有这种期待，但他喜欢出其不意和行为艺术。因此，他以高科技盔甲骑士的样子出现在了斯德哥尔摩，穿着为瘫痪者发明的人形动力机甲。在这种机械的帮助下，即便在一个能很快杀了他的环境里，他也几乎能正常地行动。

不必说，当仪式结束时，卡洛斯收到了大量来自科学和社会学会方面的邀请。在少数几个他能接受的邀请之中，有一个是出席世界预算委员会，莱德斯通参议员就太空卫士项目询问了他的意见。

“我生活的世界上仍然布满了几千个小行星撞击的痕迹，有些坑的宽度达到了好几百公里，”门多萨教授说道，“它们曾经也遍布在地球上，但风和雨——我们在火星上还没有这些东西，我们正在努力！——把它们风化了。”

莱德斯通参议员：“太空卫士们总是警告有小行星撞击地球的迹象。我们要严肃对待他们的警告吗？”

门多萨教授：“要非常严肃，主席先生。早晚会再来一次大冲撞的。”

莱德斯通参议员被这位年轻的科学家影响了，甚至是喜欢上他了，但还没有被说服。真正让他改主意的不是逻辑，而是情绪。在去伦敦的路上，卡洛斯·门多萨出了个奇怪的事故并因此而丧生——动力装甲的控制系统出了问题。莱德斯通被深深触动了，并立即放弃了对太空卫士项目的反对，批准建造两艘重型轨道拖船，歌利亚和泰坦，各自永久地巡逻在太阳系的对侧空间。在他晚年的时候，他跟某个助手说过：“他们跟我说过，我们很快就能把门多萨的脑子从液氮柜里拿出来，并通过计算机界面跟他对话。我想知道这么多年来他都在想些什么……”

阿忒拉斯是在火星的内层卫星火卫一上组装的，其实就是一个火箭发动机装在了一个推进剂箱上，箱子里装着十万吨的氢气。虽然它的聚变发动机产生的推力比原始的、载着尤里·加加林进太空的火箭要小多了，但它能持续工作，不会烧几分钟就完了，而是能烧上好几个星期。即便如此，它对小行星产生的影响也小得可怜，每秒只能改变几厘米的速度。不过，在它朝着地球前进的几个月里，这可能足以改变凯利的轨道，从而避免毁灭的命运。

此时，阿忒拉斯的推进剂箱、控制系统和喷口已固定在了凯利上，看上去就像是有疯子在小行星上造了个炼油厂。经过了好几天的组装和检查之后，辛格船长累坏了，所有的船员也都一样。不过，他感到了一种成功的喜悦感：他们已完成了所有交代的任务，倒数即将开始，剩下的就交给阿忒拉斯了。

要是他知道从日内瓦的太空总部发来的、最高等级的信息正通过致密红外光束向这里飞来，他绝对不会这么放松。它还需要三十分钟才能抵达歌利亚。到时候一切都太迟了。

在倒数三十分钟时，歌利亚远离了凯利，避开了喷气流的范围，阿忒拉斯会尝试推着它离开目前的轨迹。“就像老鼠推大象。”有位媒体人是这么描述行动的。但是在没有摩擦力的真空中，动量永远都不会消失，即使老鼠的力量也够了，只要能提前足够的时间施展。

一伙军官安静地等在舰桥上，他们并不指望能看到壮观的景象：阿忒拉斯发动机的等离子喷气流温度太高了，不会产生多少的可见光辐射。只有遥感才能证实点火是否成功，凯利将不再是一辆失控的、完全不能为人类掌控的卡车。

当加速度表屏幕上的一串零开始变化时，现场出现了一阵短暂的兴奋，还响起了不算响亮的掌声。舰桥上的气氛更多的是放松，而不是激动。尽管凯利开始动了，但还需要好几个星期才能知道是否成功。

紧接着，难以置信地，数字又掉回到了零。几秒钟过后，响起了三声连续的警报声。所有的目光都对准了凯利以及理论上应该推着它离开现有轨迹的阿忒拉斯。眼前的景象令人心碎：巨大的推进剂箱爆开了，如同慢动作电影中的鲜花在盛开，喷出了几千吨的、本是用来拯救地球的反应堆物质。蒸汽尾迹飘过小行星的表面，给它坑坑洼洼的表面盖上了一层转瞬即逝的大气。

凯利继续沿着自己的轨迹前进，无情地奔向与地球剧烈相撞的命运。

辛格船长独自一人待在宽敞且装备齐全的船舱里，这里是他的家，他在这里住的时间比在太阳系里其他的地方都要长。他仍然有些茫然，但他试着接受现实。

他失去了——最终而且永远——所有在地球上的爱人。随着小家庭模式的衰退，他的牵挂多了许多，他还被允许有了两个孩子，当时要决定谁能成为母亲也很难。一部旧时美国小说（他忘了作者是谁）里的一句话总是在他脑海里冒出来：记住他们以前的样子——然后放弃他们吧。他自己仍非常安全，这一事实反而让他感觉更糟糕。歌利亚没有任何危险，还有足够的推进剂让它回到人类在月球或火星上仍瑟瑟发抖的幸存者之中。

好吧，他还有众多的友谊——而且更为重要的是——它们在火星上。那里将是他的未来。他才刚一百零二岁，还有几十年充满活力的生命在等着他。但有些船员的爱人在月球上，他必须让大家投票来决定歌利亚的目的地。

飞船上的条令没有涉及这种情况。

"我还是不明白，"总工程师说道，"起飞前的检查怎么没发现那个雷管？"

"因为重生派的疯子能轻易地藏好它——而且没人会刻意去找这么个东西。可惜，他还在火卫一上时，太空总部没能抓住他。"

"但他们为什么要这么做？我相信就连基督伊斯兰的疯子也不想摧毁地球。"

"你争论不过他们的——他们预设了前提。上帝、安拉在考验我们，我们一定不能干预。假如凯利没撞到，很好。假如撞到了，好吧，这是他伟大计划的一部分。可能是我们把地球破坏得太严重了，是时候重新开始了。还记得齐奥尔科夫斯基[①]说过的那句老话吗？'地球是人类的摇篮，但你不可能一辈子生活在摇篮里。'凯利可能是个信号，我们该离开了。"

船长举起手示意大家安静。

"现在最重要的问题是，月球还是火星？它们都需要我们。我不想影响你们。（这句话不是真的，每个人都知道他想去哪儿）所以，我想先听听你们的意见。"

首轮投票过后，火星得了六票，月球六票，一票写了不知道，船长弃权。

---

① 康斯坦丁·埃杜阿尔多维奇·齐奥尔科夫斯基（1857—1935），俄罗斯和苏联的火箭专家与宇航先驱。

双方都想争取那个“不知道”的人，大卫却在此时开口了。

“还有个办法。”

“什么意思？”辛格船长问道，态度有些唐突。

“办法很明显。尽管阿忒拉斯被摧毁了，我们仍有机会拯救地球。根据我的计算，歌利亚刚好有足够的推进剂可以推偏凯利——假如我们立刻开始推它的话。我们等得越长，成功的概率也就越小。”

舰桥上出现了短暂的寂静，每个人都在暗自问着自己“我怎么没想到？”并很快找到了答案。

因为大卫一直保持着镇定，如果可以用这个词来形容他的话，而围在他身边的人都被吓坏了。作为一个法律人（非人类）也有好处。虽然大卫不知道爱，但他也不知道恐惧。即便在末日的边缘，他仍然能保持逻辑。

运气好的话，辛格船长想着，这将是我给地球最后的广播。我不想当英雄，尤其是还不知道结果。还有很多事可能出错，如同已经出了的那些错误一样……

“这是太空拖船歌利亚号上的辛格船长。首先，请允许我说，我们很高兴得知基督伊斯兰的长老已经找到了破坏者并把他们交给了太空总部。

“我们离地球有五十天，出了个小状况。不用担心，它不会影响到我们推着凯利进入一个安全轨道的努力。我注意到新闻媒体管推走凯利叫解救行动。我们喜欢这个名字，希望能名副其实，但我们还不能完全确定能成功。大卫对所收到的祝愿信息表示感谢，但他估计凯利撞上地球的可能性仍高达百分之一百……

“我们曾希望在离开凯利时仍存有足够的推进剂，好让我们在与地球相遇之前不久，进入一个安全轨道，姐妹船泰坦号可以跟我们会合。但现在这个选择已经没了。当歌利亚以最大推力推着凯利时，我们顶破了岩层中的一个薄弱区域。飞船没有受到损害，但我们被卡住了！所有想要摆脱困境的尝试都失败了。

“我们并不担心，它甚至是件好事。现在，我们要使用所有剩余的推进剂来最后推一下。或许这是胜利所需的最后一击了。

“因此我们会骑着凯利掠过地球，在舒适的距离上冲你们招手，还有五十天。”

这将是世界历史上最长的五十天。

此刻，巨大的新月横亘在天空，照亮了终结者身上那崎岖的山峰。月球上未被阳光照到的、满是灰尘的平原并非是全黑的，它在地球云层和大陆的反射光照耀下微微发光。在那个曾经一片死寂的表面，四处都有闪亮的灯光，显示了人类在母星之外建造的第一个定居点。辛格船长能轻易地找到克拉维斯环形山基地、阿姆斯特朗空天站以及柏拉图城。他甚至能看到跨月球铁路沿线昏暗的灯光，如同一条项链，从南极运回珍贵的货物——水。

离地球只有五个小时了。

凯利在本地时间刚过午夜进入了地球的大气层，位于夏威夷两百公里的上空。瞬间，巨大的火球给太平洋带来了一个错误的晨曦，唤醒了众多岛屿上的野生动物。但几乎没人在今晚睡觉，除了那些吃了药的人。

在新西兰上空，轨道火炉的热量点燃了森林，融化了山顶的积雪，引发了雪崩冲向下面的山谷。但人类真是太幸运、太幸运了：凯利经过地球的最大热量冲击发生在南极，一个最适合吸收它的地方。

即使连凯利都无法完全剥去极点处数公里厚的冰冠，但融化的冰带来的大量淡水永久地改变了世界各地海岸线的模样。

那些听到它经过、仍活着的人都无法描绘它的声音，录音机里也只有空空的回声。当然，拍摄到的影像非常清晰，今后各个世代的人将带着敬畏观看。但怎么都比不了可怕的现实。

切入大气层之后两分钟，凯利又回到了太空。它离地球最近的时候只有六十公里。在那两分钟里，它夺走了十万条生命，造成了一万亿美元的损失。

凯利如同厚厚的盾牌，保护了歌利亚不被火球烧到。炽热的等离子气体在头顶上方无害地燃烧着。但当小行星以超过声音一百倍的速度撞入地球的大气层，巨大的摩擦力很快就达到了五个、十个、二十个重力加速度——并最终达到了一个机器和肉体都无法承受的峰值。

现在，凯利的轨道真的发生了巨变，它再也不会靠近地球了。等它下次再回到太阳系内部时，后世那些更先进、更快的飞船可以访问歌利亚已挤成一团的残骸，并把那些拯救了地球的英雄们带回家。

下次再见。

（译者：老光）

连线

火星时间1997年12月

1998年1月首次发表于《花花公子》(*Playboy*)

由斯蒂芬·巴克斯特和阿瑟·克拉克联合创作

这是我与斯蒂芬·巴克斯特之间的第一次合作——我只贡献了一个基本的想法，但它在我脑海里已经孕育了五十多年——参见《电传旅行！》。

1947年，英国伦敦北部哈特菲尔德

亨利·福布斯看到工程师冲自己竖了下大拇指，便驾驶着吸血鬼滑上了跑道。轰鸣的喷气机给了他一个熟悉且平顺的推背感，当他拉起驾驶杆后，吸血鬼抬起头带着他起飞了。

这是个六月的早晨，天气晴朗。在他头顶上方，英国的天空像个浅蓝色的、光滑的穹顶，吸血鬼鸭蛋绿的外壳反射着太阳光。他驾驶飞机绕着伦敦转了两圈。他下方是首都那些棕灰色的、一簇簇的大块街区，烟柱盘旋着穿过一层薄薄的雾霾。无疑是漂亮的景色。他仍然能辨认出几个较大的弹坑，它们在东区和码头上，圆盘状的瓦砾如同月球上的陨石坑。

1937
1938
1939
1942
1946
1947
1949
1950
1951
1952
1953
1954
1955
1956
1957
1958
1959
1960
1961
1962
1963
1964
1965
1966
1967
1968
1970
1971
1977
1984
1986
1992
1998
1999

他记得哈特菲尔德光辉时的样子：脏乎乎的、打着补丁的喷火式和飓风式战斗机以及B24轰炸机在瓦砾之间滑行；在那些连麻雀都只能走路的泥泞日子里，飞机陷入了淤泥里；机组穿着连体衣、戴着丝绸围巾摇发动机，脸上露出疲惫的神情……

都过去了。现在，飞机就像是来自未来的访客，银光闪闪的硬壳喷气机，起着吸血鬼、流星、堪培拉、猎人、闪电这样的名字。三十岁的亨利·福布斯不再是戴着蓝色皇家空军穗带、历经了法国的陷落、不列颠之战和诺曼底登陆的少校。现在，他只不过是德·哈维兰公司一个普通的试飞员，甚至连在公司里都排不上第一。

当然也有好的地方。他此次的任务是测试一款新发动机，它将装配于新型的M52飞机上，该飞机的时速应该能达到一千英里，由此能把加利福尼亚的美国人和他们的X-1比下去……

福布斯挤坐在座舱里。单座战斗机的空间很小，就像以前的喷火式，即便今天他只穿了件旧运动服，外面套了件救生衣，纽扣孔里插了朵康乃馨，还是觉得挤。座舱如茧一般裹着他，空荡荡的天空中只有他一个人，令他感觉异常宁静。他希望麦克斯能在这里陪着他——或至少能跟她聊聊他对飞行这门差事的感觉。但他一直没能说出口。况且，她自己的项目也忙得要死。

苏珊·麦克斯顿①比福布斯要小两岁。当他在战争年代遇到她时，后者还是个刚从牛津毕业的紧张兮兮的年轻人。她被征入了皇家通信部队，正在开展一段可说是危险的旅程——穿过英格兰南部满目疮痍的乡村前往V-2爆炸的地点。她在寻找高精度导航系统的残存部分，正是它引导了希特勒的导弹打到了这里——比盟军的任何东西都要先进，她说——战争结束后，她去了德国的佩内明德、鲁尔

① 麦克斯的全名。

和其他一些地方，挖掘了纳粹更多的秘密。

当然，这一切都应该是秘密。对那些她激动地给他暗示过的东西，他连一半都不相信，比如纳粹的秘密实验室差一点就为希特勒造出了原子弹——甚至能用电话线传送人，好让希特勒能从他倒塌的帝国中心再发起新的电子化闪电战！

福布斯和麦克斯约定战争结束后就结婚，但直到现在还没结成。和其他许多战争中的女人一样，麦克斯与她的工作发展出了一种在福布斯看来不正常的关系……

无疑，问题都会得到解决。就在此时，哈特菲尔德的地面人员在电台上提醒他别再心猿意马了，赶快把今天的工作做完。

他拿起了两个棉花塞子，把它们塞进了耳朵。接着他再次拉起了吸血鬼的机头，加大油门，直插云霄。

天空的蓝色真漂亮，并随着他的上升变得更蓝了。

空气变得稀薄，他收小了油门。吸血鬼划着弧线爬向最高点，六万英尺的高空。

地球在他下方展开，略微呈现出弯曲的形状，风景在它上面涂上了绿色、棕色和灰色，上方的天空如此深蓝，近乎黑色。从英国的近郊到太空的边缘只需几分钟。真奇怪。

当然，在他以高速冲压俯冲飞回去的途中，惊险还会出现。他感觉自己在两万四千的高度会失去控制，只能听天由命，一直要到一万五千高度处的稠密大气里才能重新获得控制。

如果他做对了，他还有时间回家吃午饭。

他压下了机头，开始了向大气层长长的坠落。

1957年，英格兰普雷斯顿

苏珊·麦克斯顿·福布斯看着丈夫迈着仪式性的步伐走进英国

电气的设计室时，不禁露出了笑容。甚至在激动人心的蓝光导弹发射倒数通过刺刺啦啦的无线电从武麦拉传来时，年轻的气动学家们依旧围在亨利的身边。她承认他挺有魅力的。

“这地方挺不错的。”他说了有五遍了。

“嘿，你应该看看战争刚结束时这地方的样子，”一位头发斑白的老派人士（年龄大概有三十四岁）说道，“我们只能利用公司大街旁废弃的仓库。但我们就在那里孵化出了堪培拉。”

“哈！是我试飞的，你知道吗。‘能让时间停止的飞机’——”

“是的，”一个热切的年轻人说道，“挺刺激的吧。”

“一般吧。记者们可以把试飞员的故事写得很精彩。但工作本身却非常程序化和技术化。”

“你在飞我们的芥末瓶时也会这么想吗，亨利？”

“当然，否则我挣不到工资！”

大伙笑了。他们走到了办公室的另一头，麦克斯趁机挽住了丈夫的胳膊，把他带离了热切的年轻人。

“你应该挺享受大家的关注吧。”她对他耳语道。

“当然。你了解我的。这些家伙的热情让我感觉自己没那么老——”

他们交换了一下目光，他闭上了嘴巴。这种关于年龄的交谈总是会引发他们之间那个令人不快的争论：到底还要不要孩子，如果要的话，什么时候要，还是说早该要了……

她捏了捏他的胳膊。“我真希望大家也能为我的工作兴奋。”她说道。

他嘟囔了一声。“当你传送那个木头管子时，大家不都欢呼了吗。《每日镜报》上好像连着好几个星期都没登别的。把苏伊士运河都挤下了头版——”

“但它没能成功。管子碎成了一个个小球体，而且——”

“但他们还是把它放到了科学博物馆里！你还想要什么？别又跟我提起那只吓死了的仓鼠，你把它做成了标本。”

她笑了：“我猜是有点残忍吧。但我想要的不是吸引媒体的眼球，而是智力上的挑战……”

他拉长脸，闻了闻纽扣孔里的花：“哈，智力！”

“要找到办法，解决那些德国人解决不了的问题——如何绕过讨厌的测不准原理……”

她试着解释普利西实验室里有关无线电传送研究方面的最新进展。事实上，物质不会被传送，传送的只是编码信息，比如说一个人的信息。人们普遍认为无线电传送是不可能的，因为你需要记录人体身上所有粒子的位置和速度，而这么做会违反测不准原理。

不过，这里面有个漏洞。

整个过程如同一出好戏：纠结、死胡同、和美国的贝尔实验室竞争谁能率先成功……随后研究者们意识到了，利用一种被称为“爱因斯坦—波多尔斯基—罗森”的相关性来进行测量，一个未知的量子态可以被分解，然后再重构成纯粹的经典信息，然后有关的经典信息可以在电线上传送，简单得跟电报一样……

这就是要点，当然在带宽的细节里仍藏有魔鬼，还要解决信息提取和存储问题。

“你显然不可能复制量子信息，”她说道，“你不得不毁了你想要电波传送的物体。不过这也是对的，否则我们的机器就能成为一台复印机了——想象一下几百个希特勒出现在地球上，每一个都声称自己是原版！”

他哼了一声，看着各种表格和图案。“要我说的话，一百个比尔·哈利更糟糕。”

她知道他没在认真听。

就在此时，他们被这里的经理拉住了，这位头发稀疏、身材肥胖的年轻人想要跟他们说明芥末瓶项目。

"'芥末瓶'是个绰号，它正式的名称叫'多部件太空运输和回收装置'[①]，明白了吗……我们知道美国人的方向是抛弃模式，即基本无法控制的太空舱。但进军太空最实际的办法只能是可回收的装置，如果航空部能支持我们……"

麦克斯听着不是滋味。飞船不就是一堆管子吗？而且，所有笼罩在太空项目上的光环都是因为电波传送的潜力而亮起的，国际上展开了一场比赛，看谁能往地球同步轨道发射第一个地外传送中继站。

同样，她的研究领域也完全被遗忘了，尽管有那么多激动人心的进展，就在人类认知的边缘。甚至现在她的包里就放着一封信，来自普林斯顿的尤金·维格纳，内容是关于利用量子隧道效应来绕过光速障碍……

他们其实处境相同，要是亨利能明白这一点就好了——实际上，他们俩相互需要！但他对自己不了解的东西有戒心，还妒忌她不断增长的名誉，这似乎在他们之间划下了越来越深的壕沟。

此刻，在遥远的武麦拉，蓝光的倒数就要到达高潮。十、九、八……他们两个和英国电气的员工们聚集在了一个喇叭底下。"想象一下，"胖胖的经理说道，"一旦普洛斯彼罗上了天，下一次发射时我们就能在电视上看了！"

也没什么了不得，麦克斯暗想着，还不如去澳大利亚的现场……

① 英文为Multi-Unit Space Transport and Recovery Device，缩写MUSTRD是"芥末"的意思。

她在想或许我们是该有个孩子了。但是，为了解决我们俩自己的问题而生孩子，是个好主意吗？要是我能回答这个简单的问题就好了，就像我回答量子力学里的悖论一样……

三、二、一。

1967年，澳大利亚南部武麦拉

在倒置的座舱里，背躺着，腿伸在了空气中，福布斯倾听着指挥室里传来的声音，混杂着英国和澳大利亚的口音。一切都进展如意，他也乐于让副驾驶——一位聪明的年轻人，即便他来自约克郡——执行各种指令和要求，按下无论哪个合适的地方。

总之，福布斯很放松。在康格里夫飞行的过程中，他所承受的加速度比起和BF-109缠斗时可小多了，当时他驾驶着喷火式转过一个急弯，一下子晕过去了。而且，没人能像他那样在准备状态下度过好几个小时——准备和德国佬交更多次火，没什么能让他分心，除了休息室里的棋盘——不知不觉中学会如何放松……

福布斯往前探身看着潜望镜。红棕色的澳大利亚沙漠在他身边连绵不断地展开，没有生命，除了盐水灌木和一簇簇的长着刺的草。他顺着芥末瓶的边缘往下看，液态氧的蒸汽在他视野里打转。

已准备好发射的康格里夫看着像三架彗星飞机竖着面对面挤在了一起，每个机头里都有两名飞行员。由液氢和液氧充当燃料，三个部件将一起起飞，一级火箭将燃料送入中央核心。接着，发射后二十万零一百五十秒，一级火箭将分离，并依靠它们的涡轮喷气引擎降落，核心则在福布斯的驾驭下驶入轨道。因为三架飞机可以重复使用，且设计一致，专家们声称芥末瓶每磅载荷的成本比美国人和俄国人用导弹改的装置便宜二三十倍：如此便宜，光是首次飞行即将开展的消息就让美国人关闭了他们自己那雄心勃勃的载人火箭飞船计划，包括计划中的阿波罗登月任务。

……但现在这个讨厌的家伙必须要成功才行，福布斯阴郁地想着。飞船腹部装载的传送平台将为各种太空站提供服务，而这一切都取决于芥末瓶此刻的运载能力。例如，赫歇尔天文望远镜已开始在兰开夏的皮尔金顿玻璃工厂里组装，随时可以传送上天……

发射场地位于一个俯视着干涸小湖的悬崖上，与世隔绝，现场只有亮闪闪的液氧罐外壳。发射平台就是一个简简单单的金属平台，只有一座瘦瘦的铁塔跟着飞船一起戳在了空中。

武麦拉的设施跟卡纳维拉尔角比起来有些粗糙，他在那里跟美国人一起训练过。大西洋联盟的存在让他去那里没费什么劲，他也相信美国人应该会很大方，不管怎样都会帮助他。不像别的人，比如法国人，虽然他知道自己是个老顽固，才会产生这样的想法。当政府最终放弃说服欧共体让英国也加入统一市场时，他很高兴。就文化和语言的共通性而言，和美国结盟要合理得多——尤其现在电波让地球上的距离已变得无关紧要。

自从一九六二年五月哈罗德·麦克米伦开通了首个连接巴黎的电波节点，出来时还傻傻地挥舞着米字旗，电波和它的可能性就此轰动了全世界。贸易和旅行的方式彻底改变了。

美国人尤其具有创造力，你应该能想象得到。达拉斯发生了可怕的肯尼迪事件——人类的首次快闪，他们现在是这么称呼的——传送受伤的士兵从越南直接回到父母的怀抱，就在他们受伤之后的几分钟之内——约翰逊总统在每个学校的操场上设置了传送平台来推行反种族隔离的法律……

伊丽莎白二世时期的奇迹，数也数不完。因为普利西的麦克斯在竞赛中赢了美国人，感谢上帝，英国人赢了。有时，你只要打开报纸就能看到愚蠢的标题戳到你眼睛里——“电话旅行！”“有线更快捷！”年轻人尤其喜爱这个不再有距离的世界，尽管有时你得通过奇怪的方式。甚至到了现在，那个如同猫叫春一样的披头士还在通过电波巡游世界，在两亿人面前现场唱着《你只需要爱》[1]。

电波影响了每一个人。麦克斯还变有钱了，她投资了很多开发新型数字计算机的公司，扩张的电波网络需要计算机来运行。

……要是她能来这儿看就好了，这里是属于他的传奇！但跟通常一样，她太忙了。

不过，电波却给他的生活制造了矛盾。只用造一个能飞的芥末瓶。只需飞几次，把轨道接收平台拉上去就行，在那之后电波就接手了，将货物和乘客拉到轨道上，比火箭的成本便宜多了。

然后呢？美国人在谈论一个新的国际项目，准备登上月球。尽管年纪大了，福布斯仍然是该任务的主要候选人。登上月球！这意味着又一个十年的艰苦训练和测试。麦克斯肯定又会说是他在逃避，去追寻一个他已经失去的青春……

胡说。他期待离婚之后一切都能变简单，他也可以放下对电波一直以来的妒意。

但那都是将来的事了，老家伙，他心想着。首先你要完好无缺地过完今天……

再过八分钟，亨利·福布斯，五十岁了，即将飞到一千英里的上方——进入地球的轨道。

起飞之前两秒，六个引擎都点燃了，闪起一阵耀眼的白色火光。白色的烟掺着澳大利亚红色的尘土，在三体飞船的左右两侧喷出。福布斯听到了在他下方的远处响起了一个低沉的吼声，像是地狱之门被狠狠地摔上了……

① All You Need is Love，披头士乐队的代表作。

有那么一瞬间，他的思绪又回到了二十多年前：他去攻击那个海牙的V–2发射场地，一个火箭在他面前起飞，一条漂亮的火焰柱在前来进攻的飞机的尾迹中穿过……

接着，震动将他吞没了。

1977年，风暴洋基地

在奋进号的船舱里，福布斯盯着下面那块圆盘状的月亮表面，离他还不到十英尺。月球早晨低垂的光线照亮了大小不一的陨石坑，大的能到几码的跨度，小的如针孔一般。

巴兹·奥尔德林，首个行走在月球上的人，站在了绳梯的下端，从福布斯这个高度看过去，他的身高仿佛缩小了不少。奥尔德林转了个身，动作如同时装模特一般僵硬，霍尔丹增压服在阳光下反射着白光。“景色真美，”他说道，“壮观的荒芜。”

“奋进号，这里是斯蒂夫尼奇。说得好，巴兹。”

“我偶尔也能表现一下。”奥尔德林不动声色地回了一句。他在地面跳了几步，测试了下自己的机动性，并离开了福布斯的视线。

福布斯喜欢自己的副驾驶在面对大场面时那种谦虚的样子。究竟是哪个人在这里踏出第一步并不重要。三个人组成的队伍——一个英国人、一个美国人和一个俄国人——在同一时刻登上了月球，将这个合作项目推向高潮。

现在轮到福布斯了。他花了点时间，检查了别在白色宇航服上的塑料康乃馨。接着，在阿列克谢·列昂诺夫的帮助下，福布斯躬身钻出了舱门，并攀住了塑料绳梯。如同气球充满气的霍尔丹增压服让他行动不便。不过，他已经是个六十岁的老家伙了，大部分的时间身体都硬得像块板子。套在了月球茧子里也没什么特别的。

他快速往下爬着，时而暴露在阳光下，时而钻进奋进号着陆腿的影子里——在最后一刻，经过了令人心悸的迟疑之后——他的脚终于踏上了表面。灰尘缓慢地升起，形成了一个漂亮的弧形，接着又纷纷在他腿边落下。

他从着陆器底下钻了出来。每迈出一步，他都能感觉到细小的石子在他脚下的挤压。光线奇怪地倒置着，如同一张负片：满是麻点的大地呈现出明亮的棕灰色，而头顶的天空却如同克利索普斯阴沉的夜空一样黑暗。地平线离得很近，也很明显，而且它看着还是根弧线。月球真的很小，就像一颗小石球，而福布斯则沾在了它的外表面。

“奋进号，这里是斯蒂夫尼奇。很高兴见到你，亨利。感觉怎么样？”

“感觉很奇妙。”亨利·福布斯说道。

“要是你能帮我们一把，”列昂诺夫干巴巴地说道，“那才叫感觉奇妙呢，指挥官。”

福布斯转身，发现奥尔德林和列昂诺夫已经快要架设好电波收发装置了，这也是此次远征的主要任务。这是一台看上去傻乎乎的机器，所做的也只需解开固定在奋进号底座上的绳扣，然后让那东西自己打开就行。只要它能起作用，其他的都没关系。随后上来的工程师会带来永久的固定组件。

他往前跳去加入了他们的工作。

……地球是一个蓝色的圆球，看着比满月大不了多少，高挂在黑色的天空中，他不得不后仰着身子才能看到它。他看到现在是欧洲的早晨，在朦胧的云层下，能清楚地看到大陆的形状，但英国被遮住了。这几年空气整体来说好多了，尽管对利用电波乱丢工业废物到海底还没找到长效的解决办法——最终有毒气体还是会逃逸进大气——因此月球的用途之一是作为全球的垃圾场。麦克斯已无数遍地跟他解释过了，电波核心的量子翻译过程必须要用到接收端的静止质量。想到这里，他觉得这倒会成为未来考古学家一个有趣的谜题，在退役的核电站的核心，发现了一大堆有放射性的月尘……

他已经有好几个月没和麦克斯说过话了。或许她此刻正在BBC上看着月球行走的实况转播，詹姆斯·伯克、帕特里克·摩尔和艾萨克·阿西莫夫担任了评论嘉宾。

或许没有。电波公司往量子研究领域注入了成百亿的资金，各种新的可能性纷纷涌现——有人谈到了量子计算机，甚至是某种《大胆阿丹》[①]里的星舰电机——完全抢走了麦克斯的注意力。福布斯觉得这些东西无法理解，甚至有些让人毛骨悚然。例如量子计算机理论上可以达到异常快的速度，在平行宇宙里同时展开计算……

收发装置架好后，该竖旗子了。米字旗和镰刀斧头如同在法庭里那样庄严地垂着，但奥尔德林却很尴尬，他只能把星条旗穿在一根硬铁丝上，让旗子在无风的月球上“飘扬”。现在该轮到演示重力摆了。伦敦科学博物馆想到了这个简单的点子，用以让电视机前的观众相信他们真的上去了，并置身于月球微重力之中。

三个人以各自的姿势敬了礼，然后相互照了相。

“奋进号，这里是斯蒂夫尼奇。好了，先生们，演出结束了。两分钟后我们家里见……”

这么快？福布斯惆怅地想着。

但列昂诺夫和奥尔德林已顺从地跳向了电波收发装置。一阵独特的电波传送蓝光闪过之后，他们消失了，被两个装在聚乙烯袋子里的水取代了。

此刻，福布斯一个人待在了月球上。呼吸声在头盔里显得很响，他联想到了蒸汽小火车，还有在高空喷火式上用的氧气面罩那股奇怪

---

① 二十世纪五六十年代英国一个科幻题材的漫画系列。

的味道……

再过几分钟，工程师就会上来，还有一整队的记者和月表科学家，甚至还有几个科学博物馆的学者，他们会立刻开始对奋进号的保存。他看着风暴海四周那杳无人迹的平原，不禁想象起再过几个星期或几个月，随着人类不断地从这个滩头阵地涌出并开始辛勤工作，这里会变成什么样子。

奋进号骄傲地矗立在旗子后面，五十英尺高，半圆形机鼻上覆盖着亮闪闪的凯夫拉隔热层，一块块的隔热陶瓷线条分明。地上的尘土里有一道道的条纹，中心对着高效能罗尔斯·罗伊斯液体火箭引擎的喷嘴。火箭的表现堪称梦幻，福布斯觉得有些自豪。

然而，奋进号是它这个型号的第一艘也是最后一艘飞船。新一代的高级智慧无人飞船，起着像旅行者号、水手号和金星号这样的名字，已开始驶离地球，带着电波平台去了火星、金星和木星的卫星。巴兹·奥尔德林还算幸运，不然，首个登上火星的男人或女人几乎肯定是个政客，而不是飞行员……

再一次，由于无法阻挡的科技进步，福布斯的价值完结了。

当然，等他回到家时，此次月球之行将会被视为他职业生涯的高峰。大家希望他能退休，将火炬传承下去，传给那些奇怪的年轻人，在电波下长大的一代……

他还不想现在就穿上拖鞋度日，不管年龄有多大。他知道麦克斯会怎么说——最终他们没能有孩子就是因为这个原因，因为他不愿承认自己正在老去——就跟现代心理学胡扯的东西一样。然而，他有一个秘密的体检报告，显示了退休在乡下的小木屋里可能不是理想的选择……

他闭上了眼睛，踏进了收发装置那临时的传送点。随着电子束扫描着他的全身，他感到了一阵刺痛。

在S波段信号从月球飞到地球的两秒内，理论上他不存在。

突然，重力回到了他身上，是月球上的六倍，他在臃肿的宇航服下不禁有些蹒跚。但有很多双手扶住了他的胳膊，身边都是声音。

他睁开眼。在隔离室的外面，英格兰的天空灰蒙蒙的，很是压抑。

1987年，布鲁内尔船坞，近地轨道

当船坞缓慢的旋转将明亮的水蓝色地球光线倾泻入他的船舱时，他醒了。

他游出了睡袋，用手指捋了捋所剩不多的头发，并给自己泡了杯茶。整个过程通过挤压一个装满热水的塑料袋，并通过奶嘴吮吸淡棕色的液体来完成。难喝。即使最浓的茶也掩盖不了塑料的怪味。还有，因为这里的低气压，茶水的温度也不够热……

他还是在发呆。虽然他怀疑自己在这里的工作，作为发现号控制系统的顾问，只是个挂名的差事，但也足够自己忙的了。到了七十岁，他总算学会了要给自己时间醒来。

当然，漂亮的风景也总是会让他分心。

今天，在午后明亮的阳光中，在清澈的空气下面，散布在英格兰的房子看着熠熠生辉。即便在这里，福布斯仍能看到巨大的老旧城市在萎缩——甚至包括伦敦——巨大的灰色郊区，中间穿插着新生的绿色丛林。通过火车或汽车的交通已经是过去式了。首都的工人们直接闪现在城市中心，从安在旧地铁站里的收发装置里现身。M1公路已经被改造成了长途赛车道……他甚至还读到过人们现在从事着“分布式”的职业，在世界上十几个首都城市里，从早跳到晚。福布斯一直都没能习惯。

当然，也有代价。甚至在这里福布斯也能看到蓝色的游泳池，遍布于苏格兰、威尔士和诺森伯兰的山谷里……为了寻找虚幻的原野，不列颠的人民分散到了岛上的各个角落，但没有地方了。也有为保存美景而付出的努力。例如在湖区，游客会被传送到巨大的玻璃观景盒里，欣赏着外面可爱的风景，如同鱼缸里的金鱼……

有些电波带来的成本在轨道上看不到。他记得首个连接法国的节点开通后不久，狂犬病在英格兰传播引发了恐慌。还有更严重的瘟疫，例如在二十世纪八十年代初爆发的艾滋病。一些评论家说过，各种以人为宿主的病毒和细菌在享受一个前所未有的进化大爆炸，因而会造成新的传染病。另一些人则说，在一个电波行星上，人类必须靠进化来抗衡，否则只有灭亡。

当然，一些反电波的神经病很是疯狂，即便在他这么一个固执的老家伙看来也非常过分。从一九六三年以来，也就是电波开通后的第一年，系统本身没发生过严重的事故——像什么在传送过程中的失踪或是形体的损毁——二十世纪福克斯公司重拍《变蝇人》[①]很不负责任，而且还拍得那么恶心……

电波是一种有益的力量，它的拥护者辩解道。它消融了冷战，联合国检查员在双方的核武器库里来回穿梭，还能把维和部队迅速送往热点地区。电波还避免了众多的灾难——在一九八一年把美国人质带离伊朗，化解了一九八二年大西洋联盟和阿根廷就福克兰群岛的战争，输送救援物资给一九八四年埃塞俄比亚大饥荒中的难民——总之，它似乎要在全世界范围内激发一场建立乌托邦社会的梦想。

他上次见到麦克斯时，她就是这么说的。他们还为此争辩了起来。

他们就像是两个不同外星物种的大使，突然就老了，身体也都僵硬了。她更感兴趣的是对他讲述她与费曼及多伊奇在量子计算机上的

① 1986年上映的美国科幻恐怖片。在电影中，主角发明了一台能传送物体的“电动传送机”，但在传送主角的过程中，一只苍蝇飞进了传送仓，导致主角成了拥有一半苍蝇基因的蝇人。

研究，而不是关心他。真奇怪，两个生活被沟通技术影响极大的人，自己却在沟通方面如此无力，福布斯禁不住想象起要是能有一个孩子——现在应该长大成人了！——或许能更好地连接起他们。

从某种意义上来说，麦克斯确实有孩子。有时，他嫉妒她与年轻人之间轻易就能建立起关系，她自己的学生、同事还有其他人。现在的年轻人没有了界限，她说，只有连接。她说，战争在年轻人那里是无法想象的……电波改造了他们，亨利。

一直说个不停。当然，她无论还要说什么，已然跟福布斯没什么关系，因为他无法再留在家里了。

这么多年来，在零重力环境下懒散了这么久，而且他对自己的身体也不怎么上心……医生们跟他解释了他的骨骼肌和心肌萎缩得厉害，还有他的骨骼里流失了大量的钙质，体内的海绵骨已完全消失，没希望重生了。

在地球上，他只能拴在轮椅上，事事都得求人帮忙。这里更好，还能帮忙建造星际快船发现号，尽管他怀疑这里的年轻人其实是在忍受他，而不是看重他。

他恋恋不舍地看了阳光下的不列颠最后一眼，想起了一九四〇年六月驾着喷火式爬上蓝天参加战斗时的激动，螺旋桨的声音在他耳边响起，鼻孔里有机油和皮子的味道……真奇怪。要知道此刻他可是在轨道上。他甚至去过月球。但不知怎的，这些都比不上年轻时的时刻生动。

船坞缓慢的旋转将不列颠转出了他的视线，取而代之的是圆鼓鼓的、流线型的发现号，未来适时地取代了过去。

福布斯喝完了茶，叹了口气，准备艰难地上一次每天都需要忍受的零重力厕所。美国人很不错，但他们在下水管方面的设计就是太蹩脚了……

1997年，火星轨道，发现者号

人类的第一艘星舰启航时，给福布斯的感觉很是平常，与他记得的在奋进号和康格里夫号起飞时的场面没法比，更别提战争时期的机场那种折磨人的忙乱了。再怎么说，这里的场面也是较为壮观的：氢气在巨大的核子四号裂变火箭的喷口循环，冷却喷口，然后再被送往核心加热到超高温并往外喷发，以此驱动飞船前进。

库克船长驾着从前的发现者号在出发前往太平洋之前肯定也曾感慨了一番。再怎么说，现在的发现者号毕竟是第一次前往恒星旅行……

但这里连倒数都没有。福布斯只需坐进他的椅子里，和其他船员坐在一起，指挥官隔着几排坐在了他们前面，还有她的副驾驶——碰巧两个人都是女的——她们年轻快活的声音正忙着和洛厄尔港的地面人员对着各种指令。

甚至连布置都很平常，像一架小飞机的内饰，可折叠的设备架、小型的厨房和洗手间，还有零重力环境下指示上下的标记。只有窗外那皱皱巴巴的橙色的火星表面，让这里显得有些特别，古老的风景上，星星点点散布着殖民地的绿色穹顶，这里是发现者号行星间跳跃的临时停泊点，为它提供了补给。

人类的第一艘星舰，看着像是一根巨大的箭。居住区——内饰是由冠达邮轮设计的，非常豪华——是流线型的箭头部分，出于安全，和核子四号之间隔着长长的“箭杆”：一百码的开放式的金属架，上面装满了各种防护装置、天线和液氢燃料箱。

流线型让福布斯觉得有些好笑，因为它让居住区看着就像是V–2形状的飞船，他年轻时在周六早晨的特别新闻里经常能看到它们轰隆隆地直插云霄——该形状在二十世纪六七十年代遭到了抛弃，仿昆虫形状的飞船开始出现，比如说奋进号，为适应没有空气的太空，在设计之初就采纳了新形状。

但结果却显示专家们错了——已经不是第一次了。星际间的太空不是空的。那里有气体和灰尘——非常稀薄，每个立方英里只有五十到六十个如细菌般大小的微粒——但已足以给任何胆敢加速到一定百分比光速的星舰船首造成严重的损伤。发现者号也要达到这种速度。因此，飞船做成了流线型，被涂上了一层厚厚的防撞膜，甚至还在鼻部装上了强大的短波辐射除尘发生器。

一定百分比的光速……这种速度已远超了核子四号的能力——这个巨大的、设计烦琐的美国怪兽，初衷是用来送小得多的飞船去往不超过火星的地方——多亏发现了海鲁普效应。

海鲁普：海希、鲁达和普斯夫的简称。麦克斯曾经跟他解释过，这几位物理学家在关键的量子真空研究上取得了突破。真“空”其实不是空的，而是一股活跃的能量，“虚拟”的粒子在不断地出现和消亡。该现象被称为“零点力场”，它在任何穿过真空的物体身上施加了一种电磁阻滞力……正是这种阻滞力创造了质量和惯性，也就是需要耗费巨大的能量才能移动物体的原因。

大型的电波运营公司——非常富有，还掌握了四十年的量子效应专业知识——立刻抓住了海鲁普的成果。发现者号就是成果，在惯性压制器的作用下，它几乎没有任何质量，因此只需一个普通的引擎就可以加速到极高的速度……

此刻，场面大小已无所谓了，飞行员的准备已进入最忙碌的阶段。

剩下的船员，年轻、健康而且聪明，看着都不怎么关心。他们只是一对对坐在他们的椅子里——或者叫交配椅，福布斯总是刻薄地这么称呼它们。在前往南门二长达三十年的航程，他们会挤在发现者号这个流线型的船体里，一起生活、安静地研究、维护飞船，甚至抚养孩子。他们甚至都不用忍受零重力的烦恼——海鲁普力场能确保这一点……

当然，他也会试着跟他们交谈。

比如谈一九四一年的那次空战，他在贝里克郡的圣阿布斯海角附近打下了一架亨克尔111型轰炸机。在它上空盘旋时，他看到机组散开了，便意识到他们要放火烧了几乎还是完整的飞机，因此他决定降落在一旁去阻止他们。但是喷火式撞到了一块大泥巴，翻了，肚子朝天躺在了地上。福布斯没有受伤，但只能无助地倒挂在安全带上，直到亨克尔的机组赶过来把他救了下来。接着，当地的国防志愿者赶到了，德国人向福布斯投降，把鲁格手枪交给了他，但是志愿队的男孩们认为他也是敌人，很快把他也逮捕了，他拿出了口袋里的税单才总算给自己洗脱了罪名……

还有其他的。这些一心前往恒星的年轻人礼貌地倾听着。但对他们而言，福布斯和他的那些战争英雄还有税务局的故事，像是来自一个远得不能再远的黑暗世纪。

或许麦克斯是对的：这些耐心且无畏的年轻人——在一个电波连接的世界中长大，没有边界，没有止境，一年比一年更富有——跟他们的祖辈真的不同。

就像麦克斯说的，甚至成了一种新物种。

也许吧。甚至在他本人看来，他这么个老家伙能参与这趟旅程也显得不可思议。可能只是因为载荷成本，即便在星舰上，也因为海鲁普效应而变得忽略不计。而且，《火星时报》支付了一笔不菲的预付款给他，让他广播沿途的所见所闻……

不过，他确定自己见不到南门二的光芒了，他也无法电波传送回地球。但他并不后悔，这是个机会，能逃离令人困惑的地球。

福布斯还记得以前的日子，对现代社会那种自以为是的正确有些不舒服。电波带来的西方霸权真的是件好事吗？比如在海湾战争中，美国海军陆战队利用了一个隐藏的电波门户包围了萨达姆的地堡，没费一弹就把他赶下了台，并“解放”了那个国家……萨达姆无疑是个魔鬼，但福布斯想起了纳粹也有过几乎一样的诡计。普通的伊拉克人会怎么看待这个行动呢？

但这种争论只是一种借口，麦克斯说的。她又一次告诉他，他只是想逃离未来。他真的必须要学会放手，学会相信年轻人，而不是害怕他们，等等。很久以前他就不再听了。

最后，他还是因为失去了她而难过。他无法说他们两个是朋友，更不能说还是爱人。她只是麦克斯。在他脑海里，她那张满是皱纹的脸日渐与那个聪明的、热情的、穿着卡其布的红发年轻人融合在了一起……

他觉得自己变成了一个多愁善感的老家伙。

福布斯感觉到一阵轻微的颤动，由椅子的框架传递到了他身上。它很平顺、很柔和，但仍然不可避免地让他想起了喷火式灰背隼发动机的怒吼，以及芥末瓶那巨大的液体燃料火箭引起的大地震动。

随着加速，船舱似乎倾斜了。火星上的秋日阳光消失了。

福布斯的内心涌起了一阵激动。老了又怎么样，他要去往星星了！

2007年，英格兰牛津

……要是时间允许，我会参加各种讲座——毕竟，电波旅行很轻松，对我这么一个老太太来说也是如此。实际上，我上一次参加的讲座是在大学的新逸夫图书馆——你听说过它吗？牛津大学图书馆的一个房间上线了，通过电波门，可以连接到月球、火星、木卫三和海卫一……

然而，尽管我一直在虔诚地追随，亨利，你可能不会相信，大多数的时候，我觉得自己也被新思维抛在了后面！让我跟你说说其中的几个新思维：

首先，心智连线。你可能觉得不可思议——我也是！——但请相信我，这是一种实实在在的可能，如今我们理解了控制心智处理的公式——因为心智本身也是一种量子现象。它是量子计算的一种外在表现。我相信你知道，亨利，你的宝贝发现者号是由百万量子浮点的计算引擎指挥的，不管你愿不愿意承认！而且因为计算能力属于组合论的范畴——哦，亲爱的亨利，我没有时间解释这一切——简单来说就是两个大脑比一个要强多了！还有三个、或四个，以此类推……或十亿个。有些评论家说，自从出现智人以来，我们正处于人类进化大跃进的边缘。

还有什么？

好吧，你可能听说过新的纳米门——微型电波门，一次可以传送一个原子……在《柳叶刀》上有篇文章描绘了它在医学应用上的前景。我们能把智能纳米门注入病人体内，它能找到并通过电波传送走有害物质，甚至是癌细胞……可惜，对我来说有点晚了……

还有，超光速旅行的可能性——厉害吧，你觉得怎么样！它基于一种叫作量子隧道的东西。假设你打算用障碍物困住一个光子，有一个很小但一定会存在的机会——因为量子不确定原理——你会发现它突然出现在了障碍物的另一侧。而且，这中间没有可测量的延迟……我跟踪相关的理论研究已经几十年了，实际的突破出现在二十世纪九十年代，一个奥地利的小组传送了一首音质普通的莫扎特第四十交响曲，以四点七倍的光速！还有，在今年，贝尔实验室打算传送一根木棍越过几英里——就像是我们做的首次电波实验。

亨利，我希望等你乘着笨重的、由惯性引擎驱动的“骆驼式”到了猎户座，没有被超光速的“喷火式”赶在前面！……

我的工作仍占据了我所有的时间。亨利，你必须相信我说的——我知道我一直在重复——这些年轻人非常优秀，比我们优秀多了，有时甚至优秀得让人害怕。你知道吗，新任的首相在首个电波服务开通时甚至都还没出生！你还记得那个和旗子有关的糗事吗？仿佛就在昨天……首相，我傻了，我的意思是总督。我老了，不是吗？

他们说，对如今在学校里的年轻人而言，甚至连国家这个概念都过时了。他们无法相信就在半个世纪之前我们才刚打完一场战——在他们看来，这是人类不必要的牺牲……它有时会让我们这些老家伙不舒服，但其中的逻辑无可辩驳！我们的年轻人生活在一个富裕纯净的世界里，没有理由让任何人缺乏生活必需品，直到太阳系本身耗尽了资源——即便到了那个时候，我们还有其他恒星，这都得归功于你和发现者号……

我知道要接受改变很难。这个新世界常常让我觉得陌生，有时我会遥想，在心智都连线了之后，十年、二十年或三十年之后人类会变成什么样子。从某种方面来说，我理解你为什么一直在逃避，亲爱的——最后竟然逃往了恒星！没什么可害怕的。假如你有自己的孩子，或者我们俩有孩子，你就能明白了……

现在，你一定不要为我的小消息感到难过，亨利我亲爱的。我不疼，也没不舒服。我在这里参与了很多“噱头”，你皇家空军里的老伙计是这么说的吧。所以你看，我还是关注你的，都过去这么多年了我还记得！我唯一的遗憾就是看不到正在向我们走来的美好未来——还有，我再也见不到你了，是的，这对我也很重要……

2017年，恒星之间

他躺在船舱里，一台古老的机械式闹钟发出着轻微的嘀嗒声。他闻不到也尝不到任何东西，每次呼吸都很痛，他能看到的也只是模糊的影子。他是个糟老头子，他已经老得太久了……

冥冥中，他知道今天就是时候了。

福布斯并不觉得悲伤。就跟大象一样，他心想着。他曾经认识了一个去过印度的伙计——那还是在大英帝国解体之前，在战争之前——这伙计回来后讲了个大象的故事，它们是怎么知道自己的时间到了，然后就会离开象群，寻找一个安静的地方，不会有任何的流连……

或许这是真的。或许人类也拥有相同的本能，如果是的话，这真的是一种很大的宽慰。回想起来，他有过闪光的时刻，那些闪光时刻可能在二十世纪四十年代就完结了，有很多优秀的人就是如此。

他的呼吸刮擦着喉咙。这种感觉真是讨厌……

墙壁在他四周消失了。

他感觉到了震惊——还有些不快。他受惊了。但现在害怕又有什么意义呢？

……他飘浮在恒星之间，恒星在他的上方，在他的下方，在他的周围。前方，它们发出着最纯粹的蓝光。

……*你不该害怕我们。*

一道均匀的光线射来——只有一点亮光，天空仍然是午夜的深蓝，但足以掩盖了星光。

狭窄的座舱。手里多了根棍子。耳朵里塞了东西——他伸手掏了出来——是药棉……

上帝。他又回到了吸血鬼，四周是它鸭蛋绿的机壳。纽扣眼里甚至还有一朵新鲜的康乃馨。

你不必躲入黑暗。

吸血鬼的机头下沉了，地球在他下方展开，微微弯曲着，闪着网格状的光芒，那是电波的连线。

我们就是你。你就是我们。因为你的勇气，人类将永远生存下去。我们尊敬你，我们希望你能加入我们。

所以，他们，这些年轻人——或者不管他们变成了什么东西——把他从恒星那里一直带回了家。能够完成这种任务，他们就像是上帝。他觉得自己应该要害怕他们，就如同他一直以来的感觉，带有一点点的畏惧。

但他们是人类的孩子，有什么好怕的呢？

或许麦克斯是对的。或许时间到了，终于要将自己的命运交到其他人手里。

但下面没有麦克斯了。连他们都无法跨越坟墓。总之，现在还不行。

欢迎回家……

等到降落后，他在下面应该会感觉安心。但不用急。再等几分钟也没什么大不了的。或许他应该再驾着飞机绕伦敦两圈……

他按下了吸血鬼的机头，开始了向大气层漫长的俯冲。

（译者：老光）

邻里关系

1999年11月4日首次发表于《自然》（*Nature*）

《自然》发表的第一篇科幻小说。我不敢想象它在保守的读者中诱发了多少心脏病。

献给庞斯和弗莱西曼[①]，

二十一世纪的诺贝尔奖获得者。

最终，在将无数的资源投入到信息处理这一艰巨的任务上之后，我们解决了双星爆炸这个长久以来的谜团。即使到了现在，对一个灭绝得如此惨烈的文明所发出的无线电和光学信息，我们也只解释了一小部分的，好在主要事实——尽管令人震惊——应该确凿无疑。

我们已逝的邻居进化自一个与我们极其相似的行星上，处在一个离太阳合适的位置，水能够以液体形式存在。经历了一长段的野蛮时

① 1989年3月，科学家马丁·弗莱西曼与史坦利·庞斯宣称在实验室的小型装置上，用钯作阴极电解重水，实现了常温常压下的“冷核聚变”，也即“弗莱西曼–庞斯实验”，实验的真实性至今仍有巨大争议。

期之后，他们开始发展技术，使用随手可及的材料和能源。他们的首批机器——和我们的类似——依靠了化学反应，其中涉及氢、碳和氧各种元素。

不可避免地，他们建造了能行驶在陆地和海洋上以及能穿行在大气层中和去往太空的交通工具。在发现了电之后，他们很快发展出了通信装置，包括无线电发射装置，它让我们第一次注意到了他们的存在。尽管这些东西提供的移动画面显示了他们的面貌和行为，但我们对于他们的历史和最终命运的理解大部分都来自他们用于记录信息的复杂符号系统。

在灭绝之前不久，他们遭遇了能源危机，部分是由他们巨大的体形和暴力的行为造成的。有一阵子，广泛使用的核裂变和氢聚变推迟了无可避免的终结。随后，出于无奈，他们展开了孤注一掷的行动来寻找更佳的方案。经过了几次失败之后——都是些科学上有趣但无实际应用价值的尝试，例如低温核反应堆等——他们成功地利用了每个基本的时空体都含有的量子波动。这给了他们几乎无尽的能源。

接下来发生了什么属于我们的推断。可能是发生了工业事故，或者是他们中众多的、相互竞争的组织其中之一想要超过其他对手。不管怎样，因为错误地利用了宇宙里的终极力量，他们触发了一场大灾难，炸毁了自己的行星——还有，这之后很快他们唯一的月亮也炸了。

尽管任何智慧生命的灭绝都值得悲哀，但就这个特别的事件而言，我们倒是不会觉得太过遗憾。这些巨型生物的历史充满了暴力，既针对他们自己这个物种，也针对生存在那个行星上的其他物种。他们是否能完成必要的转变——就像我们在多年前所做的那样——从碳基的生命到锗基的意识，我们一直无从判定。一个个巨大的单体仅凭低得可怜的速率交换信息——通常是通过他们的大气中作用距离很短的振动——他们能取得这样的成就还是挺让人钦佩。

他们显然正处于一个跨越的边缘，能发展出必要的技术，使得他们放弃自己那笨拙的、化学能驱动的身体，从而实现多路连接。要是他们成功了，他们可能会给附近恒星系群的文明造成严重的威胁。

让我们确保这种情况绝不会再次出现。

（译者：老光）

图书在版编目（CIP）数据

阿瑟·克拉克科幻短篇全集 . 3, 爱这个宇宙 /（英）阿瑟·克拉克著；秦鹏等译 . -- 上海：文汇出版社，2021.3

ISBN 978-7-5496-3465-1

Ⅰ . ①阿… Ⅱ . ①阿… ②秦… Ⅲ . ①幻想小说 - 小说集 - 英国 - 现代 Ⅳ . ① I561.45

中国版本图书馆 CIP 数据核字（2021）第 035849 号

阿瑟·克拉克科幻短篇全集 3：爱这个宇宙

作　　者 / ［英］阿瑟·克拉克
译　　者 / 秦　鹏　　老　光　　邹运旗　　张芸慎　　丁　将

责任编辑 / 张　涛
特邀编辑 / 武姗姗　　王　品　　张敏倩
封面装帧 / Digital Carbine　　李子琪

出版发行 / 文匯出版社
上海市威海路 755 号
（邮政编码 200041）
经　　销 / 全国新华书店
印刷装订 / 三河市龙大印装有限公司
版　　次 / 2021 年 3 月第 1 版
印　　次 / 2021 年 3 月第 1 次印刷
开　　本 / 890mm × 1270mm　1/32
字　　数 / 346 千字
印　　张 / 14

ISBN 978-7-5496-3465-1
定　　价 / 66.00 元

读客

读客科幻文库

跟着读客读科幻，经典科幻全看遍。